国家出版基金项目
NATIONAL PUBLICATION FOUNDATION

非洲文学研究丛书 | 朱振武 主编

南非经典文学作品研究

Studies in Literary Works
by Established South African Writers

李丹　蔡圣勤　朱振武　著

西南大学出版社
国家一级出版社　全国百佳图书出版单位

图书在版编目（CIP）数据

南非经典文学作品研究 / 李丹，蔡圣勤，朱振武著
. -- 重庆：西南大学出版社，2024.6
（非洲文学研究丛书 / 朱振武主编）
ISBN 978-7-5697-2111-9

Ⅰ.①南… Ⅱ.①李… ②蔡… ③朱… Ⅲ.①文学研
究 - 非洲 Ⅳ.①I400.6

中国国家版本馆CIP数据核字(2023)第242338号

非洲文学研究丛书　　朱振武　主编

南非经典文学作品研究

NANFEI JINGDIAN WENXUE ZUOPIN YANJIU

李丹 蔡圣勤 朱振武 著

出 品 人：张发钧
总 策 划：卢　旭　闫青华
执行策划：何雨婷
责任编辑：段小佳
责任校对：朱司琪
特约编辑：陆雪霞　汤佳钰
装帧设计：万墨轩图书 | 吴天喆　彭佳欣　张瑷俪
出版发行：西南大学出版社
　　　　　重庆市北碚区天生路2号　　邮编：400715
　　　　　市场营销部电话：023-68868624
印　　刷：重庆升光电力印务有限公司
成品尺寸：170 mm×240 mm
印　　张：20
字　　数：335千字
版　　次：2024年6月　第1版
印　　次：2024年6月　第1次印刷
书　　号：ISBN 978-7-5697-2111-9

定　　价：78.00元

国家社会科学基金重大项目"非洲英语文学史"阶段成果

"非洲文学研究丛书" 顾问委员会

（按音序排列）

"非洲文学研究丛书"专家委员会

（按音序排列）

丛书主编简介

朱振武,博士(后),中国资深翻译家,中国作家协会会员;上海市二级教授,外国文学文化与翻译博士生导师,博士后合作导师,上海师范大学外国文学研究中心主任,比较文学与世界文学国家重点学科带头人;上海市"世界文学多样性与文明互鉴"创新团队负责人。主持国家社科基金重大项目、重点项目十几项,项目成果获得国家出版基金资助。在《中国社会科学》《文学评论》《外国文学评论》《文史哲》《中国翻译》《人民日报》等重要报刊上发表文章400多篇,出版著作(含英文)和译著50多种。多次获得省部级奖项。

主要社会兼职有(中国)中外语言文化比较学会小说研究专业委员会会长和中非语言文化比较专业委员会副会长、中国外国文学学会副秘书长暨教学研究会副会长、上海国际文化学会副会长、上海市外国文学学会副会长兼翻译专业委员会主任等几十种。

本书主要作者简介

■ 李 丹

博士，副教授，浙江工商大学硕士生导师，国家社科基金重大项目"非洲英语文学史"骨干成员。在《中国社会科学》《外国文学研究》等重要期刊发表论文多篇，主要研究非洲英语文学和英语文学文化与翻译，主持国家社科基金一般项目"南非左翼文学的民族意识研究"（24BWW026），主持完成浙江省哲学社会科学规划课题"尼日利亚英语文学的民族性研究"（19NDJC205YB）。

■ 蔡圣勤

博士，教授，中南财经政法大学外国语言文学学科学术带头人，博士生导师，国家社科基金重大项目"非洲英语文学史"子项目"南部非洲英语文学史"负责人，担任中国高校财经类外语学科委员会副主任委员，中国高校外语学科发展联盟委员会专家委员，武汉翻译协会副会长，湖北省外国文学学会常务理事和国家社科基金项目通讯评委等多项职务。主持完成国家社科基金一般项目"西方马克思主义视域下20世纪南非英语小说研究"（14BWW075）等多项国家级和省部级课题。多年来一直从事后殖民文学、南非英语小说、文学批评、翻译等方面的研究。在《外国文学研究》《山东社会科学》等期刊发表学术论文50多篇，在外研社、武汉大学出版社、北京理工大学出版社、中国人民大学出版社等出版专著5部、学术译著2部。

■ 朱振武

简介同前页面。

总序：揭示世界文学多样性　构建中国非洲文学学

2021 年的诺贝尔文学奖似乎又爆了一个冷门，坦桑尼亚裔作家阿卜杜勒拉扎克·古尔纳获此殊荣。授奖辞说，之所以授奖给他，是"鉴于他对殖民主义的影响，以及对文化与大陆之间的鸿沟中难民的命运的毫不妥协且富有同情心的洞察"[1]。古尔纳真的是冷门作家吗？还是我们对非洲文学的关注点抑或考察和接受方式出了问题？

一、形成独立的审美判断

英语文学在过去一个多世纪里始终势头强劲。从起初英国文学的"一枝独秀"，到美国文学崛起后的"花开两朵"，到澳大利亚、加拿大、爱尔兰、印度、南非、肯尼亚、尼日利亚、津巴布韦、索马里、坦桑尼亚和加勒比海地区等多个国家和地区英语文学遍地开花的"众声喧哗"，到沃莱·索因卡、纳丁·戈迪默、德里克·沃尔科特、维迪亚达·苏莱普拉萨德·奈保尔、J. M. 库切、爱丽丝·门罗，再到现在的阿卜杜勒拉扎克·古尔纳等"非主流"作家，特别是非洲作家相继获

---

[1] Swedish Academy, "Abdulrazak Gurnah—Facts", *The Nobel Prize*, October 7, 2021, https://www.nobelprize.org/prizes/literature/2021/gurnah/facts/.

得诺贝尔文学奖等国际重要奖项①，英语文学似乎出现了"喧宾夺主"的势头。事实上，"二战"以后，作为"非主流"文学重要组成部分的非洲文学逐渐呈现出蓬勃发展的态势，涌现出一大批优秀的作家作品，在世界文坛产生了广泛影响。但对此我们却很少关注，相关研究也很不足，其中一个重要原因就是我们较多跟随西方人的价值和审美判断，而具有自主意识的文学评判和审美洞见却相对较少，且对世界文学批评的自觉和自信也相对缺乏。

非洲文学，当然指的是非洲人创作的文学，但流散到其他国家和地区的第一代非洲人对非洲的书写也应该归入非洲文学。也就是说，一部作品是否是非洲文学，关键看其是否具有"非洲性"，也就是看其是否具有对非洲历史、文化和价值观的认同和对在非洲生活、工作等经历的深层眷恋。非洲文学因非洲各国独立之后民主政治建设中的诸多问题而发展出多种文学主题，而"非洲性"亦在去殖民的历史转向中，成为"非洲流散者"（African Diaspora）和"黑色大西洋"（Black Atlantic）等非洲领域或区域共同体的文化认同标识，并在当前的全球化语境中呈现出流散特质，即一种生成于西方文化与非洲文化之间的异质文化张力。

非洲文学的最大特征就在于其流散性表征，从一定意义上讲，整个非洲文学都是流散文学。②非洲文学实际上存在多种不同的定义和表达，例如非洲本土文学、西方建构的非洲文学及其他国家和地区所理解的非洲文学。中国的非洲文学也在"其他"范畴内，这是由一段时间内的失语现象造成的，也与学界对世界文学的理解有关。从严格意义上讲，当下学界认定的"世界文学"并不是真正的世界文学，因此也就缺少文学多样性。尽管世界文学本身是多样性的，但我们现在所了解的世界文学其实是缺少多样性的世界文学，因为真正的文学多样性被所谓的西方主

---

① 古尔纳之前 6 位获得诺贝尔文学奖的非洲作家依次是作家阿尔贝·加缪，尼日利亚作家沃莱·索因卡，埃及作家纳吉布·马哈福兹，南非作家纳丁·戈迪默、J. M. 库切和作家多丽丝·莱辛，分别于 1957 年、1986 年、1988 年、1991 年、2003 年和 2007 年获得诺贝尔文学奖。

② 详见朱振武、袁俊卿：《流散文学的时代表征及其世界意义——以非洲英语文学为例》，《中国社会科学》，2019 年第 7 期。作者从流散视角对非洲文学从诗学层面进行了学理阐释，将非洲文学特别是非洲英语文学分为异邦流散、本土流散和殖民流散三大类型，并从文学的发生、发展、表征、影响和意义进行多维论述。

流文化或者说是强势文化压制和遮蔽了。因此，许多非西方文化无法进入世界各国和各地区的关注视野。

二、实现真正的文明互鉴

当下的世界文学不具备应有的多样性。从歌德提出所谓的世界文学，到如今西方人眼中的世界文学，甚至我们学界所接受和认知的世界文学，实际上都不是世界文学的全貌，不是世界文学的本来面目，而是西方人建构出来的以西方几个大国为主，兼顾其他国家和地区某个文学侧面和诺贝尔文学奖得主的所谓"世界文学"，因此也就不能实现真正意义上的文明互鉴。

文学是文化最重要的载体之一。文学是人学，它以"人"为中心。文学由人所创造，人又深受时代、地理、习俗等因素的影响，所以说，"文变染乎世情，兴废系乎时序"①。文学作品囊括了丰富多彩的政治、经济、文化、历史、地理、习俗和心理等多种元素，不同民族、不同国家、不同区域和不同时代的作家作品更是蔚为大观。但这种多样性并不能在当下的"世界文学"中得到完整呈现。因此，重建世界文学新秩序和新版图，充分体现世界文学多样性，是当务之急。

很长时间里，在我国和不少其他国家，世界文学的批评模式主体上还是根据西方人的思维方式和学理建构的，缺少自主意识。因此，我们必须立足中国文学文化立场，打破西方话语模式、批评窠臼和认识阈限，建构中国学者自己的文学观和文化观，绘制世界文化新版图，建立世界文学新体系，实现真正意义上的文明互鉴。与此同时，创造中国自己的批评话语和理论体系，为真正的世界文化多样性的实现和文学文化共同体的构建做出贡献。

在中国开展非洲文学研究具有英美文学研究无法取代的价值和意义，更有利于我们均衡吸纳国外优秀文化。非洲文学本就是世界文化的重要组成部分，现已

---

① 《文心雕龙》，王志彬译注，北京：中华书局，2012年，第511页。

引起各国文化界和文学界的广泛关注，我国也应尽快加强对非洲文学的研究。非洲文学虽深受英美文学影响，但在主题探究、行文风格、叙事方式和美学观念等方面却展示出鲜明的异质性和差异性，呈现出与英美文学交相辉映的景象，因此具有世界文学意义。非洲文学是透视非洲国家历史文化原貌和进程，反射其当下及未来的一面镜子，研究非洲文学对深入了解非洲国家的政治、历史和文化等具有深远意义。另外，站在中国学者的立场上，以中国学人的视角探讨非洲文学的肇始、发展、流变及谱系，探讨其总体文化表征与美学内涵，对反观我国当代文学文化和促进我国文学文化的发展繁荣具有特殊意义。

三、厘清三种文学关系

汲取其他国家和地区文学文化的养分，对繁荣我国文学文化，对"一带一路"倡议下人类命运共同体的建设也具有重要意义。我们进行非洲文学研究时，应厘清主流文学与非主流文学的关系、单一文学与多元文学的关系及第一世界文学与第三世界文学的关系。

第一，厘清主流文学与非主流文学的关系。近年来，我国的外国文学研究重心已经从以英美文学为主、德法日俄等国文学为辅的"主流"文学，在一定程度上转向了澳大利亚、加拿大、新西兰等国文学，特别是非洲文学等"非主流"文学。这种转向绝非偶然，而是历史的必然，是新时代大形势使然。它标志着非主流文学文化及其相关研究的崛起，预示着在不远的将来，"非主流"文学文化或将成为主流。非洲作家流派众多，作品丰富多彩，不能忽略这样大体量的文学存在，或只是聚焦西方人认可的少数几个作家。同中国文学一样，非洲文学在一段时间里也被看作"非主流"文学，这显然是受到了其他因素的左右。

第二，厘清单一文学与多元文学的关系。世界文学文化丰富多彩，但长期以来的欧洲中心和美国标准使我们的眼前呈现出单一的文学文化景象，使我们的研究重心、价值判断和研究方法都趋于单向和单一。我们受制于他者的眼光，成了传声筒，患上了失语症。我们有时有意或无意地忽略了文学存在的多元化和多样性这个事实。非洲文学研究同中国文学走向世界的意义一样，都是为了打破国际上单一和固化的刻板状态，重新绘制世界文学版图，呈现世界文学多元化和多样性的真实样貌。

对于非洲作家古尔纳获得诺贝尔文学奖，许多人认为这是英国移民文学的繁盛，认为古尔纳同约瑟夫·康拉德、维迪亚达·苏莱普拉萨德·奈保尔、萨尔曼·拉什迪以及石黑一雄这几位英国移民作家[①]一样，都"曾经生活在'帝国'的边缘，爱上英国文学并成为当代英语文学多样性的杰出代表"[②]，因而不能算是非洲作家。这话最多是部分正确。我们一定要看到，非洲现代文学的诞生与发展跟西方殖民历史密不可分，非洲文化也因殖民活动而散播世界各地。移民散居早已因奴隶贸易、留学报国和政治避难等历史因素成为非洲文学的重要题材。我们认为，评判是否为非洲文学的核心标准应该是其作品是否具有"非洲性"，是否具有对非洲人民的深沉热爱、对殖民问题的深刻揭示、对非洲文化的深刻认同、对非洲人民的深切同情以及对未来生活的美好憧憬。所以，古尔纳仍属于非洲作家。

的确，非洲文学较早进入西方学者视野，在英美等国家有着较为丰硕的研究成果。我国的非洲文学研究虽然起步较晚，然而势头比较强劲。有一个重要的问题应该引起重视，那就是我们的非洲文学研究不能像其他外国文学的研究，尤其是英美德法等所谓主流国家文学的研究一样，从文本选材到理论依据和研究方法，甚至到价值判断和审美情趣，都以西方学者为依据。这种做法严重缺少研究者的主体意识，因此无法在较高层面与国际学界对话，也就在很大程度上失去了外国文学研究的意义和作用。

第三，厘清第一世界文学与第三世界文学的关系。如果说英美文学是第一世界文学，欧洲其他国家的文学和亚洲的日本文学是第二世界文学的话，那么包括中国文学和非洲文学乃至其他地区文学在内的文学则可被视为第三世界文学。这一划

---

① 康拉德1857年出生于波兰，1886年加入英国国籍，20多岁才能流利地讲英语，而立之年后才开始用英语写作；奈保尔1932年出生于特立尼达和多巴哥的一个印度家庭，1955年定居英国并开始英语文学创作，2001年获诺贝尔文学奖；拉什迪1947年出生于印度孟买，14岁赴英国求学，后定居英国并开始英语文学创作，获1981年布克奖；石黑一雄1954年出生于日本，5岁时随父母移居英国，1982年取得英国国籍，获1989年布克奖和2017年诺贝尔文学奖。
② 陆建德：《殖民·难民·移民：关于古尔纳的关键词》，《中国社会科学报》，2021年11月11日，第6版。

分对我们正确认识文学现象、文学理论和文学思潮及其背后的深层思想文化因素，制定研究目标和相应研究策略，保持清醒判断和理性思考，都具有十分重要的意义。

第四，我们应该认清非洲文学研究的现状，认识到我们中国非洲文学研究者的使命。实际上，现在呈现给我们的非洲文学，首先是西方特别是英美世界眼中的非洲文学，其次是部分非洲学者和作家呈现的非洲文学。而中国学者所呈现出来的非洲文学，则是在接受和研究了西方学者和非洲学者成果之后建构出来的非洲文学，这与真正的非洲文学相去甚远，我们在对非洲文学的认知和认同上还存在很多问题。比如，我们的非洲文学研究不应是剑桥或牛津、哈佛或哥伦比亚等某个大学的相关研究的翻版，不应是转述殖民话语，不应是总结归纳西方现有成果，也不应致力于为西方学者的研究做注释、做注解。

我们认为，中国的非洲文学研究者应展开田野调查，爬梳一手资料，深入非洲本土，接触非洲本土学者和作家，深入非洲文化腠理，植根于非洲文学文本，从而重新确立研究目标和审美标准，建构非洲文学的坐标系，揭示其世界文学文化价值，进而体现中国学者独到的眼光和发现；我国的非洲文学研究应以中国文学文化为出发点，以世界文学文化为参照，进行跨文化、跨学科、跨空间和跨视阈的学理思考，积极开展国际学术对话和交流。世上的事物千差万别，这是客观情形，也是自然规律。世界文学也是如此。要维护世界文明多样性，要正确进行文明学习借鉴。故而，我们要以开放的精神、包容的心态、平视的眼光和命运共同体格局重新审视和观照非洲文学及其文化价值。而这些，正是我们所追求的目标，所奉行的研究策略。

四、尊重世界文学多样性

中国文学和世界上的"非主流"文学，特别是非洲文学一样，在相当长的时间里被非主流化，处在世界文学文化的边缘地带。中国长期以来是世界上人口最多的国家，没有中国文学的世界文学无论如何都不能算是真正的世界文学。中国文学文化走进并融入世界文学文化，将使世界文学成为名副其实的世界文学。非洲文学亦然。

中国文化自古推崇多元一体，主张尊重和接纳不同文明，并因其海纳百川而生生不息。"君子和而不同"①，"物之不齐，物之情也"②，"万物并育而不相害，道并行而不相悖"③。"和"是多样性的统一；"同"是同一、同质，是相同事物的叠加。和而不同，尊重不同文明的多样性，是中国文化一以贯之的传统。在新的国际形势下，我国提出以"和"的文化理念对待世界文明的四条基本原则，即维护世界文明多样性，尊重各国各民族文明，正确进行文明学习借鉴，科学对待传统文化。毕竟，"文明因交流而多彩，文明因互鉴而丰富"④。共栖共生，互相借鉴，共同发展，和而不同，相向而行，是现在世界文学文化发展的正确理念。2022年4月9日，大会主场设在北京的首届中非文明对话大会以线上线下相结合的方式举行，共同探讨"文明交流互鉴推动构建新时代中非命运共同体"，体现了新的历史时期世界文明交流互鉴、和谐共生的迫切需求。

英语文学在很长一段时间里被窄化为英美文学，非洲基本被视为文学的"不毛之地"。这显然是一种严重的误解。非洲文学有其独特的文化意蕴和美学表征，具有重要的研究价值，对其他国家和地区的文学也具有重要借鉴意义。在非洲这块拥有3000多万平方公里、人口约14亿的土地上产生的文学作品无论如何都不应被忽视。坦桑尼亚作家阿卜杜勒拉扎克·古尔纳获得诺贝尔文学奖，绝不是说诺贝尔文学奖又一次爆冷，倒可以说是诺贝尔文学奖评委向世界文学的多样性又迈近了一步，向真正的文明互鉴又迈近了一大步。

五、"非洲文学研究丛书"简介

"非洲文学研究丛书"首先推出非洲文学研究著作十部。丛书以英语文学为主，兼顾法语、葡萄牙语和阿拉伯语等其他语种文学。基于地理的划分，并从被殖民历

---

① 《论语·大学·中庸》，陈晓芬、徐儒宗译注，北京：中华书局，2018年，第160页。

② 《孟子》，方勇译注，北京：中华书局，2018年，第97页。

③ 《论语·大学·中庸》，陈晓芬、徐儒宗译注，北京：中华书局，2018年，第352页。

④ 习近平：《在联合国教科文组织总部的演讲》，《人民日报》，2014年3月28日，第3版。

史、文化渊源、语言及文学发生发展的情况等方面综合考虑，我们将非洲文学划分为4个区域，即南部非洲文学、西部非洲文学、中部非洲文学及东部和北部非洲文学。"非洲文学研究丛书"包括《南部非洲精选文学作品研究》《南非经典文学作品研究》《西部非洲精选文学作品研究》《西部非洲经典文学作品研究》《东部和北部非洲精选文学作品研究》《东部非洲经典文学作品研究》《中部非洲精选文学作品研究》《博茨瓦纳英语文学进程研究》《古尔纳小说流散书写研究》和《非洲文学名家创作研究》共十部，总字数约380万字。

该套丛书由"经典"和"精选"两大板块组成。"非洲文学研究丛书"中所包含的作家作品，远远不止西方学者所认定的那些，其体量和质量其实远远超出了西方学界的固有判断。其中，"经典"文学板块，包含了学界已经认可的非洲文学作品（包括获得诺贝尔文学奖、布克奖、龚古尔奖等文学奖项的作品）。而"精选"文学板块，则是由我国首个非洲文学研究国家社科基金重大项目"非洲英语文学史"团队经过田野调查，翻译了大量文本，开展了系统的学术研究之后遴选出来的，体现出中国学者自己的判断和诠释。本丛书的"经典"与"精选"两大板块试图去恢复非洲文学的本来面目，体现出中西非洲文学研究者的研究成果，将有助于中国读者乃至世界读者更全面地了解进而研究非洲文学。

第一部是《南部非洲精选文学作品研究》。南部非洲文学是非洲文学中表现最为突出的区域文学，其中的南非文学历史悠久，体裁、题材最为多样，成就也最高，出现了纳丁·戈迪默、J. M. 库切、达蒙·加格特、安德烈·布林克、扎克斯·穆达和阿索尔·富加德等获诺贝尔文学奖、布克奖、英联邦作家奖等国际奖项的著名作家。本书力图展现南部非洲文学的多元化文学写作，涉及南非、莱索托和博茨瓦纳文学中的小说、诗歌、戏剧、文论和纪实文学等多种文学体裁。本书所介绍和研究的作家作品有"南非英语诗歌之父"托马斯·普林格尔的诗歌、南非戏剧大师阿索尔·富加德的戏剧、多栖作家扎克斯·穆达的戏剧和文论、马什·马蓬亚的戏剧、刘易斯·恩科西的文论、安缇耶·科洛戈的纪实文学和伊万·弗拉迪斯拉维克的后现代主义写作等。

第二部是《南非经典文学作品研究》，主要对12位南非经典小说家的作品进行介绍与研究，力图集中展示南非小说深厚的文学传统和丰富的艺术内涵。这

12 位小说家虽然所处社会背景不同、人生境遇各异，但都在对南非社会变革和种族主义问题的主题创作中促进了南非文学独特书写传统的形成和发展。南非小说较为突出的是因种族隔离制度所引发的种族叙事传统。艾斯基亚·姆赫雷雷的《八点晚餐》、安德烈·布林克的《瘟疫之墙》、纳丁·戈迪默的《新生》和达蒙·加格特的《冒名者》等都是此类种族叙事的典范。南非小说还有围绕南非土地归属问题的"农场小说"写作传统，主要体现在南非白人作家身上。奥利芙·施赖纳的《一个非洲农场的故事》和保琳·史密斯的《教区执事》正是这一写作传统支脉的源头，而纳丁·戈迪默、J. M. 库切和达蒙·加格特这 3 位布克奖得主的获奖小说也都承继了南非农场小说的创作传统，关注不同历史时期的南非土地问题。此外，南非小说还形成了革命文学传统。安德烈·布林克的《菲莉达》、彼得·亚伯拉罕的《献给乌多臬的花环》、阿兰·佩顿的《哭泣吧，亲爱的祖国》和所罗门·T. 普拉杰的《姆胡迪》等都在描绘南非种族隔离制度的社会悲剧中表达了强烈的革命斗争意识。

　　第三部是《西部非洲精选文学作品研究》。西部非洲通常是指处于非洲大陆西部的国家和地区，涵盖大西洋以东、乍得湖以西、撒哈拉沙漠以南、几内亚湾以北非洲地区的 16 个国家和 1 个地区。这一区域大部分处于热带雨林地区，自然环境与气候条件十分相似。19 世纪中叶以降，欧洲殖民者开始渐次在西非建立殖民统治，西非也由此开启了现代化进程，现代意义上的非洲文学也随之萌生。迄今为止，这个地区已诞生了上百位知名作家。受西方殖民统治影响，西非国家的官方语言主要为英语、法语和葡萄牙语，因而受关注最多的文学作品多数以这三种语言写成。本书评介了西部非洲 20 世纪 70 年代至近年出版的重要作品，主要为尼日利亚的英语文学作品，兼及安哥拉的葡萄牙语作品，体裁主要是小说与戏剧。收录的作品包括尼日利亚女性作家的作品，如恩瓦帕的小说《艾弗茹》和《永不再来》，埃梅切塔的小说《在沟里》《新娘彩礼》和《为母之乐》，阿迪契的小说《紫木槿》《半轮黄日》《美国佬》和《绕颈之物》，阿德巴约的小说《留下》，奥耶耶美的小说《遗失翅膀的天使》；还包括非洲第二代优秀戏剧家奥索菲桑的《喧哗与歌声》和《从前有四个强盗》，布克奖得主本·奥克瑞的小说《饥饿的路》，奥比奥玛的小说《钓鱼的男孩》和《卑微者之歌》

以及安哥拉作家阿瓜卢萨的小说《贩卖过去的人》等。本书可为 20 世纪 70 年代后西非文学与西非女性文学研究提供借鉴。

第四部是《西部非洲经典文学作品研究》。本书主要收录 20 世纪初至 20 世纪 70 年代西非（加纳、尼日利亚）作家的经典作品（因作者创作的连续性，部分作品出版于 70 年代），语种主要为英语，体裁有小说、戏剧与散文等。主要包括加纳作家海福德的小说《解放了的埃塞俄比亚》，塞吉的戏剧《糊涂虫》，艾杜的戏剧《幽灵的困境》与阿尔马的小说《美好的尚未诞生》；尼日利亚作家图图奥拉的小说《棕榈酒酒徒》和《我在鬼林中的生活》，现代非洲文学之父阿契贝的小说《瓦解》《再也不得安宁》《神箭》《人民公仆》《荒原蚁丘》以及散文集《非洲的污名》、短篇小说集《战地姑娘》，诺贝尔文学奖获得者索因卡的戏剧《森林之舞》《路》《疯子与专家》《死亡与国王的侍从》以及长篇小说《诠释者》。

第五部是《东部和北部非洲精选文学作品研究》，主要对东部非洲的代表性文学作品进行介绍与研究，涉及梅佳·姆旺吉、伊冯·阿蒂安波·欧沃尔、弗朗西斯·戴维斯·伊姆布格等 16 位作家的 18 部作品。这些作品文体各异，其中有 10 部长篇小说，3 部短篇小说，2 部戏剧，1 部自传，1 部纪实文学，1 部回忆录。北部非洲的文学创作除了人们熟知的阿拉伯语文学外也有英语文学的创作，如苏丹的莱拉·阿布勒拉、贾迈勒·马哈古卜，埃及的艾赫达夫·苏维夫等，他们都用英语创作，而且出版了不少作品，获得过一些国际奖项，在评论界也有较好的口碑。东部非洲国家通常包括肯尼亚、坦桑尼亚、乌干达、卢旺达、南苏丹、索马里、埃塞俄比亚、厄立特里亚、吉布提、塞舌尔和布隆迪。总体来说，肯尼亚是英语文学大国；坦桑尼亚因古尔纳获得诺贝尔文学奖而异军突起；而乌干达、卢旺达、索马里、南苏丹因内战、种族屠杀等原因，出现很多相关主题的英语文学作品，引起国际社会的关注；乌干达、卢旺达、索马里、南苏丹这些国家的文学作品呈现出两大特点，即鲜明的创伤主题和回忆录式写作；而其他 5 个东部非洲国家英语文学作品则极少。

第六部是《东部非洲经典文学作品研究》。19 世纪，西方列强疯狂瓜分非洲，东非大部分沦为英、德、意、法等国的殖民地或保护地。第二次世界大战前，只有埃塞俄比亚一个独立国家；战后，其余国家相继独立。东部非洲有悠久的本土语言书写传统，有丰富优秀的阿拉伯语文学、斯瓦希里语文学、阿姆哈拉语文学和索马里语文学等，不过随着英语成为独立后多国的官方语言，以及基于英语成为世界通用语言这一事实，在文学创作方面，东部非洲的英语文学表现突出。东部非洲的英语作家和作品较多，在国际上认可度很高，产生了一批国际知名作家，比如恩古吉·瓦·提安哥、纽拉丁·法拉赫和2021年诺贝尔文学奖得主阿卜杜勒拉扎克·古尔纳等。此外，还有大批文学新秀在国际文坛崭露头角，获得凯恩非洲文学奖（Caine Prize for African Writing）等重要奖项。本书涉及的作家有：乔莫·肯雅塔、格雷斯·奥戈特、恩古吉·瓦·提安哥、查尔斯·曼谷亚、大卫·麦鲁、伊冯·阿蒂安波·欧沃尔、奥克特·普比泰克、摩西·伊塞加瓦、萨勒·塞拉西、奈加·梅兹莱基亚、马萨·蒙吉斯特、约翰·鲁辛比、斯科拉斯蒂克·姆卡松加、纽拉丁·法拉赫、宾亚凡加·瓦奈纳。这些作家创作的时间跨度从20世纪一直到21世纪，具有鲜明的历时性特征。本书所选的作品都是他们的代表性著作，能够反映出彼时彼地的时代风貌和时代心理。

第七部是《中部非洲精选文学作品研究》。中部非洲通常指殖民时期英属南部非洲殖民地的中部，包括津巴布韦、马拉维和赞比亚三个国家。这三个紧邻的国家不仅被殖民经历有诸多相似之处，而且地理环境也相似，自古以来各方面的交流也较为频繁，在文学题材、作品主题和创作手法等方面具有较大共性。本书对津巴布韦、马拉维和赞比亚的15部文学作品进行介绍和研究，既有像多丽丝·莱辛、齐齐·丹格仁布格、查尔斯·蒙戈希、萨缪尔·恩塔拉、莱格森·卡伊拉、斯蒂夫·奇蒙博等这样知名作家的经典作品，也有布莱昂尼·希姆、纳姆瓦利·瑟佩尔等新锐作家独具个性的作品，还有约翰·埃佩尔这样难以得到主流文化认可的白人作家的作品。从本书精选的作家作品及其研究中，可以概览中部非洲文学的整体成就、艺术水准、美学特征和伦理价值。

第八部是《博茨瓦纳英语文学进程研究》。本书主要聚焦1885年殖民统治后博茨瓦纳文学的发展演变，立足文学本位，展现其文学自身的特性。从中国学者的视角对文本加以批评诠释，考察了其文学史价值，在分析每一作家个体的同时又融入史学思维，聚合作家整体的文学实践与历史变动，按时间线索梳理博茨瓦纳文学史的内在发展脉络。本书以"现代化"作为博茨瓦纳文学发展的主线，根据现代化的不同程度，划分出博茨瓦纳英语文学发展的五个板块，即"殖民地文学的图景""本土文学的萌芽""文学现代性的发展""传统与现代的冲突"以及"大众文学与历史题材"，并考察各个板块被赋予的历史意义。同时，遴选了贝西·黑德、尤妮蒂·道、巴罗隆·塞卜尼、尼古拉斯·蒙萨拉特、贾旺娃·德玛、亚历山大·麦考尔·史密斯等十余位在博茨瓦纳英语文学史上产生重要影响的作家，将那些深刻反映了博茨瓦纳人的生存境况，对社会发展和人们的思想观念产生了深远影响的文学作品纳入其中，以点带面地梳理了博茨瓦纳文学的现代化进程，勾勒出了博茨瓦纳百年英语文学发展的大致轮廓，帮助读者拓展对博茨瓦纳英语文学及其国家整体概况的认知。博茨瓦纳在历史、文化及文学发展方面可以说是非洲各国的一个缩影，其在文学的现代化进程中表现得尤为突出。这是我们考虑为这个国家的文学单独"作传"的主要原因，也是我们为非洲文学"作史"的一次有益尝试。

第九部是《古尔纳小说流散书写研究》。2021 年，坦桑尼亚作家古尔纳获得诺贝尔文学奖，轰动一时，在全球迅速成为一个文化热点，与其他多位获得大奖的非洲作家一起，使 2021 年成为"非洲文学年"。古尔纳也立刻成为国内研究的焦点，并带动了国内的非洲文学研究。因此，对古尔纳的 10 部长篇小说进行细读细析和系统多维的学术研究就显得非常必要。本书主要聚焦古尔纳的流散作家身份，以"流散主题""流散叙事""流散愿景""流散共同体"4 个专题形式集中探讨了古尔纳的 10 部长篇小说，即《离别的记忆》《朝圣者之路》《多蒂》《天堂》《绝妙的静默》《海边》《遗弃》《最后的礼物》《砾石之心》和《今世来生》，提供了古尔纳作品解读研究的多重路径。本书从难民叙事到殖民书写，从艺术手法到主题思想，从题材来源到跨界影响，从比较视野到深层关怀再到世界文学新格局，对古尔纳的流散书写及其取得巨大成功的深层原因进行了细致揭示。

第十部是《非洲文学名家创作研究》。本书对 31 位非洲著名作家的生平、创作及影响进行追本溯源和考证述评，包含南部非洲、西部非洲、中部非洲、东部和北部非洲的作家及其以英语、法语、阿拉伯语和葡萄牙语等主要语种的文学创作。收入本书的作家包括 7 位获得诺贝尔文学奖的作家，也包括获得布克奖等其他世界著名文学奖项的作家，还包括我们研究后认定的历史上重要的非洲作家和当代的新锐作家。

这套"非洲文学研究丛书"的作者队伍由从事非洲文学研究多年的教授和年富力强的中青年学者组成，都是我国首个非洲文学研究国家社会科学基金重大项目"非洲英语文学史"（项目编号：19ZDA296）的骨干成员和重要成员。国内关于外国文学的研究类丛书不少，但基本上都是以欧洲文学特别是英美文学为主，亚洲文学中的日本文学和印度文学也还较多，其他都相对较少，而非洲文学得到译介和研究的则是少之又少。为了均衡吸纳国外文学文化的精华和精髓，弥补非洲文学译介和评论的严重不足，"非洲英语文学史"的项目组成员惭凫企鹤，不揣浅陋，群策群力，凝神聚力，字斟句酌，锱铢必较，宵衣旰食，孜孜矻矻，黾勉从事，不敢告劳，放弃了多少节假日以及其他休息时间，终于完成了这套"非洲文学研究丛书"。丛书涉及的作品在国内大多没有译本，书中所节选原著的中译文多出自文章作者之手，相关研究资料也都是一手，不少还是第一次挖掘。书稿虽然几经讨论，多次增删，反复勘正，仍恐鲁鱼帝虎，别风淮雨，舛误难免，贻笑方家。诚望各位前辈、各位专家、非洲文学的研究者以及广大读者朋友们，不吝指疵和教诲。

2024 年 2 月
于上海心远斋

序

　　南部非洲文学是非洲文学中表现最为突出和最为复杂的区域文学，主要有南非文学、博茨瓦纳文学、莱索托文学、纳米比亚文学和毛里求斯文学，其中的南非文学历史悠久，体裁、题材最为多样，成就也最高，并对南部非洲其他国家文学产生了重要影响。除了地理位置同属非洲南部，博茨瓦纳、莱索托和纳米比亚在历史上与南非还有千丝万缕的政治关系，因而文学创作也常常相互关联。南部非洲文学的发生和发展虽各有差异，但由于各国之间的地理关系和政治交往而具有主题书写上的共性。因为"'南部非洲'一词基于几个共同的主题和关注。在所有这些国家的文学中，都有共同的殖民主义经历"①。南部非洲地区的多语言、多民族和多文化的复杂特性也使得各国各阶段的文学创作具有独特的诗性书写和艺术魅力。

　　南部非洲是最早经历殖民统治的非洲地区，也是种族主义最为盛行的地区之一。1498 年，葡萄牙人达·伽马（Vasco da Gama，1469—1524）绕过好望角，开启了欧洲探索非洲的新航道，也由此拉开了欧洲对南部非洲的殖民序幕。葡萄牙、荷兰、法国、德国和英国等西方国家先后踏足南部非洲地区的殖民过程是南部非洲文学的起源，而寻求民族解放、国家独立的反殖民斗争是南部非洲文学发展的重要因素。南部非洲文学是随着殖民历史成长起来的，其殖民烙印之下西方文化与本土文化的冲突也造就了文学创作与生俱来的流散特征。关注南部非洲英语文学不同历史阶段所体现出的殖民流散、异邦流散和本土流散，可以更加深刻地认识非洲英语

---

① Michael Chapman, *Southern African Literatures*, London and New York: Longman, 1996, p. xvi.

文学产生、发展的历史意义，更加清晰地认清当今世界各地复杂的文学现象和创作成因，对当下我国的文学创作和文化建设具有重要实践意义。

南部非洲国家由于早期大都经历了荷兰、葡萄牙等西方国家的殖民侵犯，现在大都是非洲本土民族与外来民族混杂共居，其文学创作常常有白人文学和黑人文学之分，通常呈现出不同的写作立场和政治意图。由于受到南非政权的长期控制，南部非洲地区的国家大都受到了南非种族隔离制度的影响。南部非洲文学的创作虽有黑人文学和白人文学的划分，但在创作主题和思想内涵上却具有不少共性与共鸣，呈现出一种立场各异、主题相通的映照关系。

在南部非洲文学中，南非文学的历史最为悠久、成就最为丰厚、影响最为深远，涌现了纳丁·戈迪默、J. M. 库切、艾斯基亚·姆赫雷雷、达蒙·加格特、安德烈·布林克、扎克斯·穆达和阿索尔·富加德等荣获诺贝尔文学奖、布克奖和英联邦作家奖等国际文学奖项的著名作家。南非有 11 种官方语言，即英语、阿非利卡语、科萨语、祖鲁语、南苏陀语、北苏陀语、茨瓦纳语、文达语、聪加语、恩德贝莱语和斯威士语，因而南非文学是由这 11 种语言创作的文学作品。"这种语言上的多样性和文化上的多样性所带来的显而易见的结果就是南非以前没有，现在没有，以后也可能没有一种单一的民族文学。"①虽然南非官方语言众多，文化多样，但大多数人都能说流利的英语和阿非利卡语，再加上以其他非洲本土语言写作的作品市场很小，这就使得许多南非作家主要以英语和阿非利卡语写作。在南非文学中，英语文学作品数量最多、成就最高，是其他语种所无法比拟的。南非文学目前主要经历了四个阶段，即早期口述文学及殖民主义时期、1910 年之后的南非自治领时期、1948 年至 1994 年的种族隔离时期和 1994 年之后的民主转型时期。

南非文学虽然深受种族隔离制度影响，但体裁多样、主题丰富、风格多元，出现了一大批反映南非社会万象和透视人性幽暗之地的优秀小说、诗歌、散文和

---

① 康维尔、克劳普、麦克肯基：《哥伦比亚南非英语文学导读（1945—）》，蔡圣勤等译，武汉：武汉大学出版社，2017 年，第 2 页。

戏剧。"南非令人忧心的政治历史及其对普通人生活的持续侵害为文学创作提供了土壤和素材,不少作家已取得了令人瞩目的文学成就"①,其中以南非小说的成就最为引人注目。南非两位诺贝尔文学奖得主——纳丁·戈迪默和 J. M. 库切——都是以长篇小说闻名于世,而 2021 年的布克奖得主达蒙·加格特的作品更是南非当代小说的典范。此外,艾斯基亚·姆赫雷雷、彼得·亚伯拉罕、所罗门·T. 普拉杰、扎克斯·穆达等非白人小说家多从受压迫者视角出发,以淳朴真挚的现实主义写作深刻揭露了南非种族隔离制度的残暴无情;而奥利芙·施赖纳、保琳·史密斯、赫尔曼·查尔斯·博斯曼、阿兰·佩顿和安德烈·布林克等白人小说家,则从人文主义情怀出发,以各自独特的艺术风格揭露南非种族隔离制度下的诸多病症。

　　本书主要收录了十二位南非经典小说家的作品研究,力图集中展示南非小说丰富深厚的文学传统和艺术内涵。这十二位小说家虽然所处社会背景不同、人生境遇各异,但都在对南非社会变革和种族主义问题的主题创作中,共同促进了南非文学独特书写传统的形成和发展。南非小说有其独具魅力的写作传统,其中较为突出的是种族隔离制度引发的种族叙事传统。艾斯基亚·姆赫雷雷的《八点晚餐》、安德烈·布林克的《瘟疫之墙》、纳丁·戈迪默的《新生》和达蒙·加格特的《冒名者》等都是此类种族叙事的典范。南非小说还有围绕南非土地归属问题的"农场小说"写作传统,主要体现在南非白人作家身上。奥利芙·施赖纳的《一个非洲农场的故事》和保琳·史密斯的《教区执事》正是这一写作传统支脉的源头,而纳丁·戈迪默、J. M. 库切和达蒙·加格特这三位布克奖得主的获奖小说都承继了南非农场小说传统,关注了不同历史时期的南非土地问题。此外,南非小说还形成了革命文学传统,具有反种族主义的革命斗争意识。安德烈·布林克的《菲莉达》、彼得·亚伯拉罕的《献给乌多莫的花环》、阿兰·佩顿的《哭泣吧,亲爱的祖国》和所罗门·T. 普拉杰的《姆胡迪》等都在描绘南非种族隔离制度的社会悲剧中表达了强烈的革命斗争意识。

---

① David Attwell and Derek Attridge eds., *The Cambridge History of South African Literature*, Cambridge: Cambridge University Press, 2012, p.1.

　　南非小说不过是南非多样文学形式的一个侧面体现，而本书所选的十二位作家及其作品仅仅是这个侧面的片段呈现。希望本书这些片段的解析研究能大致勾勒出南非叙事艺术的整体风貌，使读者在感受南非社会百态的同时亦能深入了解南非的特殊文化背景，从而有效促进中非文学、文化的平等交流和互学互鉴。

目录 | CONTENTS

I

南非文学

南非共和国（The Republic of South Africa），通称南非，位于非洲南端、南大西洋与南印度洋交会处。南非西部毗邻纳米比亚、北部接壤博茨瓦纳及津巴布韦、东北部邻接莫桑比克及斯威士兰。南非是非洲乃至世界上种族及文化最多元化的国家之一，欧洲移民、印度人及有色人的数量与比例都是非洲国家中最多的。多元种族与种族斗争一直是南非历史、政治和文学的重要组成部分，占南非人口少数的白人与占多数的黑人之间的种族冲突一直主宰着近代南非政治、社会、文化等各方面。从 1990 年起，南非逐渐废除种族隔离制度，但政治制度的巨大变化却是以相对和平的方式来实现的。现今的南非经常被人誉为"彩虹之国"，象征南非终止种族隔离思想带来的分离以及新发现的文化多样性，期许不同种族的人们都可以共同生活在这个美丽的和平国度之中。南非有 11 种官方语言，因而南非文学是由这 11 种语言创作的文学作品。南非民族繁多、语言众多、文化多样，但许多作家主要以英语写作，涌现了纳丁·戈迪默、J. M. 库切、艾斯基亚·姆赫雷雷、达蒙·加格特、安德烈·布林克、扎克斯·穆达和阿索尔·富加德等多位荣获诺贝尔文学奖、布克奖和英联邦作家奖等国际文学奖项的著名作家，是非洲英语文学成就最高的国家之一。

第一篇

艾斯基亚·姆赫雷雷
《八点晚餐》的叙事节奏与种族伦理

艾斯基亚·姆赫雷雷

Es'kia Mphahlele, 1919—2008

作家简介

艾斯基亚·姆赫雷雷（Es'kia Mphahlele，1919—2008）是南非作家、教育家和活动家，是现代非洲文学的奠基人之一，被誉为"非洲人文主义之父"。他出生成长于南非比勒陀利亚（Pretoria）的贫民窟，小时候被命名为艾捷凯尔（Ezekiel），后于1979年改名为艾斯基亚（Es'kia）。15岁时，姆赫雷雷就读于约翰内斯堡的圣彼得中学，通过自学完成高中、大学学业并最终获得博士学位。曾在奥兰多高中担任教职，并在南非文学期刊《鼓》（*Drum*）担任编辑工作。由于南非的种族隔离政策，姆赫雷雷于1957年被迫离开南非，流亡海外20年，先后去过尼日利亚、法国、肯尼亚和美国，后于1976年返回南非。他将自己在南非国内外的经历融入后来的短篇小说、长篇小说、自传和散文等文学创作中，并发展了非洲人文主义的概念。1959年，他出版的自传体小说《沿着第二大街》（*Down Second Avenue*）讲述了自己在南非种族隔离时期的成长和求学经历，虽在南非遭禁，但却赢得了全世界的广泛赞誉，成为非洲文学的经典之作。其小说《流浪者》（*The Wanderers*，1971）是一部关于非洲流亡经历的故事，为其赢得了1969年的诺贝尔文学奖提名。流亡期间，姆赫雷雷还出版了短篇小说集《生者与死者及其他故事》（*The Living and the Dead and Other Stories*，1961）和《拐角B和其他故事集》（*In Corner B and Other Stories*，1967）、批评专著《非洲意象》（*The African Image*，1962）和散文集《旋风之声和其他散文》（*Voices in the Whirlwind and Other Essays*，1971）。回到南非后，姆赫雷雷亦笔耕不辍，小说、散文、诗歌和文论创作不断。1984年，他因杰出的学术和教育成就被法国政府授予棕榈叶勋章。1998年，获得世界经济论坛水晶奖和南非政府最高荣誉南十字勋章（Order of the Southern Cross）。

作品节选

《生者与死者及其他故事》
(*The Living and the Dead and Other Stories*, 1961)

The point of the pen clicked back and forth. She could almost see Mzondi sitting in his usual corner, shoulders hunched as he bent over his knitting machine. Lopsided body: what lurked in there? He bore his handicap with irresistible cheek. Pathetic beautiful lips: why did they say so little? Steady eyes, almost expressionless. The paralysed flank of his body looked as if it might cave in at any moment and bring flesh and bones down to the ground in dismantled pieces.

Mzondi was also thinking of Miss Pringle, of his ever-tired bones, his withering flesh, the gong that echoed in his head, more often now. That beating-up he had had from prison boys—fellow-prisoners—at Number Four. Savage. Several times they had kicked Mzondi on the head. The warder standing there shouting to him to tell him where he had hidden the £3000 payroll they said he had snatched away with a friend. And crying out repeatedly: 'I don't know, baas, I don't know, baas. Please don't let them kill me, baas, I don't have it, baas.' The warder had threatened, persuaded, cursed, commanded. He had ordered the boys to 'hell him up some more'; and they had liked it.[1]

笔尖来回"咔嚓作响"。她几乎能看到穆宗迪坐在惯常的角落里，弯腰对着纺织机，耸着肩。倾斜的身体：那里潜藏着什么？他那令人无法抗拒的面颊忍受

---

[1]Ezekiel Mphahlele, "Dinner at Eight", Neville Denny ed., *Pan African Short Stories: An Anthology for Schools*, London: Thomas Nelson and Sons Ltd., 1965, p. 145.

着自身的残疾，凄凉而又美丽的双唇：为什么话语如此之少？坚定的目光，几乎毫无表情。瘫痪的那侧身体似乎随时都会塌陷，任骨肉砸在地上，散落成碎块。

穆宗迪也在想着普林格小姐，想着自己这副日益疲惫的身子骨，日渐枯萎的肉体，还有回荡在脑海中、日渐频繁的钟鸣声。他在四号所遭受了狱中同伴——狱友——的殴打。残忍野蛮。他们好几次都在踢打穆宗迪的头部。狱警站在那里，大声呼喝，让他说出他和他朋友劫走的 3000 英镑工钱藏在了哪里。他反复哭喊着："我不知道，长官，我不知道，长官，求求你，别让他们杀了我，长官，我没拿这钱，长官。"狱警又是威胁又是劝服，又是诅咒又是命令。他命令那些家伙们"再对他狠一些"，他们倒也很是喜欢。

（李丹 / 译）

作品评析

《八点晚餐》的叙事节奏与种族伦理

引 言

1969 年，南非黑人作家艾斯基亚·姆赫雷雷（Es'kia Mphahlele，1919—2008）因其独具非洲特性的文学创作被提名诺贝尔文学奖。彼时的他，虽因出色的短篇小说和自传体小说在国际享有盛誉，却因南非长达半个多世纪的种族隔离制度（Apartheid）而被迫流亡在外，其作品也因政治审查制度而禁止在国内出版，不为自己的母国人民所知。

1948 年，丹尼尔·弗朗索瓦·马兰（Daniel Francois Malan，1874—1959）所领导的阿非利卡人①（Afrikaner）政党——国民党（National Party）上台，将早已隐现于南非社会的种族隔离制度正式立法。迫于日渐窒息的政治环境压力，姆赫雷雷于 1957 年起开始自我流放，在尼日利亚、赞比亚、法国和美国多地辗转流亡 20 年。流放期间，他通过文学书写来探寻殖民主义历史进程下非洲独立文

---

① 阿非利卡人（Afrikaner）指讲阿非利卡语（Afrikaans）的人，主要是早期荷兰殖民者的后代。在阿非利卡语中，"布尔"（Boer）指"农民"。历史上，布尔人指 17 至 19 世纪生活在荷兰开普殖民地（后被英国占领）的阿非利卡农民。19 世纪三四十年代，部分布尔人为了摆脱英国的殖民统治，从开普向南非内陆地区迁徙，史称"大迁徙"（the Great Trek）。这些迁徙者分为两路，随后相继成立了自己的共和国（即德兰士瓦共和国和奥兰治自由邦共和国）。19 世纪 30 年代，南非联邦政府（当时为英国自治领）为了避免民众联想到之前的布尔共和国，大力推广使用"阿非利卡人"这一称谓，以凸显民族统一。虽然"布尔人"这一称谓在南非现代语境中已略显过时，但目前仍有相当一部分阿非利卡人使用该称呼。这些人大多是居住在原英属开普省范围之外的布尔共和国公民后裔，即他们的祖先是 1690 年迁出荷兰东印度公司开普领地的布尔人和 19 世纪三四十年代"大迁徙"的布尔人。此处"布尔文化"指围绕农场环境而形成的一种阿非利卡文化。

化精神的构建与出路。流放经历是姆赫雷雷文学创作的主要灵感来源，异邦流散 ① 下的苦困和对故土祖先文化的追思是其作品的精神内核，穿插交织在其自传、长篇小说、短篇小说、戏剧、诗歌和文论中。姆赫雷雷虽在南非英语西式教育体制下成长，却熟谙和吸纳了西方和本土文化的各自优长，倡导泛非主义（Pan-Africanism），推崇非洲人文主义和共同体价值观（communal value），一生致力于探寻根植于非洲本土文化的共同体发展（community development）道路。

一、非洲鼓乐般的多重叙事声音

《八点晚餐》（"Dinner at Eight"），原名《我们将在八点晚餐》（"We'll Have Dinner at Eight"），最初收录在姆赫雷雷1961年的短篇小说集《生者与死者及其他故事》（*The Living and the Dead and Other Stories*）中，虽写于早期创作阶段，却是一篇构思精妙的佳作，反映了南非种族隔离制度下扭曲的人际交往关系及其所引发的社会悲剧。这篇小说发表于其成名作《沿着第二大街》（*Down Second Avenue*，1959）出版的两年后，虽没有如《沿着第二大街》那样将个人成长的十来年娓娓道来，却通过故事主角人生中最为关键的一天展示了其一生的悲剧命运及其背后畸形的种族隔离制度。《八点晚餐》篇幅不长，却有着严密的故事结构，借助西方小说叙述技巧和非洲鼓乐般叙事节奏的独到运用，呈现出种族隔离制度下难以遏制的悲剧连锁反应，暗讽了反种族隔离斗争中白人自由主义的虚假和无力。

这篇小说以身为避难就业所管理者的白人自由主义者普林格小姐（Miss Pringle）和黑人残疾员工穆宗迪（Mzondi）为主角，讲述了两人因种族隔离制度下的文化交流阻隔无法相互理解，最终酿成谋杀悲剧的整个过程。《八点晚餐》的故事发生在一天12小时之内，以早上八点两人在办公室的相见为开场，以晚上八

---

① "异邦流散"主要是指"从一国到他国，从一种文化传统到另一种陌生的文化传统，从而产生一系列的流散症候"，详见朱振武、袁俊卿：《流散文学的时代表征及其世界意义——以非洲英语文学为例》，《中国社会科学》2019年第7期，第135-158页。

点晚餐相会时两人的死亡为剧终，以穆宗迪脑海中的四次钟鸣声为时间节点，在小说叙事者和两位主角各自的内心意识活动这三种叙事声音的交替使用下，形成了一种如同非洲鼓乐的叙事节奏，由缓至急，由表及里，由虚到实，层层揭示了南非种族隔离制度下悲剧的不可抗拒性和广泛性。

这种非洲鼓乐般的叙事节奏正是对非洲口述传统的承继。在西方殖民入侵之前，尚未出现文字书写的非洲人民主要是通过口述形式进行文学创作，以传承本民族的智慧成果和文化传统。非洲的口述文学多种多样，主要有诗歌、民间故事和史诗等，其中较为流行的口述文学是炉边故事（fireside tale）。姆赫雷雷曾在《沿着第二大街》中讲述过自己儿童时期跟着部落族人听炉边故事的经历：

村里的火炉边是男性村民见面的地方。他们在这里谈论要事和琐事，女人不得靠近……我们在火炉边不知不觉就学到了很多东西，比如历史、传统习俗、行为准则、集体责任和社会生活等……我到现在依然清楚地记得火炉边人们是怎么讲故事的。①

《八点晚餐》正是一个不知名的说书人所讲述的炉边故事，语言平实，但却充满了悬念。故事并未言明是由何人讲述，一开始就以第三人称的叙事方式导入了两位主人公——白人普林格小姐和黑人穆宗迪。此后，这位不知名的叙述者在故事的讲述过程中穿插了普林格小姐和穆宗迪之间的大量对话及内心独白。这样就使故事具有三重叙事声音，即故事叙述者的声音、故事人物的话语声音和故事人物的内心声音。虽然所有的叙事声音都在围绕着为何要安排"八点晚餐"进行情节推进，但每一种叙事声音都会因各自的理解局限而将读者引向不同的意义阐释。第三人称的故事叙述者虽然看似是站在全知全能的叙事视角，能穿透二位主人公的内心世界，但其实已经因南非社会的畸形人际关系规约而染上了认知偏见，并非完全客观公正。普林格小姐和穆宗迪之间的对话，也并非正常的人际交往对话，而是种族隔离制度下的畸形对话。对话双方无法正确解读对方的话语意图，也无法产生正确有效的思想交流。两人之间的内心独白

---

① 艾捷凯尔·姆赫雷雷：《沿着第二大街》，印晓红译，杭州：浙江工商大学出版社，2019年，第6-7页。

更是凸显了潜藏于表层言语之下的对抗性交流姿态和完全相反的"八点晚餐"意图。这种关系不平衡的畸形对话从小说最开始普林格小姐邀请穆宗迪晚上八点去她家中吃饭就可看出。

> "你们黑人都是怎么回事儿？你们的问题就是你们都觉得、都认为自己不如白人，或是不能比白人更好。其他人之所以践踏你们，是因为你们乐意变成受气包……"她突然意识到穆宗迪根本不明白她在说什么。
>
> "来吧——请过来吧，就算不是为你，是为我吧"，她牵强地说道，"我开车去宿舍接你。七点钟——怎么样？差不多八点我们可以吃晚餐。"穆宗迪抗拒着，心想：为什么她总要这样烦我！[1]

在种族隔离制度下的南非社会中，白人和黑人之间的关系实际上是一种主仆关系。普林格小姐虽然并非持种族主义观念的白人优越论者，但在穆宗迪看来，她的白人肤色就是一种无法反抗的权威象征。因此，普林格小姐虽然是出于同情想要对因被警察殴打而致残的穆宗迪施以关怀，但在穆宗迪看来却有着不可告知的企图，是想要诱骗他说出私藏的两百英镑。穆宗迪最后答应普林格小姐的"八点晚餐"邀约，并非感受到了普林格小姐的真心关怀，而是对普林格小姐多次"主人"式邀约的反抗，意图在晚餐实施谋杀来寻求彻底的解脱。

这部精巧的短篇小说中叙事声音的多重变化和节奏更迭常常导致不少批评家无法捕捉其中蕴藏的种族伦理内核，甚至得出一些失之偏颇的道德判断。有些学者认为这是姆赫雷雷少有的具有性暗示的小说，将普林格小姐视作是"将无意识的性渴求隐藏在社会改良家外衣下的老处女，对这位残疾人缺乏了解，不知道他将任何白人都视作是不公正法律的代表，因而也不知道他是危险的。然而，其中既无悲剧亦无悲情，部分是因为谋杀动机不强"[2]。或是将普林格小姐看成是"喜欢黑人环绕在她身边的极端家长式人物。姆赫雷雷在她对体制的公然藐视中发现

[1] Ezekiel Mphahlele, "Dinner at Eight", Neville Denny ed., *Pan African Short Stories: An Anthology for Schools*, London: Thomas Nelson and Sons Ltd., 1965, p. 143.

[2] Ursula A. Barnett, *Ezekiel Mphahlele*, Boston: Twayne Publishers, 1976, p. 76.

了她的性挫折"①。

这种对普林格小姐"性挫折""性渴求"的界定主要是源于故事中几处确实具有"性暗示"的描绘。故事开篇就提到"普林格小姐，对穆宗迪越发喜爱"②，后又提到她是"一位正直牧师的女儿，喜欢一群黑人赞美者环绕在她身旁的女人"③，最后又通过内心活动来描绘穆宗迪的外貌："凄凉而又美丽的双唇，为什么话语如此之少""他看上去是多么美、多么无助啊"④。这种女性对男性外貌的赞美确实极易让人误以为白人普林格小姐对黑人穆宗迪有着非同一般的爱恋。但如果从整篇小说层进式的叙事节奏来观察，就会发现，这种对普林格小姐有意无意的"性暗示"描写其实是故事讲述者以自我的社会潜意识偏见设下的阅读陷阱，为的是对某类潜在读者形成反讽效果，揭露南非种族隔离制度引发的伦理悲剧。

事实上，普林格小姐对穆宗迪的好感和外貌之美的感触是南非白人自由主义者的典型姿态。南非白人自由主义者不同于支持种族主义的白人优越论者，他们意识到了南非种族隔离制度的不公，认为这种以白为主、以黑为仆的社会制度有违人类天性的自由发展，对黑人的悲惨境遇抱有极大的同情心，也愿意通过一些慈善类的改良性社会活动来帮助陷入困境的黑人。然而，这种自由主义式的同情和帮助治标不治本。南非白人自由主义者往往也不愿舍弃因肤色差异所获得的各种优越境遇，他们对黑人的同情和怜悯，更多是出于类似对弱小动物的关怀，而并非一种基于人类平等权利的友爱。

正是这些具有不同思想意识象征的叙事声音使得《八点晚餐》充满了各种扑朔迷离的叙事走向。故事讲述者所代表的南非社会潜意识、普林格小姐所代表的白人自由主义意识和穆宗迪的被压迫者意识，都在一次次错误的对话意图和指向

---

① C. Brian Cox ed., *African Writers (Volume 2)*, New York: Charles Scribner's Sons, 1997, p. 504.

② Ezekiel Mphahlele, "Dinner at Eight", Neville Denny ed., *Pan African Short Stories: An Anthology for Schools*, London: Thomas Nelson and Sons Ltd., 1965, p. 142.

③ Ezekiel Mphahlele, "Dinner at Eight", Neville Denny ed., *Pan African Short Stories: An Anthology for Schools*, London: Thomas Nelson and Sons Ltd., 1965, p. 143.

④ Ezekiel Mphahlele, "Dinner at Eight", Neville Denny ed., *Pan African Short Stories: An Anthology for Schools*, London: Thomas Nelson and Sons Ltd., 1965, p. 145, p. 150.

中将两人的命运带往了悲剧的终点，而这出悲剧中穆宗迪因被警察殴打而产生的幻听更是犹如丧钟之声，在两人对话的误解中一次次地敲响，警示着世人这场悲剧背后的深层社会原因。

二、奏响历史哀歌的四次钟鸣

《八点晚餐》虽然有多重不同思想意识指向的叙事声音，容易使不熟悉南非种族隔离制度的读者产生误解，但只要把握住不同叙事声音交替而成的叙事节奏及这种层进式叙事节奏所呈现的不同层面的故事面貌，就可层层剖析出这不同叙事声音背后的思想意图。这种叙事节奏的层级递进主要是通过主人公穆宗迪脑海中的四次钟鸣声体现出来的。四次钟鸣如同戏剧各幕的场景切换，每一次敲击都是对故事悲剧走向的预警，也是对故事内核伦理寓意的逐层揭露。

每一种叙事声音实际上代表着不同的意识形态，而穆宗迪脑海中的钟声实际上是标记故事层层递进的叙事节奏。叙事声音和叙事节奏，共同推进了叙事层级由表及里、由虚到实的深入展开。

故事开端的第三人称叙事声音是一种表层叙事，用以引入故事的基本元素，但也极易为读者设下阅读陷阱。这篇小说虽主要采用第三人称叙事，但又夹杂了两位主人公的内心独白。三种叙事声音交替讲述故事，层层设置悬念，给具有不同文化背景的读者造成了一定的理解陷阱。值得注意的是，作为表层情节叙事的第三人称叙事声音虽具有全知全能的叙事视角，但是并非完全客观公正的叙事声音，也并非代表了作者姆赫雷雷本人价值观的声音，而是一种当时南非社会政治集体无意识下具有种族伦理偏见的典型价值观的表达。小说开头部分中的"越发喜爱"和"喜欢一群黑人赞美者环绕在她身旁的女人"这两处，正是由第三人称叙事者的叙事声音讲述出来的。这种看似客观的第三人称叙事实际上暗含着非客观性因素，特别是"喜欢一群黑人赞美者环绕在她身旁"这一处，更是为普林格小姐的慈善举动埋下了看似伪善的潜意识暗示。而普林格小姐对穆宗迪"美丽双唇"的赞美虽然发自人物内心思绪,却受限于第三人称叙事者的话语选择,是一种限制性叙事声音,并未透露出这"美丽双唇"的观感究竟是出于何种缘由。这三处看似是性暗示的描绘皆出现在小说第一次钟响之前,是对两人晚上八点"见上一面"的情节性铺垫,属于背景式的表层叙事。

第一次的钟声响起正是在"凄凉而又美丽的双唇,为什么话语如此之少"的叙述之后。穆宗迪脑海的第一声钟响让故事从表层叙事进入穆宗迪的回忆性叙事中。这一层级的叙事通过描写对穆宗迪在狱中遭受的暴行和法庭的不公正审判,揭露了其生理残疾和心理偏执的由来,也展现了南非种族隔离制度下黑人和白人之间难以逾越的交往障碍和认知鸿沟。

穆宗迪之所以对普林格小姐时时警惕,是因为在他看来,白人——不论是自由主义者还是种族优越论者——都是一种压迫性的权力存在。这种根深蒂固的刻板印象,不仅是南非种族隔离制度的规约使然,更是因为他经历了一场白人警察实施的权力阶层暴力。穆宗迪和他的朋友曾被无辜指控劫走了3000英镑的工钱,并由此遭到警察的追捕和虐待。穆宗迪在监狱中经历了野蛮暴力的"地狱般的岁月"①,并因被警察暴打而致残、失去了行动自由。穆宗迪在法庭上否认了所有关于钱和他朋友的指证,并大声疾呼向法庭控诉狱警的暴行,然而这一切都是徒劳无功的辩白,最终"没能惩处让他终身致残的人"②的法律让他失去了言说的动力。第一次钟声之后的回忆性叙事揭示他的美在于过往经历的"凄凉",是一种凄凉之美;而他现在"话语如此之少"是因为狱中的暴力和法庭的漠视使他明白,在白人面前,黑人没有言说自我的权利。

穆宗迪的失语并非个体现象,而是南非黑人整体生存状况的象征性体现。这种从个体到族群的社会意义的揭露正是通过第二声钟响实现。穆宗迪看到警察来找普林格小姐,误以为二人是在谋划如何套出他的钱财所藏之地。他因非法酿

---

① Ezekiel Mphahlele, "Dinner at Eight", Neville Denny ed., *Pan African Short Stories: An Anthology for Schools*, London: Thomas Nelson and Sons Ltd., 1965, p. 146.

② Ezekiel Mphahlele, "Dinner at Eight", Neville Denny ed., *Pan African Short Stories: An Anthology for Schools*, London: Thomas Nelson and Sons Ltd., 1965, p. 147.

酒①所得的 200 英镑是其人生的最后希望。警察的突然出现让他意识到再也无法通过回避邀约来摆脱以普林格小姐为代表的白人对其钱财的觊觎，便决心冒险赴约，意图通过谋杀来了结此事。这种谋杀的犯罪动机并非如有的批评家所言有些缺乏力度，而是普林格小姐多次邀约所造成的抗拒心理的累积性爆发。小说开篇就曾提到，这种"他所要做的就是拒绝她的晚餐邀约"②的逃避手段在之前已有过四次。穆宗迪这一次之所以答应邀约，是因为警察的出现加剧了他的焦虑和恐慌，并最终成为他铤而走险的导火索。在穆宗迪看来，作为管理者的普林格小姐是白人权威的个体具象化代表，而警察是整个白人社会权力机构和暴力机关的象征。在二者的双重打压下，想要获得生存的希望，除了铤而走险，他别无选择。警察的出现也引发了车间里众多残疾黑人的集体悲歌。

这警察想要什么？穆宗迪身旁的人想要打探。"你看到蟑螂从地板上爬来爬去时有想过问它想要什么吗？"一个驼背回答道。穆宗迪心想：蟑螂，见鬼了。没看出来他是想要我吗！盘腿而坐——另一个沙哑的声音插话道——就会有警察催促你动起来；两腿走路，就会被警察叫住；一条腿走路，警察就会使绊子——为什么？

藏好两百英镑，然后……

驼背的声音比其他人的高出很多：要安于残废，哪怕吃屎也要开心。大伙儿叽叽喳喳说个不停……"我父亲曾经很富有"，驼背说，"非常富有。如果你看到过他养在山上的牛群，便会发现多得就跟树林似的。"

两百英镑，一阵风过！今晚，今晚，该死的！钟鸣声在他脑中不停敲响。

下班的钟声何时才会响起？其他人：知道吗，马-谢拉比家有场派对！③

这些看似插科打诨的闲谈逗趣，实则是借警察这一形象来控诉南非白人自殖民历史以来对黑人惨无人道的压迫和剥削，以群体对话来集体悲诉畸形社会制度

---

① 南非种族隔离时期，法律规定黑人禁止酿酒喝酒。但实际上存在不少黑人私自酿酒的地下酒馆（shebeen）。

② Ursula A. Barnett, *Ezekiel Mphahlele*, Boston: Twayne Publishers, 1976, p. 76.

③ Ezekiel Mphahlele, "Dinner at Eight", Neville Denny ed., *Pan African Short Stories: An Anthology for Schools*, London: Thomas Nelson and Sons Ltd., 1965, p. 148.

下黑人的困苦处境。集体的哀声与穆宗迪个体的悲歌相互应和，此刻的絮语与历史的长歌共鸣。车间里，"下班的钟声何时才会响起"，历史上，这样的悲歌何时才能停止？

对下班钟声的期待引发了穆宗迪脑海中的第三次钟鸣。这一声钟鸣预示着谋杀行动的开启和两位主角人物命运的转折，是整篇小说的高潮所在，在故事层面和阅读层面上都充满着各种阴差阳错的巧合式暗讽。

从故事层面上看，人物的行事动机和行为结果构成了一种情节上的暗讽，主要体现在普林格小姐、穆宗迪和警察这三个人物上。普林格小姐屡次邀约安排会见实际上是想帮助因脑袋遭受暴击而致残的穆宗迪，结果最后自己反倒被穆宗迪从后脑勺袭击致死；而穆宗迪赴约是为了保住自己藏起的 200 英镑以确保以后能继续生存下去，最终却因身体不堪剧烈的犯罪行动暴毙而亡；警察搜寻普林格小姐的家是想将她的"不道德行为"抓个现行以此获得功绩，却不料发现她竟被人谋害，他自己升职的梦想也因此泡汤。

从阅读层面看，小说开篇的阅读陷阱和结尾处的真相揭露还对某些读者进行了暗讽，而这主要通过普林格小姐的引述性独白（quoted monologue）实现。在前面几处具有"性暗示"的限制性第三人称描述的铺垫下，作者直接借助普林格小姐的自言自语揭露了当时南非种族隔离下人们对不同种族人群之间交往的扭曲认知："除了性爱，他们就想不到男女之间的友情了"[1]。可见，普林格小姐之前对于穆宗迪外貌之美的描述，并非出于性渴望或性挫折，而是出于对这位残疾黑人凄凉无助之态的怜悯与同情，是一种因自由主义精神而生发的对生命之美的赞叹。普林格小姐从医院报告中得知穆宗迪时日无多，因而想在他生命的最后时刻尽其所能地帮助他。这是当时南非白人妇女自由主义者的典型举动。然而，一些批评家和读者未能注意到不同层级叙事节奏下叙事声音的矛盾和真伪，最终得出了有关"性道德"的错误伦理判断，形成了情节上和阅读上的双重反讽效果。

谋杀完成后，第四次钟声敲响，穆宗迪也随即死去。最后的钟声代表着故事

---

[1] Ezekiel Mphahlele, "Dinner at Eight", Neville Denny ed., *Pan African Short Stories: An Anthology for Schools*, London: Thomas Nelson and Sons Ltd., 1965, p. 150.

的完结，也警醒着世人，为保障白人利益的种族隔离制度只会导致不同种族之间误解的加深和矛盾的加剧。在这样扭曲的社会体制下，不论白人还是黑人，都无法逃离因认知壁垒而产生的社会暴力。丧钟不只为个人而鸣。

三、钟鸣背后的"不道德"种族伦理

《八点晚餐》中层层递进的叙事节奏，以四次钟鸣揭露了两位主人公对话误解背后的深层历史原因，并在情节关联和阅读接受上形成了双重暗讽效果，其最终目的是让人们意识到种族隔离制度已经造成了南非社会人际关系的扭曲变形，而这种病态交往下所形成的刻板印象和种族偏见更是导致了南非社会诸多暴力事件的发生。在小说中，这种畸形的人际关系主要是通过"不道德法案"中的"不道德"种族伦理呈现出来的。

南非的种族隔离制度虽然在 1948 年马兰政府上台前早有各种不成系统的条例规定，但却是在其掌权执政之后通过一系列立法而制度化、体系化的。种族隔离制度的核心是要确保南非白人族群的血统纯洁性，以保障白人优越论下多种社会权益的天然合法性，并由此维护和巩固白人的社会地位和现有利益。因此，种族隔离制度的第一条法案就是 1949 年的《禁止混合通婚法案》(*Prohibition of Mixed Marriages Act*)，规定了南非白人和非白人①之间不可通婚；紧跟着就是 1950 年的《不道德修正法案》(*Immorality Amendment Act*)，而所谓的不道德，就是白人和非白人之间通婚或恋爱等与性有关的行为交往。1957 年，南非政府再次颁布新的《不道德法案》(*Immorality Act*)，进一步限制了白人和非白人之间的人际交往，规定白人与黑人的性关系为犯罪行为，同时引诱、怂恿或强求他人实施上述行为，或企图实施上述行为，或与他人共谋实施上述行为也是犯罪行为，并规定此项犯罪的最高刑罚为七年监禁。

这也是在《八点晚餐》中，警察总是随时守候在普林格小姐家附近的原因，

---

① 在南非社会中，非白人主要是指黑人和有色人种。

因为她之前的人际交往已显露出"不道德"行为的苗头。普林格小姐在力邀穆宗迪去她家中作客时，曾经提及自己与非白人交往密切："就在上周我还招待了几位有色人朋友，下周三，还有其他非洲朋友要见。"[①]作为南非白人自由主义者，普林格小姐主要是通过与非白人之间的人际交往来对抗南非的种族隔离制度的。她"和非洲人共事多年"[②]，曾"领着代表团去见部长"[③]，来到穆宗迪的避难就业所工作，也是出于对非洲人悲惨境遇的同情。然而，普林格小姐这种具有反种族主义的人际交往举动在20世纪五六十年代的南非却是最大的法律禁忌，不仅在警察眼中是犯罪行为，甚至在被歧视和被压迫的黑人穆宗迪眼中，亦是具有某种不良企图的不正常交往行为。

《八点晚餐》最后的谋杀悲剧正是源于这种"不道德"的法案规定。这种禁止种族之间正常平等交流的政治体制拉大了人与人之间的交往距离，并由此产生如同普林格小姐和穆宗迪之间对话那样因无法理解对方意图而导致错误认知恶性循环的递归误解，进一步加剧和激化了南非社会种族矛盾，并由此引发各种暴力犯罪事件。这种缺乏平等交流导致的递归误解，会让人们对不同族群形成认知上的刻板化印象。白人会认为所有黑人都是潜在的罪犯，而黑人则把所有白人都看作是不怀好意的利益掠夺者。递归误解更深层次的影响是对人们价值观的扭曲：

"由于南非社会的分裂本质，许多人自然而然地认为黑人和白人之间的友好交往意味着性交。在另一种性质的社会里，普林格小姐对穆宗迪的同情和接触上的渴望或许是值得赞赏的；但在我们所处的这个社会里，良好的愿望总是面临着破坏的危险。此外，在一个健康的社会里，并不存在严重不道德行为的危险，例如

[①] Ezekiel Mphahlele, "Dinner at Eight", Neville Denny ed., *Pan African Short Stories: An Anthology for Schools*, London: Thomas Nelson and Sons Ltd., 1965, p. 143.

[②] Ezekiel Mphahlele, "Dinner at Eight", Neville Denny ed., *Pan African Short Stories: An Anthology for Schools*, London: Thomas Nelson and Sons Ltd., 1965, p. 144.

[③] Ezekiel Mphahlele, "Dinner at Eight", Neville Denny ed., *Pan African Short Stories: An Anthology for Schools*, London: Thomas Nelson and Sons Ltd., 1965, p. 144.

谋杀，享有类似于非法性交的"不道德"地位。性交被赋予了"不道德"的地位，警察也就会把它当作是实际上的不道德来进行执法。道德扭曲的社会制度，制度之下的受害者人物，以及给人们带来的痛苦而非文学上的悲剧后果，这些一直都是姆赫雷雷所关注的问题。"①

可以看出，关于普林格小姐这一人物若有似无的"性暗示"实则是南非不健全社会制度下种族伦理价值观的扭曲体现。小说中看似客观公正的第三人称叙事者，实际上已沾染了社会潜意识中的认知偏见，代表了当时南非种族隔离制度所塑造的"许多人"的社会认知，即"黑人和白人之间的友好交往意味着性交"。姆赫雷雷以多重叙事声音设下的阅读陷阱，也让读者进入南非种族政治的社会语境，并随着政治无意识的表层叙事声音共同感受到了阅读接受层面的辛辣嘲讽，这同时也表明了这种扭曲的种族伦理道德观念在南非社会的根深蒂固，具有广泛性和普遍性。这种以肤色来区分和定义人际交往是否道德的法律本身就是一种不道德的社会制度，也是南非现代社会暴力事件频发的历史根源。

另一方面，还必须认识到普林格小姐并非一心拯救黑人的革命者。她对穆宗迪的同情和对黑人的友善，更多的是一种源自南非白人自由主义的自我满足。她虽然在口头上声明乐意与黑人做朋友，其实是因为"跟黑人一起工作比跟白人工作要有趣得多"②，因为对她而言，白人"太独立了"③。她享受的是黑人因能力上的低等而对她产生的依附感。正如姆赫雷雷最受关注的短篇小说《普朗太太》（"Mrs.Plum"，1967）开篇所描述的那样，"她喜欢狗和非洲人，并声称即使法律伤害到人，每个人都必须守法"④。普朗太太也是一名典型的南非白人自

---

① Damian Ruth, "Through the Keyhole: Masters and Servants in the Work of Es'kia Mphahlele", *English in Africa*, 1986, 13(2), p. 68.

② Ezekiel Mphahlele, "Dinner at Eight", Neville Denny ed., *Pan African Short Stories: An Anthology for Schools*, London: Thomas Nelson and Sons Ltd., 1965, p. 144.

③ Ezekiel Mphahlele, "Dinner at Eight", Neville Denny ed., *Pan African Short Stories: An Anthology for Schools*, London: Thomas Nelson and Sons Ltd., 1965, p. 144.

④ Es'kia Mphahlele, "Mrs. Plum", *In Corner B*, New York: Penguin Books, 2011, p. 125.

由主义者，她坚持以非洲名字而非英语名字来称呼自己的黑人女仆，为黑人权利撰写评论文章，甚至为了仆人与警察发生冲突，看似是为黑人权益而斗争的革命者，但事实上根本无法放弃种族隔离制度下的南非白人特权，对非洲人的热爱和对狗的热爱并无二致。普林格小姐可谓是未完成状态的普朗太太，她对黑人的同情怜悯更多类似于对受伤宠物的怜爱。这种常见于南非白人自由主义者身上的所谓的同情和帮助，并不触及种族隔离制度的根源，无法对扭曲的社会制度进行纠正与颠覆，因而无法从根本上帮助黑人恢复尊严、获得自由，对南非种族隔离制度下畸形的伦理道德观念也无法起到变革作用，因而是苍白的、无用的。

结　　语

姆赫雷雷的《八点晚餐》以不同叙事声音交叠而成的叙事节奏，层层揭示了这场原本承载"良好的愿望"的晚餐最终以悲剧收场的深层社会原因。其非洲鼓乐般的叙事节奏不仅展现了黑人穆宗迪的个体悲剧命运，同时还揭示了南非黑人群体悲剧境遇的历史根源，即南非的种族隔离制度。这种以肤色为区隔的人际交往行为规约，以种族优越论的伪概念加深了人与人之间的认知鸿沟，扭曲了人们的思想价值观和伦理道德观，以有违人性的不道德立法制度制造了诸多社会悲剧，成为南非社会政治动荡和暴力频发的深层历史原因。《八点晚餐》中极富层级性的四次钟鸣告诫着世人，丧钟不只为个人而鸣，亦不只为过去而鸣，还为不同肤色的南非人民而鸣，为社会动荡之下的家国未来而鸣。

（文 / 浙江工商大学 李丹）

第二篇

安德烈·布林克
《瘟疫之墙》的终极关怀

安德烈·布林克

André Brink，1935—2015

作家简介

安德烈·布林克（André Brink，1935—2015），南非著名作家、文学评论家和社会活动家。布林克一生著述等身，为南非当代阿非利卡语文学和英语文学的发展做出了重大贡献，因而在文学声名上，他与戈迪默和库切齐名。他一共创作了 21 部长篇小说，2 部随笔集，1 部回忆录，1 部研究专著，另有大量翻译文学作品。主要作品有《打量黑色》（*Looking on Darkness*，1974）、《风中一瞬》（*An Instant in the Wind*，1976）、《血染的季节》（*A Dry White Season*，1979）、《瘟疫之墙》（*The Wall of the Plague*，1984）等。布林克一生都在致力于推动南非文学的现代化和政治的民主化，其小说作品以人道主义为导向，为被压迫的边缘群体发声。他曾二次入围布克奖短名单，二次获得诺贝尔文学奖提名，三次荣获南非中央新闻社最高文学奖。

作品节选

《瘟疫之墙》
(*The Wall of the Plague*, 1984)

"Was there really no remedy?" she asks, concerned in spite of herself.

"Oh there were innumerable remedies. But it's hard to say whether they were any use. The problem, of course, was that no one had the faintest idea of where the Plague came from. Who would suspect a rat or a flea? To them, it was caused by miasmas in the air, or by invisible evil spirits; it was a visitation from God Himself, to chastise people for their sins, the latest variation of the Deluge. Or otherwise they blamed the Jews for it, or heretics, or any stranger who unexpectedly happened to turn up in their midst. Some tried to take refuge in fasting and prayers. Others went to the opposite extreme of feasting and fornicating, hoping their frenzied excesses would fool the evil spirits. Most people went about in the strangest outfits, trying to cover up the whole body, wearing masks with long beaks which made them look like weird birds, with large crystal eyes. Imagine how those thick lenses must have distorted the world. The beaks were filled with perfumes and oils and sweet-smelling substances to purify the air before they breathed it in. Like the gas masks of the First World War. If you wanted to go on a journey, you would be advised to eat sweet apples, or sprinkle yourself with rose water, or rub your skin with perfumed salves. The more imaginative resorted to mixtures that would have been the envy of any alchemist. A soupcon of dried snake, powdered emeralds, figs, myrrh, saffron, and God knows what else. Others did the opposite: inhaled the foulest odours they could find, firmly convinced that these would drive the Plague away. Some apparently squatted on their latrines for days, heads tucked between their knees; and if you look at some of the toilets in the French provinces nowadays, you can imagine what these places must have been like in the fourteenth century."

"And all in vain?"

"Sure. The Plague just went on and on, and even became worse. Moving from the South all the way up to Paris. To England. Germany. The Scandinavian countries. Hardly a village escaped unharmed. You know how close together these villages are. By the time one got word of the Plague it would be ten kilometres away from one's own home. There simply wasn't any time to run away or dig trenches or build walls. You just had to sit and wait, and tremble. 'How shall I recognize the Plague when I see it? How do I recognize a Jew? What does a heretic look like?'" [①]

"真的没有什么解决办法吗？"她不由自主地忧心问道。

"哦，倒是有数不清的应对措施，但却很难说它们是否管用。归根结底，问题是没有人知道瘟疫从何而来。谁会怀疑一只老鼠或跳蚤呢？对他们来说，它是由空气中的瘴气或看不见的邪灵引起的；它是来自上帝的审判，惩罚人们的罪恶，瘟疫被看成"大洪水"的最新变体。此外，他们会怪罪犹太人，或者是异教徒，又或者是任何突然出现在他们中间的陌生人。有些人试图通过斋戒和祈祷来寻求庇护，另有一些人则与之相反，他们浸身于极端的享乐和淫乱，以为这样就可以骗过邪灵。绝大多数人出行时都会穿着奇异的装束，他们将自己整个身体都遮盖住，面罩上的长喙和玻璃眼镜让这些人看起来如同怪鸟一般。你可以想象一下，那些厚厚的镜片扭曲后的世界是怎样的。而那些长喙，就像第一次世界大战时的防毒面具一样，人们在它里面填满了香水、油脂和散发甜美气味的物质。这样就能保证每次呼吸时，空气都被净化过滤一遍。在那时，如果你想去旅行，你会被建议吃甜苹果，或在自己身上洒玫瑰水，或用芳香药膏擦皮肤。更夸张的人会使用一种足以让任何炼金术士都羡慕的混合物，那里边有少许干蛇粉、祖母绿粉，

---

① André Brink, *The Wall of the Plague*, New York: Summit Books, 1984, pp. 41-42.

以及无花果、没药和藏红花的粉末，天知道里边还有些别的什么。但也有些人反其道而行之：他们吸入所能找到的最难闻的气味，因为他们坚信这些气味能驱赶瘟疫。有些人显然在厕所里蹲了好几天，并且把头埋在膝盖之间。如果你看看现在法国一些省份的厕所，你就能想象这些地方在 14 世纪是什么样子的。"

"一切都是徒劳的吗？"

"确实如此。因为瘟疫持续不断，甚至变得更加严重。从南部一直蔓延到巴黎、英国、德国和北欧诸国。几乎没有一个村庄可以幸免于难，你知道这些村庄离得有多近。当得知瘟疫的消息时，它就已经距离这些村民的家只有十公里了，人们根本没有时间逃跑或挖战壕、建墙壁。你只能坐在那里，颤栗地等待，不由发问，'看到瘟疫时，我怎么辨别？我怎样才能认出犹太人？异教徒长什么样子？'"

（陈平 / 译）

作品评析

《瘟疫之墙》的终极关怀

引　言

疫者，乃鬼神所作也。①在先民的意识里，疫病常被看成是上天降罪的工具：在《荷马史诗》中，阿伽门农侮辱了阿波罗的女祭司，招致了太阳神盛怒，因而希腊联军饱受瘟疫横行之苦；在索福克勒斯的戏剧《俄狄浦斯王》中，也恰是因为俄狄浦斯犯下了杀父娶母的罪行，才导致天降瘟疫于忒拜城。这种造成群体性灾难的流行病往往被看成是对个体道德败坏或整体社会腐化的审判惩罚，瘟疫也由此获取了一种道德意义上的隐喻，而基督教的出现无疑让这二者的联系在西方变得更加紧密。大规模的传染性流行病不仅是医学事件，还是道德事件和政治事件，当然也是一个文学事件。作家正是看到了瘟疫所具有的破坏性和隐喻性，所以通常将其作为描绘社会混乱的一种修辞手法。②

西方文学中存在着一个瘟疫书写的传统，所谓瘟疫书写，具体指作家通过瘟疫这一背景，探求人类在极端境遇下的价值判断和伦理选择，或借助瘟疫这一隐喻来表现人类的某种生存困境。从薄伽丘的《十日谈》到笛福的《瘟疫年纪事》，从毛姆的《面纱》到加缪的《鼠疫》，瘟疫或作为背景，或作为寓言，其身影一直在不同风格的文学作品中得到接续。南非作家安德烈·布林克（André Brink，

---

① 李昉等撰：《太平御览》（影印版），北京：中华书局，1960年，第3294页。

② 参见苏珊·桑塔格：《疾病的隐喻》，程巍译，上海：上海译文出版社，2018年。

1935—2015）在其小说《瘟疫之墙》（*The Wall of the Plague*，1984）中就承接了这一书写传统，并以瘟疫为隐喻，来反映当时南非社会的种族隔离制度。布林克才华横溢，三次被提名诺贝尔文学奖，作品也三度入围布克奖，但由于其多采用阿非利卡语进行创作，所以我国对其作品的译介相对较少，这也是《瘟疫之墙》至今没能得到应有关注的主要原因。虽是阿非利卡语作家①，布林克也发表了许多英语小说作品，在南非出版审查制度最严苛的时期，他采用了双语同时进行创作，《瘟疫之墙》这部小说也正是在这样的背景下产生的。

一、瘟疫书写：承袭中的变奏

布林克与纳丁·戈迪默和约翰·库切齐名，三人被誉为当今"南非文坛三杰"。②虽是齐名，布林克在世界文学上的影响却不能同另外两杰相比。但布林克不仅是著名的小说家，还是文学批评家和社会活动家，一生都在致力于推动南非文学的现代化和政治的民主化，其小说作品以人道主义为导向，为被压迫的边缘群体发声。这部发表于南非最紧张时期的作品，旨在批判种族隔离这一"政治瘟疫"，并积极呼唤南非民族和解的到来。小说虽对薄伽丘等人的文学作品有所借鉴，从欧洲的书写传统中汲取了灵感，但始终关注的是南非的社会现实问题，而这也与大多数非洲文学作品一致，虽使用了欧洲文学的"乐器"，演奏出的却是别具特色的非洲声音。

很明显，布林克受到了《十日谈》的启发。被誉为"人曲"的《十日谈》采用了嵌套式的故事结构，在佛罗伦萨大瘟疫的背景下三男七女躲在郊外别墅里讲述各自所听闻的故事，布林克却在借鉴这部文艺复兴时期巨作的时候反其道而之。《瘟疫之墙》这部小说发生在现代背景下，而主人公却在追寻并探讨中世纪黑

---

① 李永彩先生将安德烈·布林克归类于阿非利卡语作家。详见李永彩：《南非文学史》，上海：上海外语教育出版社，2009 年，第 332 页。

② 蔡圣勤、张乔源：《论布林克小说中的人性异化和逃离自由》，《山东社会科学》2016 年第 4 期，第 85 页。

死病这一话题。小说的情节十分简单，女主人公安德莉亚①在为其情人保罗②的一部关于黑死病的电影进行考察研究。她横穿普罗旺斯，旅途中她一边整理关于瘟疫的笔记，一边又不自觉地回想起曾经在南非的生活。在此期间，保罗将来自南非的黑人活动家曼德拉派去协助她，而曼德拉的出现则彻底改变了故事的走向。小说背景设置在欧洲田园风光之下，且涉及瘟疫这一主题。布林克显然清楚地认识到自己绕不开薄伽丘、笛福和加缪等人的瘟疫书写，所以索性就以这些作品为自己创作的根基，并将自己的小说与之进行比照。此外，他还将安托南·阿尔托、菲利普·齐格勒③等人关于瘟疫的研究作为保罗创作电影的笔记收录到小说中，在作品开放的对话环境中对其进行考量。通过阅读这部小说，可以明确发现，《瘟疫之墙》虽然植根于欧洲瘟疫书写传统，但却成功做到了旁生斜枝，且这条斜枝又借助南非社会这一肥沃土壤得以落地生根，就像榕树的繁殖一样。探讨这部小说与欧洲瘟疫书写的联系，可以在更深层次上看到作家关于民族和解的尝试，以及对南非建立新国家可能性的思考。

在小说《瘟疫之墙》的卷首，布林克依次摘录了加缪的《鼠疫》、安托南·阿尔托的《戏剧及其二重性》、薄伽丘的《十日谈》、笛福的《瘟疫年纪事》，以及齐格勒的《黑死病》中的重要段落，而这一做法无疑是希望读者在阅读中体会这部小说对以上几部作品的扬弃。

在《十日谈》的开头，面对肆虐的疫情，一部分绝望的人们整日饮酒放纵，这一点与我国魏晋时期服药饮酒的文人颇为相似，末日狂欢的放纵，若不是对生命的无可奈何，谁又会"一死生，齐彭殇"。但大多数人做出的其实是这样的选择：

这些事情，以及许多相似的，甚至更糟的事情，在仍然健康的人中间引起许多疑虑恐惧，到头来他们不得不采取一个相当残忍的措施：尽量远离病人和他们的物品，认为这　来就可以保住健康。④

---

① 安德莉亚是来自南非开普敦乡下的有色人种女性，她与白种人布莱恩的恋情受到当局法律禁止，不得不随布莱恩逃离南非，辗转欧洲，但这一恋情却在不久之后无果而终。

② 保罗是当时法国一位小有名气的白人作家，他同样出生在南非，但却在法国亲戚的坚持下，被带到欧洲求学，他虽受着欧洲文化传统的滋养，却因为早期的经历仍然心系南非。

③ 英国著名传记作家，写过不少名人传记，曾涉足黑死病领域研究，出版过一本《黑死病》。

④ 薄伽丘：《十日谈》，王永年译，北京：人民文学出版社，1994年，第8页。

与大多数人一致，那讲故事的十位年轻人为求活命，也逃离了原有的生活，逃离了城市，逃到了郊外。可见，薄伽丘在其作品中所表现出的是一种逃离主义的哲学，《十日谈》中的主要人物代表的是逃亡艺术家的形象。布林克笔下的人物保罗虽有着几分逃亡艺术家的气质，但却与薄伽丘笔下的三男七女有着本质的区别。保罗虽然置身欧洲，但却始终存有社会良知，希望通过自己的创作改变人们的观念，从他资助曼德拉从事革命活动一事亦可管窥其内心深处的政治责任感。薄伽丘认为在黑死病的背景下，任何人类的努力都是徒劳的，但是布林克却主张，无论在何种境遇下，反抗总是有意义的。

面对瘟疫，个体或逃离，或坚守的选择正是其思想的外化，而作为整体的民族和国家采取何种方式防疫则是其制度、文化、价值观等多重因素的体现。在新冠肺炎成为新的全球大流行病的当下，英国那富有争议的防疫策略①或许可以从丹尼尔·笛福那里找到其"个人主义"的文化基因。笛福的《瘟疫年纪事》细致地记录了1665年发生在伦敦的那场大瘟疫。笛福笔下的叙事主人公鞍具商H.F.是一个朴素的个人主义者，当面对瘟疫来袭，他并没有选择离开，而是选择留下来守卫自己的财产，将生死交给了上帝。伦敦进入紧急状态时，H.F.对"房屋封禁政策"下人们种种行为的观察无疑最让读者印象深刻。"看到和瘟疫牺牲品一起被封闭起来的那些人事实上被判处某种死刑，面对这种恐怖他禁不住战栗发抖。"②由于当时没有一套完善的配套资源组织工作，那些被隔离的人，他们的生命权和生存权都遭受了不同程度的伤害。在这种高压政策下，笛福对这些失去自由者的描绘吸引了布林克的关注，因为他所要在其小说中探讨的就是在种族隔离这一"政治瘟疫"下人们的价值选择。

瘟疫虽然带来了混乱和毁灭，但在法国先锋戏剧理论家安托南·阿尔托看来，这种毁灭性同时伴随着创造性。他将戏剧与瘟疫相提并论，认为：

---

① 在全球积极应对新冠肺炎的背景下，英国首相鲍里斯·约翰逊推出的防疫政策及首席科学顾问帕特里克·瓦兰斯爵士关于"群体免疫"原则的论述在国际社会引起巨大争议，该举措是否有实效，尚需时间检验。

② 丹尼尔·笛福：《瘟疫年纪事》，许志强译，上海：上海译文出版社，2013年，第21页。

戏剧与瘟疫都具有有益的作用，因为它促使人看见真实的自我，它撕下面具，揭露谎言、懦弱、卑鄙、伪善，它打破危及敏锐感觉的、令人窒息的物质惰性。它使集体看到自身潜在的威力、暗藏的力量，从而激励集体去英勇而高傲地对待命运。而如果没有瘟疫和戏剧，这一点是不可能的。[1]

瘟疫所到之处就如同放了一把火，具有洗涤作用。这种用残酷来对抗残酷的方式，布林克在一定程度上是赞成的，他笔下的女主人公安德莉亚的行为则体现了这一点。当时南非的法律禁止跨种族发生性行为，这就将不同的肤色隔绝开来，在人群中建造了一座隐形的高墙。而安德莉亚却用自己叛逆的性行为一次次跨越这座高墙，当她冲破了这一界限之后，她发现最简单最原始的真相其实是：在这种越轨的行为中只有男人和女人，而不是白人和黑人。

对布林克的瘟疫书写影响最大的无疑是加缪的《鼠疫》。当时正值纳粹德国占领法国之际，这部存在主义的作品将瘟疫叙事与民族抵抗联系在了一起。[2]加缪笔下的人物同样面对想念亲人和渴望自由的问题。然而，在里厄医生的领导下，他们认识到了接受医疗检疫的必要性，并帮助医生实施医学检疫。加缪的日常英雄通过培养一种民族归属感来缓解隔离的痛苦：他们认识到自己是"从这里来的"，所以他们选择保持一种"我要战斗"的精神。在绝望之中看到希望，在极端境遇下抱团取暖，这也正是布林克要在其小说中反映的主题。布林克笔下的非国黑人活动家曼德拉就像里厄医生，他用自己的革命激情先后点燃了安德莉亚和保罗，让这两个因恐惧而逃避现实的人重新面对现实。布林克沿用了加缪将鼠疫作为寓言的方式，其瘟疫叙事是对极端社会详尽而深刻的审视，在这种审视下，社会上的所有缺陷都会被放大和公开。[3]

---

[1] 安托南·阿尔托：《残酷戏剧——戏剧及其重影》，桂裕芳译，北京：商务印书馆，2015年，第30页。

[2] 很多研究者认为加缪的《鼠疫》更多是一部探讨人类生存困境的寓言，但考虑到其创作时间，鼠疫在一定程度上也是对法西斯的隐喻。

[3] Giuliana Lund, "Black Death, White Writing: André Brink's *The Wall of the Plague* as a Narrative of National Reconciliation", *The Journal of South African and American Studies*, 2011, 12（2），p.153.

二、瘟疫之墙：隔绝中的结合

墙，是隔绝的象征，将自己所恐惧之物隔绝在外，一堆石头便给予了人们实在的安全感。保罗曾在与他人的交谈中质疑位于普罗旺斯的那堵瘟疫之墙①是否起到了阻止瘟疫的作用，在他看来，单靠一堵墙来对抗瘟疫无疑是十分荒谬的。其实，这种质疑背后是作家布林克借助瘟疫之墙这一现实意象来批判南非的种族隔离制度：试图通过隔离政策来隔绝黑人白人等不同种族的交流无疑也是十分荒谬的。建立一道墙，是为了将自我与他者分隔，墙一旦建立，墙这边与墙那头自然就形成了一种二元对立的关系。南非的"瘟疫之墙"将黑人与白人隔绝开来，这一政策更加剧了原本业已紧张的对立关系。布林克在小说创作中并未采用席勒式的方式急于抨击这道种族之墙，因为他知道与这种被建立的墙相比，更可怕的事情是自己主动建立一道墙，将自己与他者隔离开来。作家看到了现实中"墙"这一问题的普遍性，所以他在创作中紧抓这种二元的关系，探索主人公的墙内世界与墙外世界。只有个人迈出了自己的墙，摆脱了思想的桎梏，社会才能从隔绝走向融合。当然，在这时候，作家批判的主要社会问题也会因此迎刃而解。

首先，在叙事技巧上，布林克采用了明显的二元叙事策略。小说分为两部分，第一部分主要讲述安德莉亚的考察之旅，而在这考察实践当中，所见却引发了所思及所感，用意识流的手法将现实与回忆勾连起来。自从离开南非，安德莉亚就在极力压制自己对故乡的思念，她努力安慰自己，用惬意美满的法国生活让自己沉醉，以为躲到保罗的怀抱里就能够逃避过去。安德莉亚为自己建立了一道时间之墙，将过去关在墙外。但是，随着考察的深入，以及对黑死病历史的追溯，这种追溯的研究方法也作用到了安德莉亚自身，她也因此不时陷入对自己过往的

---

① 小说中安德莉亚考察的瘟疫之墙位于马赛市郊，这座墙建于 1722 年，正值马赛大瘟疫流行之际。为了阻止瘟疫蔓延，当时法国人将马赛与普罗旺斯其他地区隔绝开来，用石头建造了一道高达两米的隔离墙。

回忆中。安德莉亚意识流的回忆为自己渐渐寻回了那早先被她舍弃的过去，而曼德拉的出现则将她的过去与现在结合了起来。曼德拉用自己直面问题的革命精神唤醒了安德莉亚的种族意识，因而在曼德拉被暗杀后，安德莉亚选择了勇敢地离开法国，结束逃亡式的生活，重回故国。

安德莉亚离开时给自己的情人保罗留下了一封书信，而小说的第二部分便可看作是保罗对安德莉亚来信的回应。保罗在听闻曼德拉的死讯及安德莉亚的离开后，陷入了沉重的悲伤之中。悲伤之余，他也反思了自身的政治理想及价值取向。他发觉自己也始终在逃避，一直活在墙内，于是他放弃了自己的黑死病电影剧本，转而去书写关于情人安德莉亚的小说。从小说整体来看，小说的这两部分可看作是安德莉亚与保罗的对话，而各部分之间又穿插着大量的"双声语对话"①，这种对话方式一方面表现了墙内墙外的种种差异与隔阂，另一方面又暗示出二者试图打破阻隔，亲近沟通，从而悦纳彼此的尝试。②

其次，在人物塑造上，布林克也借助二元对照的方式来表现人物的性格特点，但这种特点却不是非黑即白、非此即彼的固态表征。保罗、安德莉亚和曼德拉三人身上有各自最突出的特点，但三人性格中又有彼此交融之处，而这三人也在情爱纠缠中互相影响，发生改变。一个是离开南非定居法国的白人作家，一个是逃离南非辗转流离的有色女性，一个是为南非革命在欧洲奔走筹钱的黑人活动者，三者互为对照，又互相渗透。

当现实过于残酷时，人往往寄情于艺术以求获得慰藉。保罗以艺术自由为理由留在欧洲，其实是在逃避南非严苛的政治制度。如果说曼德拉是一个激进的行动派，那么保罗则更像一个逃避的艺术家，但是他的这种逃避不是与生俱来的，

---

① 巴赫金指出，小说人物对话呈现两种基本方式：一是人物之间的语言对话，二是人物与自我心灵的对话。而后者又有两种表现形式：一种是自己内心两种矛盾力量的冲突，另一种是自己与他人话语之间所展开的一种对立性交流。巴赫金把这两种具有不同性质的对话，称之为"双声语对话"。本文借用巴赫金的这一对话术语指代人物内心的对话，主要表现为两种具体形式，即自己内心矛盾的冲突和把他人意识作为一个对立的话语进行对话。

② 这种尝试体现得最明显之处，莫过于小说的末尾，保罗着手书写的关于安德莉亚的小说开头正是布林克这部《瘟疫之墙》的开头。在此，布林克希望隐去自己作家的声音，采用这种回环的方式，从保罗的角度讲述安德莉亚的心路历程，而保罗这种独特的讲述方式也恰恰印证了他已跨越了横亘在安德莉亚与他自身之间的高墙，做到了与安德莉亚感同身受。

而是与他的早年经历①紧密相关的。从那之后，保罗就由一个行动者变成了一个哈姆雷特式的人物：他在思考造成这一切的原因，他想从思想的层面上来改变这一切。因此，他想以黑死病为突破口，从历史上的问题入手，可是他的创作却难以推进。他不止在艺术上受挫，在现实生活中也不能很好地处理两性关系。他频繁更换伴侣，性爱分离的生活恰恰从侧面说明了他不轻易让别人走进其内心。他将自己的精力集中到艺术创作中，以为这样就可以摆脱残酷的社会现实。但是，逃避责任，并不会带来自由，在与安德莉亚和曼德拉的相处中他愈发觉得自己就像那个将自己隔离在城堡的教皇克莱门特六世，虽然远离瘟疫的侵袭，但却将自己变成了囚徒。

保罗与曼德拉的人物形象是一组对照，一个白人，一个黑人；一个逃避现实，一个激进暴力；一个代表艺术的哲思，一个代表身体的力量。曼德拉与保罗虽是对立隔绝的两种代表，但二者却又有相通之处。保罗在曼德拉身上看到了年轻的自己，为革命理想奔走呼号，所以他不仅出资帮助曼德拉，还在曼德拉身处危险之时提供庇护。当得知曼德拉的死讯后，虽然已知晓曼德拉和安德莉亚的亲密关系，他仍旧为曼德拉感到痛惜，他在感叹曼德拉死亡时，其实也是在感慨自己的"死亡"，正像他所梦到的：

我开始产生难以言说的恐惧，因为他的尸体上出现了黑点还有坏疽之类的东西，他的腋窝和腹股沟则满是瘟疫的疖子。我的目光沿着他的全身，从脚往上，随着目光移动，我变得越来越害怕，因为当我看到他的头时，我才意识到，那根本不是曼德拉，而是我自己。②

梦有着强烈的象征意义，曼德拉被暗杀一事让保罗再一次认识到现实的残酷性，他知道只躲在书斋里研究形而上的艺术是无用的，也是可耻的。面对种族隔

---

① 保罗曾在留学期间作为志愿者救助匈牙利事件中的难民，军队粗暴的干预、暴动造成的死伤以及难民的无助与悲惨给他留下了难以磨灭的印象，让他感受到前所未有的无力。

② André Brink, *The Wall of the Plague*, New York: Summit Books, 1984, p. 443. （以下出自《瘟疫之墙》的引文随文标明页码，不再一一详注。）

离这种"政治瘟疫",没有一个人可以免受其害,不止安德莉亚和曼德拉是种族隔离的受害者,像保罗这样的阿非利卡白人同样也被种族隔离制度所束缚,虽被保护起来,但是却变成了"囚徒"。他不愿继续做"被保护的教皇",转而更加关注现实,关注南非社会正在发生的一切,他后来转向创作关于安德莉亚的小说恰恰反映了曼德拉对他的影响,"不要一味地做萨特和马尔库塞那样的思想者,有时候我们必须要像法农和格瓦拉一样做个行动者(433)"。

与保罗和曼德拉不同,作为小说中与二者互相影响的女性角色,安德莉亚身上表现出明显的流动性和包容性,而这一特点也与她混血的身份相关。作为一个"异邦流散者",安德莉亚在欧洲这种异质文化环境下,首先面对的就是其自身的身份认同问题。[①]在南非,由于肤色的隔绝,她被迫与白人男友逃亡欧洲,带着对故国的恨意,在异国他乡,她甚至不愿见来自南非的同胞。在法国,由于她的肤色较浅,很少有人关注到她的肤色,因而她也很快学会了刻意去忘记她的种族身份。虽然她很努力地克服了语言、习俗等差异,但是她却难以真正融入法国社会中。抛却了原有的身份,但却迟迟未能在异质文化中建立新的身份,吾乡不得安身,安身之处却是异乡,无处安心的安德莉亚就像浮萍一样漂浮在欧洲与非洲之间的地中海上。一个身处异乡孤苦无依的女子,只得选择依附于男性。安德莉亚的几位情人都是白人,布林克的这一设置有特殊意义,法农就曾在其著作《黑皮肤,白面具》中专门探讨过有色人种妇女与白人男子的关系问题。[②]与白人男子日复一日的相处,安德莉亚逐渐忘却了她有色人种的身份。在一定意义上,安德莉亚与白人男子的床第之欢可看作是她对南非种族隔离制度的叛离与报复,她用自己流动性的肉体攀过了坚固的隔离之墙。

身体行为是思想的外现,安德莉亚的意识也是流动变化的,而这流动之间又呈现出一种建立在共情基础上的包容性。安德莉亚身上既有保罗的避世意识,又兼具曼德拉的干预精神,这两种思想共栖于她一身,并相互博弈。初遇保罗时,安德莉亚根本不认同保罗的创作,因为她想不通当人们面对瘟疫时,"为什么不选

---

① 参见朱振武、袁俊卿:《流散文学的时代表征及其世界意义——以非洲英语文学为例》,《中国社会科学》2019 年第 7 期,第 135-158 页。

② 参见弗兰兹法农:《黑皮肤,白面具》,万冰译,南京:译林出版社,2005 年。

择直接去救治那些患病者，而是躲起来写这些受难者的故事（47）"。但听了保罗的早年经历后，她很快认同了保罗的行为，甚至后来主动协助他去完成这一剧本创作。从她对保罗的质疑可以看出，安德莉亚一开始存在着明显的主体意识，但随着其身体和思想对保罗的日益依附，她放弃了这种主体性。当曼德拉与她同行时，他看到了安德莉亚的逃避和放弃，一直试图唤醒她的黑人主体身份。曼德拉用几近嘲讽的方式提醒安德莉亚不应作为别人的附庸，他批评了安德莉亚甘心做保罗附属物的行为。曼德拉对自由选择的言论直击安德莉亚内心，通过与他的相处，安德莉亚也逐渐醒悟了：她依附性的生活并不能让她内心得以安宁，她根本无法与自己的过去割离，她之所以这样游离而无所归属，是因为她将选择的权力过渡给了他者。他理解保罗因现实残酷而逃避的行为，但最后却更加认同曼德拉奋起抗争的精神。在曼德拉被暗杀后，她毅然选择回到南非，去找回自己的身份，去面对自己应该面对的生活。安德莉亚最后的勇敢决定，也为她漂浮的身心找到了一个踏实的着陆地。

不论是在叙事策略上，还是在人物塑造上，布林克都采用了这种二元对立的方式，男人与女人，黑人与白人，个人与国家，选择与责任，作家通过设立这些对照来表现极端环境下人们的妥协与挣扎。种族隔离制度像一座高墙一样将人分离，面对这种"政治瘟疫"，没有人能够独善其身，逃跑只会让自己的灵魂受损，而唯有反抗才能让南非人真实感知到自己在这个社会的存在，而这也正延续了加缪在其小说《鼠疫》中所传递的那种存在主义思想：我反抗故我存在。人必须为自己的存在和自己的一切行为"承担责任"，懦夫和英雄并非天生，而在于"自我选择"。[①]勇敢地走出自己为自己建立的保护墙，才能找到同伴，才能团结一致，才能逾越种族隔离制度这一高墙，才能在这种抗争中更确定地感知自身的存在。

[①] 让－保罗·萨特：《存在主义是一种人道主义》，周煦良、汤永宽译，上海：上海译文出版社，2012年，第3页。

三、制胜之策：守望相助中的共同体

2019 年末至 2020 年初，新冠肺炎在全球呈蔓延之势，彼时的中国再次遭到西方的污名化对待，甚至有西方媒体将造成疫病流行的病毒称为"中国病毒"，与此同时，海外的华人也遭受到某些歧视和谩骂。追根溯源，这其实是种族主义和东方主义借着瘟疫的力量再一次抬头，即便是今日，以布林克为代表的一批作家所批判的种族主义也并未根除。借助瘟疫这一隐喻，布林克在小说中所批判的"高墙"并不是指医学意义上为对抗瘟疫所采取的必要的医疗隔离，而是在文化层面上因瘟疫所产生的恐惧、偏见和排斥乃至迫害。南非种族隔离制度的产生确实有疫病的现实因素，但产生后又恰像瘟疫一样给南非社会带来了巨大的灾难。白人见到黑人如同见到瘟疫，避之犹恐不及，这种极端的法律制度严重地扭曲了人性。布林克采用的是欧洲的瘟疫书写传统来隐喻南非的种族隔离制度，之所以不采取非洲本土的瘟疫故事，恰是为了说明这一"政治瘟疫"是伴随殖民而来。如果同样也给南非的种族隔离制度在欧洲找一个传统，或许这并不是一件难事，种族歧视、排斥犹太人、宗教迫害以及宗派间的龃龉等种种历史存在，恰是危害人类社会和造成文明对抗冲突的"瘟疫"。

苏珊·桑塔格在其《疾病的隐喻》一书中指出："对瘟疫的通常描述有这样一个特点，即瘟疫一律来自他处。"[①]瘟疫产生时，人们总是习惯于寻找一个替罪羊，寻找替罪羊的过程便是将自我与他者隔绝开来的过程。种族隔离制度的产生有传染病的现实因素，殖民者最初怕染上原住民的疾病，将自己的生活区域与原住民隔绝开来。但久而久之，黑人就变成了传染病的替罪羊，虽然事实上黑人也同样遭到了白人殖民者所带来的结核病的侵袭。在小说中，当保罗告诉安德莉亚，"南非至今仍然是鼠疫的高发地（41）"，安德莉亚一点也不惊讶，因为像安德莉亚这种来自南非开普敦乡下的人，清楚地知道当地的卫生条件，白人将黑人和有

[①] 苏珊·桑塔格：《疾病的隐喻》，程巍译，上海：上海译文出版社，2018 年，第 130 页。

色人种赶出城市，使他们生活于卫生条件极差、医疗水平落后的聚集区，这就导致了疫病多发的风险。在欧洲，寻找替罪羊的思维同样存在，当人们面对烈性传染病时，他们习惯将这种罪责归咎于犹太人、异教徒以及外族人。在对抗瘟疫的同时，欧洲人也同样对替罪羊痛下杀手，殊不知，这样的做法不仅不能帮助对抗瘟疫，还反而使自身的文明受到损害。这种对"他者"的恐惧心理和排斥思维是瘟疫带来的次生灾害，而这种思维在今日也很常见，《瘟疫之墙》中的白人就是如此。小说中那个看到曼德拉和安德莉亚的法国妇女的抱怨："今天的法国需要的不是一堵墙来抵御黑死病，需要的而是一堵墙将外国人拒之门外（331）。"事实上，威胁文明的并不是移民，而是偏见、排斥和种族主义。

三十年多前，随着宗教冲突的减少，犹太人得以安置，柏林墙遭到拆除。在这种大背景下，南非反人类的种族隔离制度势必将遭到废除，而布林克思考的，则是在这堵高墙拆除后南非如何建立新国家的问题。他从加缪那里得到了灵感，为对抗鼠疫，法国医生和阿尔及利亚人齐心协力，而在这寓言的背后，反映的深层问题则是：为对抗法西斯瘟疫，法国人民和殖民地人民形成了一个共同体，团结一致，共同对敌。除此之外，萨特关于犹太人的研究也给予他启发：

> 因为这证明在历史上确实有一个犹太人的联合，而这个真实的联合并不是由于在一个历史的故乡集合着犹太人，而是由于行为，由于文章，由于那些并非通过一个祖国的观念而产生的联系，或者是不多几年以来一向与一个故乡有关的联系。[①]

犹太人的建国基于他们的苦难记忆，基于他们曾被法西斯瘟疫所伤害的历史。而布林克正是看到了这一点才一直致力于通过自己的创作来为南非构建一个想象的共同体。不论黑人和白人还是有色人种，生活在南非这个国度的民众都难逃种族隔离的瘟疫，而这种被伤害的共同记忆正是团结一致的根基。的确，当人类面对瘟疫时，寻找替罪羊和相互指责只会造成人类之间更严重的不信任与不团结，结果弱化了人们的防疫抗疫能力。在全球化的今天，人类的命运是紧紧维系

[①] 让-保罗·萨特：《存在主义是一种人道主义》，周煦良、汤永宽译，上海：上海译文出版社，2012年，第105页。

在一起的，国与国之间密切联系，没有哪一个国家可以成为安全的孤岛，隔岸观火式的抗疫策略终会引火烧身。因此，人类命运共同体的理念显然是应该共同持有的，国家之间展开更加紧密的多方位合作的时候早就到了。

面对重大灾难，西方一些国家所采取的策略可以从诺亚方舟那里找到其文化基因。由于资源的有限，只能救助经过选择的少数人；而中国一直采取的是大禹治水的路线，排除万难，全力投入，不断书写着一个又一个的集体主义神话。布林克和他笔下的人物保罗一样，作为一个阿非利卡白人，面对种族隔离的时候，他其实是那个被选择安排到方舟上的人。但布林克不愿意做一个"被囚禁的教皇"，他一心关注着其他受难者，这一点与中国古人兼济天下的胸怀颇为相似。"人，'必须始终在自身之外寻求一个解放自己的或者体现特殊理想的目标，才能体坱自己真正是人'。人类需要的是重新找到自己。"①布林克所采取实现这一价值的方式就是用书写来对抗不公，虽然是一个白人作家，但却在进行黑色书写，为那些"被羞辱、被边缘化、被侵略、被压迫、被扭曲的人代言"②。白人作家的黑色书写现象在南非并不罕见，不止布林克，还有戈迪默和库切等作家，面对种族隔离制度，为不能发声者发声，这显然体现出一个作家的良知和人性。但是，这种写法又存在着合法性的问题：即白人作家能否代表黑人书写，或白人作家在多大程度上能够代表黑人。而这就涉及一个信任的问题，而布林克等白人作家凭借他们富有人道主义色彩的书写博得了黑人民众的信任，因为在南非这一国家共同体中，种族隔离这一"政治瘟疫"不止对黑人和有色人种造成了危害，同样也对守望相助的国家体系造成了伤害。

① 让－保罗·萨特：《存在主义是一种人道主义》，周煦良、汤永宽译，上海：上海译文出版社，2012年，第3页。

② Isidore Diala,"André Brink and the Implications of Tragedy for Apartheid South Africa", *Journal of Southern African Studies*, 2003, 29 (4), p. 904.

结　语

　　守望相助的信任和共同体的意识使南非实现了种族和解，成为了彩虹之国。在全球大流行病肆虐的当下，信任对我们来说同样如黄金一般珍贵，因为信任是合作的基础。偏见、歧视、猜忌乃至种族主义只会助长病毒的气焰，只有患者信任医生，民众信任政府，国家之间相互信任，尊重生命，尊重文化和种族间的种种差异，消除文化、政治、地域、种族和信仰的偏见，团结一致，精诚合作，方可取得对抗瘟疫这种人类共同敌人的完全胜利。

（文 / 上海师范大学 朱振武　海南师范大学 陈平）

第三篇

安德烈·布林克
《菲莉达》创作中西方马克思主义思潮的影响

作品节选

《菲莉达》

（*Philida*，2012）

The first weeks after she arrives in Worcester, Philida has enough opportunity to study the house and its occupants. It is very different from Zandvliet. After the longhouse she was used to, Master de la Bat's house is quite squat, although it is bigger than most of the other homes in the little *dorp*. There is no gable. But the walls are high for shade in summer, and the ceilings are made of rushes. There is a *voorhuis* to the right when one enters, two smallish bedrooms left, and a kitchen and pantry at the back. In the backyard are a few barns, a dairy, a wine cellar and three outrooms for servants. At the moment the one in the middle is filled with mealie bags, chests and barrels; to the left there is one for the slave Labyn from Batavia, who does carpentry and sometimes works for other people too; in the third, slightly bigger outroom, the housemaid Delphina sleeps and that is where Philida and her children also move in.

In the beginning she feels constantly ill at ease. She knows exactly why. It is because her shadow has not come with her. Somewhere in the clouds and misty rain on the long road between Zandvliet and this new town on this side of the mountains the sun got lost, and when she arrived here and the sun heated up again, there were shadows once more, but not the sun she was used to. Especially in the evenings she felt the need to crawl in with her own shadow, to find a space for it to lie behind her back, but it wasn't the one she was looking for. There was no chance to fit in properly any more. She just has to get used to it. But getting used to a place doesn't mean that you have found the place that is really yours.[①]

① André Brink, *Philida*, New York: Vintage Books, 2021, pp. 171-172.

来到伍斯特后的第一个星期，菲莉达有足够的机会了解这所房子和房子的居住者。这幢房子和赞第府列特大不相同。在住惯了长屋的菲莉达看来，巴特的房子尽管比这个小村落的大多数其他房子都要大，但却相当低矮。房子没有三角墙，但墙壁很高，夏天可以遮阳，天花板是用灯芯草做的。一进门，右边有一间小卧室，左边有两间小卧室，后边是厨房和食品储藏室。后院有几个谷仓、一个牛奶场、一个酒窖和三个供仆人使用的室外房间。现在，中间的房间里装满了玉米袋、箱子和木桶，左边的房间留给来自巴达维亚的奴隶拉宾。他是木匠，有时也为别人做一些事情。第三个稍微大一点的房间是女佣德尔菲娜睡觉的地方，如今菲莉达和她的孩子们也搬进了这个房间。

一开始她总是觉得不自在。她知道确切的原因。那是因为她的影子没有跟她一起来。在从赞第府列特庄园到山这边这座新建小镇之间的漫长道路上，太阳消失在了云雾缭绕之中。当她来到这里，太阳再次出现，气温也升高，影子又出现了，但不是那个她曾经习惯的太阳。特别是在晚上，她觉得有必要和自己的影子一起爬进去，找个地方让它躺在她背后，但那不是她要找的那个影子。她再也没有机会融入这里了。她只是需要习惯这里。但是，习惯一个地方并不意味着你已经找到了真正属于你的地方。

(陈亚洁/译)

作品评析

《菲莉达》创作中
西方马克思主义思潮的影响

引　言

南非英语文学创作群无疑是当今世界文坛比较浓墨重彩的一支新生力量，其成果已经灿耀文坛。近年来，南非不断涌现出荣膺国际大奖的英语作家。而安德烈·布林克作为南非文坛老将无疑占据着至关重要的地位，被英国《每日电讯报》誉为"南非最伟大的小说家之一"。他与 J. M. 库切和纳丁·戈迪默并称为"南非文坛三杰"。与此同时，布林克还具有阿非利卡语（Afrikaans）与英语双语小说家和批评家的双重身份。凭借高超独特的叙事技巧和纯熟精妙的存在主义笔调，布林克用铿锵有力的笔触控诉了南非的种族隔离制度，全方位描述了独特的南非文化，表达了对虚伪的资本主义制度的蔑视和对被压迫人民的无限同情。充满政治责任感和爱国情怀作品的发表，为其赢得了国际声誉和广泛的读者群。这位 79 岁高龄的作家在世时笔耕不辍，于 2012 年出版了最新力作《菲莉达》（*Philida*）并获布克奖提名。

西方马克思主义是 20 世纪西方出现的独特新兴思潮，它处于马克思主义主流派别之外，却又与经典马克思主义在理论形态以及所追求的人的解放和全面发展等目标上息息相关。它是西方一些受马克思主义影响的前沿性学者结合时代特征对马克思主义作出的全新诠释。西方马克思主义内容纷繁复杂，学界普遍认为西方马克思主义"不是一种统一的思潮，而是一场多线索多形态的、色彩斑斓内容庞杂的理论运动"①。面对日益严重的精神危机，西方马克思主义学者纷纷将焦点集中在文化层面，希望通过审美和文化批判拯救被异化、被扭曲的主体性和人性。"自二十年代以来，西方马克思主义渐渐地不再从理论上正视重大的经济或政治问题了……它注意的焦点是文化。在文化本身的领域内，耗费西方马克思主义主要智力和才华的，首先是艺术。"②由此可见，西方马克思主义与文化密不可分，因而在西方马克思主义视阈下对文学文本分析也有其必要性和开拓性。

一、《菲莉达》对现实社会的批判

《菲莉达》中允斥着血腥和暴力，逃跑的奴隶被剁去双腿，斩首示众；叛乱的奴隶被毒打致死，曝尸荒野。小说主人公菲莉达更是被打骂凌辱、当众强暴。种种暴行让人触目惊心，不寒而栗。布林克在这本小说中栩栩如生地刻画了殖民语境中南非的暴力血腥和人性的泯灭，从中不难发现人与人的关系已经沦为彻底的暴力关系，其表现就是无休止地谋杀或强暴。这印证了库切所言："事实上，我所害怕的是我们既没有过去也没有未来，我们所处的是一个永恒的现在，我们在死人身下喘息，感受着耳边刀锋的寒意，清洗着死人的遗容。"③而南非这种灭绝人性的暴力根源便在于阶级、种族、性别，乃至文化的对立，尤其是西方文化对本土文化的蚕食让南非失去了文化之根、民族之根，最终导致了暴行蔓延，血腥肆虐。《菲莉达》中布林克不遗余力刻画的种种血腥场景正是对南非种族、阶级、性别歧视的批判，尤其是对以西方为主体的文化氛围的驳斥。

然而，西方文化在南非蔓延传播直至根深蒂固的过程，并非一味依赖强制性手段，还采取了非暴力的文化意识形态控制手段，是通过大多数人的自觉认同而实现的。正如被誉为西方马克思主义鼻祖的葛兰西所言，"国家＝政治社会＋市民

---

① 刘同舫：《西方马克思主义的理论性质与中国意义》，《中国社会科学》2010 年第 5 期，第 47 页。
② 佩里·安德森：《西方马克思主义探讨》，高铦等译，北京：人民出版社，1981 年，第 96-97 页。
③ J.M. Coetzee, *In the Heart of the Country*, London: Penguin Books, 1982, p.116.

社会，换句话说，国家是披上了强制的甲胄的领导权"①。可见所谓的"文化霸权"并非通过武力或暴力的强制手段实现，而是一种人们"同意"式的领导权形式，是对"主导价值观念的趋近"，"具有一种社会、道德、语言的制度化形式"。②而《菲莉达》所展现的西方文化霸权也正是通过这种"非暴力、同意式"的领导权形成的，利用语言的优势、宗教的教化而实现真正的文化霸权，而书中也不乏对这种文化霸权的讽刺、怀疑乃至反叛。

　　《菲莉达》的背景设立于19世纪30年代的南非，此时南非已经沦为英国殖民地将近30年。在这30年中，西方文化以迅雷不及掩耳之势抹杀了南非本土文化，塑造了以西方为主体的文化氛围，而英语则是文化霸权实现的必要工具。通览全文不难发现无论是在人物对话还是环境描写中，南非本土语言的出现次数寥寥无几，仅在一些称呼用语以及地名上被沿用，而英语则成为官方通用语言。连身为奴隶的菲莉达也不可避免地要使用英语，特别是面对身份高贵的主人时，她往往要低眉敛眼称之为"Bass""Oubaas"，甚至"Grootbass"以示尊重。可见南非的政治生活和平民生活都染上了浓重的殖民色彩，英语占据重要地位并成为通用语。而人们对英语的使用和推崇正是西方文化霸权形成的重要表征，表明人们"心甘情愿，积极参与被同化到统治集团的世界观或者说霸权（意识形态）中来"③，这一点也有力地印证了葛兰西的文化霸权描述。

　　小说人物的命名，尤其是女主人公菲莉达的命名也彰显了南非以西方为主体的文化氛围的蔓延。语言的语义常具有发散性和不确定性，导致文学言说面临双重困境，即"言"和"意"之间转化的矛盾。"语言原本固有的含义常常通过文字的呈现向读者'播撒'着政治、经济、文化、传统与习俗，乃至个人经验等诸方面的'能指'，它与书写者所要表述的'所指'永远无法弥合。"④"语言本身固

① 安东尼奥·葛兰西：《狱中札记》，葆煦译，北京：人民出版社，1983年，第222页。

② 王岳川：《后殖民主义与新历史主义文论》，济南：山东教育出版社，1999年，第13页。

③ 庄严：《葛兰西的文化霸权理论及时代意义》，《北方论丛》2003年第6期，第89页。

④ 蔡圣勤：《孤岛意识：帝国流散群知识分子的书写状况——论库切文学思想中的右翼后殖民主义》，华中师范大学博士学位论文，2008年，第84页。

有的含义遮蔽了意义的表达；以及先于个体存在的语言对思维的限制。"[①]布林克作为名副其实的文学家和批评家，深谙语义的发散性和能指的不确定性，并恰当利用这一策略使读者产生丰富联想，暗含对南非殖民历史的批判和颠覆。菲莉达（Philida）与 philia 几乎同音同形，philia 在拉丁语中意为"友情、友爱"，而现代英文并未独立成词。古希腊语中 philia 作为四爱之一（philia，storge，agape and eros）被视为"兄弟之爱"（brotherly love）。而在《新约全书》中 philia 则被诠释为"基督徒间的相亲相爱"（love their fellow Christian）。philia 所指的是一种非性欲的友爱，结合文本不难发现，布林克借 Philida 表达的是对黑人团结友爱的高度颂扬以及对白人基督教徒彼此压榨欺骗现象的无情驳斥。文中黑人口头文学的流传是黑人代代相传的结果，是对西方文化霸权的最佳反叛。至此，我们几乎可以肯定作者通过 Philida 呼吁黑人团结一致共同对抗西方文化霸权，将黑人文化的火种传播下去。

宗教历来是控制人心的最佳工具之一，《菲莉达》中西方文化霸权得以实现在很大程度上也得益于基督教的广泛传播。小说中与基督教相关的字眼，如《圣经》"上帝"等随处可见，而"最终审判日""生而有罪"更是与小说中的重大转折点，与开普敦赞第府列特庄园的破产密切相关。细细想来，小说中基督教的影子几乎无处不在，深刻影响了小说人物的命运和情节的发展。

小说中农场主康纳里斯有每天阅读《圣经》的习惯，他最喜欢的《圣经》故事是亚伯拉罕献子为祭，因而总是反复诵读。这一过程中康纳里斯也形成了父为子纲的观念，认为父亲对儿子的命运有绝对掌控权，进而导致他逼迫弗朗斯抛弃菲莉达迎娶白人女。然而事与愿违，弗朗斯与菲莉达渐生情愫，多次违背父命寻找菲莉达，未能与白人女成婚，间接导致了赞第府列特庄园的破产，这也印证了《圣经》中"人生而有罪"的观点。换言之，《菲莉达》中以基督教为首的西方文化作为一种主导巧妙而普遍地渗透到了社会生活的各个方面，成为日常惯例和常识，从而在南非促成了以西方文化为主体的文化氛围。

---

① 孙文宪：《语言的痛苦：文学言说的双重困境》，《湖北大学学报（哲学社会科学版）》2002 年第 29 卷第 2 期，第 48 页。

然而，有压迫就有反抗，《菲莉达》中以菲莉达为首的黑人奴隶对南非种族、阶级、性别，乃至文化歧视进行了深刻批判。菲莉达未被基督教白人至上的观念蛊惑，相反她始终持质疑态度。她锲而不舍地想把自己的名字写进《圣经》最后一页的布林克族谱，目的不仅是成为弗朗斯名正言顺的妻子，更是改写《圣经》，让上帝承认黑人的存在。她虽未能成功，但墨汁却把整张族谱乃至《圣经》染黑，彰显了她对基督教，甚至西方文化的强力批判和抗争。随后菲莉达发现《圣经》只是白人的《圣经》，基督教义只是为基督徒牟利。而《可兰经》却是属于黑人的，在《可兰经》里没有奴隶也没有主人，大家是一样的，都是人。菲莉达以《可兰经》起誓、转信伊斯兰教这一行为无疑是对西方文化的当头棒喝，是对南非种族压迫和以西方为主体的文化氛围的强烈批判。

正如葛兰西所言，西方文化霸权在南非的建立是通过英语的普及使用和基督教的宣传实现的，是"以被统治者自愿地接受和赞同作为前提，依赖于达成某种一致的舆论、世界观和社会准则，并且存在着一个斗争、冲突、平衡、妥协的复杂过程"[1]。而以菲莉达为首的黑人群体则代表着尚未成形的"市民社会"，虽缺乏经济政治基础，却在伦理文化和意识形态领域发挥着重要作用。他们对《可兰经》的推崇，对伊斯兰教的信仰，对南非传说的颂扬和改写，乃至持之以恒地学习读书写字都让他们一定程度上成为黑人中的"有机知识分子"，有力地抨击了蔓延在南非的西方文化霸权、种族歧视、阶级歧视和性别歧视。《菲莉达》对南非社会现状的无情鞭挞，尤其是对以西方为主体的文化氛围的批判，反映了布林克对文化霸权思想的深刻反思和借鉴。

二、艺术形式上的颠覆叙事

《菲莉达》一改布林克以往传统的线性时间叙事，转而采用菲莉达、弗朗斯和康纳里斯三位主人公对过往记忆的闪回以及过去与现在交替互换的叙事方法。

---

[1] 李震：《葛兰西的文化霸权理论》，《学海》2004年第3期，第56页。

过去与现在在小说中通过不同的叙述人在读者面前徐徐展开。作者匠心独运地截取生活中的点滴小事，将人性中对爱和自由的向往刻画得淋漓尽致。小说不仅采用了倒叙、插叙等写作手法，其多变的叙事视角也为人所称道。小说前两章采用第一人称的叙事视角，通过主人公菲莉达的视角展开，生动描绘了其在奴隶保护处遭遇的歧视以及对过往苦难的回忆，极大地拉近了与读者的距离，让人读之扼腕痛惜。而接下来几章，作者却笔锋一转，虽然仍采用第一人称叙事，叙述人却变成了农场主之子弗朗斯和农场主康纳里斯，第一人称的叙述口吻将康纳里斯的自私冷酷和弗朗斯的软弱无能刻画得栩栩如生。然而作者并未停留在第一人称叙述，相反灵活地穿插第三人称叙述，由全知型的叙事者掌握全篇故事发展，洞察人物的一切，自由穿插情节。小说以第一人称叙事为主，第三人称叙事为辅，且第一人称叙事人在菲莉达、弗朗斯和康纳里斯这三位主要人物间自如转换。这种别具一格的叙事方式，是对一个中心叙事人的传统叙事方法的颠覆，也是形式与内容相辅相成的必然要求。《菲莉达》虽以黑人女奴菲莉达为中心，但其涉及的人物众多，故事情节更是跨越两代人。因而唯有采用第一人称叙述和第三人称叙述交错并用的写作形式才更能彰显人物性格，剖析人物内心，同时推动情节发展。《菲莉达》中对传统叙事的颠覆由小说内容的深刻复杂性所决定。而第一人称叙事和第三人称叙事交相呼应的叙事手法不仅为小说增色不少，提升了小说的可读性和趣味性，也有利于推动小说情节的发展。因而，《菲莉达》中叙事手段和故事情节构成了相辅相成、互为依靠、缺一不可的关系，打破了传统的"重内容、轻形式"观念，验证了卢卡奇所说的"形式并不是可有可无的内容的附属品，它是客观存在的，形式与内容之间是辩证统一的关系"①。

　　这部小说的独到之处不仅在于多变的叙事视角，更在于其创作并非天马行空，其中的人物情节均有史可依。细心的读者会发现，小说中康纳里斯和弗朗斯都是布林克家族的一员。《圣经》最后一页所记载的族谱之上，安德烈·布林克的名字赫然在目，不禁让人深思。作者在附录中将谜底揭开，原来康纳里斯的原型正是作者祖先的一位兄弟。而菲莉达也确有其人，于1824—1832年被庄园雇

---

① 杜明业：《詹姆逊的文学形式理论研究》，苏州大学博士学位论文，2009年，第35页。

佣为家庭编织女奴，并与康纳里斯之子弗朗斯育有 4 子。就连赞第府列特也是布林克家族的一处葡萄酒庄园，仅仅名字略有差异。至此，我们不难推断《菲莉达》是建立在真实历史之上的，作者采用虚实结合的手法，以历史为依托，通过解构并重构历史赋予了小说历史的厚重感和真实感。《菲莉达》所采用的历史叙事形式正契合了卢卡奇"艺术形式积淀着历史意蕴"的观念。以小说形式反映 19 世纪南非社会的状况，让读者领悟到历史的残酷和奴隶的悲惨命运，激发了读者的深切同情。

综上所述，布林克在《菲莉达》的创作过程中采用多变的叙事视角和虚实结合的历史叙事形式，是对小说传统叙事的有力颠覆，印证了西方马克思主义所推崇的"形式与内容的辩证统一"，打破了"重内容轻形式"的叙事传统。与此同时，依托历史，在历史的基础上的创造性叙事则借文学形式之手让读者得以和历史进行深层沟通，恰恰与卢卡奇所言的"艺术形式积淀着历史意蕴"不谋而合。布林克曾多次在欧洲游学，受到西方马克思主义思潮的影响，他在小说创作过程中采用的颠覆性叙事是其深受西方马克思主义影响的佐证。

结　语

《菲莉达》虽然聚焦于黑人奴隶的解放，但并非仅仅局限于此，它真正关注的是对人性的思考，甚至是全人类的解放，"是对全人类，对那些被羞辱，被边缘化，被侵略，被压迫，被扭曲的人的代言"[①]。《菲莉达》中无论是对西方文化霸权的批判，对传统叙事的颠覆，抑或是对乌托邦的未来憧憬，都跃动着南非时代的脉搏，深深打上了西方马克思主义的印记。布林克受到西方马克思主义思潮的影响，且这种影响已经潜移默化地融入了他的小说创作中。布林克笔下的《菲莉达》已然挣脱了批判种族隔离这一框架，彰显的是一种广义的人道主义追求。

布林克曾多次赴法游学，亲眼目睹了 1968 年法国"红色五月风暴"。这场

---

① Isidore Diala, "André Brink and the Implications of Tragedy for Apartheid South Africa", *Journal of Southern African Studies*, 2003, 29 (4), p. 904.

被誉为"西方马克思主义理论第一次践行的启始，也是它全部理论逻辑终结的发端"①的红色抗议风潮不仅让布林克深受西方马克思主义思潮感染，更预示着他写作的分水岭。"我认识到身为作家我不能孤身一人自怨自艾，必须要融入社会中。因而我回到了南非，尽管困难重重，我也要挖掘这个国家的历史以及真实发生的一切。"②而用布林克自己的话来说，让他受益最深的文学大师是阿尔贝·加缪，"对我的作品产生深远持久影响的正是阿尔贝·加缪"③，"加缪在情感和道德上彻底征服了我"。④众所周知，加缪曾加入共产党，虽其后退党，却一直为共产党的"文化之家"工作和演出，其所受到的西方马克思主义浸染不言而喻，而深受加缪影响的布林克自然也受到西方马克思主义思潮的熏陶。这种西方马克思主义的影响也许并非直接地被接受，而是通过一种综合影响和微妙联结的过程实现的。如用葛兰西的文化霸权理论、卢卡奇的文学形式理论，以及阿尔都塞的乌托邦理论分析《菲莉达》，通过查证布林克的批评文本，我们可以发现，布林克早年游学并流连于法国和其他欧洲国家，其间确已受到西方马克思主义思潮的影响，而这种影响也渗透到他的小说创作和社会批评的文本之中。《菲莉达》只是他最近的小说中的一部，而作者的其他近期小说，如《风中一瞬》《血染的季节》《串联的声音》《恐怖行动》等，也都存在西方马克思主义影响的印记，这有待于我们进一步地挖掘和研究。

（文 / 中南财经政法大学 蔡圣勤　中国药科大学 张乔源）

---

① 张一兵：《走向感性现实：被遮蔽的劳动者之声——朗西埃背离阿尔都塞的叛逆之路》，《马克思主义与现实》2012 年第 6 期，第 16 页。

② John F. Baker, "André Brink：In Tune with His Times", *Publishers Weekly*, 1996, November 25, p. 50.

③ Isidore Diala, "History and the Inscriptions of Torture as Purgatorial Fire in André Brink's Fiction", *Studies in the Novel*, 2002, 34(1), p.72.

④ Isidore Diala, "André Brink and Malraux", *Contemporary Literature*, 2006, 47(1), p. 91.

第四篇

J. M. 库切
《彼得堡的大师》中的忏悔与反思

约翰·马克斯韦尔·库切

John Maxwell Coetzee，1940—

作家简介

约翰·马克斯韦尔·库切（John Maxwell Coetzee，英文一般简写为 J. M. Coetzee，1940— ）是南非著名的小说家、文学评论家和翻译家。库切 1940 年生于南非开普敦市，父亲为阿非利卡人后裔，母亲为德国人和英国人后裔；因其父参加二战，儿时的库切和弟弟随同母亲一起生活。在开普敦大学获得英语和数学优等学士学位后，库切前往伦敦，一边在 IBM 公司做程序员，一边追逐文学理想。后又赴美国得州大学攻读语言学和文学的博士学位。1972 年起任教于开普敦大学；1974 年出版处女作《幽暗之地》（*Dusklands*，1974），随后陆续写就了《等待野蛮人》（*Waiting for the Barbarians*，1980）、《迈克尔·K 的生活和时代》（*Life & Times of Michael K*，1983）和《耻》（*Disgrace*，1999）等作品，其间翻译出版荷兰作家马塞卢斯·艾芒兹（Marcellus Emants，1848—1923）的《死后的忏悔》（*A Posthumous Confession*，1975）和阿非利卡作家威尔玛·斯托肯斯特罗姆（Wilma Stockenström，1933— ）的《去往猴面包树的旅程》（*The Expedition to the Baobab Tree*，1983）等作品，并完成了《白色写作：论南非文学》《双重视点：论文及访谈》等文学评论集。2002 年，移居澳大利亚阿德莱德，任教于阿德莱德大学；2006 年，归化为澳大利亚公民。近期主要作品有"耶稣三部曲"等。

库切两次获得布克文学奖，并荣膺诺贝尔文学奖。他早中期的作品叙事手段变化多样，但多以南非的历史和现状为背景，又对这些背景进行陌生化处理，通过精妙的构思和寓意深刻的语言"精准地刻画了众多假面具下的人性本质"。虽然作家本人对他自己早中期作品和南非的关系缄默不语，但他对南非的感情和力透纸背的书写无不印证了其南非书写的厚重性和深刻性。除了政治，库切对动物权利、文学批评、热点时事等都极其关注，并在不同的作品中表达了自己的见解。库切的晚期作品逐渐脱离南非背景，转而以澳大利亚和普遍的人性问题为主题，尤其是"耶稣三部曲"，愈发彰显哲理性和思辨性。

作品节选

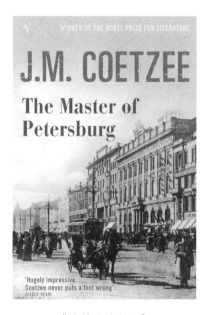

《彼得堡的大师》
（*The Master of Petersburg*，1994）

He can no longer deny it: a gap is opening between himself and the dead boy. He is angry with Pavel, angry at being betrayed. It does not surprise him that Pavel should have been drawn into radical circles, or that he should have breathed no word of it in his letters. But Nechaev is a different matter. Nechaev is no student hothead, no youthful nihilist. He is the Mongol left behind in the Russian soul after the greatest nihilist of all has withdrawn into the wastes of Asia. And Pavel, of all people, a foot-soldier in his army!

He remembers a pamphlet entitled 'Catechism of a Revolutionary,' circulated in Geneva as Bakunin's but clearly, in its inspiration and even its wording, Nechaev's.'The revolutionary is a doomed man,' it began. 'He has no interests, no feelings, no attachments, not even a name. Everything in him is absorbed in a single and total passion: revolution. In the depths of his being he has cut all links with the civil order, with law and morality. He continues to exist in society only in order to destroy it.' and later: 'He does not expect the least mercy. Every day he is ready to die.'

He is ready to die, he does not expect mercy: easy to say the words, but what child can comprehend the fullness of their meaning? Not Pavel; perhaps not even Nechaey, that unloved and unlovely young man.[1]

---

① J.M. Coetzee, *The Master of Petersburg*, New York:Viking Penguin, 1994, pp. 60-61.

他不再否认他和死去的孩子之间出现了一条裂痕。他生巴维尔的气，觉得自己被出卖了。他感到意外的不是巴维尔被拉进激进分子的圈子，也不是巴维尔在信里只字不提这件事。可是涅恰耶夫牵涉在里面，情况就不同了。涅恰耶夫不是少不更事的学生，也不是幼稚的虚无主义者。他是那个天字第一号的虚无主义者撤到亚洲的荒漠后，遗留在俄罗斯精神里的蒙古人。而巴维尔什么都不是，只是他军队里的一个步兵！

他想起一本流传于日内瓦的、名为《革命者手册》的小册子，据说是出自巴枯宁之手，但思想内容和遣词造句显然都是涅恰耶夫的。"革命者是在劫难逃的人，"小册子开宗明义地写道，"革命者没有个人利益，没有感情，没有依恋，甚至没有名字。他全心全意只有一个激情：革命。他在内心深处已经同社会秩序、法律和道德切断了所有联系。他之所以继续生存在社会中，只是为了要破坏它。"随后又说："他不指望任何怜悯。他每天都准备迎接死亡。"

他准备迎接死亡，他不指望怜悯：这些话说说容易，但是有哪一个孩子能理解它们的全部内容？巴维尔不能；甚至涅恰耶夫，那个不被喜爱的、不可爱的年轻人，恐怕也不能。[1]

（王永年、匡咏梅 / 译）

---

[1] J.M. 库切：《彼得堡的大师》，王永年、匡咏梅译，杭州：浙江文艺出版社，2004 年，第 59-60 页。

作品评析

《彼得堡的大师》中的忏悔与反思

引　言

　　库切的小说《彼得堡的大师》(*The Master of Petersburg*, 1994)和陀思妥耶夫斯基的《群魔》在许多方面都形成了互文关系，这一点在许多前人研究中都得到了证实。作为白人知识分子和当代文学巨匠的库切，其书写极具流散性，小说中多体现为对殖民史的忏悔和反思。库切通过模仿陀思妥耶夫斯基的创作，从小说的艺术虚构与历史真实、小说的历史语境与话语挑战、针对"历史即事实"的质疑，以及话语权人的忏悔与反思等四个方面，像陀思妥耶夫斯基一样，替话语权者做进一步的忏悔与反思。

　　在以反思现代性为主潮的文学创作中，作家作为新的公众知识分子创作了大量的以忏悔为主题的小说，从人类灵魂深处述说以利益权力追寻为目的的现代人的异化、变态，以及背离真善美的终极原则的光怪陆离的当代社会现象。既然在多数"后殖民文学"史书或者百科全书中，库切已被赫然列为"后殖民作家"[①]，他就有义务作为白人知识分子替人受过，代人忏悔和反思。笔者在《库切与陀氏

---

① 参见 C. L. Innes, *The Cambridge Introduction to Postcolonial Literature in English*, New York: Cambridge University Press, 2007, p. 244; 或者 Robert Ross, *Colonial and Postcolonial Fiction: An Anthology*, New York: Routledge, 1999, p. 3; 或者 Eugene Benson and L.W. Conolly eds., *Encyclopedia of Post-Colonial Literatures in English* (2nd Edition), London: Routledge, 1994, pp. 58-59, p. 255; 或者 Elleke Boehmer, *Colonial and Postcolonial Literature*, London: Oxford University Press, 2005; 等等。这些著作都把库切贴上了"后殖民作家"的标签。

的跨时空对话》一文中第四节"后现代'忏悔'与'激进的元小说'"里对忏悔与反思这一问题限于篇幅未能展开，故希望能在本文中进一步讨论。[①] 库切在他的《当今小说》中指出："在当今意识形态的高压之下，小说和历史共存于同一空间，就像两头奶牛处于同一牧场，互不干涉没有交集。但我却认为，小说只有两条路可走：要么补充历史，要么挑战历史。"[②] 1987 年 11 月，J. M. 库切在开普敦书展上表明这一观点，而当时南非正处于民族主义运动，甚至是政权更迭的国家紧急状态（1986—1989）的风口浪尖上。库切从帝国流散群的白人知识分子的视角出发，通过对西方中心文化及经典概念本身的解构，对帝国文学神话的解构，以及对帝国内部意识的自我解剖，建构起他的后殖民语境下的文学思想：殖民主义不仅伤害了殖民地的被殖民者，给殖民者后裔，即帝国流散群体（夹缝人）也带来了不可挽回的伤害，两者共同处在文化的选择与困惑之中。[③] 作为白人代表的库切也通过这些书写替帝国殖民史做深刻的忏悔与反思。而忏悔和反思必定涉及"历史"——即所谓"宏大叙事"里大写的历史。艺术作品的书写与历史真实的关系必须厘清；宏大叙事里的"历史语境"与当时的话语权人必须走向前台接受质疑。也只有这样，忏悔与反思才能得以实施。

机敏的语言大师库切为了有效规避当权者的文字审查，通过模仿陀思妥耶夫斯基的小说《群魔》的创作，巧妙地将这种忏悔与反思寓于《彼得堡的大师》之中。因此本文基于两位文学大师创作中的互文性，从小说的艺术虚构与历史真实、小说的历史语境与话语挑战、针对"历史即事实"的质疑和话语权人的忏悔与反思四个方面阐述"忏悔与反思"这一写作主题。以期在"忏悔与反思"这一视角下洞悉库切的文学理论表述和虚构作品的写作实践。

---

① 刘泓、蔡圣勤：《库切与陀氏的跨时空对话——〈彼得堡的大师〉与〈群魔〉的互文关系》，《文艺争鸣》2014 年第 2 期，第 166 页。

② J. M. Coetzee, "The Novel Today", *Upstream*, 1988, 6(1), p. 3.

③ 蔡圣勤：《神话的解构与自我解剖——再论库切对后殖民理论的贡献》，《外国文学研究》2011 年第 5 期，第 29 页。

一、小说的艺术虚构与历史真实

忏悔题材的小说离不开心境，所书写的虚构不能脱离历史。呈现在读者面前的故事叙述亦真亦幻，为了达到忏悔与反思的效果，书写必须做到一定程度的"疏离"，适当拉开时空距离。1994年初，当时库切的最新小说《彼得堡的大师》刚出版，而相较1987年，此时政治局势发生了不可预计的逆转——在第一次民族选举的国民大会上，曼德拉当选为南非总统。对于库切来说，挑战历史的小说其意义之重要似乎是一如既往，作为白人知识分子的库切，并未因曼德拉当选总统标志着民主进程取得了决定性胜利而停止质疑和反思，相反他继续以批判为己任，进一步揭露历史的虚伪和平民人物在历史中的无奈。《彼得堡的大师》将小说时间设定在1869年，叙述了一位俄罗斯小说家在德累斯顿从自我放逐中走出来，回到圣彼得堡收集已故继子的文稿和其他财物，并模仿继子的身份，体验和延续继子生前的生活方式。一直读到小说的第33页，我们才发现，文中所指的小说家不是别人，竟正是陀思妥耶夫斯基本人，但是机警的（以及认真阅读了的）读者应该早就猜到了。

正如我们所期盼的那样，库切并没有直接刻画一位艺术家。尽管虚构小说里的陀思妥耶夫斯基与历史上的陀思妥耶夫斯基有相似之处，比如：为了逃债，一直流亡于德累斯顿；患有癫痫，并且沉溺于赌博；第二任妻子名叫安娜·沙吉维那·陀思妥耶夫斯基，原姓斯尼特金娜；第一任妻子留下的继子，名叫巴维尔·亚历山德罗维奇·伊伐诺夫。

但是两者间也存在显著的不同之处。最大的不同之处在于，陀思妥耶夫斯基的养子巴维尔并非死于1869年。实际上，在陀思妥耶夫斯基1881年去世后，巴维尔又生活了20年。根据目前所了解的资料表明，直到1871年，陀思妥耶夫斯基才从逃亡地德累斯顿返回俄国。当时他还身处德累斯顿时，听闻一名大学生伊万诺夫死于政治谋杀，凶手正是他的"革命同志"兼恐怖分子涅恰耶夫，这事件极大触动了陀思妥耶夫斯基，并最终促成《群魔》创作的完成。但在库切的《彼得堡的大师》中，继子巴维尔的死是自杀，或是谋杀，或是警察所为（正如陀思妥耶夫斯基后来慢慢相信的），抑或是涅恰耶夫所为，等等，四种可能都似乎存在。

集蜚声国际文坛的小说家与著名大学教授的学术身份于一体的库切，曾多次发表研究陀思妥耶夫斯基的学术论文，其中一篇论文标题即为《忏悔与双重思考：托尔斯泰、卢梭和陀思妥耶夫斯基》[①]。应该说，其对陀氏的生平与创作了如指掌。创作一部以陀氏为主人翁的带有半传记色彩的《彼得堡的大师》，不应该犯"常识性"的错误。唯一的解释就是，这本身即为艺术家有意而为之，将艺术虚构与历史真实混合，让读者去品味一个不一样的，或者是陌生化的陀思妥耶夫斯基。亦真亦幻的艺术构思，为质疑"历史"、挑战话语权，更为忏悔与反思提供了反面文本，也为书写主题做好了铺垫。

二、小说的历史语境与话语挑战

在深究库切更改"历史"事实要素的原因之前，有必要明白小说要"挑战"历史的什么。英国约克大学英文系主任戴维·阿特维尔教授指出，库切提出的议题是"不幸的摩尼教"，无论这一概念是对历史的补充或挑战，还是写实或杜撰，"就他与其他南非作家及读者之间的关系而言，库切付出了相当大的代价，尤其对那些习惯了政治化的诉求，并希望有现实文件证明人们过着受压迫生活的读者而言"[②]。然而我们必须清醒地意识到，库切在他的作品中将这些概念政治化了。所谓"历史"的概念，并非等同于"过去发生过的事实"，而是话语权者站在自身的立场的表述。因此，这个表述宏大叙事的大写历史其实就是话语权者本身。我们发现小说可能与现实中发生的情况完全不同，所描绘的政治图景甚至更加复杂。我们还要认识到，库切会为"历史"一词进行申辩，至少他认为，"历史"一词不等同于通常意义上或是现实经验中我们所公认的事实，它并非指某个固定的选举

---

① J. M. Coetzee, "Confession and Double Thoughts: Tolstoy, Rousseau, Dostoevsky", *Comparative Literature*, 1985, 37(3), pp. 193-232. 另在库切的文学评论集《陌生者的海岸》一书中也有一篇讨论陀氏的论文。

② David Attwell, "The Problem of History in the Fiction of J. M. Coetzee", *Poetics Today*, 1990, 11 (3), p. 582.

日期，一场战斗，一次罢工，或法例的某条具体内容。相反，库切用"历史"特指"历史话语"或者称为"历史语境"。而我们知道的历史通常是已经发生过、既成的事实，并且只能通过文本或话语寻其释义。

对于小说题材的争议，库切不认同上述后一种观念，他认为应该"在某特定的历史时期下，为读者提供各式各样的第一手生活经验，向读者展现不同角色之间的争斗，以某种特定视角填充读者的生活经验"[1]。许多《群魔》的研究者，一直纠结于小说因描述对象影射了俄国大革命本身，从而遭到禁版几十年的命运。而陀氏所书写的"斗争"和"生活经验"正是一种话语权的表述，简言之，正是陀氏的某种立场对历史发起了挑战。到了《彼得堡的大师》这里，话语权转到了库切手中，对于如何描绘陀氏，他拥有了完全的话语权。于是库切会故意"卖个破绽"，用几个读者熟悉的常识错误，规训读者的挑战话语权的能力，这样反思和忏悔才能进一步实施。

库切批评一些自然主义小说过于轻率，比如蒙甘·西罗特的《浴血而生》（*To Every Birth Its Blood*，1981）和西弗·塞巴拉的《乘风破浪》（*Ride on the Whirlwind*，1981），他认为，这些小说"本可以构建信息中心，却在结构上留下了败笔"。这种小说类型，用恩德贝勒的话说，"因为只需要读者有认知能力，没期望转变读者意识。认知并不代表转变：它只是去证实"[2]。相比之下，库切"期望转变读者意识"，明确地将自己的小说定位于挑战历史的文本体系之中。只有敢于挑战历史，认清宏大历史叙事与历史本真的关系，才能清醒地认知殖民史。对于这一点，任何历史书写者不会自我忏悔，不会自我反思，这一责任只能由有良知的知识分子通过艺术创作这一亦真亦幻的形式来实现。正如库切在论文中指出的：

小说以自身进程而非历史进程开端，按自身轨迹而非历史记载结束（如同家长检查小孩作业一般）。尤其当小说有自身的框架模型和故事情节时，也许随着故

---

① J. M. Coetzee, "The Novel Today", *Upstream*, 1988, 6(1), p. 3.

② Njabulo S. Ndebele, "Turkish Tales and Some Thoughts on South African Fiction", *South African Literature and Culture: Rediscovery of the Ordinary*, New York: Manchester University Press, 1994, p. 32.

事推进（这是真正"挑战"意义上的重点，即使可能会介入对立的一面），我们能辨别出历史的虚构成分，换句话说，就是揭开历史的神秘面纱。[1]

库切使用像"挑战"和"对立"这样的词汇的真正动机仍待商榷，如此激进的字眼，意味着虚构与现实之间彻底决裂。如果小说只是小说，不对现实产生任何影响，那么写小说的意义又何在？

可以想象到库切对"只是小说"这种说法十分不满，因为他曾提及将历史诉求置于"首位"是创作的"必然性"，甚至是语篇语境的主要形式。当然，毋庸置疑，很难想象人们会跑去买几本库切的获奖小说《等待野蛮人》（*Waiting for the Barbarians*），并从中了解南非当前形势的内幕。同样，读者更不会手持《彼得堡的大师》去验证陀思妥耶夫斯基的生平。库切小说的着重点并非在此，并非在"补充历史"或"挑战历史"的二元对立关系上。在他看来，小说应该超越阶级冲突、种族冲突、性别冲突或任何其他的对立结构，因为历史或历史学科就是建立在这些对立结构之上的。[2] 不可靠的史学观只强调了阶级、种族和性别，而忽略历史虚构的本身。书写历史的话语权者，是否才是真正的始作俑者？是否才更应该忏悔与反思？

事实上，正如阿特维尔所证实的，库切小说其实是"以非常特殊的方式融入了真实的历史"[3]。例如，通常每部小说，包括《彼得堡的大师》，都有意通过撰写或叙述的方式，解释并让读者理解在一场斗争中人物的角色或所处环境。如在《群魔》中一样，安娜·沙吉维那的处境、巴维尔的处境，甚至涅恰耶夫的处境都在历史中可循。这也恰恰印证了库切的观点，在他看来，"正统史学没有办法像小说或某些类型的小说那样，对生活的质感进行细致的体悟。历史没有正式的手段去探究历史，尤其是历史危机时期的个体遭遇，只能笨拙地'从外部'去探

---

[1] J. M. Coetzee, "The Novel Today", *Upstream*, 1988, 6 (1), p. 3.

[2] J. M. Coetzee, "The Novel Today", *Upstream*, 1988, 6 (1), p. 3.

[3] David Attwell, "The Problem of History in the Fiction of J. M. Coetzee", *Poetics Today*, 1990, 11 (3), p. 588.

索"①。也就是说，小说，尤其是某些特定类型的小说，往往比历史更真实，因为这类小说细致地揭示了人类个体在历史洪流中的遭遇，而个体遭遇正是历史环境综合作用的结果。阿特维尔引用自罗伯特·西格勒《自省诗学》（1986）的句子，假定小说中自反性和自我意识的元素是"结构诗学"的关键元素，诗学也就是：

一门针对创作、阐释、建构等方面的机制和假定的指导性的学科。诗学是一门专门化的应用，它在更大范围内研究文化，无论是文学中的，还是表现在科学、哲学，或是一般意义上的文化符码，创造其文化身份，并建构个人与机构相关联的文化世界。②

通过虚构与真实交织的艺术构思，库切在《彼得堡的大师》中构建的文化世界正是作者为了替人受过、代人忏悔而虚构的"历史真实"，它一定程度上成为标靶，为自我批判或自我解剖奠定了基础。

三、针对"历史即事实"的质疑

相对于现实主义或自然主义小说试图打造出某种程度上的"纯粹"，库切的元小说、解构主义小说不以所谓可控的"信息中心"为界，却十分积极主动地挑战各式各样的模式，用以诠释或解读人们所处的环境的因素。正如大家所熟知的，库切的小说创作涉及面广，想象事物有一定的自我意识——其中包括身体发现自己是一具身体，语言能自己言说，政治和文化环绕着其他语言阐述自身观点，自己其实是历史的一部分，接着让其自行运作，开口说话，不受任何直接干预或强加的意识形态的干扰。但这些须考虑到各方面条件的可行性和思想边界的局限性。

库切通过另一种方式，即人与人的隶属关系，呈现出传统的小说书写均表

---

① J. M. Coetzee, "The Novel Today", *Upstream*, 1988, 6 (1), p. 2.

② David Attwell, "The Problem of History in the Fiction of J. M. Coetzee", *Poetics Today*, 1990, 11 (3), p. 590.

现为"历史即事实"。而这一组传统表达在《彼得堡的大师》中被轻松地解构了。阅读过《群魔》的读者或者了解陀氏生平的读者，在阅读库切的新作时能正确地判断"历史"并非完全"事实"，有时候还恰恰相反，它是权力立场的表达。萨义德在其论著《世俗批评》中指出："我现在所描述的，是由嫡属性的不成功观念或者可能性，到一种补偿性秩序的过渡，这种秩序无论是一个党派、一个机构、一种文化、一系列信仰，甚或是一个世界—图景（world-vision），都为男人和女人提出了一种新的关系形式。我把这称之为隶属性，但也是一个新的体系。"① 陀氏与巴维尔的父子关系特别是人物生平被重构了，陀氏与女房东的男女关系也被重构。阿特维尔达认为，库切的前两部小说《幽暗之地》（*Dusklands*，1974）和《内陆深处》（*In the Heart of the Country*，1977），批判了这种让南非知识分子感到如桎梏加身般的父子关系。而且当时库切没有加入任何政党和组织，也没有任何宗教信仰。在库切的小说中，社区或团体形式只在介绍作者或小说创作类型和批评实践中出现过暗示。

文学本身的互文性似乎使得库切对"形式"的追求更加自由，即使只是重新思考的自由，也被他称为可供自己支配的自由。然而，若没有小说本身的历史叙事形式，这种对自由的追求便难以从小说中看出端倪，这种历史叙事形式不仅承担着叙述故事的任务，也是供作者自由发挥的领域……换种表述方式来说，若没有历史叙事这种形式，库切也会利用材料的自身结构，灵活运用语言来构建主体，将他们以神话、意识形态等的形式呈现出来。因为这些形式涵盖了历史中真实生活的各种限制和可能性。② 这种文学的互文性，可以使库切在《彼得堡的大师》和《群魔》之间自由地穿梭，可以在历史真实与艺术虚构之间来回跳跃。而其真实目的，就是可以让认真严肃的读者正确把握话语权者的权利与叙述的关系，有利于撇清"历史即真实"，抑或"历史亦虚构"的命题。

库切小说《彼得堡的大师》中描写的社区关系与"历史即真实"也有着间接

---

① 爱德华·W. 萨义德：《世界·文本·批评家》，李自修译，北京：生活·读书·新知三联书店，2009 年，第 31 页。

② David Attwell, "The Problem of History in the Fiction of J. M. Coetzee", *Poetics Today*, 1990, 11 (3), p. 601.

联系。即这种社区关系内既包含文学意识形态和文学历史的共谋关系，也包含了文学批评甚至历史批评的丰富内涵。这与作者长期致力于探索和质疑的"历史虚构论"①的方向完全一致。这个过程或多或少地涉及一定程度的情节或叙述形式。因此《彼得堡的大师》也不例外。

四、话语权人的忏悔与反思

仅从上述的表达中，我们还很难认同库切对历史话语的"挑战"，或者用此"挑战"来书写小说就是对库切的描述的最佳途径。那么，让我们看看库切的同事、库切研究专家、约克大学英文系主任阿特维尔的观点。阿特维尔认为第三种选择，即"补充史料"，能更贴切地诠释库切小说的动态性。他重新思考了历史意识这种特殊形式，并尝试突破其限制。②即回到我们开始提出的问题——为什么库切要在《彼得堡的大师》中改变陀思妥耶夫斯基传记的方方面面？为什么要将自己与陀思妥耶夫斯基相联系？他要探索的意识形式是什么，其局限性又有哪些？库切所选择的历史或历史话语是如何对"真正的"陀思妥耶夫斯基"真实的"生活进行史料补充或重新思考的呢？

作为一种后现代书写，在许多人看来，库切写《彼得堡的大师》的目的十分模糊，至少不像《福》（Foe，1986）的颠覆性那样清晰明了，那是库切第一部描述具体的历史人物（也是作家）的小说。库切的《福》改写了笛福的《鲁滨孙漂流记》（Robinson Crusoe，1719），让历史和文学中沉默的声音发出异样的声音。乍一看，这似乎与重写陀思妥耶夫斯基背后的动机没有密切相关的联系。

也许以下这些就是库切和陀思妥耶夫斯基之间的相似之处：两位作家生活（过去生活）在各自国家政治动荡的时期（并且有审查制度对他们的创作进行威胁）；回祖国之前，都又有自愿流亡到国外一段时间之经历；在社会某些阶级受压

---

① 蔡圣勤：《孤岛意识：帝国流散群知识分子的书写状况——库切创作与批评思想研究》，北京：外语教学与研究出版社，2011年，绪论。

② David Attwell, "The Problem of History in the Fiction of J. M. Coetzee", *Poetics Today*, 1990, 11 (3), p. 592.

迫时，都曾被指控为反动派的同谋。

革命组织在两个国家的运作也大致相若，都有"地下牢房"，利用恐怖手段来攻击企图奴役他们的社会力量。在南非声讨白人的民族主义运动中，马克思主义思潮占了相当大的比例，尤其在20世纪60年代到70年代，库切经历了被共产主义团体欢迎到后来又被共产主义群体孤立的历程，他们攻击库切的写作缺乏政治参与度。正如陀思妥耶夫斯基强烈反对俄国的暴力革命，被某些前共产主义组织和虚无主义者夸大宣传和批判，《群魔》因此长期遭禁。小说中性格狡诈凶残的彼得·斯捷潘诺维奇·韦尔霍文斯基，便是以现实生活中涅恰耶夫为人物原型的。《群魔》中韦尔霍文斯基高喊：

> 那些能力较强的人们最后都成了暴君，他们一直在作恶而非行善，他们应该被流放或被处决。西塞罗的舌将被割掉，哥白尼的眼睛将被挖出，莎士比亚将被乱石砸死……没人需要教育，我们已经受够了科学！①

在《彼得堡的大师》中，陀思妥耶夫斯基批驳了这种反智主义僵化顽固派，谴责他们单纯地破坏和制造混乱的行为，质疑他们拒绝学习并将艺术和科学视为不切实际的观点。库切小说中陀思妥耶夫斯基问涅恰耶夫：

> 我算什么？我在你的乌托邦里又如何自处？如果主没有遗弃我，那我能自由自在地打扮得像个女人，或者装扮成一位年轻、穿着白色西装的花花公子，或者允许我拥有自己独一无二的名字、住址、年龄和出身门第吗？……我仍然有自由能做自己想做的人吗？比如，作为一名年轻的男性，在空闲时间，不被不喜欢的人支配，和意淫着无情地惩罚他们……？或者我应该铭记你在日内瓦说的话：我们已经受够了哥白尼们，如果再有一个哥白尼出现，我们就把他的眼珠子挖出来？②

---

① Fyodor M. Dostoevsky, *Devils*, Oxford: Oxford University Press, 2008, pp. 442-443.
② J. M. Coetzee, *The Master of Petersburg*, New York:Viking Penguin, 1994, p.185.

　　库切隐藏在这篇演讲背后的声音，表达了他对暴政和某些"形式共产主义"和民族主义虚伪的担忧。也许这触及他在南非拒绝宣誓效忠和服务任何团体或者宗教的"原因"。虽然事实如此，然而我们作为普通读者却很难分辨库切在小说中到底站在哪一方，这正是他的"无排他性"立场。他是躲在虚构与历史之间，藏在陀思妥耶夫斯基身后指责（虚构的）涅恰耶夫的宣言，与小说《群魔》中的韦尔霍文斯基相呼应呢，还是通过韦尔霍文斯基的演讲，直指（现实中的）涅恰耶夫，将陀思妥耶夫斯基对现实的批判变成小说的内容呢？这里也可看作苏联的大区域化与欧洲殖民主义扩张野心的对比和暗示。或许可以这样看，库切把以苏俄为中心的社会主义化的东欧的大区域，看作如同殖民地扩张推行自己的意识形态一样的暗喻。再说，库切从未真正明确过小说的叙述与现实事件之间的联系。他小说的背景时间远离十月革命之前和之后，即便如此，十月革命的前后政治氛围笼罩着全书，他作为一个可能带有政治极端主义的先知，通过陀思妥耶夫斯基和涅恰耶夫的对话，影响读者的观念，不论是黑人或白人，不论是自称所谓共产主义者或殖民主义者，抑或民族主义者或"民主"主义者（后者是《幽暗之地》中美国侵略的见证者）。

　　然而，这些相似处和联系点虽不能完全合理地解释库切选择陀思妥耶夫斯基作为主角，或改变传记部分内容的原因，但解开《彼得堡的大师》之谜的途径之一可能就藏于自身的标题中。"圣彼得堡"，正如陀思妥耶夫斯基在著作《地下室手记》（1864）中描述的那样，"整个世界中最抽象、最具有深意的城市"①。主人公一类的地下人饱受抽象和意愿的煎熬：他试图忏悔，用无止境的迷宫性思维徒劳地解释着他的动机和行为，即使在讲到最有说服力的论点时，他又会解释这个论点背后的动机"说话就像一本书"② ——"如今我的眼泪就快夺目而出了，尽管我十分清楚这一切都是西尔维奥莱蒙托夫的伪装"③。"他"是一个典型的例子，用

---

① Fyodor M. Dostoevsky, *Notes from Underground: The Double and Other Stories*, New York: Barnes & Noble Classics, 2003, p. 236.

② Fyodor M. Dostoevsky, *Notes from Underground: The Double and Other Stories*, New York: Barnes & Noble Classics, 2003, p. 321.

③ Fyodor M. Dostoevsky, *Notes from Underground: The Double and Other Stories*, New York: Barnes & Noble Classics, 2003, p. 309.

巴赫金的话说，"他不再顺应自己的本意"①；他不会直截了当或自然地自我表现，因为他的自我意识已经达到一种深度，他会不断地关注自己，无论自己说什么或做什么，任何可疑或有欺诈性背后的动机，他都不会放过。他不仅先入为主地判断读者对故事的判断（"你觉得我现在是在向你忏悔吧，不是吗？……我确信你肯定这样认为……不过，我向你保证如果你确实是这样想的，那我也一样认为你是这样想的。"②），而且还要判断自己下的判断，然后再判断下自己判断的判断，这样无限循环下去。

这表面上看是对小说话语权人的忏悔与反思，实质上是启发读者对"历史书写者"的反思，尤其是对帝国殖民史书写者的反思，用以承担后殖民作家的良心和义务所赋予的责任。它借助对《群魔》中的虚无主义者和极端主义者的叫嚣的描写，避开文字审查，去实现影射殖民主义者虚构"历史的真实"的书写者与话语权者的目的。

结　语

综上所述，库切的小说《彼得堡的大师》通过对俄国文学巨著《群魔》的互文写作，借用俄国大革命爆发前的历史背景，虚构了陀氏和与其相关的一系列人物群像，借虚构人物之口影射南非的社会历史现状，并对当权者（以警察为代言人）的所作所为进行了无情的揭露，也对无政府主义和纯粹民族主义的行径进行了有力的批判。这或许是我们对陀氏和库切的忏悔题材的作品进行对比研究的最大收获。

（文／中南财经政法大学　蔡圣勤）

---

① Mikhail Bakhtin, *Problem of Dostoevsky's Poetics*, Caryl Emerson Trans., Minneapolis: The University of Minnesota Press, 1984, p. 117.

② Fyodor M. Dostoevsky, *Notes from Underground: The Double and Other Stories*, New York: Barnes & Noble Classics, 2003, p. 234.

第五篇

J. M. 库切
《迈克尔·K 的生活和时代》中的卡鲁情怀

作品节选

《迈克尔·K 的生活和时代》
(*Life & Times of Michael K*, 1983)

His thoughts went to Wynberg Park, one of the places where he had worked in the old days. He remembered the young mothers who had brought their children to play on the swings, and the couples lying together in the shade of the trees, and the green and brown mallards in the pond. Presumably the grass had not stopped growing in Wynberg Park because there was a war, and the leaves had not stopped falling. There would always be a need for people to mow the grass and sweep up the leaves. But he was no longer sure that he would choose green lawns and oak-trees to live among. When he thought of Wynberg Park he thought of an earth more vegetal than mineral, composed of last year's rotted leaves and the year before's and so on back till the beginning of time, an earth so soft that one could dig and never come to the end of the softness; one could dig to the centre of the earth from Wynberg Park, and all the way to the centre it would be cool and dark and damp and soft. I have lost my love for that kind of earth, he thought, I no longer care to feel that kind of earth between my fingers. It is no longer the green and the brown that I want but the yellow and the red; not the wet but the dry; not the dark but the light; not the soft but the hard. I am becoming a different kind of man, he thought, if there are two kinds of man. If I were cut, he thought, holding his wrists out, looking at his wrists, the blood would no longer gush from me but seep, and after a little seeping dry and heal. I am becoming smaller and harder and drier every day. If I were to die here, sitting in the mouth of my cave looking out over the plain with my knees under my chin, I would be dried out by the wind in a day, I would be preserved whole, like someone in the desert drowned in sand.[1]

他的思绪回到了温伯格公园，一个从前他工作过的地方。他记得那些年轻的母亲带着她们的孩子来荡秋千，成双成对的情人或夫妻一起躺在树荫下，棕色的绿头鸭在池塘里戏水。大概，在温伯格公园里，不会因为有一场战争，绿草就停止生长，树叶就停止飘落了吧。对于人们来说，永远需要割草和清扫落叶。但是他再也无法确定，自己是不是还会选择生活在绿草坪和橡树林当中了。当他想到温伯格公园，他就会想到一块充满了植物而非矿物的土地，它由去年的、前年的、大前年的，甚至更早时候的腐叶构成，这些腐叶甚至可以追溯到盘古开天辟地的时候。那是一块如此松软的土地，人们永远不会挖到那松软之地的尽头；人们能够从温伯格公园一直挖到地球的中心，在通往地心的路上，都是那么凉爽，乌黑，潮湿而松软。他想，我已经失去了对那种泥土的爱，对于那种泥土在我的手指之间的感觉我已经不再在意。我想要的，不再是绿色和棕色，而是黄色和红色；不再是潮湿，而是干燥；不再是黑暗，而是光明；不再是松软，而是坚硬。他想道，如果说世上有两种人，那么我正在变成另一类人。如果我被刀割了，他想道，一边伸出自己的手腕，看着那手腕，那么鲜血不会从我的身体中喷出，而是慢慢地渗流，在渗流了一些之后，就会干结，就会痊愈。我每一天都在变得更小，更硬，更干。如果我注定死在这里，坐在我的洞口，下巴放在膝盖上，眺望着那片平原，一天之内我就会被山风吹干，我将会完整地保存下来，就像那些困死在荒漠沙海中的人一样。[2]

（邹海仑 / 译）

---

[1] J.M. Coetzee, *Life & Times of Michael K*, New York: The Viking Press, 1983, pp. 67-68.

[2] J.M. 库切：《迈克尔·K 的生活和时代》，邹海仑译，杭州：浙江文艺出版社，2004 年，第 83-84 页。

作品评析

《迈克尔·K 的生活和时代》中的卡鲁情怀

引　言

　　库切研究专家大卫·阿特维尔（David Attwell）指出："库切写《迈克尔·K的生活和时代》的时候，卡鲁已经成为他创作基石不可或缺的一部分，成为他诗学中的重要因素。"[①] 而早在《等待野蛮人》（*Waiting for the Barbarians*, 1980）刚出版之际，库切在接受采访时隐晦地表达了对南非政治环境和写作传统的不满，同时说道："我的确相信人一生只能钟情一种地形景色。一个人可以欣赏并喜欢很多地貌，但只有一种是你莫名的最爱。根据以往的经验，我明白自己对欧洲或美国的感情必然和我对南非的感情是两个概念。如果让我把小说设定在另外一个环境下，我可能会感觉这种背景是人工斧凿的结果。"[②] 这位诺贝尔获奖作家对南非爱恨交织的情结引起了国内学界的关注，成为研究其早中期作品的重要切入点。学者们认为，库切虽然"深爱南非的自然风光"，对祖国"满怀眷恋"，但"痛恨南非当时的政体"；[③] 他"对非洲有着无法割舍的乡愁"，但"对南非的感情也是矛盾的"。[④] 这些评论从宏观的视角概括了作家的故土情怀，为进一步研究库切的人

[①] 大卫·阿特维尔：《用人生写作的 J.M. 库切——与时间面对面》，董亮译，哈尔滨：黑龙江教育出版社，2017 年，第 69 页。

[②] Folke Rhedin, "J. M. Coetzee: Interview", *Kunapipi*, 1984, 6(1), p.10.

[③] 王敬慧：《作为文学批评家的世界主义者库切》，《文学理论前沿》2014 年第 2 期，第 179 页。

[④] 黄怀军：《比较文学跨文化研究的经典个案：库切》，《中国文学研究》2015 年第 3 期，第 124 页。

生与作品的关系提供了线索。但这样分析库切的"情"似乎显得笼统，比如约翰内斯堡和它所在的德兰士瓦省就从未在库切的作品中出现过，我们自然无法说他对南非自然风光的喜爱和乡愁也包括这个南非最大的工业化城市。诚如他在另一篇访谈中坦诚，戈迪默《七月的人民》（*July's People*，1981）的背景德兰士瓦于他而言实际上是"域外之地"。[①]那么阿特维尔先生为什么如此看中卡鲁在库切写作中的地位？库切前述访谈中提及"莫名的最爱"的能指到底是什么？

一、双重维度的卡鲁情怀

通过阅读新近出版的两本库切传记即《J. M. 库切传》（*J. M. Coetzee: A Life in Writing*，2013）和《用人生写作的 J. M. 库切——与时间面对面》（*J. M. Coetzee and the Life of Writing: Face to Face with Time*，2015），我们可以发现，库切对南非自然风光的热爱都指向南非卡鲁及其周围的开普敦地区，因此他的南非情怀可以更具体地概括为"卡鲁情怀"。这种情怀源自作家儿时熟悉的家庭农场，随着他的成长日臻强烈。由于父亲杰克·库切频频的工作更迭，小库切四处奔波的生活方式带给他的陌生和孤独感远大于新环境带来的欣喜和好奇；[②]但其家族位于卡鲁的农场却是他童年生活的亮点，记忆中的卡鲁农场总是充满了幸福和愉悦，让他体味到家的温馨和其乐融融。从库切五岁时第一次去鸟儿喷泉农场到十二岁时举家搬到开普敦，农场见证了他诸多的欢乐时光。虽然他们父子没有农场的继承权，并且库切母亲对农场的公公婆婆也颇有意见，这都没有完全阻挡库切把农场当作一种归属。[③]家庭农场是库切卡鲁情怀的落脚点，这种情怀并没有随着他的成长而淡化，反而深刻地烙印在他脑海中。它所承载的人文意蕴不断积淀，进而升华为作者的灵魂归宿。阅历的丰富和学识的积累让库切洞悉卡鲁农场在自

---

① Tony Morphet, "Two Interviews with J. M. Coetzee, 1983 and 1987", *TriQuarterly*, 1987, 69, p. 458.

② J. C. 坎尼米耶：《J.M. 库切传》，王敬慧译，杭州：浙江文艺出版社，2017 年，第 32-33 页。

③ 笔者曾详细分析过库切对家族农场的矛盾感情。参见拙文《"雅努斯"家园情结——库切与卡鲁农场》，《外语研究》2017 年第 5 期，第 101-104 页。

己心中的地位：虽然青春期的库切很少再回到鸟儿喷泉农场，但那是他"曾经定位、想象并构建为自己生命之源的地方"[①]。

在心系卡鲁农场的同时，库切对卡鲁地区的地理特征挚爱如一，在不同场合表达过对卡鲁地貌的心之所望。1962年到1965年，库切在英国一边做计算机程序员，一边利用闲暇到大英博物馆读书追逐文学之梦。英国探险家威廉·伯切尔（William Burchell，1781—1863）的旅行游记里描写的南非景色勾起了他对卡鲁的怀念，"要不是这寥寥几本书，他很难确定自己是不是凭空构想了往昔的卡鲁"[②]。回忆起1965年到1971年先后在美国奥斯汀读博、在水牛城工作的日子，库切说他非常留恋得克萨斯空旷的土地，辽阔的天空，一如卡鲁带给他的感觉。21世纪初库切移民澳大利亚的原因之一就是那里的辽阔空旷呼应了他对卡鲁的怀念。

虽然从个人角度讲，库切强烈依恋卡鲁，但他发现无论是历史上的阿非利卡殖民者，还是种族隔离时期的南非国民党（National Party）执政当局，对南非地貌也有同样的情感。与库切的个人依恋不同，阿非利卡统治者的情感有一种天生的侵略性和殖民性，从他们踏上南非土地伊始到1992年废除种族隔离政策，这种社会属性一直如影随形。处于17世纪黄金时代的荷兰帝国在经济、军事和艺术上全面开花，一度多达16000艘的商船将殖民大旗插遍了全世界。荷属东印度公司于1652年建立开普殖民地，随后大批荷兰人迁居到非洲，成为农民（农场主），这其中就包括库切的祖先。但是荷兰帝国的辉煌很快成为明日黄花，18世纪晚期就开始衰落，所以在非洲生存扎根的荷兰人逐渐摆脱了对母国的依赖，形成了特殊的阿非利卡群体：在非洲的白人中，阿非利卡人是"唯一不自认是欧洲人而自认是非洲人、不自认为是移民而自认为是土著的族群"[③]。而作为早期荷兰移民赖以生存的经济基础，农场注定扮演着他们衣食父母的角色，长期的依存关系使得家庭农场成了布尔文化身份认同的根基。同时，无论是阿非利卡农场主还是讲英

---

① J. M. Coetzee, *Doubling the Point: Essays and Interviews*, David Attwell ed., Cambridge, MA: Harvard University Press, 1992, pp. 393-394.

② J. M. Coetzee, *Youth: Scenes from Provincial Life*, London: Secker & Warburg, 2002, p.137.

③ 秦晖：《南非的启示》，南京：江苏文艺出版社，2013年，第388页。

语的农场主都理所当然地认为南非黑人不配拥有土地。"原住民不是农场主，将来也成不了农场主""如果任由原住民打理，他们会毁了每一寸土地"等观念在他们脑海中根深蒂固，成为其人生字典的标准词条。①19 世纪末和 20 世纪初的两次布尔战争大大增强了阿非利卡人的民族认同感和危机意识，随后 20 世纪中叶，阿非利卡民族主义运动如火如荼展开。为了保障特权，巩固统治，增强阿非利卡人的归属感，1948 年南非国民党一上台，就强化了殖民时期的歧视措施，制定了一系列的种族隔离政策，从方方面面限制了南非黑人的权利，已然失去土地的他们也被剥夺了社会生存空间。②

究其实质，阿非利卡殖民者和南非国民党的南非之"情"是对社会资源（尤其是土地资源）的侵占和掠夺，是对原住民的排挤和剥削，而星罗棋布的网格化农场正是其物质化载体。按照库切的说法，农场里住着"和蔼的阿非利卡男性家长加上一群知足勤劳的子孙和奴仆"，这正是南非白人的"理想地形"之一。③当然阿非利卡群体对南非的地貌之爱所蕴含的殖民话语超出了年幼库切的理解能力，当时的他也不可能认识到家庭农场原来是一种"历史余孽"，但他在伍斯特就读小学时就已经目睹了"阿非利卡人足够多的特权以及他们的咆哮、自以为是和凶残"④。卡鲁农场所承载的是幼年库切所向往的自由欢快但又无法安放的童年，但是这种归属感又被阿非利卡当局所实行的种族隔离政策所侵蚀。因此，库切的卡鲁情怀就具备了双重维度：除却作家依恋卡鲁农场和卡鲁地貌的个人维度之外，也涵盖作家反思其祖先在南非的殖民历史和推行种族隔离政策的社会维度。库切虽然身为阿非利卡后裔，却难以接受阿非利卡统治阶层以爱南非地貌之名行种族隔离之事。在广为引用的《耶路撒冷奖获奖词》（"Jerusalem Prize Acceptance Speech"）中，他指责南非阿非利卡统治当局拒绝承认广大黑人的社会地位和合法

---

① Rita Barnard, *Apartheid and Beyond: South African Writers and the Politics of Place*, New York: Oxford University Press, 2007, p.73.

② 这期间南非政府颁布了一系列法律，从《禁止跨族婚姻法》到《违反道德惩罚法》对不同种族间婚姻和性行为的禁止，从《人口登记法》到《隔离设施法》对南非种族的层级划分和公共设施的区别使用，从《班图人教育法》到《大学教育扩充法》对教育资源的种族区分，从《促进黑人自治法》到《黑人家园公民身份法》圈定黑人特定的自治区域并导致其失去南非国民身份等。

③ J. M. Coetzee, *White Writing: On the Culture of Letters in South Africa*, New Haven: Yale University Press, 1988, p. 6.

④ J. M. Coetzee, *Doubling the Point: Essays and Interviews*. David Attwell ed., Cambridge, MA: Harvard University Press, 1992, p. 394.

权益，"却一直把他们对南非的爱指向大地，指向最不可能回应他们的山川沙漠、花鸟兽禽"①。库切正视种族隔离的前世今生，从不掩饰对这种政策的深恶痛绝，并在上述演讲中发出诘问："一个来自以无自由著称之国度的人，并且久居于此，如何能荣幸获得一个象征自由的奖项？"②

二、卡鲁情怀的文学生产

卡鲁情怀的两个维度是如何影响库切作品的？这里我们引入"文学生产"（literary production）的概念来探讨上述问题。"文学生产"这一源自马克思主义历史唯物主义的说法，先由布莱希特（Bertolt Brecht，1898—1956）和本雅明（Walter Benjamin，1892—1940）阐释，又被阿尔都塞（Louis Pierre Althusser，1918—1990）解读，后经阿尔都塞的学生马舍雷（Pierre Macherey，1938—）发展，再由伊格尔顿（Terry Eagleton，1943—）发扬光大。虽然上述学者对文学生产的理解有所差异，但他们看重的大体可以概括为以下两点：第一，关注文学作品创作出来后的社会功能，即研究文学的作用，把文学看成是改造社会的途径之一，是社会化大生产的一部分；第二，关注文学生产的市场机制，即影响作者的出版商、读者等因素。

与上述学者对文学生产的解读侧重于消费和流通领域意义不同，马克思主义文论家、英国曼彻斯特大学荣休教授珍妮特·沃尔夫（Janet Wolff，1943—）认为生产的涵义既包括消费领域和流通领域的过程，也包括作者在创作过程中的作用，即强调在文学作品的写作过程中，作者受各种社会因素的影响，这些因素又会以文字的形式体现在作品中。她在《艺术的社会生产》（The Social Production of Art，1981）中对此有详细的论述。沃尔夫采用历史唯物主义观点，把艺术（包括影视、音乐、绘画、文学等）看成是社会性的产品，探讨影响艺术品生产过程

---

① J. M. Coetzee, *Doubling the Point: Essays and Interviews*, David Attwell ed., Cambridge, MA: Harvard University Press1992, p. 97.

② J. M. Coetzee, *Doubling the Point: Essays and Interviews*, David Attwell ed., Cambridge, MA: Harvard University Press, 1992, p. 96.

的历史因素，分析社会结构、意识形态和艺术之间的关系，阐明个人创造力和作者间的关系，有力反驳了巴尔特（Roland Barthes，1915—1980）"作者已死"的观点和马舍雷提出的小说是"源自作家莫可名状的冲动"之类的论断。[1]

纵观库切早中期的小说，其处女作《幽暗之地》（*Dusklands*, 1974）的中篇《雅克·库切之叙述》（"The Narrative of Jacobus Coetzee"）描写了18世纪中期布尔殖民者在非洲内陆卡鲁地区的血腥拓荒，接下来的《内陆深处》（*In the Heart of the Country*，1977）刻画的是困囿于卡鲁农场和殖民社会父权中的女主人翁玛格达，《迈克尔·K的生活和时代》（*Life & Times of Michael K*，1983）塑造了一个在革命形势下隐逸于卡鲁群山和农场中的他者。这些作品至少有两个共同点：第一，"卡鲁"一词始终是绕不开的话题，体现库切是有"情"之士；第二，都是对南非历史和现状的揭露和批判，因此这些小说又可以被称为无"情"之作。作为隐形的叙事线索，这种有"情"和无"情"的张力贯穿在库切早中期的大部分作品中。因此，这些作品绝不是"源自作家莫可名状的冲动"；相反，我们可以说，库切的卡鲁情怀及其文学生产是他不同于其他南非作家的重要区别之一。

虽然《幽暗之地》有两个中篇，而且《越南计划》（"The Vietnam Project"）编排在《雅克·库切之叙述》之前，但后者其实是库切先开始写的。因为《越南计划》展现的是库切对美国发动越南战争和西方理性主义的辩证反思，所以与本文的关系不大。我们重点分析《雅克·库切之叙述》的生产模式。

20世纪60年代初，库切离开开普敦到伦敦去追逐文学理想。起初，他写了很多诗歌，但大多都未发表（现存于得州大学奥斯汀分校哈里·兰塞姆中心的库切书稿中也没保留这些诗歌）。因为库切从艾略特（T. S. Eliot，1888—1965）那里领悟到诗歌写作需要开启情感的闸门，他担心一旦如此，自己就不知道如何关闭闸门。当他转向不需要太多情感投入的叙事小说时，问题出现了：他草草写的一个故事无意中将背景设定在了南非，在那片50年代种族隔离政策恶化导致所有道德价值都已坍塌的故土。当然这个故事最后也没有付梓出版，却使他明白了叙事小说要有具体时间和地点。库切发觉，虽然他对阿非利卡执政者的仇恨已经到

---

[1] Pierre Macherey, *A Theory of Literary Production*, Geoffrey Wall trans., London and New York: Routledge, 2006, p.79.

了"即使发生大西洋海啸将非洲大陆南端冲得一干二净，他都不会掉一滴眼泪"[①] 的地步，自己的作品还是难以摆脱南非背景。他在大英博物馆里研读威廉·伯切尔等人的旅行游记时暂时疏解了他矛盾的情绪，他其实还是心系南非：除了老开普敦城熟悉的街道名字带给他与众不同的自豪感，祖先们在大卡鲁地区驾着牛车艰苦跋涉更是引起了其卡鲁情怀的共鸣。[②] "文化产品始终跟艺术家所处的社会和经济结构有着系统性关联"，这种"系统性关联"体现在库切身上就是其卡鲁情怀。[③] 后来作家在得州大学奥斯汀分校图书馆读到了南非库切家族第三代后人雅克·库切的一份简短游记，成为这部中篇的直接素材。正是在这个意义上，"《幽暗之地》明显是库切自传式作品风格的滥觞"[④]。

《雅克·库切之叙述》的生产模式同样适用于《内陆深处》[⑤]。库切写《内陆深处》时已经因为签证问题离开美国回到南非，而彼时的南非书籍审查制度盛行，但他并没有选择逃避，依然延续他处女作中探讨的主题，把写作推向历史深处和自己童年记忆中的卡鲁农场，借此来探讨阿非利卡文化中的父权意识和种族问题。他在《白色写作》（*White Writing*, 1988）中写道，19世纪的威廉·伯切尔面临的问题是如何找到一种艺术形式来"呼应卡鲁地貌的空旷"，[⑥] 但阿非利卡殖民者和后来的统治阶层来奉行的政策却使卡鲁的生活充满了张力。《内陆深处》中，库切通过玛格达的叙述视角，展现了这位困在卡鲁农场的女性对殖民父权的解构和对黑人白人二元对立的嘲弄。因此，玛格达成了库切卡鲁情怀和殖民之恨矛盾的女性化身，小说中的卡鲁农场也更多地体现为一种"社会空间"的功能。[⑦]

---

① J. M. Coetzee, *Youth: Scenes from Provincial Life*, London: Secker & Warburg, 2002, p. 62.

② 南非卡鲁地区以斯瓦特山脉（the Swartberg Mountain Range）为界，以北称为"大卡鲁"（the Great Karoo），以南叫做"小卡鲁"（the Little Karoo）。

③ Janet Wolff, *The Social Production of Art*, 2nd edition, London: Macmillan, 1993, p.119.

④ 大卫·阿特维尔：《用人生写作的 J.M. 库切——与时间面对面》，董亮译，哈尔滨：黑龙江教育出版社，2017年，第34页。

⑤ 有关《内陆深处》的写作背景，请参见拙文 "Nowhere is Home: J. M. Coetzee's Wrestling with Home Inside/Outside *In the Heart of the Country*", *International Comparative Literature*, 2019, 2(3), pp. 477-491.

⑥ J. M. Coetzee, *White Writing: On the Culture of Letters in South Africa*, New Haven: Yale University Press, 1988, p. 49.

⑦ 大卫·阿特维尔：《用人生写作的 J.M. 库切——与时间面对面》，董亮译，哈尔滨：黑龙江教育出版社，2017年，第61页。

不同于《内陆深处》中卡鲁是集各种社会矛盾于一体的浓缩版人生舞台，《迈克尔·K 的生活和时代》中的卡鲁主要是"自然之地"。①天生兔唇、略显迟钝的 K 是库切卡鲁情怀和种族隔离之恨交融下诞生的反英雄式他者，是"某种社会群体和他们世界观的代言人"：深爱卡鲁的库切把 K 秉承的地域特质立体式呈现在小说的叙事情节、人物的性格职业、作品寓意等多个层面。②

首先，从叙事情节来看，K 将病中的母亲送归农场，使其魂归安息之地就寓指卡鲁情怀。当 K 进入卡鲁腹地之后，立刻被那里的空寂所吸引，于是便打算选上一小块儿地来搭建远离动乱的乡间避难所。那个自称维萨基家族后辈的逃兵向 K 描述往昔农场的家庭圣诞聚会又让读者联想到《男孩》（Boyhood, 1997）中一家人欢度节假日的场景。其次，从人物的性格职业来讲，K 从事的园丁工作也是源于库切对祖父当年辛勤开拓鸟儿喷泉农场的"半回忆半想象"。③而包容 K 逃避当局搜查的卡鲁斯瓦特山脉和他在开普敦工作时潮湿平坦的韦恩堡公园形成了鲜明对比：前者和 K 身上"飘忽不定、自给自足和随遇而安"的自由品行相吻合，④而后者因战乱而无法再成为 K 的安身立命之所，又一次暗喻了作者的卡鲁情怀。最后，从作品寓意说，当 K 以"只食自由之面包"的精神对抗种族隔离带来的社会混乱无序，⑤始终不放弃极富寓意的种瓜栽菜工作，没有加入游击队伍扛枪作战，库切似乎在借此影射早期荷兰移民没有坚守他们最初到达非洲大陆时的"伊甸园之梦"，没有仅仅把开普敦当作为过往船只提供给养的据点，而是以此为跳板挺进非洲内陆，继续殖民的步伐。于是 K 耕耘卡鲁的信念变成了对殖民者热爱南非土地的一种嘲讽。K 立体式地折射出作家人生和写作的关系，表明卡鲁地貌经过文学生产，已经内化成作家的地理基因，连同卡鲁家庭农场浸透的人文意蕴，从地理意象和情感归属两方面构建起对作家具有原型意义的家园。

---

① 大卫·阿特维尔：《用人生写作的 J.M. 库切——与时间面对面》，董亮译，哈尔滨：黑龙江教育出版社，2017 年，第 61 页。

② Janet Wolff, *The Social Production of Art*, 2nd edition, London: Macmillan, 1993, p.119.

③ 大卫·阿特维尔：《用人生写作的 J.M. 库切——与时间面对面》，董亮译，哈尔滨：黑龙江教育出版社，2017 年，第 67 页。

④ 大卫·阿特维尔：《用人生写作的 J.M. 库切——与时间面对面》，董亮译，哈尔滨：黑龙江教育出版社，2017 年，第 67 页。

⑤ J.M. Coetzee, *Life & Times of Michael K*, New York: The Viking Press, 1983, p. 146.

三、卡鲁情怀的审美调控

沃尔夫阐释作品在生产过程中受社会因素影响的同时，也强调审美的独立性，提出"审美调控"（aesthetic mediation）的概念。其核心观点是通过考察审美产生的历史过程以及发挥作用的社会空间，说明审美不能沦落为意识形态或者政治的附属品，同时又受社会条件的制约。评价艺术（包括文学作品）既不能完全忽略意识形态和政治而成为超美学，也不能把艺术等同于政治和意识形态，因为艺术有它的具体性（specificity）。①

如前所述，库切的文学生产跟他的卡鲁情怀密切相关。文学作品作为一种意识形态，是"特定条件下由一定的社会群体按照具体的历史习惯生产的产品，因此也就必然打上该群体的看法、价值观和存在状态的印记"②。同很多在种族隔离时期成长起来的南非白人作家一样，库切的作品也关注殖民历史和种族隔离对人和社会造成的种种影响。他深谙种族制度的触角延伸到了社会生活的各个方面。所谓覆巢之下，难有完卵，它不但摧毁了人与人之间的平等基础，更腐蚀了人的内心世界；言为心声，进而文字表达也变得"萎缩和扭曲"，所以南非文学沦落为"枷锁中的文学"。③ 也正是在这个意义上，库切"没有把任何南非作家当作自己的前辈"④，而是以艾略特、贝克特（Samuel Beckett，1906—1989）和卡夫卡（Franz Kafka，1883—1924）等为学习的楷模。对卡鲁情怀张力的描述经过作家的审美调控，使作品成为兼具现代主义和后现代主义特征的文学作品；同时，这种调控有自主性（autonomy），而且它的自主性不是浪漫主义视艺术为精神绝对

---

① Janet Wolff, *The Social Production of Art*, 2nd edition, London: Macmillan, 1993, pp. 60-61.

② Janet Wolff, *The Social Production of Art*, 2nd edition, London: Macmillan, 1993, p. 49.

③ J. M.Coetzee, *Doubling the Point: Essays and Interviews*, David Attwell ed., Cambridge: Harvard University Press, 1992, p. 98.

④ S. V. Gallagher, *A Story of South Africa: J. M. Coetzee's Fiction in Context*, Cambridge: Harvard University Press, 1991, p. 45.

产物的自由书写，而是作家审美趣味观照下的一种文学再生产。

这样我们就可以理解库切小说中的反现实主义风格。尽管因为政治环境的需要，现实主义成为南非的主流写作风格，如库切所说，"对于南非作家而言，小说能采取的叙事结构更简单些，并不用多少创新，可能不像欧洲作家那样需要发挥丰富的想象力"①。深受欧洲文学滋养的库切在写作上另辟蹊径，挑战了南非的文学审美传统。因此，虽然库切在作品中探讨的主题跟其他南非白人作家并无二致，但他早中期作品所体现的自主性审美调控却令其在南非文坛独树一帜。下文将逐一分析上述三部作品所体现的这种自主性审美调控。

虽然受到伯切尔的影响，但库切在写《雅克·库切之叙述》时并没有像所读游记那样一味地钟情于地貌的描述或强调早期殖民者探索非洲内陆的经济动机，而是撕掉粉饰殖民过程的面具，"揭露了白人民族主义者为了自身利益将暴力事实从文献记载中抹去的勾当"②，而谴责殖民者的残酷。"意识形态并非以直接的形式反映在作品中，而作品也不充当意识形态被动载体的角色。"③库切这里的审美调控就是将卡鲁情怀和殖民之恨的张力演绎成小说文本和历史文本的"对立"：小说文本就是为了"消除历史的神话色彩"，不做历史文本的"附庸"。④从小说《后记》的创作过程就可以看出，库切一开始就想要把雅克的叙述改写成小说。以虚构的"历史学家"S. J. 库切口吻写作的《后记》其实是库切最早开始动笔写的，起初要用来做《序言》；另一个虚构的 J. M. 库切在《译者序》交代自己擅自把《序言》变成《后记》，还收录了《证词》作为补充材料。多个叙事者奠定了文本虚实结合的基础，这不仅仅是一部单调平凡的历史小说，还是对原材料的一次艺术再加工，同时也契合了他当初读完伯切尔游记的想法。

如果说《雅克·库切之叙述》是以旅行游记的改写表现历史和小说的对抗性，《内陆深处》则是库切初试锋芒来反写农场小说。典型的阿非利卡农场小说

---

① Folke Rhedin, "J. M. Coetzee: Interview", *Kunapipi*, 1984, 6 (1), p. 8.

② 大卫·阿特维尔：《用人生写作的 J.M. 库切——与时间面对面》，董亮译，哈尔滨：黑龙江教育出版社，2017 年，第 23 页。

③ Janet Wolff, *The Social Production of Art*, 2nd edition, London: Macmillan, 1993, p.65.

④ J. M. Coetzee, "The Novel Today", *Upstream*, 1988, 6 (1), p. 3.

通常描述男性为主导、女性处于边缘地位的农场生活，黑人当然更是被他者化，而以奥利芙·施赖纳（Olive Schreiner, 1855—1920）和保琳·史密斯（Pauline Smith, 1882—1959）为代表的英语农场小说同样对黑人的辛勤劳作和巨大贡献熟视无睹，使得黑人成了"虚无的存在"。①沃尔夫指出，有一种倾向认为，现有的审美原则（aesthetic codes）具有物质性（materiality），对具有意识形态属性的作品会产生决定性作用，即审美传统（aesthetic conventions）会左右作家所采取的叙事形式。②但沃尔夫并不认同上述观点。她认为审美传统只是在意识形态和特定的艺术作品间起到调节作用，而对审美传统是继承还是挑战，还要看作者自身对艺术的认识。③库切深受欧美文学现代性的影响，传统南非农场小说的写作模式在他的作品中难觅踪迹：《内陆深处》通过对父女和主仆两个二元关系的刻画，颠覆了阿非利卡人的"理想地形"，解构了殖民体系中黑人/白人、自我/他者的对立模式。玛格达的父亲承袭了传统农场小说里的父权独裁，但和黑人奴仆妻子的私通却使他同以往的男性角色大相径庭。玛格达也不再是驯化服帖的"乖乖女"，而是弑父、和黑人奴仆苟合的叛逆者。黑人亨德里克对玛格达身体的粗暴侵入、义正辞严地索要工资等情节使其一改以往农场小说的他者形象，打破了阿非利卡人想要保持的"乡村秩序"和这种秩序背后的"价值观念"。④而这些主题探讨都是在玛格达的臆想中层叠展开的，呈现给读者的是按数字顺序标注的 266 节文本。这种结构让库切摆脱了"线性叙事的束缚"，他可以在不同小节里演绎同一个故事的多个版本。⑤最明显的例子就是玛格达的父亲被她两次"杀死"而又不断现身以及她被黑人奴仆亨德里克两次强暴的不同描述，这不禁让我们想起《幽暗之地》中仆人克劳厄的死而复生。经过作家的审美调控，叙述者变得不可靠，作品因而具备了元小说的特质。这种叙事模式在 20 世纪 70 年代的南非文坛是不多见的。

---

① J. M. Coetzee, *White Writing: On the Culture of Letters in South Africa*, New Haven: Yale University Press, 1988, p. 5.

② Janet Wolff, *The Social Production of Art*, 2nd edition, London: Macmillan, 1993, pp. 63-64.

③ Janet Wolff, *The Social Production of Art*, 2nd edition, London: Macmillan, 1993, p. 66.

④ J. M. Coetzee, *White Writing: On the Culture of Letters in South Africa*, New Haven: Yale University Press, 1988, p. 6.

⑤ Joanna Scott, J. M. Coetzee "Voice and Trajectory: An Interview with J. M. Coetzee", *Salmagundi*, 1997, 114/115, p. 89.

南非传统的现实主义审美标准在《迈克尔·K 的生活和时代》中同样遭到了挑战。库切在小说的第三部分引入医疗官员的叙事声音，不但否定了文本中一切尝试解读 K 的努力，也抵消了小说其他部分体现的现实主义元素。而恰恰是库切小说的实验性及其带来的鲜明政治立场的缺乏使他饱受批评。国内就有学者质疑库切这种写作手法对南非的种族解放运动有多少意义；① 西方学者也有类似的批评，从最开始抨击迈克尔·K 缺乏革命性，② 到指责《耻》(Disgrace, 1999) 所透露的是种族间相互不理解以及冤冤相报，③ 再到批评界指责库切的小说缺乏积极参与政治运动的说服力，④ 直至近期南非文化圈对库切写作手法和创作主题的恶意攻击。⑤ 这些批评声音的共同点在于，他们都质疑库切的实验性作品和作家表现出的自由主义立场在南非政治生态中的适用性。用马克思主义美学的文学生产理论来讨论作品的写作过程和作品对作者情感的体现，或许可以为这些争论提供一些回应的思路。

结　　语

作为库切写作人生的一条主线，根植于卡鲁的家国情怀不仅是他早中期写作的动力，更是他小说意味隽永的原因之一。从文学生产的角度来观照上述作品，我们会发现库切笔下的人物代言了他卡鲁情怀和殖民之恨的矛盾困境，这些形象在极富感染力的叙事中问诊时代的症结，传递出一种历史厚重感和道德责任感。库切早中期作品中采用的反现实主义手法书写非但不是作家逃避社会责任的表现，更从另一

---

① 蒋晖：《载道还是西化：中国应有怎样的非洲文学研究？——从库切〈福〉的后殖民研究说起》，《山东社会科学》2017 年第 6 期，第 74 页。

② Nadine Gordimer, "The Idea of Gardening: *Life & Times of Michael K* by J.M. Coeztee", *Critical Essays on J.M.Coetzee*, Sue Kossew ed., New York: Prentice Hall, 1998, p. 142.

③ Salman Rushdie, "May 2000: J.M. Coetzee", *Step Across This Line: Collected Nonfiction 1992–2002*, London: Vintage, 2002, p. 340.

④ Benita Parry, "Speech and Silence in the Fictions of J. M. Coetzee", *Writing South Africa: Literature, Apartheid, and Democracy, 1970–1995*, Derek Attridge and Rosemary Jolly eds., Cambridge: Cambridge University Press, 1998, p.150.

⑤ Imraan Coovadia, "Coetzee in and out of Cape Town", *Kritika Kultura*, 2012, 18, pp. 103-115.

个侧面证明了他洞悉南非的社会困境和文学现状，在继承欧洲文学传统的同时，另辟蹊径，避免小说"被轻易同质化成某种经典式阅读"[1]，进而使其具有开放多元的解读潜质。本文对库切卡鲁情怀的分析，也只是试图揭示库切早中期作品多维度涵义的一个侧面，并借此为探究作家和作品之间的关系构建思考的平台。

（文 / 兰州财经大学 董亮）

---

[1] Stephen Watson, "Colonialism and the Novels of J. M. Coetzee", *Research in African Literatures*, 1986, 17 (3), p. 384.

第六篇

J. M. 库切
《耶稣的童年》中的他者形象

作品节选

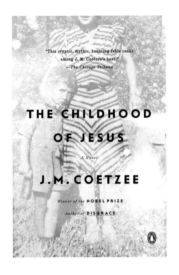

《耶稣的童年》
(*The Childhood of Jesus*, 2013)

The boy nudges him and points to the nearly empty packet of crackers. He spreads paste on a cracker and passes it across.

'He has a healthy appetite,' says the girl without opening her eyes.

'He is hungry all the time.'

'Don't worry, he will adapt. Children adapt quickly.'

'Adapt to being hungry? Why should he adapt to being hungry when there is no shortage of food?'

'Adapt to a moderate diet, I mean. Hunger is like a dog in your belly: the more you feed it, the more it demands.' She sits up abruptly, addresses the child. 'I hear you are looking for your mama,' she says. 'Do you miss your mama?'

The boy nods.

'And what is your mama's name?'

The boy casts him an interrogative glance.

'He doesn't know her by name,' he says. 'He had a letter with him when he boarded the boat, but it was lost.' [1]

男孩捅捅他，指着快空了的薄饼盒。他把酱涂到一张薄饼上递给他。

"他食欲不错。"那姑娘闭着眼睛说道。

"他总是饿。"

---

[1] J. M. Coetzee, *The Childhood of Jesus*, New York: Viking, 2013, p. 27.

"别担心。他会适应的。小孩子适应得很快。"

"适应饥饿？既然食物并不短缺，他为什么要适应饥饿？"

"我是说，适应节制的饮食。饥饿就像你肚子里的一条狗：你越是喂它，它要求得就越多。"她突然坐起身，跟那孩子说话。"我听说你在找你妈妈，"她说，"你想妈妈吗？"

男孩点头。

"你妈妈叫什么？"

男孩向他投来询问的目光。

"他不知道她的名字，"他说，"他上船时带了一封信，但是信丢了。"

（李春宁 / 译）

作品评析

《耶稣的童年》中的他者形象

引　言

诺贝尔文学奖、两届布克奖得主 J. M. 库切（J. M.Coetzee, 1940—）发表于
2013 年的小说《耶稣的童年》（*The Childhood of Jesus*）是其"耶稣三部曲"中的
第一部，也是其"澳大利亚小说"的第四部。作品讲述了中年男子西蒙（Simón）
和幼童大卫（Davíd）乘船漂泊至一个建构于虚构时空的城市——"诺维拉"
（Novilla），一边寻找大卫的生母，一边试图融入新环境的故事。尽管在名称和形
式上借用了《圣经》中玛利亚、约瑟和耶稣的原型故事，实际上《耶稣的童年》
所探讨的问题远远超出了单纯的宗教范畴。美国作家欧茨（Oates）将这部小说称
作"一个关于寻找意义本身的卡夫卡式寓言"[①]。小说看似简单的语言和情节中充
满着含混意味和寓言特征，延续了库切对现代人普遍面临的生存困境的一贯关注。
不同学者从好客伦理、库切的晚期风格、西蒙的伦理成长、身份认同困境、移民 /
难民问题等方面对小说进行了阐释，但尚未有文章完全从他者角度透视整部作品。
本文从小说中身处边缘却颇具反叛性、拒绝被同一化的他者形象切入，借助他者
视角反观诺维拉，以探析作品中反映出的共同体困境。

---

① J. C. Oates, "Saving Grace: J. M. Coetzee's *The Childhood of Jesus*", Aug 29, 2013, http: //www. nytimes.
com/ 2013/09/01/books/review/j-m-coetzees-childhood-of-jesus.html, 最近访问时间 2020 年 12 月 20 日。

一、不再沉默的他者

库切的作品一向重视他者的在场感。自 1962 年由南非开普敦移居英国，至 2002 年移居澳大利亚，再至该小说出版——此时，作为移民作家的库切必然对他者身份有着更为深刻的体悟。他者通常是被压抑被轻视、被书写被言说的客体。而本书中，库切反"客"为"主"，塑造了两个具有主体性、拒绝沉默的他者形象。

西蒙和大卫出现在诺维拉的第一个场景是两人在当地人的示意下焦急地赶往安置中心。两人在航行中失去了自己本来的姓名，甚至他们真正的年龄和生日也未可知。唯一可以证明大卫身份的信在旅途中遗失。他们的名字是在中转营地取的，"新的人生，新的名字"①；抵达之日被指定为他们的生日，也是"共同进入新生活的日子"②。他们的经历与其说是移民，更似重生。其民族身份随记忆被消解，注入看似充满希望的新身份。但安置中心标牌上写的字"并不是他学过的单词"③。陌生的国度，陌生的语言，连鸟鸣和风都是陌生的。二人面临的第一个挑战是字面意义上的无家可归，只能在安置中心员工安娜（Ana）的院子里搭一个简易窝棚。尽管第二天他们就在安置中心拥有了自己的房间，但从到达诺维拉至逃离这里，西蒙和大卫在心理和精神上始终徘徊在诺维拉的边缘。西蒙十分清醒地意识到自己的外来者身份和他对诺维拉的认同感缺失。他两次提到大卫正处于无根漂浮的林勃状态（limbo），他自己又何尝不是如此呢？但显然无论是安娜还是学校的特殊教育治疗专家都无法理解他们的处境。

然而，作为他者的西蒙并未因此放弃自己的"他异性"（alterity）而接受同化。小说中，他不断进行自我追问并对诺维拉居民的行事态度进行质疑，表现

① J. M. Coetzee, *The Childhood of Jesus*, New York: Viking, 2013, p. 18.

② J. M. Coetzee, *The Childhood of Jesus*, New York: Viking, 2013, p. 201.

③ J. M. Coetzee, *The Childhood of Jesus*, New York: Viking, 2013, p. 1.

出一种强辩的姿态。到达异乡之前，他们的记忆已被漂洗，本土身份代码被层层剥离。但与诺维拉的居民不同，西蒙始终执着于人的"历史"属性，拒绝主动放弃过去的记忆，体现出强烈的寻根冲动。艾琳娜劝告他，抛开记忆，"不安感就会褪去，一切就会变得容易起来"①。但他认为他们抛弃的并非记忆本身，而是"带有过去记忆的身体的归属感"②。在新旧历史记忆的交错中，处于失重状态的西蒙无法在精神和身份上真正对诺维拉产生认同。同样，当西蒙意识到诺维拉居民也摒弃了欲望之后表达出了强烈的抗拒。他质问安娜："如果我们没有食欲，没有欲望，那要怎么生活？"③列维纳斯区分了"欲望"和"需求"，他认为需求一方面指涉身体的缺乏，另一方面也暗含满足带来的快乐与幸福，其最终指向自我；而欲望是无限的、无法被满足的，其最终指向他者。问题在于，诺维拉居民安于需求的满足，而放弃了对欲望的向往，因而表现出自我封闭性。当西蒙一度以为艾琳娜接纳了他，而她却将这份感情称为"善意"时，西蒙深受打击。艾琳娜劝西蒙放弃性爱，可他坚持正视自己的欲望，打算"再冒一次险"④。他需要的是真正能接受其异质性的爱人。尽管小说后期西蒙表现出了一定程度的妥协，但作为他者，他体现出了极强的主体意识，是一个有血有肉、有思想、有欲望的"人"。

如果说西蒙在后期有所妥协，那么大卫这个神奇的孩子则始终不愿放弃自己的独立意识，拒绝保持沉默，因而成为一个张扬自己"他异性"的"绝对他者"。胆小、羸弱、苍白的大卫明确表示自己不喜欢被强行赋予的新名字。他拒绝更换衣服，因为只有这身衣服是他自己选定的。他对数学有着奇特认知，将其视作危险的存在——数字之间存在着"裂缝"，数字也会死亡。他拒绝接受通行的运算法则，拒绝按照常规的方式读书识字，拒绝使用通用语言西班牙语而要自创语言。于他而言，数字、语言都不过是漂浮的能指。作为第一个把他者置于自我之上，维护他者难以被认知的"他异性"的哲学家，列维纳斯提出了"绝对他者"概念，

---

① J. M. Coetzee, *The Childhood of Jesus*, New York: Viking, 2013, p. 143.

② J. M. Coetzee, *The Childhood of Jesus*, New York: Viking, 2013, p. 143.

③ J. M. Coetzee, *The Childhood of Jesus*, New York: Viking, 2013, p. 29.

④ J. M. Coetzee, *The Childhood of Jesus*, New York: Viking, 2013, p. 142.

并认为"绝对他者"处于自我的理解之外，无法为自我的思想所掌握。码头工人尤金尼奥（Eugenio）认为大卫体内住着一个魔鬼。这个奇特的孩子总是跳脱出常态思维之外，以冷峻的目光注视着这个对他而言才是非正常的世界。在工头阿尔瓦罗（Álvaro）被划伤后，包括西蒙在内的其他工友表现出惊人的平静。只有大卫严肃地"告诫"西蒙不能打架。当学校教师要求他写下"我必须说出真相"时，他以超验的姿态写下了"我就是真相"①。同库切一样，大卫对《堂吉诃德》十分钟爱。某种程度上，大卫就是幼童版的堂吉诃德。在他蒙昧、混沌的心灵中闪耀着灵动的光芒。当多数人用桑丘的眼睛看待这个世界时，大卫是用堂吉诃德的眼睛看世界的。库切认为，与堂吉诃德接触的大多数人"最终都多半皈依了他的思考方式，因此也都多半变成了堂吉诃德"②。大卫亦然。他如同一个冷静的布道者，几乎每个与他接触过的人都多少受到了他的影响。西蒙受伤住院后顿悟，理解了大卫看待数学以及世界的方式，也由此更清楚地意识到自己和大卫无法为诺维拉所接纳。

西蒙和大卫在旅途中丧失了自己的记忆、语言和故乡，也使自己本来的身份变得晦暗不明。但他们拒绝隐藏个体的"他异性"，接受诺维拉的生存哲学。他们不是被动的他者，而是主动的质疑者和言说者，也因此经历着卢卡奇定义的"超验的无家可归"的苦楚。

二、乌托邦的迷思

通过赋予他者声音，库切得以对共同体进行更加全面的思考。以他者形象出现的两位主人公为诺维拉的叙事提供了他者视角，对这个按照自己的规则与逻辑自转的乌托邦社会产生了冲击，由此动摇了作为有机共同体的诺维拉。

初看上去，诺维拉形似一个完美的乌托邦社会，表征着理想的共同体形式。

---

① J. M. Coetzee, *The Childhood of Jesus*, New York: Viking, 2013, p. 225.

② J. M. Coetzee, *Inner Workings: Literary Essays 2000-2005*, New York: Viking, 2007, p. 266.

这里物质极大丰盛，以至于谷仓里满是老鼠人们也不以为奇。诺维拉居民友善真诚，崇尚人工劳动。他们不只享受着物质上的满足，还有精神上的充实。免费的业余学校提供各类课程甚至免费晚餐，让这些支离破碎的人生可以借由共享的精神资源融入共同体之中。一方面，这里的开放程度之高体现在对外来者的接纳和包容，即完善的安置中心为新移民免费提供安置房、安置费、衣服和工作。另一方面，这里还设有解决男性欲求问题的"舒适沙龙"，而令人瞠目的是压抑着自己真实欲望的诺维拉的居民对此安之若素。

然而，诺维拉真的是一个理想世界吗？韩国学者王垠喆认为诺维拉绝非无条件的"绝对好客"之乡。① 首先，诺维拉要求外来者"洗净"自己的记忆和本族语言，实则是对个体身份的侵犯。英国哲学家洛克指出，自我同一性需要通过记忆进行建构，人的意识"在回忆过去的行动或思想时，它追忆到多远程度，人格同一性亦就达到多远程度"②。诺维拉通过抹杀记忆切断移民同过去的联系，从而破坏其旧的文化身份，重构其身份，形成所谓新的"群体认同"。西蒙自始至终都在追问："忘却的代价或许不该这么高？"③"清洗"记忆也意味着历史感的遗失。西蒙和工友们曾展开过一场关于历史的辩论。工友们断然否认历史的真实性及其现实意义。然而，历史感的缺失会使人忘掉自己的来路，从而无法真正和他人、社会建立起有机联系，自然也就无法真正融入共同体之中。此外，诺维拉对语言的统一亦是一种促成共同体想象的手段。安德森（Anderson）在其著作《想象的共同体》中着重论述了共同的语言在共同体形塑中的巨大作用，认为从一开始，民族这个想象的共同体"就是用语言——而非血缘——构想出来的"④。所有来到诺维拉的人，不论本身讲的是何种语言，都要使用西班牙语。业余学校开设各种类型的西语班，但没有其他语言班。当大卫质问西蒙为什么自己必须说西班牙语时，西蒙解释道，说同一门语言是在新国家"友好相处的一种方式"，否则

---

① E. C. Wang, " The Problem of Hospitality in J. M. Coetzee's *The Childhood of Jesus*", *Foreign Literature Studies*, 2014, 1, pp. 35-44.

② 洛克：《人类理解论》上册，关文运译，北京：商务印书馆，2017 年，第 310 页。

③ J. M. Coetzee, *The Childhood of Jesus*, New York: Viking, 2013, p. 60.

④ B. Anderson, *Imagined Communities: Reflections on the Origin and Spread of Nationalism*, revised edition, London:Verso, 2006, p. 145.

"就会被冷落"①。其回答间接映射出诺维拉作为同质共同体欠缺包容性。事实上，西蒙自己也承认说西班牙语并非出自他们的内心。诺维拉通过割裂历史记忆模糊流散居民的个体身份，再使用统一的语言"邀请"其进入"共同体"，无形中削弱、否定了他者的"他异性"。这样粗暴炮制出的"同一性"无法成为真正共同体建构的心理基础。

诺维拉居民展现出的绝对善意和理性反而倒映出"精神与身体，抑或理性与情感间几乎超真实的分裂"②。这里集体生活的高度同一性亦是通过抹杀个体欲望达到的。诺维拉提供丰盈的物质、精神资源以及工作机会，让人们忙碌、愉悦，从而"享受"生活。但这里的电台从不播放新闻，音乐不带劲，语言缺乏力度，亲密关系毫无激情，就连食物也寡淡无味。欲望和激情在此处已经完全被祛魅。列维纳斯认为，需求的满足实质上是通过将他者同化为另一个自我或自我的一个组成元素实现的。这种自我和他者的关系是虚假的。正是他者的无限性引发了欲望。而遏制了真实欲望的诺维拉"甚至不会猜想真正的他者是什么"③。西蒙数次追问饥饿的问题，饥饿隐喻着未被满足的欲望。列维纳斯同样多次论及饥饿。他认为除去可以用面包满足的、作为需求的饥饿之外，还存在一种由对他者的欲望所揭示的、"由饥饿本身滋养的饥饿"，促使自我对他者负起伦理责任。④然而，对诺维拉的居民来说，饥饿感和他者一样是外来的、需要被驯服的对象。其全部欲望与真实的身体感受被迫与主体分离，成为被压抑、贬损、遗弃之物。西蒙如同来到奥古斯丁"上帝之城"的世俗之人，无法在情感上呼应诺维拉的禁欲主义，自然难以融入其中。

表面上看，诺维拉毫无权力运作的痕迹，但秩序的潜流始终在暗中涌动。诺维拉居民不主张依靠暴力实现统治，如同小说中的驾车人虽有皮鞭却只靠偶尔吆喝催促马儿。然而，一旦有人违反共同生活的准则，秩序的代言人就会及时现身。

---

① J. M. Coetzee, *The Childhood of Jesus*, New York: Viking, 2013, p. 187.

② I. Dimitriu, "J.M. Coetzee's *The Childhood of Jesus*: A Postmodern Allegory?", *Current Writing: Text and Reception in Southern Africa*, 2014, 26(1), p. 71.

③ E. Levinas, *Totality and Infinity: An Essay on Exteriority*, Alphonso Lingis trans., Pittsburgh: Duquesne University Press, 1969, p. 33.

④ E. Levinas, *Totality and Infinity: An Essay on Exteriority*, Alphonso Lingis trans., Pittsburgh: Duquesne University Press, 1969, p. 179.

这一点集中体现在大卫求学的经历中。拒绝按正常方式读写算数的大卫被排斥在学校共同体之外。即便向教师利昂先生（señor León）展示了正常的读写能力，他仍无法被接纳。问题的核心在于诺维拉的学校本质上仍是高度纪律化的组织机构。利昂先生把大卫的"不同"看作某种"缺失"，将教师理解为绝对权威，将学生视作规训对象。因此，大卫离经叛道、挑战权威的行为是无法容忍的。特殊教育治疗专家声称要站在大卫的角度上考虑问题，可仍然把他归结为举止不当、扰乱风纪的"问题儿童"，并提议送他去特殊教育中心。当西蒙与伊妮丝（Inés）拒绝这一提议后，强制性国家机器——法院和警察现身，强行带走了大卫。大卫求学的整个过程充斥着宰制性语言和知识暴力。没有人真正倾听大卫的声音，没有人真正试图理解大卫的想法，更没有人真正询问过大卫的需求。由此，大卫的种种拒绝难道不也是对现实世界幻灭感的抵御吗？按照大卫的叙述，特殊教育中心不允许父母探视，还有暴力、体罚和强制劳动。尽管大卫逃了出来，但学校的铁丝网划破了他的身体。在他向西蒙详细描述那里的孩子如何残忍杀死一只小鸭子，而老师又如何阻止他施救时，他善良、纯粹的心灵是否蒙上了一层阴影呢？

对于流散居民来说，融入新的共同体之中、获得集体身份感是纾解无根无依状态之良药。但依靠消除记忆和本族语言、抹除欲望、隐匿权力来维护整体性和同一性的诺维拉并非"真正、持久的共同生活"的代表，因而无法成为"生机勃勃的有机体"①。借助西蒙和大卫的他者叙述反观诺维拉，读者可以看到一个与表面不尽相同的、虚幻的共同体。

---

① F. Tönnies, *Community and Civil Society*, Jose Harris and Margaret Hollis trans., Cambridge: Cambridge University Press, 2001, p. 19.

结　语

《耶稣的童年》塑造了两个拒绝被同一化、被压抑、被沉默的他者形象。穿过时而明朗时而晦暗的文字长廊，读者可以从中管窥移民转型后的库切对人类命运的深切关照。大卫与西蒙的他者视角解构了诺维拉的理想共同体叙事。在这里不可能存在一致的集体意识和身份认同感。命运共同体的构建需要秉持求同存异的理念，以开放的姿态倾听一切人的声音。只有包容并尊重他者的"他异性"，关注他者"具体的历史、身份和情感—情绪构成"，才能让他们"作为拥有独特需求、天赋和能力的具体而个别的存在"产生认同感，从而消弭他者与共同体之间的矛盾，构建一个属于全人类的命运共同体。[①]小说结尾，西蒙、大卫和伊妮丝向着一个陌生的他乡进发，或许那里可以成为他们真正的容身之所。

（文 / 河北科技大学 田静 李春宁）

[①] S. Benhabib, "The Generalized and the Concrete Other: The Kohlberg Gilligan Controversy and Feminist Theory", *Feminism as Critique on the Politics of Gender*, Seyla Benhabib and Drucilla Cornell eds., Minneapolis: University of Minnesota Press, 1996, p. 87.

第七篇

纳丁·戈迪默
《新生》中的三重伦理关系

纳丁·戈迪默

Nadine Gordimer，1923—2014

作家简介

纳丁·戈迪默（Nadine Gordimer，1923—2014）1923 年出生在南非约翰内斯堡（Johannesburg）东部的一个矿山小镇斯普林斯（Springs）。其父是一名犹太珠宝商，其母是英国后裔。她年少时就开始文学创作，发表了一系列为儿童而写的短篇故事，15 岁时在南非自由主义杂志《论坛》（*The Forum*）上发表了自己的首篇非儿童作品。此后《纽约客》（*New Yorker*）和《耶鲁评论》（*Yale Review*）等美国期刊陆续刊登了她的作品。戈迪默 1949 年出版了首部短篇小说集，1953 年出版首部长篇小说，并由此开始了享誉国际的文学生涯。

戈迪默一生创作了 15 部长篇小说，11 部短篇小说集，7 部文论集和杂文集，同时还在世界多所高校和文化活动中进行访谈、举办讲座。她一生的文学成就共同折射了南非种族隔离时期和后种族隔离时期南非人民的生活样态和心灵困境，体现了殖民历史话语影响下非洲各国为民族独立、国家发展和社会进步所进行的抗争与努力。她一生荣获多项国际文学大奖，因"出色的史诗写作为人类带来巨大裨益"而获得 1991 年诺贝尔文学奖，被誉为"南非的良心"和"新南非之母"。戈迪默是南非文学史上的一座丰碑，也是与钦努阿·阿契贝（Chinua Achebe，1930—2013）、沃莱·索因卡（Wole Soyinka，1934— ）、恩古吉·瓦·提安哥（Ngugi wa Thiong'o，1938— ）和 J.M. 库切（J. M. Coetzee，1940— ）比肩的非洲现代文学的缔造者。

作品节选

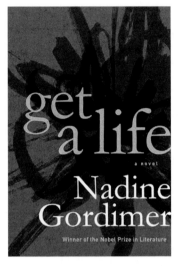

《新生》
（ *Get a Life*，2005 ）

The lapse of time medically decreed before the scan which would decide whether the body should again be irradiated, passed. All clear for the present; another scan, maybe, delayed for another decision.

The son has emerged to take on the world with all the necessary equipment, weapons— two arms, two hands, ten prehensile fingers, two legs, feet and toes (verify ten), the genitals which were already evident in the foetal scan, a shapely head and open eyes of profound indeterminate colour that are already reacting with the capacity of sight. The sperm of the radiant progenitor-survivor has achieved no distorting or crippling of the creation.

Destruction takes on many states of existence; on this one the predatory stare has gone out. Must invite Thapelo and Derek again for a couple of beers where there's new life confirmed.[①]

医生规定的那段时间过去了，进行扫描，看身体是否需要再次做放疗，合格。目前一切正常；也许日后还需要做一次扫描，那时再下定论。

儿子降生到了这个世界上，全须全尾，所有的武器一应俱全——两条胳膊，两只手，十根能屈能伸的手指头，两条腿，脚指头齐全（核实为十个）的脚丫子，在胎儿 B 超中就已显现的小鸡鸡，一个匀称的脑袋，睁开的两眼呈现出那种难以形容的深邃颜色，眼睛的视觉已经具有反应能力。幸存于辐射的父亲的精子造就了一个不变形不残缺的小生命。

---

① Nadine Gordimer, *Get a Life*, New York: Farrar, Straus and Giroux, 2005, p. 186.

毁灭以各种各样的存在状态出现，这一回，那虎视眈眈的凝视消失了。必须再次邀请塔佩洛和德里克喝上几瓶啤酒，庆祝喜得贵子。[①]

（赵苏苏 / 译）

[①] 纳丁·戈迪默：《新生》，赵苏苏译，北京：人民文学出版社，2008年，第203页。

作品评析

《新生》中的三重伦理关系

引　　言

出版于 2005 年的《新生》（*Get a Life*）是戈迪默的第十四部小说。这部作品并没有沿袭她以往作品的反种族隔离主题，而是聚焦于一个白人中产阶级家庭在后种族隔离时代的生活变迁。男主人公保罗因为罹患甲状腺癌症做了手术，术后的治疗使得他的身体成为了一个放射源。为了儿子的顺利康复和其家人的安全，保罗的父母阿德里安和琳赛将他接回自己家照顾。最终，保罗顺利康复，和妻子的关系也得以修复，他们的小儿子也顺利降生。琳赛因为年轻时的一次婚外恋一直对丈夫心怀愧疚并努力弥补。儿子保罗病愈后夫妻二人出国旅行。阿德里安却在旅行中爱上了自己的导游，并最终客死他乡。没有宏大的历史背景，也没有荡气回肠的情节发展，作者平静地描述了一个白人家庭的情感变化过程。简单平实的故事却让我们窥见了后种族隔离时代南非人民，尤其是白人们在特殊的伦理环境中体现出来的人与自然，人与他者以及人与自我之间的伦理关系。这三重关系并不是孤立存在的，而是相互影响、相互依存的。

一、人与自然的伦理关系

人与自然的伦理关系作为人之存在的本源性关系始终是各种伦理关系的核心内容，所以，从道德意义上探讨人与自然的关系，应该是伦理关系探讨的重要任务。经过漫长的进化过程，人类终于实现了和自然的分离，随之而来的是人类自然属性的丧失。自此，人类开始了对人与自然关系的不断探索。人究竟是应该害怕自然，利用自然，还是与自然和谐相处？在南非，这样一个亟待发展的第三世界国家，人与自然的矛盾关系自然很尖锐。一方面，南非有良好的丰富的自然资源可以利用；另一方面，因为特殊的历史原因，南非经济的发展并不能满足普通民众想要改善生活的愿望。但是经济发展必然会导致自然资源被利用和自然环境被破坏。这个时候，探索如何处理人与自然的关系显得尤为重要。

《新生》讲述的家庭故事源于保罗罹患甲状腺癌，之后所有故事的展开都围绕着他的疾病。人创造环境，同样，环境也塑造人。疾病标志着自然环境受到了某种伤害后对人类身体的惩罚，是大自然对人类无序利用自然的报复。正如作者在文中所说，"发生在保罗身上的事情就像是上帝的愤怒"[①]。只是，这个"上帝"是大自然。保罗为了治疗甲状腺癌症，不得不在术后服用放射性碘液杀死残留的癌细胞。他的身体也随之变成了一个辐射源，凡与他接触者都会受到辐射的威胁。但是他的亲人并没有因此遗弃他。为了不给他的妻儿造成危害，他的父母把他接回自己家精心照顾。他的妈妈琳赛为他专门布置了隔离区，而且尽可能与他保持距离。尽管家人对他的隔离让保罗感觉自己像是一只在送往国外前需要隔离豢养几个月的可怜的狗。家人采取的自我保护和隔离措施是人类面对自然伤害时的本能反应，显示出了人类在面对自然伤害时的弱小。

人与自然休戚与共。过分地掠夺自然界，实质是切断了人同自然和谐共生的纽带。所以，保护大自然成为生态学家保罗的职业追求。政府要让一家澳大利亚公司到有着"非洲伊甸园"之称的奥卡万戈和蓬多兰地区修建高速公路、大坝、核电站，开发沙丘采矿项目。保罗的环保组织配合国际环保组织成功地阻止了该项目的实施。环保主义者们胜利了，但是项目的搁浅使得当地人民想要获得工作机会、改善生活困境的梦想破灭了。不仅如此，因为没能修建大坝，当地人民不得不饱受洪水之苦。一方面，人类在保护自然的同时需要舍弃自己的利益追求，

---

① 纳丁·戈迪默：《新生》，赵苏苏译，北京：人民文学出版社，2008年，第9页。

但是，另一方面，在人与自然的伦理关系中，自然也不是完全被动的，一定条件下自然也以积极的方式反作用于人。洪水在毁坏人们的家园的同时，也为受淹地区带来了新的肥沃的泥土，帮助奥卡万戈的整个有机体进行着自我更新。

如同作者在小说中的质疑，保护自然是为了让人们更好地存活，那么实现工业化，"不正是利用我们丰富的资源，来发展我们的经济，提高穷人的收入吗？如果贫穷不结束，那么还有什么能存活下来"①。虽然读者没有在小说中找到明晰的解决方案，但是通过公园中的鹰的故事，我们依稀可以读懂作者的意图。一般来讲，鹰一窝只孵两个蛋。雏鹰出壳后会互相竞争。为了更好地存活，其中的一只雏鹰"亚伯"会把另外一只雏鹰"该隐"杀死，扔出巢外。活下来的那只鹰会得到父母的喂养直到成年。因此，作者提问了自己的问题，"假如亚伯必须被该隐扔出巢外；那不也是为了一种更大意义的存活吗？"②如果连人类的基本生活需求都不能满足，生命无法延续，那么保护自然的目的又是什么呢？所以，为了让人们更好地存活，仅有保护是不够的。而作者对鹰巢的描写有着更深层次的隐喻意义。崖缝间的鹰巢空间局促，似乎根本不可能容纳下鹰硕大威武的身体，为了降落在巢穴里，它需要收拢折叠自己的身体，"把自己安置在了它那树枝铺成的普洛克路斯忒斯之床上"③。普洛克路斯忒斯之床源于希腊神话。强盗普洛克路斯忒斯把人放在一张铁床上，如果身体比床长，他就砍去长出的部分，如果身体比床短，他就用力把身体拉长，使之与床齐。作者把鹰巢比作普洛克路斯忒斯之床，其用意不言而喻。鹰，生命的象征，尚且知道如何收拢自己的身体去适应有限的自然环境，那么人类更应该规范自身的行为去适应自然、合理利用自然，从而维持人与自然的和谐关系。

---

① 纳丁·戈迪默：《新生》，赵苏苏译，北京：人民文学出版社，2008 年，第 183 页。
② 纳丁·戈迪默：《新生》，赵苏苏译，北京：人民文学出版社，2008 年，第 183 页。
③ 纳丁·戈迪默：《新生》，赵苏苏译，北京：人民文学出版社，2008 年，第 177 页。

二、人与他人的伦理关系

人，总是以群体的形式存在的。在社会生活中，每个人都是在一定角色和身份中与他人进行交往并发生各种关系。而社会对人的每一角色和身份也会有一定的规范和要求，由此构成人的伦理权利和义务。每一个伦理主体在享受一定的权利的同时也应该履行一定的义务。在特定的伦理关系中，只有伦理主体各自行使自己的权利和义务才能形成相对稳定的伦理关系，伦理双方才能和谐相处。但是随着经济的发展，人们的生活方式开始发生变化，人们在物质生活获得满足的同时，精神世界开始变得荒芜。对物质的过分追求、基本道德感的丧失，无可避免地导致伦理主体之间的权利与义务失衡，最终导致伦理关系的严重疏离。

《新生》有两个故事主线，第一条线索是保罗夫妇。在这个故事中，保罗的身份是生态学家，受聘于一家基金会，从事自然资源保育和环境控制方面的工作。他妻子蓓蕾妮丝却是国际广告公司的高管，专门为那些砍伐森林、破坏生态的客户们做广告宣传。两个人的工作性质截然相反。即便是在一起生活了五年，两个人之间仍然有陌生感。夫妻二人工作目标的背道而驰导致了他们的心理距离越来越大。夫妻二人在生活中本应该互相支持，但是不同的人生观和价值观导致了双方关系的异化。在这里，我们无法用伦理权利与义务来考量二人之间的伦理关系。二人工作性质的巨大差别实际源于经济发展与自然资源的保护永远是一对难解的矛盾。此外，二人关系的疏离也是一个难解的题。琳赛和保罗在谈话中提到关于阿德里安放弃考古赚钱养家的时候说过，"像你这样心中只怀有……一种先天下之忧而忧的使命，这个使命是第一位的……几乎没谁有你这样的运气"[①]。其中的潜台词不言而喻。保罗之所以能全身心投入环保事业，关键的保障是妻子的丰厚收入让他没有养家糊口的顾虑。夫妻二人关系的疏离使得他不止一次有过离婚的念

---

① 纳丁·戈迪默：《新生》，赵苏苏译，北京：人民文学出版社，2008年，第133页。

头。由此，我们可以看出，事业方向的相悖确实是二人关系濒临破裂的一个诱因，但是保罗内心深处的个人主义却是他们二人婚姻危机的根本原因。保罗生病期间的隔离给了他自我反思的机会，夫妻关系得到了缓和。而新生儿的降生标志着他们夫妻关系新的开始。

第二条线索是琳赛和阿德里安夫妇。阿德里安年轻时酷爱考古，但是为了支持妻子的事业，为了挣钱养家糊口，不得不放弃自己所热爱的追求，进入公司经商。琳赛是一名民权律师，天生丽质。阿德里安为了妻子，为了家庭，履行了自己作为丈夫的伦理义务。那么与此同时，他应该享有相应的伦理权利，也就是享受妻子应该为他履行的伦理义务。但是因为受西蒙·波伏娃的"偶然之爱"观点的影响，琳赛有过一段长达四年的婚外恋经历。这给"直接而诚实"的阿德里安造成了很大的伤害。作为妻子，琳赛享受了丈夫对自己的扶持义务，却没有履行自己对丈夫应有的伦理义务，即忠诚。伦理双方权利与义务的不平衡导致夫妻关系出现裂痕。即使阿德里安在发现妻子的婚外情时采取了隐忍的态度，没有提出离婚，也仍然为今后夫妻关系的破裂埋下隐患。幡然悔悟的琳赛终止了这段婚外恋，回归了家庭，并尽可能地弥补自己曾经犯下的错。但是，她对丈夫情感的伤害并没有因为时间的流逝而消失。在他们的儿子保罗病愈后，为了圆丈夫的考古梦，夫妻两个踏上了去墨西哥的路程，琳赛因为工作上的事情先行离开，丈夫却在她走后爱上了比自己小三十岁的年轻女导游。她平静地接受了这个事实，因为只有她明白，丈夫为了这个家，为了曾经的婚姻牺牲和隐忍了多少，他应该追求本真的自己，在生命的最后时光里享受自由选择的快乐。因为自己曾经的背叛，她把丈夫的移情当成是自己救赎的解药。作者对人物的情感变化安排似乎也是为了告诫读者，任何事情有因必有果。在生命旅程中，人需要不断做出自己的伦理选择，但是要为自己的伦理选择承担相应的后果。

在两对白人夫妇之间伦理关系异化和疏离的同时，我们却看到了黑人和白人关系的融洽。在这个故事中，琳赛家里有一个黑人保姆普里姆罗斯，琳赛夫妇俩为保姆的孩子支付学费，还帮助她支付建房子的定金，在保罗到琳赛家休养之前，夫妇俩还计划着如何在维护保姆自尊的情况下说服她暂时离开，为的是不让她暴露在辐射之下。一个雇主如此贴心地对待一个家庭保姆，而作为保姆，她本可以在拿工资的同时短暂休假，还可以远离辐射的危害，但是她却选择了留下来，和琳赛夫妇一起尽心尽力地照顾保罗。故事中另外一个黑人是保罗的同事塔佩洛，作为他的同事，他深知辐射的危害性，却经常来看望保罗，毫无顾忌地和保罗在花园里聊天喝茶。来看保罗时，他竟然张开双臂，要来一个非洲特色的碰肩式拥抱，保罗却向后退开，"这种拥抱是黑人对为争取自由而并肩战斗过的战友的一种表达"①。在这些黑人身上，我们看到了南非黑人和白人和谐关系构建的可能。

两位黑人对待保罗的态度和白人对待保罗的态度截然不同。白人们在采取各种专业的措施隔离保罗的同时，黑人们却无视保罗的病情和他正常交往，甚至发生了身体接触。为什么呢？"这两个人怎么竟然都不害怕呢；若是归因于情感，那就未免太简单了，保罗是个白人，是有历史沿袭性的，这个历史相信黑人更坏，然而显而易见的则是，这两个人都是黑人，却更好"②。曾经的种族隔离政策让南非的黑人们的身心都遭受重创，如今的黑人们却没有因此活在仇恨里，而是与白人们相互支持和关怀。经历过太多伤痛的黑人们似乎无惧任何威胁，包括辐射。两位黑人展现出的勇敢无畏也象征着如今的黑人在南非的主人翁姿态，他们通过自己的行为在宣告，这里是他们的土地，而不是一个暂住居民的家。黑人主体身份的回归也为白人和黑人关系的进一步融洽奠定了基础。

三、人与自我的伦理关系

人与自我的关系是各种伦理关系中最内在的，也是最难究明的。精神分析学家弗洛伊德把人的精神领域划分为三大领域或层次，即"本我"（id）、"自我"（ego）、"超我"（superego）。"本我"即本真的我，体现了人的自然属性，是人生存的基本需要。"超我"即理想的我，体现出人的社会属性，是人发展的最高境界，以人的道德至善为核心。"自我"即现实的我，处于"本我"和"超我"两者之间，能有效地把两者协调在一起，是理性和机智的代表。在人与自我的关系上，

① 纳丁·戈迪默：《新生》，赵苏苏译，北京：人民文学出版社，2008 年，第 65 页。
② 纳丁·戈迪默：《新生》，赵苏苏译，北京：人民文学出版社，2008 年，第 66 页。

作品以求圣为切入点，内在地传达着人由凡入圣的道德伦理欲求。所以，人的一生当中，人的自我反思、自我改造和自我发展的过程就是一个由现实的我向着理想的我不断靠近的求圣之旅。但是，这个过程并不是一帆风顺的，其中不乏自我的放纵，从而导致人在本我与超我之间徘徊。戈迪默在《新生》中塑造的保罗、琳赛和阿德里安就是这样不断求索的典型代表。

人所追求的超我应该是思想和行为对自身有着积极向上的意义、作用和影响，并有利于他人、集体、社会、自然和全球。作为一名生态学家，保罗的职业目标是保护大自然，为人类的可持续发展而努力。即便是在病痛中，他也仍然坚持工作。保罗的职业目标体现了他的崇高道德追求，是向超我的不断靠近。为了更好地体现自身价值，他和同事们一起成功地阻止了一个又一个破坏生态的项目的实施。最终，他们胜利了，"爆发出有几分凯旋意味的大笑"[1]。而这正如马克思所言，"在选择职业时，我们应该遵循的主要指针是人类的幸福和我们自身的完美。不应认为，这两种利益是敌对的，互相冲突的……人们只有为同时代人的完美，为他们的幸福而工作，才能使自己达到完美"[2]。保罗为了人类更长久的幸福生活而努力是对完美的"我"，即超我的不断追求。但是，不容忽视的事实是，保罗拥有完整的家庭和稳定的工作，夫妻俩的收入可以让这个家庭过着体面的生活。更重要的是，他是一个白人。在阻止项目进驻的同时，他也让很多贫困的家庭失去了得到工作和改善生活质量的机会。所以，从这个角度来看，他维护自由政策的抱负实际上是把南非的底层人民排除在外的。那么，我们是否可以据此推断，作为白人的保罗，他并没有体会到底层人民，尤其是贫困黑人的艰难处境。他对超我的追求是否有霸权意识存在呢？

保罗对超我的追求存在着明显的悖论，而琳赛的自我反思和自我改造之旅则展现了人与自我关系的复杂性。年轻时候的琳赛漂亮能干，为了实现本真的"我"，追求自己的快乐，她和自己的一个同行有过一段长达四年的婚外恋。本以

---

① 纳丁·戈迪默：《新生》，赵苏苏译，北京：人民文学出版社，2008年，第204页。

② 马克思、恩格斯：《马克思恩格斯全集》（第40卷），中共中央马克思恩格斯列宁斯大林著作编译局编译，北京：人民出版社，2016年，第7页。

为掩盖得很好，却不知丈夫知晓了此事并忍受着巨大的心理痛苦。婚外恋是琳赛的自由选择。每个人都有选择的自由，但是在享受自由的同时，却不能逃避道德责任和社会道义的谴责，人终将要为自己的选择负责。因为自由是人在不损害他人权利的条件下从事任何事情的权利。琳赛的自由选择给他人造成了很大的伤害，也使自己一直承受着巨大的心理折磨。

人是伦理性的存在，生活在社会中的任何人在享受本我的自由时都不能凌驾于社会的伦理道德规范之上。因为自由不是个人的为所欲为，而是标示社会关系中公民的权利和义务的量度。因为对本我的过分追求，琳赛得到了应有的惩罚。悔悟后的琳赛开始努力平衡自我与本我的关系，在之后的生活中反思自己曾经犯卜的错误，并努力弥补。她的"求圣之旅"也自此展开。先行离开旅游地的她在家里攒了一大摞丈夫爱看的杂志和报纸，满怀希望地等着丈夫的归来却等来了丈夫移情别恋的消息。她震惊，但是她不气愤。因为她知道，一方面，如同她自己曾经有过的自由选择一样，尽管这种自由选择不符合伦理道德规范，阿德里安也有权选择做本真的自己。另外一方面，她知道，有些伤害是永远无法撤回和弥补的。丈夫曾经对她的原谅并不代表她对夫妻感情的伤害已经消失不见了。琳赛要为自己曾经的错误选择承担后果。

琳赛接受了丈夫移情别恋的事实，没有因此做出离婚的选择，而是继续与丈夫保持着通信交流。琳赛开始了自己全新的生活。她领养了一个被人强奸过，患有艾滋病并被人遗弃的三岁黑人小女孩。一个身心遭受巨大创伤的黑人女孩进入了琳赛的生活。琳赛没有告诉大家小女孩如何称呼她。不管是奶奶还是母亲，作为小女孩的合法监护人，她需要满足小女孩的一切需求，包括物质需求和精神需求。遭到丈夫背叛的琳赛在这个时候做出这种选择其实是在原谅丈夫的同时想要全身心地给予一个急需关怀的人她能给予的一切。与一个身心俱伤的社会边缘人建立一种新的伦理关系并且担负起相应的伦理责任，她的这种伦理选择彰显了她对超我的至高追求。

与此同时，琳赛在同事家的宴会上认识了一个已退休的同行。她没有排斥这个同行对她的追求。开放式的故事结局并没有告诉我们琳赛最终是否接受了这份感情。但是至少说明，琳赛并没有因为丈夫的移情而自怨自艾，而是开始接受新的感情，坚强地过着独立自主的生活。最终，丈夫在挪威的斯塔万格离世，她没有运回他的尸体，因为"家。从斯塔万格。重新开始，从坟墓中"①。她替丈夫做了最后的选择，帮助他实现最终的本我。从容淡定地面对丈夫的背叛，勇敢地担起一个监护人的职责，并且开始追求自己崭新的个人幸福，琳赛用行为证明了自己的勇敢无畏和独立自强。从本我的迷失中走出来，坚定地走向超我，这个发展历程让我们看到了琳赛的自我在本我与超我的博弈中的重要调和作用。所以，要造就和谐自我，就应该培养强有力的自我。

故事的另外一个主人公阿德里安的情感历程展现了一个男人在家庭生活中的果敢和担当。婚姻生活开始的时候，为了支持妻子对事业的追求，为了养家，他毅然放弃了自己热爱的考古，转而从商。阿德里安发现了妻子的婚外恋，作为丈夫的他没有勃然大怒，或者暴力相向，而是等待妻子主动坦白。从妻子口中得到证实后，他没有强迫妻子做出任何决定，而是让妻子自由选择。尽管妻子琳赛的婚外恋给他们的家庭生活蒙上了一层永远也去不掉的阴影，他依然选择原谅，并用自己的实际行动维持着一如往常的家庭生活。在儿子患病康复期间，阿德里安和妻子一起担负起了照顾儿子的责任。作为丈夫，作为父亲，阿德里安扮演着不同的家庭角色。对于他来说，角色之下的真实的自我的表达开始变得艰难，自我内心的真实世界与社会赋予的角色之间充满着矛盾。为了家庭，痛苦的阿德里安选择了隐忍和宽容。他给予妻子的无私支持、选择自由和体贴原谅体现了一个男人至高无上的道德追求，也即对超我的追求。

退休之后的阿德里安为了追求年轻时候的考古梦想决定和妻子一起去西班牙旅行。他的决定得到了家人的支持，他们都有"一种共同的感觉，觉得阿德里安有权利进行他那机缘到来的考古冒险"，因为"人有自己的爱好完全是应该的"②。这个"可怜的顾家男人"开始了对本我的追求之旅。他在旅行途中爱上了自己的导游。这一次，他放弃了自己的家庭角色，选择积极应对本我的诉求。正因如此，琳赛认为"对他，对我……这件事有一种乐意的成分，愿意进入它，进入这一状

---

① 纳丁·戈迪默：《新生》，赵苏苏译，北京：人民文学出版社，2008年，第192页。
② 纳丁·戈迪默：《新生》，赵苏苏译，北京：人民文学出版社，2008年，第132页。

态，即使它一方面是疏远，而另一方面也是一种实现"①。阿德里安"疏远"的是曾经压抑本我的家庭生活，而"实现"的则是自己现在的本我诉求。在一个远离家人的地方爱上了另外一个人，阿德里安没有选择隐瞒，而是完全对妻子坦白，因为"他想要像他自己一向的那样，对她直接而诚实"②。一直以来，阿德里安对妻子都是真诚的。真诚，对于阿德里安来说，是一种责任，一种努力的方向。他在坚持自己的个体自由的同时，也在捍卫着琳赛的自由，因为人只有通过捍卫他人的自由才能拓展个体的自由，才能本真地实现自身价值。

和妻子的婚外恋一样，阿德里安的移情超越了伦理道德所允许的范围，但是这却是他实现本我的一种方式。在给妻子的信中，阿德里安称自己的移情别恋为"老年人的最后放纵"③。"最后的放纵"，意味着他知道生命即将终结，也说明了他对死亡的恐惧。在这种恐惧中，人们会改变心态，敢于面对曾经害怕的东西，或者通过努力重新获得失去的东西。对死亡的恐惧促使他决定在生命的最后做回本真的自己，这实际上体现出了他"向死而生"的生存观。既然死亡一开始就已存在于生命的终点，那就勇敢面对死亡，积极地生活。而他最终的平静去世恰恰印证了这一点。

结　　语

曾经有人质疑，在失去了反种族隔离制度这一基本文学主题后，南非白人作家是否还能生存，是否还能保持强劲的创造力？通过对戈迪默的《新生》中人与自然、人与他人，以及人与自我这三重伦理关系的分析，我们不难看出，当南非人民不再沉湎于种族隔离这一历史伤痛，开始全新的黑白融合的生活的时候，他们面临的是更加难解的题：如何在经济快速发展的今天处理好人与自然的关系，从而做到可持续发展；如何平衡主体之间的伦理权利与伦理义务，共同创造和谐

---

① 纳丁·戈迪默：《新生》，赵苏苏译，北京：人民文学出版社，2008 年，第 138 页。
② 纳丁·戈迪默：《新生》，赵苏苏译，北京：人民文学出版社，2008 年，第 136 页。
③ 纳丁·戈迪默：《新生》，赵苏苏译，北京：人民文学出版社，2008 年，第 137 页。

社会；如何坚定自我，合理应对本我的本真诉求并响应超我的至高召唤。针对这些难题，戈迪默用自己细腻的笔触委婉地给出了建议。蕴含着丰富人文关怀的《新生》不仅有力地还击了他人对南非白人作家的质疑，而且向读者展示了一个真实的后殖民世界。

（文 / 湖北工业大学 胡忠青）

第八篇

奥利芙·施赖纳
《一个非洲农场的故事》中的反田园书写

奥利芙·施赖纳

Olive Schreiner, 1855—1920

作家简介

奥利芙·施赖纳（Olive Schreiner，1855—1920）是南非著名作家、知识分子、思想家、演说家、女权主义和反战运动领导者。1855 年 3 月 24 日，她出生于当时开普殖民地东开普地区的维滕伯格传教站。成年后在南非各地辗转做家庭教师，其间，奥利芙·施赖纳开始了文学创作，这些早期作品包括生前未发表的小说《娥丁》（*Undine*）和《一个非洲农场的故事》（*The Story of an African Farm*）。二十六岁那年，她离开殖民地启程去英国，之后于 1889 年回到非洲，在那里完成了她的短篇寓言故事集《梦》（*Dreams*，1890）。与此同时，她积极关注本地的政治时局并参与其中，她的写作也开始更多指向南非的政治与社会话题。她极度愤恨狂热的帝国主义分子塞西尔·罗德斯（Cecil Rhodes），尤其是他贪婪掠夺财富，鼓吹侵略战争的行为。1879 年，她发表了寓言故事《马肖纳兰的士兵彼得·豪基特》（*Trooper Peter Halket of Mashonaland*），直接指控罗德斯手下英属南非公司的人在罗德西亚（现津巴布韦）的暴力行径。1899 年年末爆发的第二次布尔战争期间，她积极奔走，为了反战和揭露大英帝国在战争中对布尔人的残暴行为。她曾多次在公开集会上发表反战抗议演讲，成为当时在南非和英国都颇具影响力的公众人物。第二次布尔战争之后，奥利芙·施赖纳仍然活跃在公共政治事务中，除了主张和平反战，她一直关注和同情所有被压迫群体，包括犹太人以及黑人女性。1913 年，由于哮喘恶化，她再度来到英国寻求治疗，因第一次世界大战被困伦敦。1920 年，她再次独自回到南非，并于同年 11 月在一家寄宿旅店平静去世。施赖纳的文学才华、特殊的殖民地背景，以及对当时历史政治时局的积极关注和介入，让她在英语文学、南非文学、女性主义文学，以及世界文学和思想史的版图上都有着不可忽略的位置。

作品节选

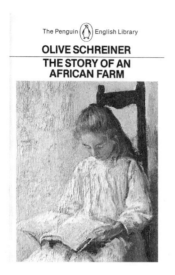

《一个非洲农场的故事》
(*The Story of an African Farm*, 1883)

The full African moon poured down its light from the blue sky into the wide, lonely plain. The dry, sandy earth, with its coating of stunted karoo bushes a few inches high, the low hills that skirted the plain, the milk-bushes with their long finger-like leaves, all were touched by a weird and an almost oppressive beauty as they lay in the white light.

In one spot only was the solemn monotony of the plain broken. Near the centre a small solitary kopje rose. Alone it lay there, a heap of round ironstones piled one upon another, as over some giant's grave. Here and there a few tufts of grass or small succulent plants had sprung up among its stones, and on the very summit a clump of prickly-pears lifted their thorny arms, and reflected, as from mirrors, the moonlight on their broad fleshy leaves. At the foot of the kopje lay the homestead. First, the stone-walled sheep kraals and Kaffer huts; beyond them the dwelling-house—a square, red-brick building with thatched roof.[①]

一轮非洲的满月将月光从蓝天倾泻到广阔而孤独的平原上。干燥的沙土，覆盖着几英寸高的矮化卡鲁灌木，环绕平原的低矮山丘，长着手指状长叶子的牛奶灌木，都被一种奇怪而几乎令人压抑的美所触动，它们都躺在白光中。

---

① Olive Schreiner, *The Story of an African Farm*, London: Penguin Books, 1883, p. 35.

只有一处，平原的平淡和单调被打破了。在中心附近，一个小小的孤独的山丘耸起。它独自躺在那里，一堆圆形的铁石一个接一个地堆在一起，就像在某个巨人的坟墓上。石头间不时长出几丛草或多肉的小植物，最顶端的 丛刺梨举起它们多刺的手臂，像镜子一样，将月光反射在它们宽阔的肉质叶子上。在小山丘脚下躺着"家宅"。首先是石墙羊圈和黑人的小屋；在他们身后是民居——一幢带有茅草屋顶的方形红砖建筑。

（胡笑然 / 译）

作品评析

《一个非洲农场的故事》中的反田园书写

引 言

　　《一个非洲农场的故事》是施赖纳生前发表的第一部也是唯一一部长篇小说（以男性笔名 Ralph Iron 发表），这部小说让她在当时迅速享有盛名，并直到今天都一直为后人称道。小说讲述了 19 世纪中后期生活在南非卡鲁地区一家农场的三位主人公，瓦尔多（Waldo）、艾姆（Em）和林德尔（Lyndall），从童年到成人的故事。艾姆的养母"桑尼姑姑"是农场主，是一位凶恶的布尔女人；艾姆的表姐林德尔是孤儿；瓦尔多的父亲奥托负责照看农场，是一位善良的德国牧民。小说第一章讲述三位主人公的童年，随着一名英国骗子波拿巴特·布兰金斯（Bonaparte Blenkins）的到来，瓦尔多开始怀疑自己的宗教信仰；单纯的艾姆受到了布兰金斯的虐待；但自小追求自由思想，聪慧并反叛的林德尔识破了他贪婪邪恶的本质，但作为手无寸铁的小孩，她却无能为力。第二章进入主人公们的成人时代，带有极强女权主义意识的林德尔进入寄宿学校读书。瓦尔多在经历了信仰的危机之后，在自然和日常的劳作中寻求到了慰藉。一位名为格里高利·罗斯（Gregory Ross）的英国人来到农场，起初他对艾姆求婚，但由于林德尔从寄宿学校归来，又迅速被她激进的思想以及坚定的意志所吸引。但林德尔跟随一名"陌生人"（她的情人）离开了农场。格里高利解除了和艾姆的婚约，也离开农场寻找林德尔，最终得知林德尔和自己的新生儿相继死在旅馆中。接到噩耗后，瓦尔多悲痛欲绝，死在农场，小说至此结尾。

一、英语文学传统中的非洲殖民地

《一个非洲农场的故事》（下称《非洲农场》）出版同年曾受到一篇书评的质疑，认为该小说散发着异域情调的题目让读者期待的本应是"在野蛮与文明边缘发生的历险"，而实际上，它却"带有神秘主义气息并过分哲学化"，充斥着"怪异的人物在超脱的与最俗套的一切之间摇摆"。[①] 在随即面世的小说第二版中，施赖纳增加了一篇简短的《序言》对上述批评做出了回应，她写道：

> 一位好心的评论家曾建议说，如果该小说写了一段有关狂野冒险的历史，写了原住民布须曼人将牛群赶入无人的悬崖峭壁之绝境，或者写了"和凶恶的狮子遭遇后在命悬一线中逃脱"，那么他才很可能会钟意它。但这样写是不行的。这样的作品最好是在伦敦的皮卡迪利大路或海滨大街写出来：在那里，创造力的天赋才不会被任何与现实的触碰所限制，而能够伸展它想象的双翼。
>
> 但是，如果一个人坐下来想描绘他成长的场景，他会发现，那些现实会缓慢地侵袭他。那些想象力在遥远的土地上看到的绚丽璀璨的相与形，都不是他能描绘出来的。令人遗憾的是，他必须将画笔中的色彩挤出，然后把笔浸入周遭灰色的染料里。他必须只能描绘他面前存在着的一切。[②]

《序言》中的这段话宣告了施赖纳的小说创作立场，她将自己与来自"皮卡迪利大路或海滨大街"的宗主国作家之间划上了明确的界线，并拒绝使用读者期待中的惊心动魄的冒险故事。对她来说，对非洲殖民地的描绘是否具有"现实性"是至关重要的问题，也是她作为一个生长在南非的本土作家的创作根基所在。她

---

① *Saturday Review of Politics, Literature, Science and Art*, 1883, 55, pp. 507-508.

② Olive Schreiner, *The Story of an African Farm*, London: Penguin Books, 1883, pp. 29-30.

使用了一个比喻的说法暗示了实现这种本土现实性所需要的策略，她需要抵抗遥远想象中的色彩，并使用"灰色的染料"来达到一种彻底的创新。

施赖纳的抵抗姿态具有特定的历史语境和针对性。《非洲农场》的出版年代（维多利亚晚期和爱德华时期）恰逢欧洲各帝国对非洲殖民的高峰时期，历史上被称为"瓜分非洲"（The Scramble for Africa）的疯狂帝国扩张也在1884年的柏林会议之后正式拉开序幕。与对非洲加剧的殖民热潮相伴相生的，是大量有关非洲的文学书写，其中最具代表性也最受欢迎的便是探险小说，后来这个文类也被称作"帝国传奇"（imperial romance）。[1] 这类作品往往以白人青壮年男性为主人公，描述他们在英国的海外殖民地英勇探险寻宝，最终满载而归的故事。而这些探险故事中的殖民地，多半财宝遍地、物欲横流，带有浓重的东方主义色彩。这类探险故事中最为人熟知的作品便是斯蒂文森的《金银岛》（Treasure Island，1881），特别以非洲为背景并在当时同样风靡英国的，还包括哈格德的《所罗门王的宝藏》（King Solomon's Mines，1885）、巴肯的《普赖斯特·约翰王国》（Prester John，1910）以及康拉德对这个文类的另类书写《黑暗之心》（Heart of Darkness，1902）。这类作品在"寻宝"的故事模板中宣扬的英雄主义气概在历史现实中的表现形式，是以塞西尔·罗德斯为典型代表的殖民大亨通过鼓吹军事侵略在非洲加剧的资本掠夺，特别是在南部非洲疯狂的钻石开采。许多学者都曾指出帝国传奇这个文类与帝国资本的扩张和帝国国民身份的构建之间的共谋关系。例如，约瑟夫·布里斯托发现这个时期的海外探险故事往往和英国白人男孩的成长叙事黏合在一起，也在阅读市场中大量作为儿童文学或青少年文学被消费。这种对男性气质的特定塑造和期待也正符合帝国的道德规范中对其理想子民的要求。[2] 劳拉·克里斯曼也曾指出，这类作品其实是英帝国在殖民扩张行为中对维持其道德秩序的迫切需求下应运而生的。因此，与其说它们"鼓励读者和帝国的物质现实拉开一

---

[1] Robert L. Caserio, "Imperial Romance", *The Cambridge History of the English Novel*, Robert L. Caserio and Clement Hawes eds., Cambridge: Cambridge University Press, 2012, pp. 517-532.

[2] 参见 Joseph Bristow, *Empire Boys: Adventure in a Man's World*, London : Routledge, 1991.

个批判性的距离"，不如说它们的目的是在"逃避、合理化或神秘化这些现实"。①

除了帝国传奇这个文类之外，施赖纳在《非洲农场》的第二版《序言》中表达出她想要从"画笔"中挤出的"色彩"还另有所指。如果说帝国传奇所使用的浪漫化和理想化的文学形式实际上是对帝国全球资本扩张做出的反应，那么这种本质上是西方资本主义现代性逻辑内的文学产出方式在另一个文类中也有更加微妙的体现——那就是田园文学。雷蒙·威廉斯在《城市与乡村》中就曾指出，从西方古典传统中继承下来的英国田园诗传统对乡村生活的理想化描绘（其中也包括对早期殖民地的描写）并不是对古希腊曾经"黄金时代"现实的真实写照，而自始至终都允斥着与城市化经验之间的张力。②在工业革命后城市化加剧的背景下，19世纪的英国小说里也大量使用了田园书写的符码。笼统地说，在19世纪上半叶以盖斯凯尔夫人和乔治·艾略特为代表的作家在通过现实主义手法揭露城市生活的种种社会问题时，却并没有将这种现实主义用于对乡村生活的刻画，他们的作品如《南方与北方》（*North and South*，1854—1855）和《亚当·比德》（*Adam Bede*，1859）等对乡村都更多地采取了浪漫化的怀旧态度。这种态度在维多利亚晚期开始慢慢转变为描绘工业化入侵下的乡村现实，这个文学模式下最有影响力的作家便是哈代。同样伴随着怀旧的愁思，哈代小说中人物的悲剧命运都映衬了工业化影响下乡村的脆弱与堕落。

在帝国扩张和城市工业化的双重进程中，当殖民地／宗主国和乡村／城市这两组二元对立关系发生合流时，对乡村的浪漫化描写也往往与对殖民地的想象纠缠在一起。比尔·施瓦茨曾指出，南非殖民地在19世纪末到一战前的英国大众想象中曾经一度被视为"幻想中的国家边境"，在英国本国正在"被棘手的现代性所生发的世俗力量摧毁"时，这个幻想中的南非提供了一个完美浪漫的愿景③，而在英国文学的谱系里田园文学的理想化冲动背后所隐含的现代性的冲突在南非的白

---

① Laura Chrisman, "Imperial Romance", *The Cambridge History of South African Literature*, David Attwell and Derek Attridge eds., Cambridge: Cambridge University Press, 2012, p. 230.

② 参见 Raymond Williams, *The Country and the City*, New York: Oxford University Press, 1978 中的 "Pastoral and Counter-pastoral" 一章。

③ Bill Schwarz, *Memories of Empire Volume I: The White Man's World*, New York: Oxford University Press, 2011, p. 211.

人殖民者文学中也有其相应的衍生物。J. M. 库切曾在文学评论集《白人书写：论南非的文学文化》里，对二战前南非白人殖民者文学（包括英语和阿非利卡语，即南非荷兰语文学）关于这片土地和风景的书写方式进行了梳理和论述，并将西方的田园文学传统作为早期南非白人文学继承的最重要的文学形式之一。在西方田园书写的文化语境里，"花园"意象所包含的美德，如"朴素、安详、亘古不变的习俗"，被用来反衬城市的恶，如"奢侈、竞争、新奇"。而对于南非白人来说，田园式作品中"回溯性的凝望"比乌托邦式作品中"前瞻式的凝望"更让他们感到安心，因为作为来到这片土地的移民式殖民者，他们的未来是毫不确定的。因此，田园书写成为南非白人文学中最显著的表现形式，使他们在"怀旧的心境中"，在"无序自然的荒芜与新兴城市的荒芜"之间找到了一个落脚点。[1] 这些作品包括从 19 世纪初的苏格兰诗人托马斯·普林格尔（Thomas Pringle）的抒情诗到 20 世纪二三十年代的英语小说家保琳·史密斯（Pauline Smith）和阿非利卡语小说家范·德·西沃（C. M. van den Heever）的一系列"农场小说"。

在这样的背景下，施赖纳在尝试刻画非洲殖民地，特别是殖民地乡村时所要抵抗的浪漫化色彩实际包含了一种英语小说模式上的选择与创新。她站在了这种本质上是保守主义的田园书写传统的对立面，开启了另一类充满批判能量的反田园书写。与延续了《圣经》中伊甸园式的田园般的农场不同，施赖纳笔下 19 世纪末的非洲农场，用库切的话说，是"复制了殖民地社会的懒惰、无知与贪婪"。对施赖纳来说，"开普殖民地，或许所有的殖民地，事实上都是反花园的，是反乌托邦的"。[2] 那么，施赖纳的反田园书写又有何种文本主题和结构上的具体体现，又是在何种文化思想气候中产生的呢？

---

[1] J. M. Coetzee, *White Writing: On the Culture of Letters in South Africa*, New Haven: Yale University Press, 1988, p. 4.

[2] J. M. Coetzee, *White Writing: On the Culture of Letters in South Africa*, New Haven: Yale University Press, 1988, p. 4.

二、反田园书写与激进思想

　　《非洲农场》讲述了三个在农场长大的孩子从童年到成人的故事：虔诚的德国牧羊人的儿子瓦尔多，早熟而聪慧的孤儿林德尔和她单纯的表姐艾姆。农场的主人，艾姆的继母"桑尼姑姑"，是死了两任丈夫，粗鲁且凶神恶煞的寡妇布尔女人。农场中这一基本人物设定首先打破了田园理想中的家庭规则与世代沿袭的父权秩序。威严辛劳的父亲、将接替父亲的儿子、仆人一般的母亲和纯真玩耍的孩童，这一系列典型角色维持的稳定而自然延续的血缘关系被彻底打破。故事围绕两个主人公瓦尔多和林德尔相互交织的命运展开，他们之间从孩童时代建立起的超越情爱的灵魂伴侣式的亲密关系让我们想到乔治·艾略特《弗洛斯河上的磨坊》（ *The Mill on the Floss*，1860）里的主人公玛吉和汤姆·塔利弗兄妹，但他们之间最大的区别在于瓦尔多和林德尔之间并没有任何血缘关系。布里斯托曾指出，典型的维多利亚小说向来对细致交代人物的血缘和代际联系十分重视，而《非洲农场》中的主要人物却恰恰全面剥离了依赖血缘支撑的代际关系，所有"个体人物之间的纽带，甚至是婚姻，都常常带有一种异乎寻常的怪异、荒谬以及不稳定性"[1]。小说没有关于林德尔父母的任何具体信息，关于她表姐艾姆的上一代也没有具体交代，我们只知道艾姆是农场主桑尼姑姑从上一任丈夫那里带来的继女。桑尼姑姑将婚姻视为获取财产的方式，她在知道上一任丈夫已身患绝症时和他结婚，并在艾姆将要继承亲生父亲的农场时又和一位有财产的远方表侄再婚，而对方是一位只有十九岁的鳏夫。艾姆最终嫁人生子，但她愈发肥胖，从始至终都保持着近乎荒唐和愚蠢的单纯。林德尔和瓦尔多之间也没能维持一种有效的结合，林德尔最终独自在旅馆里生下她和一个被称作是"陌生人"的情人的孩子，并和婴儿先后死去。瓦尔多得知这个消息后不久也在小说结尾炽热的阳光和鸡群中默默离世。

---

[1] Joseph Bristow, "Introduction" , *The Story of an African Farm*, Oxford: Oxford University Press, 1992, pp. vii-xxix.

悲剧和讽刺手法的交替使用让施赖纳笔下的人物关系都充满了断裂感和无效性，通过婚姻与生育维持的代际延续被阻隔。和人物之间的无效关系相映衬的，还有人和土地与自然之间的关系。贪吃懒惰的农场女主人桑尼姑姑肥胖得弯不下腰，她贪婪、自私，小说中没有任何有关她参与农场劳动的描写。勤恳的瓦尔多和他父亲似乎是唯一以自己的劳动维持农场有效运行的人，但瓦尔多精心制作的剪羊毛机器被来到农场的英国骗子波拿巴特·布兰金斯销毁，他们父子也被无端虐待和殴打。

除了劳动的停滞与缺失，农舍外的自然也无法成为寄托灵魂与信仰的对象。小说的第一章重现了《旧约》中该隐向上帝赎罪的场景。瓦尔多在空旷的沙地平原上用一块羊肉在石块上献祭，祈求阳光下可以出现圣火将它烤熟以示上帝的宽恕。但最终神迹没能出现，瓦尔多也就此陷入丧失信仰的绝望深渊。和沉默的石块与烈日相呼应的，还有石块下的昆虫。和没能引发神迹的羔羊相似，这些昆虫在施赖纳的笔下只象征着人生的空自劳苦。在小说第一卷的结尾，瓦尔多被恶人布兰金斯虐待后，傍晚时分坐在小山丘上观察地上的昆虫。黑色的甲虫在推着它一早便开始制造的粪球回家时被瓦尔多的狗咬死。对此，作者发出了在小说中反复出现的一句评论："一切皆是戏，没有人能诉说它生而为何劳作为何。奋斗，再奋斗，徒劳而终。"①

施赖纳借瓦尔多内心的思想争斗表达出的怀疑主义态度所针对的一个批判对象，是在 19 世纪影响巨大的自然神学思想，其中的代表人物是威廉·佩利（William Paley）。他于 1802 年出版的《自然神学》全面讨论了上帝的存在与美德显现于自然万物的存在规律之中，并提出了著名的"钟表匠理论"。他认为如果人们在路上看到一块钟表，一定会认为它是被钟表匠所设计制作，同理类推，"在钟表里存在的每一个造物的迹象和每一种设计的体现，也都同样存在于自然之物中"，而上帝对自然的设计就是这个钟表匠制造钟表的类比。②那么显然，瓦尔多所处的非洲平原无法向他证明上帝的存在。施赖纳在小说里也同样重写了这个钟

---

① Olive Schreiner, *The Story of an African Farm*, London: Penguin Books, 1883, p. 107, p.135.

② William Paley, *Natural Theology, or Evidences of the Existence and Attributes of the Deity*, New York: Cambridge University Press, 2009, p. 19.

表的象征。夜不能寐的瓦尔多在钟表的"嘀嘀嘀"声中听到的却是"死亡，死亡，死亡"，他在钟表声中为人生的有限和不确定性一次次向上帝发问，也因为得不到答案而独自承受灵魂的煎熬。

和瓦尔多心灵相通的孤儿林德尔在面对农场的虚空和降临在农场的恶时却和瓦尔多表现出的隐忍截然相反，她聪慧过人、言行激进，自幼便决心离开农场，渴望获得学校的教育和现代独立的生活。面对英国骗子波拿巴特·布兰金斯的狡诈与残忍，她说，"等我强大了的那一天到来时，我将憎恨一切掌握强权的事物，去帮助一切弱小的东西"①。她为了保全自我的完整而拒绝和一个比自己更加强大的男性进入婚姻。她在小说中也曾宛如一位讲演者对同伴们大段宣扬女性独立的思想，这也让她的活动成为了19世纪末兴起的"新女性"（New Woman）运动最早的雏形。②20世纪70年代英美女权主义批评的重要著作，依莱恩·肖瓦尔特的《她们自己的文学》也将《非洲农场》中的林德尔视为是"英语小说史上第一位严肃的女权主义女主人公"③。林德尔对于女性独立的认知是超前的，喷薄而出的新思想让她自己无法控制，甚至"头脑眩晕"，她认为"如果我生在未来，那么可能女性不会生来便被打上烙印"④。

瓦尔多和林德尔是小说中最立体和最具深度的两个角色，施赖纳凭借他们的形象传递了19世纪末期的激进思想对维多利亚时期主流的宗教、文化和政治观念的冲击和瓦解。许多对施赖纳本人影响巨大的进步思想直接作为农场里这两个孩子所学到的知识进入了小说中。瓦尔多在一本《自然地理》的中学课本里学到了他所处的平原曾是湖底，而四周的山脉曾是湖岸。科学的知识让他能够跳出《圣经》的时间维度而将历史赋予非洲的土地。约翰·斯图尔特·密尔的《妇女的屈从》（ The Subjection of Women ）是点燃了林德尔自我意识的书籍。密尔的

---

① Olive Schreiner, *The Story of an African Farm*, London: Penguin Books, 1883, p. 93.

② 后来的学者也将19世纪90年代出现的一大批女权主义主题小说冠名为"新女性小说"，其中代表性的作家包括莫纳·凯尔德（Mona Caird）和莎拉·格兰德（Sarah Grand）等，哈代在同时期的写作明显受到了这个文类的影响，而《非洲农场》可以算得是这个文类的先驱。最早的研究参见如 A.R. Cunningham, "The 'New Woman Fiction' of the 1890s", *Victorian Studies*, 1973, 17(2), pp. 177-186.

③ Elaine Showalter, *A Literature of Their Own:British Women Novelists from Brontë to Lessing*, Princeton: Princeton University Press, 1977, p. 199.

④ Olive Schreiner, *The Story of an African Farm*, London: Penguin Books, 1883, p. 188.

《政治经济学概论》（*Principles of Political Economy*）是瓦尔多意外读到的作品，其中，傅里叶主义（Fourierism）和圣西蒙主义（St. Simonism）的早期空想社会主义思想中关于废除私有财产的乌托邦式构想让瓦尔多充满惊喜。

　　然而，乌托邦式的社会愿景和荒芜的非洲殖民地农场却无法相容。瓦尔多和林德尔二人分别代表了对待和解决农场中各种冲突的不同尝试。瓦尔多的轨迹是"向内"的，他希望通过哲思与超验的方式化解降临在农场的恶；而林德尔的轨迹是"向外"的，她渴求通过拥抱现代的生活来和农场的庸俗陈腐实现激进的分离和决裂。但这两种尝试都以失败告终，瓦尔多的《政治经济学概论》被恶人布兰金斯烧毁，林德尔的寄宿学校教育也让她走向悲剧的结局。这个在非洲旷野中的农场，既无法为成长在那里的孩子们的未来提供牧歌式的隐居之所，也无法作为堕落的花园被现代城镇取代。农场仿佛变成了一片无法被书写的风景，既无法被赞颂、被抒情、被缅怀，又无法被诅咒、被谴责、被弃绝。在这里，人和土地无法建立一种有效的关联。在新旧秩序的交替之中，它不能在西方的线性历史叙事中作为文明的对立面被抹去，也不能承载新兴的革命性思想对未来的想象。施赖纳笔下的"反田园"因此是反自然的，也是反历史的。但是，这样的书写方式并不是对非洲畜牧农场的现实再现，而是代表了"她对于殖民地文化的批判"，她反殖民的态度恰恰表现在她所强调的"欧洲文化在非洲产生的疏离感"，而她通过这个非洲农场所揭示出的殖民文化，是"一种做作而无序的存在被强加在一片没有历史的风景之上"。[1]

三、反田园书写的形式实验与文学史价值

　　尽管施赖纳在对殖民地的描绘中秉承了一种"现实性"的原则，但她在文本形式上却呈现出明显的先锋实验特质，让小说蕴含的艺术观具有反现实主义色彩，她坚定的反殖民和女权主义政治主张在文学文本中也表现得更具有不稳

---

[1] J. M. Coetzee, *White Writing: On the Culture of Letters in South Africa*, New Haven: Yale University Press, 1988, p. 66.

定性与开放性。① 从体裁与风格来看，我们很难对这部小说作简单的归类，它体现出多种叙事类文学形式的杂糅：在苍白的孤儿和虐待他的恶人身上，我们看到了狄更斯式的闹剧；在它悲观宿命的论调中，在恶劣的自然环境致使其堕落的女主人公身上，我们又看到了哈代式的自然主义悲剧；同时它还具有书信体小说（epistolary novel）、乡土讽刺文学（provincial satire）和维多利亚时期盛行的通俗情节剧（melodrama）的元素，并暗含了 17 世纪在英国兴起的宗教文学体裁，如精神自传（spiritual autobiography）和班扬式的宗教寓言。小说包含两个部分，第一部分描写了恶人布兰金斯的到来，他的诡计被识破以及他此后离开农场的情景。如果这部分遵循了典型的现实主义叙事模式的话，那么小说的第二部分则更突显出作者的形式杂糅。其中特别值得一提的是施赖纳对"寓言"的使用。

小说第二部分的第一章"时间与季节"，以"我们"作为第一人称从"婴孩的年份"追溯到"新生命开始"，记叙了（可以推测是瓦尔多的）灵魂从追问上帝，到对上帝失去信仰，最终又回到世间万物之存在皆为一个整体这一新的对生命的认识。这个寓言式的插入叙事大多遵循了线性的时间顺序，但它并非存在于现实主义的时间维度之中。这一章的开头这样写道，"灵魂的生命有属于它自己的季节"，它不以"月份和年份计算，它也不存在于这里"，但它们被"灵巧并鲜明地切分开来，就好像地球的运动带给我们排列顺畅的年份一样"，而"由于人人有别，这些灵魂的年份也各不相同"②。第二章"瓦尔多的陌生人"中的描写回到了农场的现实主义场景中，但寓言的形式依然反复出现。例如，一个突然降临的陌生人为瓦尔多讲述了关于猎人寻找真理之鸟的寓言，并要求瓦尔多也讲述自己的故事。这些散落小说中的寓言故事和基督教寓言并不相同，后者被融入《圣经》的宏大叙事与终极意义之中，但施赖纳的寓言则呈现出极强的意义开放性。正如陌生人在讲完自己的寓言后对瓦尔多说的，"所有真正艺术的特质"是"它比它本身所讲的东西能诉说更多，并将你带离它本身"③。

---

① 最新的研究也因此将其纳入现代主义作家的行列，参见 Jade Munslow Ong, *Olive Schreiner and African Modernism: Allegory, Empire, and Postcolonial Writing*, London: Routledge, 2018.

② Olive Schreiner, *The Story of an African Farm*, London: Penguin Books, 1883, p. 137.

③ Olive Schreiner, *The Story of an African Farm*, London: Penguin Books, 1883, p. 169.

寓言所体现出的对文本封闭意义的拆解也同样存在于《非洲农场》的整体时间结构中。该小说基本秉承了成长小说的叙述模式，但人物成长（bildung）的建立却被多重扭曲。林德尔是一个早慧的孩子，小说跳过了她成长和成熟的全过程，直接呈现了她从寄宿学校回到农场之后，成为用大段雄辩的言辞宣扬女权主义思想的代言人。然而，对思想的陈述并不是她建立了成熟自我的标志。相反，她的行为带有强烈的自我否定和悲剧意味。当瓦尔多对她的口才和思想表示赞赏时，林德尔却说，"最难的并不是讲话，而是保持沉默"，"我不会为我自己也不会为这世界做什么有益的事"，"我是沉睡的，被包裹起来，被锁扣在自我之中"。①自我沉睡的林德尔并没有被唤醒，等待她的结局是突然的死亡。学者杰德·埃斯蒂曾指出，成长小说（Bildungsroman）这一起源于欧洲的经典文学形式在19世纪末的英语小说中开始出现整体的变化，主人公"成长"的建立开始被无限延长、搁置或斩断，主人公们以各种方式停留在了"不合时令的青春"之中，无法实现完整身份的闭合，而《非洲农场》则是这种变化的代表作之一。②他认为，歌德式的"成长"所代表的"灵魂—国家寓言"的叙述模式随着资本主义殖民经济的全球化扩张而逐渐被消解，在时间结构上对顺序成长的扭曲以及对自我建立的销毁恰恰代表了在殖民边境，帝国资本主义的全球化趋势给欧洲国家意识形态带来的冲击，它使英语小说的叙事已无法为其主人公冠以合理的国家历史身份。

那么，施赖纳在《非洲农场》中对殖民地采取的反田园和反历史的描绘可以在这样的物质背景中得到解释。但是，埃斯蒂一类的学者对于《非洲农场》的解读多半是历史"溯源"式的，即将它纳入起源于欧洲的英语文学传统的谱系之中来探讨它的文学和社会价值。但是，这部小说的意义同样也是"前瞻"式的。它的形式创新在对传统歌德式的欧洲国家话语形成挑战的同时，也代表了一种对本土身份重新构建的尝试。正如本文开头提到的施赖纳在小说《序言》中所说，她对于非洲土地的描绘深深根植于她自身经验的本土特质。她的反田园书写所勾勒出的南非本土的白人殖民者身份也具有前瞻性地预示了20世纪后半

---

① Olive Schreiner, *The Story of an African Farm*, London: Penguin Books, 1883, pp. 195-196.

② Jed Esty, *Unseasonable Youth: Modernism, Colonialism, and the Fiction of Development*, New York: Oxford University Press, 2012, p. 3.

叶新的后殖民国家身份的产生。许多 1945 年后的南非英语作家也都表达出施赖纳,特别是《非洲农场》这部作品对他们的影响:除了上文提到的库切,还有南非另一位诺奖获得者戈迪默、同样出身于南部非洲(现津巴布韦)的诺奖获得者莱辛,以及许多国际声名稍逊的南非本土作家如理查德·里夫(Richard Rive)、丹·雅各布森(Dan Jacobson)等。而这些后殖民作家在他们自己的作品中对南部非洲农场的描述,也无一不带有施赖纳开启的反田园书写的影子,例如莱辛的《野草在歌唱》(*The Grass is Singing*,1950)、戈迪默的《自然保护主义者》(*The Conservationist*,1974)和库切的《内陆深处》(*In the Heart of the Country*,1977)。

结　语

从这些多元的继承与影响中,我们可以看到《非洲农场》在英国文学史、英语文学史、世界文学史和南非文学史中所具有的独特价值。作为出版于帝国鼎盛时期的作品,它的现代主义内核批判并革新了英国/欧洲的文学传统。而作为第一部来自南非本土的英语小说,它反田园式的非洲农场书写及其独特的文本实验特色又为南部非洲的国别和区域文学史的发展开启了一条新的道路,有待我国学者持续发掘。

(文／北京师范大学 胡笑然)

第九篇

彼得·亚伯拉罕
《献给鸟多莫的花环》中的对话艺术

彼得·亚伯拉罕

Peter Abrahams，1919—2017

作家简介

南非著名作家彼得·亚伯拉罕（Peter Λbrahams，1919—2017）是 20 世纪五六十年代南非英语文学群落中最重要的成员之一。亚伯拉罕于 1919 年出生于南非约翰内斯堡，他的父亲来自埃塞俄比亚，母亲则有法国和非洲血统。他五岁丧父，家境十分贫苦，青年时代便以水手身份挣扎求生，故而在精神上、思想上逐渐向社会主义接近，并因此摆脱了黑人—白人简单的种族对立思维，而以一种更为广博、深刻的眼光审视非洲。

1939 年，彼得·亚伯拉罕离开南非远赴英国，成为一名记者，并开始出版小说。1942 年，他出版了第一部作品《黑暗遗嘱》（*Dark Testament*，1942），此后先后出版《矿工男孩》（*Mine Boy*，1946）、《雷霆之路》（*The Path of Thunder*，1948）等作品，这些作品大多以其个人经历为背景，融入了他对南非种族隔离制度的思考和批判。此后，彼得·亚伯拉罕虽然短暂地回过南非，但故土种族隔离的残酷局面还是让他在悲伤中远走他乡，并最终定居牙买加。然而痛定思痛，他仍然将对故土的思索和希冀融入了他的作品中。《献给乌多莫的花环》（*A Wreath for Udomo*，1956）是彼得·亚伯拉罕 20 世纪 50 年代最重要的作品之一。在这部作品中，他以充满前瞻性的视角设想了非洲独立后的命运。其作品中强烈的忧患意识，在半个多世纪后的今天，仍然振聋发聩。

作品节选

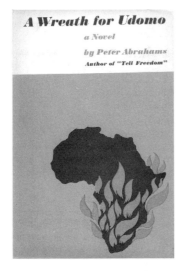

《献给乌多莫的花环》
（*A Wreath for Udomo*，1956）

And what of us, you and me, Lois dear? I've been lying here this past hour, thinking. I don't think he ever forgot you. I think what you gave him in the months you shared was more important than either you or he realised. Perhaps he realised it towards the end. I had hints of that.

I can't tell you why I have this impulse to defend his memory now. But the impulse is strong.

But you and I, were we right with our private moralities? Can a man betray love and friendship, the gods we worship, and still be good? I think you'll still say no. Then how explain Udomo? I know the wrong he did you and Mhendi. But I also know the good he did Africa. Was he a good man? A great man? And is greatness beyond good and evil? Oh how he grows on me as I think. . . .

Please write, Lois dear. We are the only two left. End the long silence. I wonder if tomorrow's Africans will understand the price at which their freedom was bought, and the share of it non-Africans like you had to pay. Write, my dear. Tell me I can come and lie in the sun with you and dream as we dreamed before Udomo came and brought reality into our lives.[①]

我们，你和我，怎么办呢，亲爱的洛伊丝？这一个小时以来，我一直躺在这里，思考着。我认为，他永远也没有忘记你。我认为，你们共同度过的那几个月

---

① Peter Abrahams, *A Wreath for Udomo*, London: Faber and Faber, 1957, pp. 308-309.

里，你所给予他的，比你或他能够意识到的更加意义重大。或许最后他意识到了这一点。我得到了有关这一点的一些暗示。

我不能告诉你，我现在如此冲动地维护对他的怀念的原因。然而，这种冲动十分强烈。

可是，你和我，我们的私人道德是正当的吗？一个人背弃了爱情与友谊，背弃了我们崇拜的神祇，还能是好人吗？我想你肯定会说"不"的。那么，又怎样来解释乌多莫呢？我知道他对你和穆罕迪是多么的不公平。可是我也知道他对非洲做了好事。他是个好人吗？是个伟大的人吗？伟大超乎于善与恶之上吗？啊，当我想起他，他在我内心变得多么高大……

请写信来吧，洛伊丝，我的朋友。苟安于世的唯独我们两人了。结束这长期的沉默吧。我不知道，明天的非洲人能不能懂得赢得他们的自由所付出的代价，能不能懂得像你这样的非非洲人所付出的那一份代价。写信来，亲爱的。告诉我，我可以去和你共同躺在阳光下，像乌多莫到来并把现实带进我们生命以前那样，编织我们的梦。①

（李永彩、紫岫 / 译）

---

① 彼得·亚伯拉罕：《献给乌多莫的花环》，李永彩、紫岫译，长沙：湖南人民出版社，1984 年，第 385 页。

作品评析

《献给乌多莫的花环》中的对话艺术

引　言

1952 年，常年旅居英国的南非作家彼得·亚伯拉罕（Peter Abrahams，1919—2017）受伦敦《观察家》杂志的委托前往南非生活了六周。但这六周并未唤起他对故土的热爱，南非黑人日益恶化的生活状况同风起云涌的民族解放运动形成了鲜明的反差。对南非现状的失望使他永远地离开了南非。然而他并非一走了之，而是为南非人民留下了一部重要的文学作品：《献给乌多莫的花环》（*A Wreath for Udomo*，1956）。

而早在数十年前，苏联的著名文艺理论家巴赫金（Mikhail Bakhtin，1895—1975）出版了重要文艺理论作品《陀思妥耶夫斯基诗学问题》（*Problems of Dostoevsky's Poetics*，1963），这不仅仅是一部 20 世纪重要的文艺理论作品，更是一部兼具人文精神的思想巨著。巴赫金本身即是一位包罗万象的文艺理论家，对文学、社会学、哲学、心理学都有一定的涉猎。而一切学术领域的研究，都成为巴赫金以文学研究为载体的人文思考的一部分。巴赫金学术研究的最终目的是为人和人的幸福服务，其重要的"对话理论"即植根于此。

而 20 世纪的非洲，更是一块需要交流和"对话"的土地。复杂的历史命运，使不同人、不同文化、不同民族发展道路的冲突和交锋，在这片土地上不断地上演。《献给乌多莫的花环》正是作者试图团结非洲的种种派别，试图引导其不断"对话"，从而使祖国走向独立和富强。而乌多莫的命运和思考，也呈现出在非洲这片土地上实现"对话"的境遇的复杂与多变，以及非洲历史、非洲现实本身的复杂与多变。远在非洲民族解放运动尚未完全胜利前的 1956 年，作为彼得·亚伯拉罕一生复杂思想的呈现，《献给乌多莫的花环》正是作者试图通过文学性想象，来探索非洲未来的命运的尝试。

一、"人"的对话——复调小说式的人物塑造

彼得·亚伯拉罕是南非的著名作家，他和南非文艺批评家艾斯基亚·姆赫雷雷（Ezckiel Mphahlele，1919—2008）被并称为"南非文坛的两颗巨星"[①]。1919 年，他出生于南非的约翰内斯堡，出生于贫民窟的他，"父亲是埃塞俄比亚水手，母亲是个混血儿"[②]，并很可能具有法国血统。因而从血统上，彼得·亚伯拉罕就不是一个纯粹的南非作家，而更具有"泛非"的特性。大学期间他又接触到了社会主义思想，成为了"南非第一位社会主义作家"[③]。这种复杂的文化背景，帮助他跳出了"黑人—白人"两个民族简单的种族对立，开始以另一重视角观察南非和非洲各国的社会问题。

1939 年，他离开南非开始旅居英国。在这一时期，彼得·亚伯拉罕结识了一大批黑人作家和政治家。其中包括后来成为加纳总统的克瓦米·恩克鲁玛（Kwame Nkrumah，1909—1972），成为肯尼亚总统的乔莫·肯雅塔（Jomo Kenyatta，1893—1978）以及特立尼达社会主义作家乔治·帕德莫尔（George Padmore，1903—1959）。与这些不同民族、不同立场、不同思想的人物的交往和交流，对彼得·亚伯拉罕的创作产生了巨大影响。这一段时间作家的交游经历也是《献给乌多莫的花环》的写作灵感来源。

1952 年，彼得·亚伯拉罕短暂回国，但南非的社会状况使他非常失望。几年

① 俞灏东、杨秀琴、俞任远：《非洲文学作家作品散论》，银川：宁夏人民出版社，2012 年，第 79 页。

② 康维尔、克劳普、麦克肯基：《哥伦比亚南非英语文学导读：1945—》，蔡圣勤等译，武汉：武汉大学出版社，2017 年，第 48 页。

③ Keneth Parker, *The South Africa Novel in English:Essays in Criticism and Society*, London: The Macmillan Press Ltd.,1978, p. 95.

后创作的小说《献给乌多莫的花环》中，他将自己对于非洲命运的思考写入了故事之中。但不可否认的是，《献给乌多莫的花环》首先是"人"的小说，其关注的首先是作为个体的人的生活和命运，以及他们的思想和情感。因此，"复调小说"成为了彼得·亚伯拉罕的重要形式，而"对话"则是其重要的内容和手段。

"对话"理论除了作为小说的主要组成部分之外，更是一种关于人的主体性建构的哲学理论。作者彼得·亚伯拉罕在塑造小说中的人物时，一直采用第三人称视角，极少进行作者的介入和评论。因此《献给乌多莫的花环》中人物的形象及其发展有着文学自身的逻辑，不受作者完全意义的控制。《献给乌多莫的花环》正是一个个不同的人彼此自由交流、对话的客观世界。人物的特质也正是通过"对话"得以呈现并不断发展。在《献给乌多莫的花环》一书中，作者打造了一个人与人彼此共通交流的自由世界。这也正是巴赫金用来描述陀思妥耶夫斯基小说的"大型对话"。彼得·亚伯拉罕笔下的人物不再是作者的提线木偶，而是拥有着自己的思维逻辑，并在作者安排下进行自由而平等的对话与交流。除了作品主人公乌多莫之外，温柔、善良的女知识分子洛伊丝，信奉暴力革命的穆罕迪，理性睿智却又迂腐的老年知识分子兰伍德，部落主义者阿代布霍伊，冷静的殖民主义者罗斯理勋爵，民间势力代表塞利娜，这些人观念、立场、性格虽不同，但作者不含褒贬，只是直接陈述，让这些人的声音并行不悖，最终形成了一种"多声部"的特色。

更重要的是，"对话"并不仅仅在于外在的人与人之间的对话与交流，而在于"对话"过程中彼此的影响和改变。《献给乌多莫的花环》中的角色特质并非一成不变，而随着故事演进发生了变化。而"对话"则是人物发生变化的契机。正如马克思将人视作"一切社会关系的总和"，巴赫金也认为自我与他人密不可分。正是通过现实社会语境中的"对话"，主体性才建立了起来。乌多莫作为小说的主人公，他的第一次登场却是出现在女主角洛伊丝的双眸中。乌多莫的形象是模糊的，但也随着与洛伊丝的交往，彼此对话，他的形象才逐渐清晰起来。最初的乌多莫，单纯、质朴，当洛伊丝提及泛非国的明星知识分子兰伍德时，顿时"矜持不见了"①，表现出一个热血青年的直率。随着他与兰伍德、保罗、罗斯理、塞利娜等人的逐步接触，他的思想逐步成熟，从一个简单直率的热血革命青年，逐步成长为更为坚定的革命者。殖民主义者罗斯理则扮演了更为重要的角色。他虽然是一位殖民主义者，从未放弃面对黑人时的傲慢，天然地认为自己拥有着主宰非洲黑人命运的权力。但不管是在议会的争论中，还是在泛非国民族革命的浪潮中，他都竭力保持了冷静理性的态度，为黑人与白人之间的对话提供了契机。乌多莫从籍籍无名的青年知识分子，逐渐成长为理智、冷酷的泛非国领袖，也与同殖民主义者罗斯理积极、开放的"对话"密切相关。

但也是在这种对话之中，乌多莫自己陷入了性格和观念的矛盾之中。直至小说的最后一部分，乌多莫在是否出卖朋友穆罕迪以获得邻国技术支持的问题上，陷入巨大的痛苦之中。但作者并未直陈乌多莫的内心痛苦，而是为他安排了一段与穆罕迪的对话。在巴赫金看来，对话并不仅仅只是"大型对话"，而是同时包含了不断地与自我对话的"微型对话"。因此这种对话具有一种辩证的特色，既是对外，也是对内。在与朋友、敌人对话的过程中，乌多莫同时也在与自己对话，呈现出一种非常复杂的对话关系。这在乌多莫与穆罕迪的对话里表现得淋漓尽致：

> "'……穆罕迪。现在告诉我，假定你处在我的位置——或者说即使处于你自己的位置——不得不为巩固你的成果、也许是为了取得更多成果而牺牲一个人……你选择何者呢？坦白告诉我。'
>
> '那只好如此……'"②

当乌多莫由一个民间的政治反对派，一跃而成为泛非国领导者时，他必须面对发展的难题。邻国普鲁拉里亚愿意提供技术支援，但条件是乌多莫必须将自己的朋友，同时也是普鲁拉里亚流亡泛非国的革命分子穆罕迪出卖给他们。此时，他非常诡异地选择同穆罕迪对话，转弯抹角地把自己的意图告诉对方。同时，这

---

① 彼得·亚伯拉罕：《献给乌多莫的花环》，李永彩、紫岫译，长沙：湖南人民出版社，1984年，第16页。
② 彼得·亚伯拉罕：《献给乌多莫的花环》，李永彩、紫岫译，长沙：湖南人民出版社，1984年，第345-346页。

一对话也是与自我的对话，目的都是为了寻求心理上的安慰，既是对内的独白，也是对外的交流。穆罕迪的无心之答，却在无意中暗合了乌多莫的内心设想，促成了乌多莫最终的政治抉择，并使得乌多莫的人物形象最终得以完整。一个为了国家、民族命运自我牺牲，背负罪恶的殉道者形象呼之欲出。同时，乌多莫自身在关键时刻优柔寡断，"见利忘义"的性格弱点也通过对话暴露无遗。二者最终构成了乌多莫的悲剧结局，使这一角色更具有文学深度。但是，乌多莫的悲剧并不仅仅只是其个人性格的悲剧，还有着更为深刻的文化、历史背景。而这也正是《献给乌多莫的花环》的真正价值所在。彼得·亚伯拉罕不再仅仅只是将其视作塑造人物的文学作品，而是试图以"对话"的形式，探索非洲过去、现在与未来命运的可能性。

二、从"人"到"人们"——种族的"对话"与冲突

《献给乌多莫的花环》一书中的"泛非国"取材自彼得·亚伯拉罕的祖国南非，但作者赋予其"泛非"之名，意味着试图"以一叶而知秋"，以一国之命运表现非洲之命运。非洲作为最为古老的大陆，其种族的构成相当复杂。随着白人殖民者的进入，其种族成分更为多样。彼得·亚伯拉罕的祖国南非就是非常突出的例子。根据 2017 年南非当局的统计，南非人口中多达 8.0% 都为白人。著名作家库切（John Maxwell Coetzee，1940—）、戈迪默（Nadine Gordimer，1923—2014）等人都是白人，彼得·亚伯拉罕本人也拥有部分白人血统。而整个非洲的种族现状也同样非常复杂。

然而数百年多民族共存的历史，并没有使得非洲走向多民族的融合。不同民族间的隔阂乃至仇恨，自从白人第一次来到非洲，就深深地扎下了根。白人在进入非洲、建立殖民地以后，成为无数非洲本土民族的统治者，压榨着非洲黑人的生存空间。南非 1913 年出台的《1913 年土地法》就严格限制了黑人原住民的土地所有权。随着种族隔离制度的到来，两大民族间的距离更是只增不减。南非的经济发展带来了社会的变革，然而统治者却对以黑人族群为代表的无产阶级毫不留情。"这种经济和社会方面的急剧变化也影响到过去一直在城市里充当'季节工'

的非洲工人。由此开始出现了一个大规模的非洲人工会运动。"①从 1942 年起，南非政府就开始将一切罢工活动宣布为非法。"……1953 年通过了'犯罪行为法'和'公共治安法'的修正案。此外还有……'暴乱集合法'，以及针对非洲人国民大会和泛非大会而制定的关于非法组织的法律。"②彼此数千年的文化背景差异与现实政治、经济利益的对立，使得黑人与白人走向了不同的文化主体。阿代布霍伊、穆罕迪、塞利娜、罗斯理、琼斯，正是作者彼得·亚伯拉罕笔下黑人文化与白人文化的象征性呈现。

彼得·亚伯拉罕把《献给乌多莫的花环》一书打造成了不同文化人格化形象进行"对话"的舞台。不管是象征白人种族的罗斯理、琼斯还是象征黑人种族的阿代布霍伊、穆罕迪、塞利娜，都有着截然不同的特质。作为英国贵族以及之后的泛非国总督，罗斯理是彼得·亚伯拉罕着重塑造的一个角色。他受过精英教育，为人彬彬有礼，大度宽容。作为大英帝国和殖民主义的人格化代表，作者却以尽可能客观的方式展现其包容、理性的特质。面对在议会中愤而咆哮的黑人领袖们，罗斯理不但没有反击，反而允许乌多莫上台发言，为黑人与白人间的接触打开了大门。"让他们自己讲出来吧……我了解他们。"③洛伊丝同样是作品中的重要角色。作为一位普通的英国女教师，她却能够积极、平等地与乌多莫等黑人族群交往。面对穆罕迪受到白人殖民者迫害而家破人亡的痛苦心情，身为白人的她也予以平等的尊重。她之所以被乌多莫所吸引，也只是因为他的精神、品质和气度，而非肤色或财富。对于乌多莫的政治理想，她也尽可能地尊重与理解。这种对白人的尊重，意味着彼得·亚伯拉罕不想将《献给乌多莫的花环》视作一部简单的政治小说，而是力图打造成更为宽容的多声部的"众声喧哗"世界。

然而作为"对话"的另一方，黑人种族的代言人们，却最终成了"众声喧哗"世界的搅局者。在书中，彼得·亚伯拉罕借乌多莫之口，说出了非洲命运的"乌多莫难题"——"你听着，塞利娜。我告诉你我追求什么。我们国家有三个敌

① 路易·约斯：《南非史》，史陵山译，北京：商务印书馆，1973 年，第 324 页。

② 路易·约斯：《南非史》，史陵山译，北京：商务印书馆，1973 年，第 333-334 页。

③ 彼得·亚伯拉罕：《献给乌多莫的花环》，李永彩、紫岫译，长沙：湖南人民出版社，1984 年，第 95 页。

人。……首先是白人，其次是贫困，最后是守旧。"①在黑人族群看来，要战胜第一个敌人——白人，就要实现政治上的平等。要实现政治上的平等，则必先确保政治角色的独立，即必须在非洲确保黑人身份的独立。而黑人身份的主体性正在于确保非洲黑人文化身份的独立。甚至对彼得·亚伯拉罕而言，精神独立比政治独立更加重要。②彼得·亚伯拉罕的许多作品都展示出他对黑人人格尊严和独立性的追求，并以此作为对抗白人统治者的精神力量。但在《献给乌多莫的花环》中，这种对自身主体性的追求，最终却将黑人与白人的关系推向了水火不容的地步。在小说《献给乌多莫的花环》中，回到非洲后的乌多莫和穆罕迪都接受了塞利娜所提供的色情服务，但在作者的笔下，这并不被视为违背人性的封建糟粕，反而被当作非洲的传统文化得以接受。当乌多莫面对妓女迟疑时，塞利娜嘲笑他："你成了白种人生活方式的俘虏了？她犹如你的土地。她是陪伴你的。"③在这些人看来，要确立"黑人"本身的独特性，就必须用与白人文化相对立的黑人传统文化加以抗衡，甚至对于传统文化中的某些糟粕，都可以毫不犹豫地全盘接受。这显然是对于"黑人文化"的一种极端化的表达。

这种极端态度，最终导致了黑人与白人最终"对话"的破裂。这一破裂在小说的文学性表达中呈现为两个方面。其一，是政治上的对立。在洛伊丝的酒会上，贵族精英罗斯理就试图与乌多莫交流："这一切我都能理解……不过，我的观点是……你们必须运用外交手段……赢得他们的友谊和支持……帮助我们创造合作的基础……"④但乌多莫却简单地斥之为——"老爷和奴隶之间能有什么样的合作"⑤。这种对白人怀疑、恐惧、仇恨的态度，阻碍了不同种族的彼此交流与政治合作。其二，则是情感的对立。小说开篇处，黑人男性乌多莫与白人女子洛伊丝的感情十分真挚，然而这一切却以乌多莫出轨告终。但乌多莫的选择并非偶然。在小说一开始，他尚且可以与洛伊丝平等、认真地对话，但随着进一步与黑人流亡

① 彼得·亚伯拉罕：《献给乌多莫的花环》，李永彩、紫岫译，长沙：湖南人民出版社，1984年，第5页。
② Kolawole Ogunghesan, "The Political Novels of Peter Abrahams", *Phylon*, 1973, 34(4), p. 419.
③ 彼得·亚伯拉罕：《献给乌多莫的花环》，李永彩、紫岫译，长沙：湖南人民出版社，1984年，第201页。
④ 彼得·亚伯拉罕：《献给乌多莫的花环》，李永彩、紫岫译，长沙：湖南人民出版社，1984年，第45页。
⑤ 彼得·亚伯拉罕：《献给乌多莫的花环》，李永彩、紫岫译，长沙：湖南人民出版社，1984年，第45页。

团体的接触，当洛伊丝再一次询问他对于非洲的情感时，他却以"这是白人所不能理解的"①草草回答。当回到泛非国后，乌多莫与塞利娜提供的黑人女子发生性关系，其象征意义更是不言自明——他必须放弃身上洛伊丝所给予他的白人文化的残留，彻底投向黑人文化的怀抱。

在巴赫金看来，自我与他人密不可分。"对话"是人的存在本质。它不仅仅局限于人与人之间话语的交流，就广义上来说，更是不同民族、不同国家的意识形态交流。巴赫金认为，文学不能够与文化相割裂。因此"对话"也不能与文化相割裂。而相对应的是，文化亦不能与"对话"相割裂。尤其是作为多民族、多文化的融合体，非洲绝不能仅仅只作为个别文化表演的独角戏，而应当成为"众声喧哗"的舞台。然而很明显的是，彼得·亚伯拉罕的忧思并没有被解决。在20世纪50年代的南非，不同民族文化最终走向了对立的局面，这一对立的局面乃至于在如今的非洲也并没有完全解决，白人与黑人的隔阂仍然存在。库切的《耻》正是对非洲当下的种族对立现实的深刻反映。

当然，对非洲黑人族群而言，实行种族对立有政治目的的考量，但为了政治上的独立，彻底放弃个人，将"人"等同于"人们"，无疑是偏颇的。从小说的结尾可以看到，乌多莫为了获取推动泛非国经济发展的技术支持，最后还是不得不求助于邻国普鲁拉里亚的白人殖民当局。这也被塞利娜等人视作对黑人文化的背叛，并派人刺杀了乌多莫。从这一点来说，塞利娜等人对黑人文化、白人文化的理解是较为粗糙浅薄的。彼得·亚伯拉罕试图说明：不同文化固然有其特殊性，但不应彻底地走向彼此对立，而是更应当以人道主义的立场，彼此"对话"，彼此借鉴吸收，这才是整个民族应有的发展道路。

然而，不同文化的"对话"在《献给乌多莫的花环》中还是失败了。这不仅仅是因为数百年殖民历史造成了白人与黑人间的仇恨对立，更因为在非洲人民内部，就潜藏着更为深远的矛盾。正是在这里，彼得·亚伯拉罕脱离了历史，开始了文学性的想象，不再拘泥于简单的种族对立，而是使他的"对话"艺术进入了更深层次的思考。

---

① 彼得·亚伯拉罕：《献给乌多莫的花环》，李永彩、紫岫译，长沙：湖南人民出版社，1984年，第72页。

三、非洲命运预言——发展道路的"对话"与挫败

作为一部虚构作品,《献给乌多莫的花环》的创新之处,正在于其后半部分对非洲命运的文学性想象。在作品诞生的 1956 年,南非黑人族群仍然被统治在白人殖民者的铁蹄之下。1948 年确立的种族隔离制度,也在这一时期被不断固化。然而风起云涌的亚非拉民族解放运动,使得彼得·亚伯拉罕预见到了非洲的命运走向,并在此书中开始大胆地想象南非独立之后的状况,并将他的"对话"深入黑人内部。

1952 年,南非爆发了反对种族隔离制度的反抗运动。"成千上万的人不顾政府的禁止……游行并举行大会。"①尽管最终运动失败,《献给乌多莫的花环》一书很可能还是受到了这一历史事件的影响。在《献给乌多莫的花环》一书中,历史却走向了另一个方向。乌多莫掀起了声势浩大的罢工运动,成功带领自由党上位,逼迫泛非国当局给予其组阁的权力。也正是从这时开始,彼得·亚伯拉罕脱离了历史的现实,进入了艺术的虚构——他假设了南非的独立已经成功,并在这一基础上,开始更深层次的思考。

在"乌多莫难题"中,敌人"首先是白人,其次是贫困,最后是守旧。"②。如何处理这三大问题,摆上了主人公彼得·亚伯拉罕的案头。"白人"最终被革命铲除,然而自始至终,在泛非国黑人族群当中,如何处理后两个问题的方案却悬而未决。在如何进行国家发展的命题上,作者对"现代派"与"传统派"作人格化处理,使之成为独立的"对话"角色。在《献给乌多莫的花环》的后半部分,彼得·亚伯拉罕将大部分的笔墨都放在了黑人族群内部不同派系的交流和"对话"之中。兰伍德和乌多莫,毫无疑问地属于"现代派",前者浸淫西方文明已久,已

---

① 巴利茨基:《种族主义在南非》,温颖、金乃学译,北京:世界知识出版社,1957 年,第 5 页。
② 彼得·亚伯拉罕:《献给乌多莫的花环》,李永彩、紫岫译,长沙:湖南人民出版社,1984 年,第 5 页。

经彻底脱离了传统文化的影响，成为西方现代文明的拥护者；后者作为主角，更是一再强调现代工业化的重要性，"我们最需要建立现代化的强国，全世界才能听到非洲的声音"①。实现非洲的现代化、工业化，才是他最终的目标，他还认为部落主义取代了殖民主义，才是民族自由的主要障碍。②为此，他不惜与白人殖民主义者合作，乃至出卖朋友也在所不惜。而阿代布霍伊、塞利娜以及泛非国众多部落的领导者，则毫无疑问地属于"传统派"。他们执拗地反对白人，也执拗地反对现代文明，所考虑的只是"把这些白人赶出去"③，极力推动泛非国回到部落时代。除此之外，泛非国的部落势力更是对乌多莫心存不满。部落的酋长就宣称"白种人的方式不是我们的方式"④，并认为乌多莫"不尊重老人和老人的智慧。……他要改掉我们的生活方式……想把白人的生活方式带到这里来"⑤。

因此，在面对白人殖民者的统治时，两大派别尚且可以团结一致，一旦革命胜利，黑人族群内部的两大派别就开始分崩离析，走向对立。最终兰伍德被驱赶出了泛非国，麦比大权旁落，而乌多莫为了向邻国普鲁拉里亚寻求工业发展的技术支持，出卖了好友穆罕迪，而塞利娜与阿代布霍伊则因此刺杀了他，不同道路的"对话"最终失败，革命的成果因此毁于一旦，帝国主义者卷土重来。

"对话"本就不仅仅局限于小说角色的"对话"，而是更具人文精神，涵盖了现实中的人与人、文化与文化间的沟通与包容。但很显然"现代派"和"传统派"并未进行真正意义的"对话"，塞利娜只顾着斥责乌多莫太过软弱，一味向白人势力妥协，认为唯有"非洲化"才能拯救泛非国。对于兰伍德这样的理解现代文化的知识分子，她更是一味贬低。而兰伍德则在改革急需他的时候，忍受不了传统派的冷漠，离开泛非国一走了之，这正是对泛非国本土文化的深深厌弃。这种在话语中的彼此僭越和专制，实质上是对"对话"精神的背叛。试图调和彼此矛盾

---

① 彼得·亚伯拉罕：《献给乌多莫的花环》，李永彩、紫岫译，长沙：湖南人民出版社，1984年，第253页。

② Paul A. Scanlon, "Dream and Reality in Abraham's *A Wreath for Udomo*", *Obsidian* (1975–1982), 1980, 6(1/2), p. 31.

③ 彼得·亚伯拉罕：《献给乌多莫的花环》，李永彩、紫岫译，长沙：湖南人民出版社，1984年，第342页。

④ 彼得·亚伯拉罕：《献给乌多莫的花环》，李永彩、紫岫译，长沙：湖南人民出版社，1984年，第291页。

⑤ 彼得·亚伯拉罕：《献给乌多莫的花环》，李永彩、紫岫译，长沙：湖南人民出版社，1984年，第293页。

的乌多莫仅仅只是努力维持彼此的平衡，却从未试图创造彼此对话的条件。当平衡被打破，二者重新走向了你死我活的搏杀，无法调和彼此矛盾的乌多莫因而身死。此时白人殖民者卷土重来，无论是"现代派"还是"传统派"都被一网打尽，革命成果毁于一旦。

在巴赫金的"对话理论"中，"众声喧哗"才是其最终的社会理想。不管是泛非国，抑或是整个非洲，在寻找发展道路的过程中，都理应"众声喧哗"，也必须"众声喧哗"。"现代"与"传统"并非势不两立的敌人，在试图推动国家发展的立场上，它们的目的毫无疑问是一致的，在国家道路的对话上却选择了你死我活的厮杀。传统道路与普通民众的紧密联系，本应成为乌多莫的政治力量源泉，却被乌多莫暗中抵制，反而求助于狼子野心的殖民主义势力。脱离了民众土壤，一味空谈"现代化"的政权只是无源之水、无本之木，势必最终被殖民主义势力所架空，也会因脱离人民而被抛弃。而"现代化"本应成为传统文化的保护者，妄想重返部落时代，放弃现代工业体系的部落文明必然在殖民主义的反扑下一败涂地。因此，彼得·亚伯拉罕以文学性的想象，探索了非洲在实现解放和独立之后仍然可能存在的问题。最终《献给乌多莫的花环》的悲剧结尾印证了"复调小说"的艺术理想同社会发展的人文精神是一致的——国家的发展必须尊重"众声喧哗"，必须彼此"对话"。

结　　语

经过半个世纪的斗争，1990 年，南非戒严最终解除。在法律上种族隔离政策被取消了，南非黑人终于有了决定自己命运的权力。长达半个世纪的斗争，终于画上了完整的句号。然而，这并不意味着南非的"革命"已经结束。作为黑人的曼德拉可以成为南非总统，但并不意味着南非的所有国民都拥有了幸福的生活。"首先是白人，其次是贫困，最后是守旧"——"乌多莫难题"中的三大矛盾，后两者并未完全解决。这一困境在非洲的其他国家仍然存在。不同种族、不同发展道路间的缺乏"对话"使得非洲大地即使驱走了白人统治者，仍然不得不面对着长时间的贫困、动荡和"精神分裂"。"娜拉"的出走并不意味着故事的结束。"娜拉出走之后"才会出现真正需要思考的问题。

但如同南非作家戈迪默所言："非洲心灵中被殖民主义的宗教和哲学掩盖的东西既不必在非洲不可逆转地要介入的现代世界中被抛弃，也不必最终返回部落主义，而是可以与现代意识接合的。"[①]戈迪默所言的"接合"也意味着不同人、不同文化、不同道路之间"对话"的重要性和必要性。《献给乌多莫的花环》一书中，彼得·亚伯拉罕提出了尝试性的解决方案——彼此"对话"。这不仅仅是他个人的思考，也是巴赫金思想在现实领域的探索。彼得·亚伯拉罕正是以他超越性的思考，给予了后来人无尽的精神启迪，用"对话"理论为非洲的未来指引了一条朦胧但充满希望的道路。

（文 / 上海师范大学 王明辉 北京外国语大学 孙晓萌）

---

① 索因卡：《诠释者》，沈静、石羽山译，北京：北京燕山出版社，2015年，第1页。

第十篇

扎克斯·穆达
《与黑共舞》的伦理学解读

扎克斯·穆达

Zakes Mda, 1948—

作家简介

扎克斯·穆达（Zakes Mda，1948—），本名扎内穆拉·基齐托·加蒂尼·穆达（Zanemvula Kizito Gatyeni Mda），是南非知名的黑人剧作家和小说家。1948年，他生于南非东开普（Eastern Cape）的赫歇尔地区（Herschel District）。因父亲遭受政治迫害，穆达在16岁时不得不逃亡到莱索托，此后辗转于美国、英国、南非和莱索托等多地学习与工作，现旅居于美国。穆达一生波折，却始终坚持戏剧和小说创作。1979年，穆达发表第一部戏剧《我为祖国歌唱》（*We Shall Sing for the Fatherland*）。自此直至1993年，穆达以戏剧创作为主。他创作的多部戏剧分别在美国、莱索托和南非多家剧院上演，后结集出版。其中，《扎克斯·穆达戏剧集》（*The Plays of Zakes Mda*，1990）曾被译为南非的十一种官方语言。1994年，南非结束了种族隔离制度，进入了民主建设时期，流亡多年的穆达将关注焦点转回南非，并将文学创作的重心几乎全部转移到小说创作上。从1995年出版第一部小说《死亡方式》（*Ways of Dying*）开始至今，他已出版了十一部长篇小说和一部中篇小说。其中《红色之心》（*The Heart of Redness*, 2000）等小说，被译为二十多种语言在世界各地传播，并为他赢得了包括南部非洲英语文学最高奖奥利芙·施赖纳奖（Olive Schreiner Prize）、英联邦作家奖（The Commonwealth Writers' Prize）和星期日泰晤士报小说奖（Sunday Times Fiction Prizes）等奖项。2014年，南非政府授予穆达南非文化艺术最高奖伊卡曼加勋章（Order of Ikhamanga），以表彰他在文学领域的杰出贡献：将南非故事推向了世界舞台。穆达不仅成为同时代最受欢迎的南非英语文学作家之一，也成了南非文学史上最受关注的黑人作家之一。

作品节选

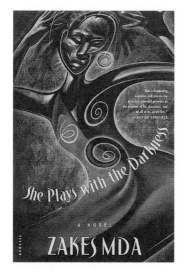

《与黑共舞》
(*She Plays with the Darkness*)

Throughout that spring and summer she played with the darkness. She, the keeper of memories, sat in her hut, with all the windows closed and played with the absolute darkness that she created. She devised a number of games with which to amuse herself. She tickled herself with a feather. Shivery currents danced up and down her spine, and her whole body tingled with untold pleasure. She closed her eyelids tightly,so that darkness created stars and rings of different colours and made them float before her eyes. She laughed —— and tried to catch these spangles. But darkness snatched them away before her hands could touch them.[1]

整个春天和夏天她都在与黑暗玩耍。她带着一切回忆，坐在自己的屋子里，关上窗户，和屋子里她自己制造出来的一片黑暗玩耍。她设计出一系列游戏来供自己玩乐，她用羽毛给自己挠痒时，电流般的感觉令她颤栗，在她的脊椎上跳跃着，她的全身感到欢愉的刺痛。她紧紧闭上眼睛，这样就可以看到黑暗创造出来的星星和圆环，它们色彩缤纷，在她眼前飘浮着。她大笑起来，然后想要抓住亮晶晶的小东西。但是在她触碰到它们之前，黑暗就把这些都带走了。

（蔡圣勤、邵夏沁 / 译）

---

[1] Zakes Mda, *She Plays with the Darkness*, New York: Picador, 2004, pp. 169-170.

作品评析

《与黑共舞》的伦理学解读

引　言

扎克斯·穆达是南非著名作家，揽获过多项英国与非洲的文学大奖。南非首位诺贝尔文学奖得主纳丁·戈迪默评价称："穆达精妙的叙事技巧将过去强有力地呈现在他笔下角色所处的、我们所面临的以及我们所生活的现在。"[①]《与黑共舞》（*She Plays with the Darkness*）是穆达于1995年出版的小说作品。它以20世纪下半叶为背景，讲述了在南非和莱索托两国政局动荡不安的时间环境下，人民的生活与心理随之扭曲异化。小说中不乏违反伦理的情节，在穆达的描写下不仅给人带来心灵的震撼，更让读者陷入对人性的思考。

文学伦理学批评由聂珍钊教授于2004年首次提出，2005年开始在我国形成强劲潮流。"它以文学文本为主要批评对象，从伦理的视角解释文本中描写的不同生活现象"，"对处于特定历史环境中不同的伦理选择范例进行解剖，分析伦理选择的不同动机，剖析伦理选择的过程，揭示不同选择给我们带来的道德启示，发现可供效仿的道德榜样，为人类文明的进步提供经验和教训"。[②]本文拟从政治违伦、情感违伦和宗教违伦三个方面分析《与黑共舞》的社会伦理问题，探讨了小

---

① Zakes Mda, *She Plays with the Darkness*, New York: Picador, 2004, 封面。（以下出自《与黑共舞》的引文随文标明页码，不再一一详注。）
② 聂珍钊：《文学伦理学批评导论》，北京：北京大学出版社，2014年，第5-6页。

说人物的所面临的伦理困境，以及导致这一系列伦理悲剧的根源，以期剖析作品背后所蕴含的深层文化内涵以及穆达的伦理观念。

一、政治违伦

《与黑共舞》中有很多关于莱索托两党争权，以及莱索托和南非的政治矛盾的情节，在夺权之中对暴力场景的描述俯拾皆是，且小说中的暴力已经不仅仅是血腥、杀戮了，更是到了违反伦理的地步，例如警察暴力、强奸、屠杀、逼迫乱伦等，这些悲剧的描写触目惊心。究其根源，是政府政变使得执法者变成了施暴者，警察的身份由社会秩序的维护者变成了破坏者。

1970 年，莱索托发生两党之争，从而导致政变，全国进入了紧急状态。1986 年，莱索托和南非均发生了政变，并且两国之间也矛盾重重。在现在看来，国家内部的党派之争是比较寻常的，然而对于当时的南非和莱索托人民来说却是一系列悲剧的导火索。《与黑共舞》的故事情节正是基于这一真实的历史背景而展开的。"文学伦理学批评强调回到历史的伦理现场，站在当时的伦理立场上解读和阐释文学作品，寻找文学产生的客观伦理原因并解释其何以成立，分析作品中导致社会事件和影响人物命运的伦理因素，用伦理的观点对事件、人物、文学问题等给以解释，并从历史的角度作出道德评价。"[1]莱索托地处于南非内，是一个"国中国"。且在 19 世纪，莱索托为了抵御布尔人而成为英国殖民地，后来又成为了英联邦成员国。由此可以看出，因为特殊的地理位置以及环境的影响，在当时南非的动荡、布尔人的侵略、英国政府的消长这三方因素的影响下，莱索托内部处于一个极不稳定的状态，这种动荡的情况下党派若想掌权并非易事，当时的国民党领导人莱布阿为了保住大权便选择了最简单的办法——暴力。当他宣布全国进入紧急状态之后，便是将所有公民关入囚笼一般，以便自己更好控制，即便社会秩序混乱也在所不惜。穆达认为，压迫是那些有权有势的人们的特权，因为他们偏

---

① 聂珍钊：《文学伦理学批评：基本理论与术语》，《外国文学研究》2010 年第 1 期，第 14 页。

执地害怕失去一切。①莱布阿身为领导人，为了保住政权，不惜让警察这一正面的执法者成为了残忍的施暴者，肆意欺压平民百姓。在小说中，警察以各种借口肆意鞭打甚至枪杀手无寸铁的百姓，以违反宵禁令的理由将年轻女老师拉上警车这一象征正义的场所轮奸，随后又将她弃之如敝屣，任由她被另一波警察毒打后等死。他们将反对党国大党的拥护者赶尽杀绝，闯入领导人家中将其"胡子浸泡在汽油中，然后点燃，随后强迫他和自己的女儿发生关系"。（36）近现代，西方政治思想家基本都推崇法制，把法律秩序作为追求的目标，由此政府以及警察自然也就成了秩序的维护者。"一切有权力的人都容易滥用权力。"②在《与黑共舞》中，警察滥用权力，转变成为社会秩序的破坏者，并且引发了一系列的伦理混乱。正义的象征成了犯罪的黑手，必将引发严重后果。

更可怕的是，这些警察在作恶之后并没有丝毫愧疚之心或是负罪感，以莫托西为首的警察甚至是以此为乐，肆意妄为。莫托西更是通过随意打压杀害百姓来证明自己并不是人们眼中的绣花枕头，甚至以此作为发泄口。在家中他对妻子唐珀洛洛百依百顺，打不还手，骂不还口，然而走出家门便将唐珀洛洛带给他的伤害加倍施加在无辜的人民身上。正如人们对唐珀洛洛的恳求一样："唐珀洛洛，求你了，不要再打你的丈夫了，他把怨气都发泄在我们身上了。"（36）

另外，这些政变表面看是因为党派矛盾，但其实背后都有西方势力插手干预甚至鼓励，他们允许自己支持的党派去打压反对党，为了保住其政权而无所不用其极。虽然这部小说中没有直接出现来自西方国家的角色，但其实西方殖民者的影响无处不在，甚至可以说这部小说所呈现出的种种矛盾就是西方资本主义和非洲传统文化的矛盾。

从古代希腊开始，几千年来的文学作品中不乏伦理犯罪，例如希腊剧作家埃斯库罗斯的《俄瑞斯忒斯》、美国剧作家尤金·奥尼尔的《悲悼》三部曲。这些作品无一不揭示了乱伦以及谋杀带来的悲剧后果。而在《与黑共舞》当中，以暴力强迫他人乱伦以及肆意谋杀则是更加残忍的违伦。讽刺的是，违反伦理的恰恰

---

① Chijioke Uwah, "The Theme of Political Betrayal in the Plays of Zakes Mda", *English in Africa*, 2003, 30(1), p. 139.

② 孟德斯鸠：《论法的精神（上册）》，张雁深译，北京：商务印书馆，1961 年，第 154 页。

是原本应该维护政治正义的人——警察。小说中领导暴力犯罪的几个警察代表在1970 年政变结束后都失业了，他们要么落魄地孤独死去，要么重伤之后在医院等死，这不仅揭示了当时暴力违伦将莱索托的社会秩序推向崩溃边缘，更导致了施暴者的个人悲剧。

二、情感违伦

《与黑共舞》中描写了数对男女之情，但这些爱情就和当时的社会环境一样动荡且无一圆满，很多地方在现在看来让人无法理解甚至有违伦理禁忌。但正如聂珍钊教授在《文学伦理学批评导论》中所说："不同历史时期的文学有其固定的属于特定历史时期的伦理环境和伦理语境，对文学的理解必须让文学回归属于它的伦理环境和伦理语境，这是理解文学的一个前提。"① 因此，我们必须回到 20 世纪的南非和莱索托，回到当时环境下来分析人物关系。

20 世纪后期的南非种族隔离制度渐衰，但仍旧充斥着矛盾冲突，这也影响了莱索托的政局。张颐武教授评论齐诺瓦·阿切比的作品《崩溃》"刻画了非洲传统的价值和文化的独特特征，也表现了殖民主义的到来带来的前所未有的冲击"②。西方文化的入侵使得人们开始逐渐脱离非洲传统文化，进而接受西方教育的浸染。与此同时，女性开始寻求自身发展，接受高等教育，但在男权社会、政治动荡以及文化冲突的大背景下，女性的地位依旧处于弱势，甚至更加尴尬。与西方文化一起入侵的还有西方工业社会条件下资本主义的种种弊端，比如资本主义商品经济的发展使物化现象不断加剧，而在经济压迫下人受自己各种造物所累的异化生存状况在过去一两个世纪中不但没有得到缓解和消除，反而呈现出不断加剧的趋势。③ 在小说中，莱迪辛因为第一次政变的打击而丢掉工作，

---

① 聂珍钊：《文学伦理学批评导论》，北京：北京大学出版社，2014 年，第 14 页。

② 齐诺瓦·阿切比：《崩溃》，林克、刘利平译，重庆：重庆出版社，2005 年，第 2 页。齐诺瓦·阿切比，又译为钦努阿·阿契贝。

③ 衣俊卿：《西方马克思主义概论》，北京：北京大学出版社，2008 年，第 17、161 页。

一蹶不振，警察莫托西的妻子唐珀洛洛作为他的同乡，在家乡人面前肆意贬低莱迪辛，不止一次地称其"像块破布一样一无是处"（He is a rag）（50,76）。而当莱迪辛成为富豪，莫托西失业之后成为了他的手下后，唐珀洛洛却转而投向莱迪辛的怀抱，与其通奸。莱迪辛和唐珀洛洛的爱情是建立在物质基础上的，他们在一起是因为莫托西已经无法负担唐珀洛洛的物质享受了，而在一起之后莱迪辛需要通过满足唐珀洛洛的物质要求来证明对她的爱，最后在得知莱迪辛破产之后，唐珀洛洛选择了带着孩子离开。由此可见，唐珀洛洛虽然接受了西方高等教育，同时也受到西方资本主义物欲的熏染，她对感情的追求是以金钱崇拜为基础的。而为了满足自己的物欲，她不惜违反情感伦理，与他人通奸。这种情感违伦的悲剧究其根源，就是女性处于弱势地位。在南非很多地方，女性处于弱势地位，甚至一直都是取悦男性以及传宗接代的身份，正如小说中所描写：很多女性从小开始为了取悦男性而不惜伤害自己的私处使之畸变。（123）即便如唐珀洛洛这样受过高等教育的人，也并没有独立工作，而是依靠丈夫赚钱来满足自己对奢侈品的追求，她有着先进的思想，但她的弱势身份却早已根深蒂固。穆达笔下的非洲女性角色并不是完全非洲化，也并不是完全西方现代化，而是二者混合的产物。① 在他的另一部小说《红色之心》中，索莉斯瓦·西莉亚去美国接受过六个月的高等教育，回到家乡成为了一名女校长，她崇尚西方文化，认为美国是"世界上最好的国家"②，她鄙视传统文化，却又无法摆脱这种文化对自己的影响，她认为"老人没有资格相爱"（11），说明尽管她努力向西方文化靠拢，但事实上她仍旧夹在两种文化之间，成为了一个既非西方化、又拒绝本土化的"夹缝人"。这样的女性角色在当时的时代背景下非常平常，西方的影响使得女性有了话语权，且当矛盾发生时，周围人会自觉站在女性这边指责男性，而非洲化的影响则是女性还是处于依附男性的地位，无法独立生活。唐珀洛洛便是这种女性的代表，她在家中可以肆意指责丈夫甚至对其拳打脚踢，

---

① Litzi Lombardozzi, "Harmony of Voice: Women Characters in the Plays of Zakes Mda", *English in Africa*, 2005, 32 (2), p. 215.

② Zakes Mda, *The Heart of Redness*, New York: Farrar, Straus and Giroux, 2002, p. 58.（后文出自《红色之心》的引文将随文标明页码，不再一一详注。）

旁人的态度则是"自动自发地站在女方那一边,她才是无辜的那一方。这都是妇女们受到几个世纪的压迫的报应,女人永远都是完美的"(194)。但是她没有工作,只顾追求物质享受,倚靠着丈夫来满足她的物质需求。这也注定了她与莱迪辛这段违反情感伦理的爱情会以悲剧结尾。

　　同样由女性的弱势地位导致的违伦悲剧还有莫托西与岳母多女妈妈。在他醉酒强奸了岳母之后,村民们虽然愤慨并表示了同情。但他们愤慨只是因为莫托西违反了传统习俗,根据当地习俗,女婿连岳母的手不能碰,而他竟然强奸了岳母,他们表示同情的对象也只是多女爸爸,"男男女女经过她身边对她视而不见,而是都去对她的丈夫表示同情"(185),因为在村民们眼里,多女妈妈是多女爸爸的财产,如今却被他人玷污。对于受害者多女妈妈,村民们却选择视而不见。而多女爸爸更是没有对多女妈妈有什么安慰的表示,这是因为对于当时的人们来说,夫妻的结合并不一定意味着爱情,娶个女人更多的是指有个女人可以满足他的基本生活需求。"一个男人没有女人该怎么活啊?且不要说缺少了很多男欢女爱,没了女人他要如何度过自己做饭、自己打扫的日子呢?……还没听说有哪个男人的双手会去干那种累人的体力活儿呢。"①就连在法庭上,受害者多女妈妈也只能坐在证人席上作为"证人",与其说是证人,倒不如说是"证物"更为恰当,因为她没有资格为自己受到的侵犯发出控诉,不论是法官还是公诉人都没有给她申辩的机会,"公诉人问了她一些关于那晚她被强奸的问题,她很安静地一一作答。但她不明白地方法官所问的问题,那些问题听上去像是在强调她被强奸的时候已经喝醉了"(186),这说明审判者在一开始就已经对这个强奸事件有了自己的判断。法官对于这场强奸案的态度也是极尽轻蔑,审判时无时无刻不在把责任推到多女妈妈身上:"这位受害人应该感到受宠若惊吧,毕竟她这一把年纪了还能成为一个年轻帅小伙的目标。""受害者是一位经验丰富的妇女,她在被强奸的时候已经不是处女了,所以她并没受到严重的伤害。她还在案件发生时喝醉了,我们都知道醉酒的女人有时会勾引男人。"(188)因为在男权社会中多女妈妈所处的弱势地位,强奸犯莫托西才没有受到应有的惩罚,得以被当庭释

---

① Zakes Mda, *The Sculptors of Mapungubwe*, Calcutta: Seagull Books, 2013, p. 21.

放。而伦理犯罪没有得到公正的审判正是导致莫托西被怒火难平的女性残害的悲剧原因。由此可见，情感违伦不仅导致了唐珀洛洛的婚姻悲剧，也直接导致了莫托西的个人悲剧。

三、宗教违伦

小说中多次出现与宗教有关的字眼，如"教堂""神父""祷告"等。基督教与莱迪辛的人生起伏密切相关。在小说中，莱迪辛虽然不信仰基督教，却披着基督教徒的外衣，做着很多违反道德伦理的事情。而这些宗教违伦也是导致他个人悲剧的根源。

在很多非洲文学作品中，西方宗教与非洲传统文化的冲突比比皆是。西方国家利用枪支、工业农业技术以及政府改革来攻陷非洲，同时还用精神攻击来征服非洲。[①]这里的"精神攻击"指的便是西方利用基督教来征服非洲人民，瓦解他们的非洲传统信仰。基督教并非起源于西方，但过往漫长的历史上，它在构建西方历史、精神世界、价值体系乃至政治思想和艺术生活等方面，都发挥过基石的作用。[②]美国政治学大师塞缪尔·亨廷顿在著作《文明的冲突与世界秩序的重建》中列举了当今现存的七到八种文明，把宗教界定为文明的主要特征，[③]即文明的核心要素。由此可见宗教是西方世界踏上非洲土地的重要途径，是资本主义摧毁传统文明的关键一击。在齐诺瓦·阿切比的《崩溃》（*Things Fall Apart*，1958）中，基督文化施舍的恩惠收服了当地人的人心，使传统文化分崩离析，将信奉传统文化的奥孔克沃逼上自杀的道路。除此之外，当基督教沦为西方殖民者扩张势力的工具时，它利用教堂招收信众，利用教会学校给孩子们"洗脑"。在秦晖所著的《南非的启示》中，对南非的教会学校是这样描述的："进入教会学校后，纳尔逊

① Ella Brown, "Reactions to Western Values as Reflected in African Novels", *Phylon*, 1987, 48 (3), p. 216.
② 马恩瑜：《基督宗教在当代非洲的发展及社会角色》，《非洲研究》2011 年第 1 期，第 110 页。
③ 塞缪尔·亨廷顿：《文明的冲突与世界秩序的重建》（修订版），周琪等译，北京：新华出版社，2010 年，第 26 页。

认识了另一个世界。他感到震惊，因为他发现历史书中只承认有白人的英雄，而把黑人描述成野蛮人和盗牛贼。"①说明西方宗教在向当地人宣传西方文明的同时，还会诋毁传统文明。在《与黑共舞》中，妹妹蒂珂莎作为非洲传统文化的化身，见证着传统文化逐渐被西方文化侵蚀，被受到西方影响的人们所摒弃。她的哥哥莱迪辛便是其中之一，他因为获得神父的资助才得以上莱索托天主教高中，因此曾发誓会成为神父为上帝服务，可事实上他却在莱索托的城市里沉沦于对名利的追逐，将曾经的誓言抛诸脑后。不仅如此，他还违反了诸多宗教规定。他在发家之后与下属的妻子通奸，违反了《圣经》十诫中的第九诫：毋愿他人妻。他在做保险第三方代理时，每天随时待命，违反了《圣经》十诫中的第三诫：守瞻礼主日。与此同时，他在帮别人处理第三方保险的时候谎报受害人家庭状况并且私吞部分赔偿金，这违反了《圣经》十诫中的第八诫和第十诫：毋妄证、毋贪他人财物。他的这些行为不仅违反了天主教所信仰的准则，更是违反了基本的道德伦理，宗教信仰也因此沦为他破坏社会秩序的工具与保护伞。除此之外，他在为自己寻找第三方代理的客户时，数次装扮成神父以祷告为借口去寻找客户线索。最后他破产后为了能东山再起，再一次以神父身份参加受害人家庭的葬礼，为了哄骗受害人妻子签下委托书而不惜以上帝的名义发誓，声称是上帝派他前来的。这不仅违反了《圣经》十诫中的第二诫：毋呼天主圣名以发虚誓。更是凸显出莱迪辛为了达到自己的物质目的而不择手段，不惜违反基本宗教道德伦理。

另一边，在远离城市的村庄里，非洲的传统信仰也未能幸免。一直坚持按照传统文化的方式来装饰房子的小村子被众人嫌弃遗忘。妹妹蒂珂莎用同样的方式装饰自家屋子，结果却惹来母亲的一顿打骂。非洲传统所信仰崇尚的"力量之舞"也被当地人民遗忘，更令人惋惜的是，这一舞蹈的神灵，野兽女舞者原本是从洞穴里的壁画上被召唤出来的，后来这一洞穴沦为城里人的旅游景点，人们肆意在墙壁上乱写乱画想要留作纪念，最后导致野兽女舞者灵力越来越弱，以至于被那些涂鸦和签名封锁在墙壁上，只能永远地留在壁画里。《与黑共舞》中的蒂珂莎扮

---

① 秦晖：《南非的启示》，南京：江苏文艺出版社，2013 年，第 10 页。

演着非洲传统文化的"圣女形象"，她作为本土文化的传承者，却被周围人甚至自己的母亲所疏远，说明其他村民已经在逐渐背离传统文化。他们在基督教和传统信仰中摇摆不定，在这场宗教冲突的夹缝中生存，充当着西方宗教侵蚀本土信仰的见证者。他们很多人正在逐渐脱离本土传统信仰，为了诸如更好的学习机会或者更大的利益诱惑而选择了基督教，这并不纯粹的宗教动机导致了这些人往往会为了自己其他的欲望而毫不犹豫地抛下那并不坚定的信仰。

在小说中，宗教信仰沦为物质生活的陪衬，甚至是人们追求物欲时披着的外衣，用来遮掩外衣下违反道德伦理的丑恶行径。在结局，莱迪辛被受害人亲属无情地戳穿那以上帝为名的谎言并被扔出屋外，这使得他东山再起的希望彻底破灭。同时也揭示了莱迪辛是被自己种种违反宗教道德伦理的行径逼到走投无路的，这也是他个人悲剧的根源。

结　　语

《与黑共舞》虽然是一部纪实小说，讲述了南非人民的生活随着政治变化而起伏。但它更关注的是当时动荡环境下的对人性的探讨。在极不稳定的社会格局下，违反社会伦理的行径也变得平常起来。小说中的人物多次违反政治伦理、情感伦理以及宗教伦理。"文学的基本功能是教诲功能"，其根本目的"在于为人类提供从伦理角度认识社会和生活得到的范例，为人类的物质生活和精神生活提供道德警示，为人类的自我完善提供道德经验"[①]。由此我们可以确定，扎克斯·穆达正是借由《与黑共舞》这部作品，来审视当时环境下的人性与道德伦理，通过对人物事件的刻画来传达自己的价值判断与伦理意识。

（文 / 中南财经政法大学 蔡圣勤 邵夏沁）

[①] 聂珍钊：《文学伦理学批评导论》（修订版），北京：北京大学出版社，2014年，第14页。

第十一篇

扎克斯·穆达
《红色之心》里的文化杂糅观

作品节选

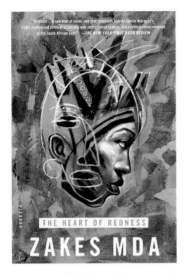

《红色之心》
(*The Heart of Redness*，2007）

"Tears are very close to my eyes," says Bhonco, son of Ximiya. "Not for pain…no…I do not cry because of pain. I cry only because of beautiful thing."

And he cries often. Some just a sniffle. Or a single tear down his cheek. As a result he carries a white handkerchief all the time, especially these days when peace has returned to the land and there is enough happiness to go around. It is shared like pinches of snuff. Rivers of salt. They furrow the aged face.[1]

"眼泪就要充盈我的眼眶了，"波洛克，西米娅之子这么说着，"不是因为疼痛……不……我从不因为疼痛而哭泣。我只为美好之事而哭泣。"

他经常哭泣。或者是抽噎。或者只有一两滴眼泪流过面颊。所以，他常年随身带着一方白色的手帕，特别是当和平再次降临这片土地，许多欢欣之事发生在他周围的时候。时光飞逝，岁月在他的脸庞布满沟壑。

（蔡圣勤、芦婷 / 译）

---

① Zakes Mda, *The Heart of Redness*, New York: Picador, 2000, p. 3.

作品评析

《红色之心》里的文化杂糅观

引　言

　　《红色之心》与《与黑共舞》都是南非作家扎克斯·穆达最具代表性的作品。小说通过重写南非科萨族的历史，将过去与现在两条时间线索并进、现实与魔幻两种舞台交织并置，实现了故事情节的独特陈述，以及后殖民话语的愤懑表达。本文依据后殖民谱系里霍米·巴巴的混杂理论来对这两部小说中的文化混杂现象进行分析，以探讨作品中表现出来的殖民话语体系二元对立的消解，宗教土壤变化的异质，以及主人翁文化身份的杂糅。通过剖析作品，本文试图证实作者穆达利用后殖民语境下南非社会"混杂性"的特征，表现其对宗主国文化统治地位的反抗和颠覆的书写倾向。

　　在南非实现民主政治十年之后，《时代》周刊记者唐纳德·莫里森对南非作家扎克斯·穆达做出评价，认为他的地位同纳丁·戈迪默、J. M. 库切、布莱顿·布莱顿巴赫，以及安德烈·布林克这类先锋作家一样重要。穆达出生于南非东开普的赫歇尔地区，在索韦扎长大，入学于莱索托，之后跟随父亲背井离乡，先后到瑞士和美国接受高等教育，并于俄亥俄大学获戏剧专业文学硕士学位。返回南非后，于开普敦大学获戏剧专业博士学位。[①]作为著名的剧作家和小说家，穆达获奖无数，包括美国戏剧协会 1984 年颁发的克里斯丁娜·克劳福德奖，1996

---

① Gareth Cornwell, Dirk Klopper and Craig MacKenzie, *The Columbia Guide to South African Literature in English Since 1945*, New York: Columbia University Press, 2010, p. 137.

年的奥利芙·施赖纳奖以及 1997 年的 M-Net 文学奖等。《红色之心》初版于 2000 年，是穆达的第三部小说。小说中，穆达重写南非科萨族的历史，将过去与现在两条时间线索交织、现实与魔幻两种舞台背景并置。《红色之心》于 2001 年获《泰晤士报》小说奖以及非洲地区英联邦作家奖。《纽约时报书评》评论称《红色之心》："很精彩……一类新小说：融合了《百年孤独》的魔幻现实，讽刺社会现实的政治狡黠以及南非过去的批判性重写。"①《与黑共舞》的创作在很多方面都与《红色之心》有许多相似之处。在穆达的叙述之中，南非遭受殖民的历史，以及科萨族反抗并追求自身独立的历程都深刻地表现出殖民和被殖民过程之中的二者文化身份的复杂变化与混杂。

霍米·巴巴是当代著名后殖民话语"三剑客"中的重要一员，是后殖民理论的主要代表人物。混杂性（hybridization）是霍米·巴巴理论中的重要组成部分。霍米·巴巴在巴赫金"复调"理论基础上，将"混杂性"与后殖民研究结合起来。他指出，"混杂性"是在殖民活动中，不同种族、种群、意识形态、文化和语言相互混杂的过程。霍米·巴巴批判性地发展了萨义德"东方"与"西方"的二元对立模式，强调殖民者与被殖民者之间既吸引又排斥的矛盾关系，并从文化身份的角度说明不同文化之间并不总是相互排斥，还在不断的碰撞中出现混杂化的特点。本文拟从穆达《红色之心》和《与黑共舞》中所表现出的殖民二元对立的消解，宗教土壤变化的异质，以及主人翁文化身份的杂糅三方面来剖析作品内涵的后殖民语境下的南非社会"混杂性"特点，并试图解读出作者希望通过混杂性揭露殖民权力的片面性，颠覆宗主国殖民文化的统治地位的文学书写倾向。

一、殖民二元对立的消解：从魔幻现实中突破重围

作为以历史为素材的小说家，穆达在《红色之心》和《与黑共舞》里不可避免地对殖民者和被殖民者进行了书写。不同背景、不同身份的人物轮番登场，他们在

---

① 见《红色之心》封面，Zakes Mda, *The Heart of Redness*, New York: Picador, 2000.

南非这块广袤的、备受苦难的土地上扮演着各自的角色。错综复杂的矛盾之下，殖民权利不再是铁板一块、坚不可摧的了。殖民主体的分裂和被殖民他者的反抗正是霍米·巴巴混杂理论的立论前提，也是"殖民主体"概念得以被认可的关键。

《红色之心》作为对南非科萨族历史重写的文本，选取的是自150年前的白人入侵和殖民时期至1994年南非民主大选这段时间的历史，总体上分为现在与过去两条线索。所以小说中既包含新殖民时期的殖民者和被殖民者，也包含了传统意义上的白人殖民者和黑人被殖民者。一般情况下，我们在提及殖民者与被殖民者时，两者之间的关系是处于二元对立的状态的。但在霍米·巴巴看来，这种笼统绝对的二元对立是不可靠的。殖民入侵必然伴随着反殖民斗争。反殖民斗争中对主导权利的反抗证明殖民者和被殖民者之间的交流理应是双向的，而并非是外来权利的绝对权威和强势，或者被殖民者的绝对被动和受害，它们的关系是复杂暧昧的。

在《红色之心》中，前几章提及了一场南非开普地区人民反殖民侵略的战争。战争虽然以被殖民者失败告终，但也为殖民侵略的曲折未来埋下伏笔。战争过程中，殖民者见识到了被殖民者的"负隅顽抗"，他们的游击策略常常让殖民者措手不及；而被殖民者也见识到殖民者军事力量的强大和对土地、财富的极端占有欲。在霍米·巴巴著述《文化的定位》第三章《他者的问题》（"The Other Question"）中，他指出"殖民者和被殖民者之间的文化、历史和种族隔离实际上是一种臆想的二元对立"[①]。被殖民者作为他者形象其实是殖民者的制造品，殖民者并没有真实地看待这一他者，转而将他们描述成野蛮落后的魔鬼。在《红色之心》中，大英帝国的殖民代理人哈利·斯密斯爵士（Sir Harry Smith），即所谓的"科萨族地区伟大的白人领袖"，在科萨族广阔的土地上以英国维多利亚女皇的名义为所欲为。他强迫当地人行吻鞋礼（boot-kissing ritual），强硬地在当地推行英帝国的法律和秩序，甚至废黜了科萨当地的国王桑迪乐（Sandile）。[②]殖民地人民

---

① Homi Kharshedji Bhabha, "The Other Question: Difference, Discrimination and the Discourse of Colonialism", *Literature, Politics and Theory: Papers from the Essex Conference1 1967-84*, Francis Barker et al. eds., London and New York: Methuen, 1986, p. 162.

② Zakes Mda, *The Heart of Redness*, New York: Picador, 2000, p. 18.

成为殖民者的奴仆。殖民者一方面对他们嗤之以鼻，一方面又以其为自身荣耀的代言。这即是"在否认和固定的行动中，殖民主体被返归于想象界的自恋主义以及其对理想自我的认同——既是白的，又是完整的"①。"他者"既是欲望的客体，又是被贬抑的客体。②"他者"的力量在殖民入侵的过程中并非被抛弃，而是无时无刻纠缠阻挠着殖民霸权。殖民者在开普地区推行的强硬的镇压手段不但不会奏效，还成为哈利爵士镇压"杀牛"（cattle - killing）失败和遭受当地领袖强烈反感排斥而最终被取而代之的原因之一。

而在《与黑共舞》中，白人虽然没有直接出现，但高楼林立的莱索托城市里到处都是教堂，到处都是参加党派之争的新教徒和福音派信徒。他们就是白人，整个莱索托城市里充斥着白人的影子。而来自哈沙曼农村的莱迪辛懵懵懂懂地进入到了这个影子里。他不关心政治，不关心国大党或者国民党，人人都在谈论这些的时候，他只是个"他者"。而这个"他者"在受到政府爪牙的迫害之后则是"浴火重生"，一方面融入了这个丑陋的金钱城市，另一方面在精神上走向了空洞与虚无。被撕扯的个人就如同被撕扯的殖民地。无论是殖民时期还是后殖民时期，殖民者都无法完全掌控被殖民者。他者的主体性精神不断消解着殖民者的主体地位，使之不再作为中心的位置而存在，而是与被殖民者之间呈现出一种既吸引又排斥的复杂关系。而作为被殖民者，其在面对殖民文化过程中呈现的并不是完全被动的状态，而是一种痛苦纠结的状态。黑人在不断成为"制造品"这种恶性循环中，一方面是带有憎恶反感的情感，另一方面却又颇具讽刺地，像那个《黑皮肤、白面具》里戴着白色面具的黑人一样，一定程度地认同了自己"制造品"的身份。

在《红色之心》中，作者无论是对历史场景的选择还是对当前问题的探讨都体现出了或多或少的霍米·巴巴的殖民二元对立消解的概念。首先，大英帝国殖民者在入侵南非开普地区的时候，呈现的是一种水土不服的状态。这种水土不服正是殖民地文化给予外来文化以阻挠并试图进入外来文化的初期表现。在哈利爵

---

① Homi Kharshedji Bhabha, *The Location of Culture*, London and New York: Routledge, 1994, p. 76.

② Homi Kharshedji Bhabha, *The Location of Culture*, London and New York: Routledge, 1994, p. 76.

士离任之后，凯思卡特爵士（Sir Cathcart）接管开普地区，以武力镇压当地殖民反抗。在凯思卡特死于俄国入侵者之手后，乔治·格雷爵士（Sir George Grey）接管这一地区，并开始了他的殖民政策。这位经验老到的殖民统治者被称为"给十条河流命名的人"（The Man Who Named Ten Rivers）。他的统治方式可以明确地看出殖民者在殖民地碰壁之后不再以莽撞的方式来对待来他们所认为的手无寸铁、野蛮原始的当地黑人，转而以"文明"为借口，抓住当地对"高级文明的憧憬"进行收买，特别是像耐得（Ned）和穆具扎（Mjuza）这样具有很高声望的当地人。他们声称："他（格雷）曾是澳大利亚和新西兰的地方长官。他们说，他的文明开化政策为当地做了很多好事。文明是需要不小的代价的……他甚至为他们的十条河流和连绵的山峦起了名字。"①于是，殖民话语与它所统治的被殖民文化的接触往来，必将导致一种摧毁殖民者一统天下之局面的矛盾状态。②殖民地话语已经在作为殖民手段的过程中成功进入了殖民话语体系之中，帝国统治者为了满足统治欲望而不得不利用他们所不齿的野蛮人的文化习俗达到其统治目的。

除此之外，在面对与"文明"对立的"杀牛"问题上，统治者的态度和被统治者的遭遇也使两者不再是纯粹对立的关系，甚至可以说他们之间形成了一种共谋关系。像耐得和穆具扎这样反对"杀牛"迷信并且崇拜殖民文化的当地人和像特温–特温（Twin-Twin）这样既反对"杀牛"又对殖民统治始终抱有强烈敌意的"异教徒"，在不被本族文化所接纳的境况下，只能寻求殖民者的保护。"道尔顿（Dalton）不得不采纳他们的建议，因为这对当地人，特别是像特温–特温这样的当地异教徒来说，只要站在大英帝国这一边，他们就会受到绝对的保护，把这一点展示出来很重要。"③于是，殖民双方既抵抗又共谋的关系就不是简单的二元对立能够解释的了。他们的关系用哈得特的话来说就是："在一种错综复杂的身份秩序中，被殖民者和殖民者相互依存"。④这种错综复杂的秩序是作者选取"杀牛"

---

① Zakes Mda, *The Heart of Redness*, New York: Picador, 2000, p. 84.

② Bill Ashcroft, et al., *Post-Colonial Studies: The Key Concepts*, 3rd edition, London and New York: Routledge, 2013, pp. 12-13.

③ Zakes Mda, *The Heart of Redness*, New York: Picador, 2000, p. 124.

④ David Huddart, *Homi K. Bhabha*, London and New York: Routledge, 2006, p. 3.

习俗的刻意为之。巫术、先知文化和超自然力量成为"杀牛"活动的主要原因。这些带有当地传统的奇异、神秘和怪诞的色彩的元素在以西方殖民者侵略为背景的现实之下变得更加难以捉摸。不同的文化产生了强烈的碰撞，并在碰撞中出现了矛盾、排斥、渗透和融合等多种复杂情况。同样，《与黑共舞》中，在洞穴里同祖先共舞的蒂珂莎也是在超自然的"力量之舞"中达成与异世界的沟通，甚至神奇地获得了容颜不老的力量。这实际上是穆达以魔幻现实的手法来消解殖民二元对立。正如陶家俊所言："以拉美魔幻现实主义为例。它刻意强调本土化、政治化与历史化，提倡殖民与被殖民双方的对话意识。哈钦说，这一艺术手法既挑战西方传统文学类型，又抵制帝国中心与启蒙理性。加拿大作家玛格丽特·阿特伍德、印度籍作家萨尔曼·拉什迪、拉美作家加西亚·马尔克斯等人，纷纷运用魔幻现实主义形式，进行大胆新颖的批判重建。"[1]

以150年前的当地人面对殖民者的态度为例，作者更多地表达出来的是殖民地人民的迷惑不解和排斥。在穆兰杰林（Mlanjeni）之战中，特温和特温-特温两兄弟在游击战时发现一小队英国士兵正在割死去的科萨战士的耳朵。于是兄弟俩不禁发问："他们在做什么？他们是巫师吗？"[2]他们并不是巫师，这种做法只是白人在收集自己的战利品，在黑人的血躯上耀武扬威地显示自己的强大。像割耳朵、煮头颅这样极其残忍的做法，作者借特温-特温之口说出"他们也是食人者"[3]。他们在文明的皮囊之下实施的是野蛮行径，这些事让殖民地黑人对所谓的西方"高度文明"产生强烈的质疑。随着抵御和反抗的产生，殖民话语也就不可能完全进入被殖民者的可接受范围之内，它在二元对立中的主体地位便不复存在。

在南非大选之后，殖民时期的伤痛并未消退。南非后种族隔离时期的政策仍然没有给这片黑色的土地带来光明，但穆达在表现南非社会政治经济黑暗的同时，却仍是抱有信心的。《红色之心》中浓墨重彩描写了开普省以泽姆（Zim）和博亨克（Bhonco）为首的当地人对所谓文明和进步态度的不合作、不买账，白人跨国公司永远居于高位的强压状态也不复存在。当地人分为两个阵营：以博亨克为代

---

① 陶家俊：《理论转变的征兆：论霍米·巴巴的后殖民主体建构》，《外国文学》2006年第5期，第81页。

② Zakes Mda, *The Heart of Redness*, New York: Picador, 2000, p. 19.

③ Zakes Mda, *The Heart of Redness*, New York: Picador, 2000, p. 20.

表的"不信仰者"（Unbeliever）主张西方所谓的文明和进步，期望以此来提高经济水平，打破传统经济模式并逃离历史遗留伤痛；而以泽姆为代表的"信仰者"（Believer）主张维持目前的状态，反对建立象征殖民者文明和进步的大赌场和水上乐园，反对破坏可供当地人免费享有的生态资源，更加不屑于通过赌场和乐园增加当地就业、提高生活水平的美梦。最后，在卡玛古（Camagu）这位流亡国外多年后回国的知识分子的努力下，赌场和乐园没有建立，反而是当地人以广袤的土地本身为依托自主经营的旅游成就了发展。

值得注意的是，"信仰者"的信仰源泉正是来自于"杀牛"运动中的本地先知传统。这种代表超自然力量的传承正是作者将魔幻与现实、现代与历史结合的表征。在另一部代表作《与黑共舞》中，穆达也同样地表达出对西方经济文化试图侵略莱索托低地，改变当地原有生存模式的批判。莱迪辛在城市里作为车祸死者的家属代理律师，成为第三方而发了大财。发财之后，他在家乡修建了一栋豪宅，这栋豪宅墙面"被漆成白色，屋顶是红色瓦片。村里的人见过的最好的房子屋顶都是波状钢，而不是瓦片。房子有很多玻璃窗，有的甚至比门还大，地面上铺着地毯，柔软得好像新毛毯一样"①。新式的豪宅是仿自西方的现代建筑。但豪宅在莱迪辛家乡的待遇却是"空荡荡"的，是只有他母亲一人独居的荒废的教堂似的房子。可见，当地人更在意、更坚持的还是传统的生活方式，传统的茅屋，就像他母亲说的："我一个人住在这座这么大的房子里，我害怕鬼魂，即使我小声说话，它们还是会传来回声，我想念以前的生活，我喜欢将牛屎糊在地板上，而不是整天清洗地毯擦净瓷砖。"②可以说，在当地人的争执与矛盾中，殖民者的强权政策逐渐被消解。在看清殖民真相的同时，像道尔顿那样代表白人政府统治地位的人实际意义上已经不能控制他们所谓的"我的人民"。西方所表述的殖民地"他者"在远离西方的土地上显然是不适用的，其缺陷的显露就给了被殖民者以可乘之机。特别是对有见地的被殖民者而言，他们在反抗的同时，更能把握机会，不断思索新的出路，不断提升自己的地位。

综上所述，在《红色之心》和《与黑共舞》中，殖民者与被殖民者双方不再

---

① Zakes Mda, *She Plays with the Darkness*, New York: Picador, 2004, p. 77.

② Zakes Mda, *She Plays with the Darkness*, New York: Picador, 2004, p. 106.

是密不透风的两块铁板，而是既渗透又反抗的关系。同时，作者以魔幻现实的手法突出了它们的对抗与融合，并站在被殖民者的立场上为其出谋划策，试图在环境复杂的殖民地找到其发展的出路。

二、宗教土壤变化的异质：在揣摩不透的实现中改写

宗教是殖民活动中不可忽略的一股力量。然而，在这股力量远离本土，进入其他文化之时，则不可避免地会受到其他土壤的"滋养"，发生变异。《红色之心》和《与黑共舞》都集中体现了这种宗教伦理的变异。文化的杂糅以西方宗教和本地原教混杂的形式逐渐在南非大地铺展开来。

霍米·巴巴对殖民二元对立的消解成为其"混杂"（hybridization）或者是"杂交"理论的基础。哈得特在解读巴巴时说："就文化身份而言，混杂性是说不同的文化之间不是分离迥异的，而总是相互碰撞的，这种碰撞和交流就导致了文化上的混杂化；巴巴在这里更强调的是混杂化的过程。"[①] 因此我们可以理解为殖民话语在其流传过程中必然会遭到本土文化改写而发生变异。这种变异是多方面、多角度和多层次的。在《红色之心》中，表现最为明显的变异之一便是宗教了。西方殖民最早以传教为起点。宗教作为西方文化的集中体现，在殖民侵略过程中扮演着重要角色，但其传播之路必然不是一帆风顺的，结果也不见得总是好的。霍米·巴巴在《被视为奇迹的符号》一文中指出，"那本英语书"，其实是被永久物化了的符号，它颂扬欧洲霸权认识论的中心位置，而同时又是殖民地矛盾状态的一个象征，显示出了殖民话语的弱点。[②] "那本英语书"便是《圣经》。《圣经》代表了一种以基督教为核心意识形态的帝国主义话语，而这一文本在殖民地流传过程中却遭遇改写与变形，这正是文化混杂的具体表征，也是霍米·巴巴想要通

---

① David Huddart, *Homi K. Bhabha*, London and New York: Routledge, 2006, p. 84.

② Homi Kharshedji Bhabha, "Signs Taken For Wonders: Questions of Ambivalence and Authority under a Tree outside Delhi", *Critical Inquiry*, 1985, 12(1), pp. 144-165.

过不断混杂的过程来消解殖民话语，颠覆宗主国文化统治地位的目的之所在。

  穆达在《红色之心》中对西方宗教的传播历程的描写也正契合了霍米·巴巴所揭示的文化混杂性。在南非开普地区，基督教的传播进程是在渗透伴随着抵抗、接纳伴随着排斥中进行的。小说第二章，在卡玛古于1994年回到南非的第四个年头里，他在约翰内斯堡的修布罗参加了一场葬礼。葬礼上，她（指诺玛·拉夏，Noma Russia）唱的是《更近我主》（*Nearer My God To Thee*）。她离上帝更近了一步了。①《更近我主》这首歌是19世纪一位叫莎拉·亚当斯的女士与她的妹妹一起为配合牧师讲题创作的圣歌。莎拉去世前与妹妹一起一共创作了62首圣诗歌曲。除此之外，还有"阿门"（Amens），"哈利路亚"（Hallelujahs）以及"赞美我主"（Praise my Lord）等一系列明显的基督教词汇都多次出现在葬礼之上。可见基督教的传播在南非地区获得了一定程度上的成功，《圣经》所推崇的宗教行为得到了人们一定程度的接纳。而另一方面，无论是现在还是过去，当地民众的排斥态度也很明显。他们坚持民族本土信仰，虽然这些信仰是错综复杂，甚至是相互对抗的。但他们仍铜墙铁壁般地守护着固有的传统。以博亨克为代表的"不信仰者"哀悼伤痛的方式是："现在，他们所有人都在悲叹哀号，小声地念叨着人们常说的那些事。但他们的方式并不是基督教所常用的方式。"②追溯以往，特温更是表明："我们有自己的先知，他们正和我们的祖先同在……然后，我们有纳科斯泰尔（Nxele），他说我们有自己的祖先……我们不需要白人虚伪的先知和假惺惺的上帝。"③《圣经》中的上帝变为虚妄之人，为赎罪而亡的耶稣得不到任何溢美之词。如此一来，文化的吸收和排斥就导致殖民意识在进入殖民地的过程中遭受一种尴尬的境地：殖民者达不到完全掌控殖民地的目的，而被殖民者也在标榜为高人一等的外来文化面前感受到威胁。双方共同出现的缺失成为改写和异质出现的契机。此时，所谓压迫式的宗主国文化地位受到挑战，作者期许的解构和颠覆的目的也就达到了。

  同样在《与黑共舞》中，穆达对宗教的反抗也表达得很明显。蒂珂莎说：

① Zakes Mda, *The Heart of Redness*, New York: Picador, 2000, p. 25.

② Zakes Mda, *The Heart of Redness*, New York: Picador, 2000, p. 73.

③ Zakes Mda, *The Heart of Redness*, New York: Picador, 2000, p. 49.

"他们不仅剥夺了她上学的机会，还把自己的名字随意涂写在巴瓦洞穴的墙壁上。这中间还有一些福音派官员，他们头顶教士头衔却丝毫没有感到羞愧。在她眼中，这群人就是一群文化艺术遗产的破坏者。"①蒂珂莎憎恶神父。首先是因为神父重男轻女，没把她这个最聪明的小女孩，而是把她资质平平的小男孩哥哥送出去念高中。其次是因为神父这一群人无视当地传统，在绘有神圣壁画的洞穴里随意涂写名字。巴瓦洞穴是蒂珂莎的秘密基地，她在那里能通过舞蹈与祖先交流，从而获得无限的舞者灵感与精神上的满足，因此蒂珂莎可以看作是当地传统文化的代言人，她对神父的憎恶亦可看作是传统文化对西方宗教的憎恶。

随着异质契机的出现，基督教到达南非后就不能发挥其在欧洲领土上所具有的约束力，对稳固统治无用了。《红色之心》里白人的圣母变成了黑色的，黑人女子库克子娃（Qukezwa）能像白人圣母一样独自生孩子；《与黑共舞》里，单身妈妈似乎凭空就有了莱迪辛和蒂珂莎兄妹。此外，到达殖民地后黑人的传教士也不再是虔诚的基督徒了。《红色之心》中的马拉卡扎（Mhlakaza）就是其中一例。第三章里，作者这样写道："这是先知们的领地。后来，相信福音书的人们来了。马拉卡扎首先归顺了福音书。然后又成为了先知的陪伴者。"②小说中，马拉卡扎在历史上，包括在"杀牛"运动中扮演着重要角色。他在教堂受洗，然后改名为威廉姆·歌利亚（Wilhelm Goliath）。在成为基督徒之后，他跟随白人神父履行着传教的职责。但他并非虔诚的基督徒。其一，他的宗教意志转换得过于随意——"但不久，他就抛弃了他卫理公会的朋友，转而把心思都放在圣公会信徒身上……他公开表示自己更喜欢圣公会式的私人告解方式。"③其二，白人宗教更多地成为他实现自己地位的手段，而不是精神上的依靠。在发现神父一家把他当作奴仆，而不是同等的基督徒对待的时候，他愤然离开，回到故土，并且坚决禁止人们再叫他威廉姆·歌利亚，而只能叫他的本名——马拉卡扎。从这里就可以清楚地看到白人宗教经典已经被改写了。一方面，他能吃苦耐劳，掌握并践行传教的技巧、内容和手段；另一方面，宗教教义于他而言只是流于表面的生活手

---

① Zakes Mda, *She Plays with the Darkness*, New York: Picador, 2004, p. 19.

② Zakes Mda, *The Heart of Redness*, New York: Picador, 2000, p. 47.

③ Zakes Mda, *The Heart of Redness*, New York: Picador, 2000, p. 48.

段，就像霍米·巴巴分析的那样，对本土符号的坚持玷污了神的权威语言，在施行统治的过程中，主人的语言变成了非此非彼的杂交之物。揣摩不透的被殖民主体总是亦默许亦反对，让人放心不下，这就产生了一个殖民文化权威无法解决的文化差异问题。① 殖民者自我的实现在依靠被殖民者的过程中已经失去其独立性，既不可能完全保留原有的符号特征，也不可能完全融于被殖民地他者，边界变得含混不清，矛盾冲突越演越烈；而"揣摩不透的被殖民主体"，以马拉卡扎为代表的本地人并不是一味地服从或者反抗，他们发挥主观能动性，以改写达到目的，而此时，白人所期待的宗教作用，无论是教化、约束或是稳固都会大打折扣。

之后，马拉卡扎返回家乡，其所作所为是"他放弃了白人的宗教，反而投向了他父辈所坚信的真主的怀抱"②。他通过将自己的养女（Nongqawuse）和妻妹（Nombanda）塑造成能与祖先通话的女先知形象，发起了浩浩荡荡的"杀牛"运动，并宣称"杀牛"能医治由白人带来的肺痨疾病，达到驱逐白人意识，唤醒祖先的目的。马拉卡扎作为受过白人宗教洗礼之人，在他构建的迷信世界里，现世是一个处处有魔鬼和诱惑的危险之地。而小女孩先知们是来自由陌生人统治的另一个世界，她们像是被派遣到现世的纯洁羔羊，能从纳帕哈卡达（Naphakade，永生之人，科萨语版《圣经》中的常用词）那里获得信息，并引导众人按照陌生人的旨意杀牛，然后获得重生。陌生人和纳帕哈卡达就如同上帝一般具有至高无上的力量。白人的肺痨就是上帝对虔诚信徒的考验和历练。通过考验才能走进上帝的羊圈获得逝去之人的重生。于是白人的上帝就不再是上帝，而是大写的陌生人了。上帝在南非的领地已经被改写得面目全非。"杀牛"运动不仅给殖民地的人民造成了永久的伤痛，还搅得殖民者们焦头烂额。他们不仅没有达到预期控制殖民地的目的，反而在镇压杀牛过程中激化了矛盾。穆达对"杀牛"历史的重构中所带有的宗教本质色彩正与巴巴理论中的这 议题不谋而合："由于殖民关系总是矛盾的，这样它就为自己的毁灭埋下了种子。"③ 南非领土上殖民者宗教被挪用、被

---

① 霍米·巴巴：《献身理论》，载罗钢、刘象愚主编：《后殖民主义文化理论》，北京：中国社会科学出版社，1999 年，第 196 页。

② Zakes Mda, *The Heart of Redness*, New York: Picador, 2000, p. 53.

③ 生安锋：《霍米·巴巴的后殖民理论研究》，北京：北京大学出版社，2011 年，第 104 页。

歪曲和被异质回指了殖民者本身，原殖民意图变为泡影，殖民权力在此过程中便被消解了。

　　值得注意的一点是，《红色之心》和《与黑共舞》虽为英语小说，但其中却有很多由语言引发的文化误读。以《红色之心》中"基督徒"一词为例，作者这样写道："那些变成吉克博哈卡（ama Gqobhoka）的人——变成基督徒的人，开始相信格雷。"①"吉克博哈卡"便是"基督徒"在科萨语中的表述，这里的宗教英语词汇被翻译成本土科萨语。更明显的还有"医生"（doctor）一词，两部小说里都提到了当地人对这个词的理解偏差。《与黑共舞》里写道："她获得的是博士学位，虽然博士学位和医生是同一个英语单词，可她并不会治病，博士是指人们学位的最高水平。她这种对博士的解释还是让大家很疑惑，有的人嘟囔着'博士和医生是一个单词，却不会治病，那博士还有什么用呢？'"②英语里面这种一词多义的用法却造成了迷惑和误解，不同的文化习惯之间产生了矛盾。而在巴巴看来，这种矛盾是因为文化翻译的过程会打开一片"间隙性"空间，它既反对返回到一种原初性"本质主义"的自我意识，也反对放任于一种"过程"中无尽分裂的主体。这也解释了为什么宗教在南非的传播受到阻碍，书写的反复必然受到输出国和输入国双方文化意识形态的影响。除了以上例子外，两部小说中还有不少用科萨语表述英语词汇，或用英语解释科萨词汇的例子，作者这样煞费苦心的做法无疑是想要从更直观、更明确的层面表明改写和异质的存在，表明"琢磨不通"的殖民主体并不是一味地被动接受，而是不断发挥主观能动，实现突围。

---

① Zakes Mda, *The Heart of Redness*, New York: Picador, 2000, p. 84.

② Zakes Mda, *She Plays with the Darkness*, New York: Picador, 2004, p. 46.

三、主人翁文化身份的杂糅：在流散回归后完成颠覆

个人文化身份往往是群体文化身份的一个代表。在《红色之心》和《与黑共舞》中不同种族和不同身份的人各自代表着社会的不同侧面。他们的文化身份在西方意识形态和传统价值观的共同作用下呈现出复杂动态的特征。这种特征集中体现在两部小说的主人翁身上。

"混杂"的指向与霍米·巴巴本人的生活经历有着极大的关系。巴巴出生于印度孟买的一个商人家庭，是波斯地区逃到印度的祆教徒后裔，从小受印度学校的教育，后来在英国求学，师从著名的马克思主义理论家特里·伊格尔顿。这种"混杂"的身份使得他在研究民族和文化身份，以及少数族裔文学和文化方面有很大的发言权。[①]巴巴的生活经历同出生于南非、后来背井离乡、求学于瑞士和美国的穆达有着许多相似之处。他们都是从边缘来到中心，从他者趋向主体的一类人。生活中所获的经历必然造就了他们敏感复杂的情感，这种情感也必然会出现在他们的作品中。

作为理论家的霍米·巴巴就是在此基础上构建了他的混杂性理论。《文化的定位》（*The Location of Culture*）可以说是巴巴从后殖民语境下对文化进行评述的主要体现。他对关于文化、他者、边缘、模拟、混杂、居间等一系列问题都做出了解析。巴巴将混杂性定义为"一个殖民地话语的一个问题化……它逆转了殖民者的否认，于是被否认的知识进入了主宰性话语并疏离了其权威的基础"[②]。罗伯特·杨是较早对巴巴混杂性概念作出界定的学者，他指出"巴巴的混杂性话语不仅能瓦解殖民地权威，而且可以产生能动的抵抗形式"。[③]"特别是

---

① 王宁：《叙述、文化定位和身份认同——霍米·巴巴的后殖民批评理论》，《外国文学》2002 年第 6 期，第 49 页。

② Homi Kharshedji Bhabha, *The Location of Culture*, London and New York: Routledge, 1994, p. 114.

③ Robert J. C. Young, *White Mythologies: Writing History and the West*, London: Routledge, 2004, p. 189.

在借鉴了拉康精神分析和法农心理状态分析之后，巴巴通过将矛盾性定位于他者和边缘，然后通过展示这种矛盾性是中心的自身的一部分，避免了对熟悉的二分法的简单逆转。"①这样，混杂就不是简单的二元走向多元，而是二元走向渗透。这与本文前面所提及的殖民二元对立和宗教异质实则是一脉相承，都是巴巴想要解构帝国，使颠覆成为可能所付出的努力。而作为小说家的穆达，他的这种混杂性则表现在其作品之中，特别是作品人物的文化身份之上。在《红色之心》中，有一句对男主人翁卡玛古的表述是："他记得在1994年的时候，他是怎样离开自己的工作，回到南非参加选举的，这已经是他离开南非的第三十个年头了。"②卡玛古在一定程度上可以看作是穆达自己的化身。他们都出生于南非，都在美国接受高等教育。在1994年南非大选、曼德拉成为首任南非黑人总统之际，作品主人翁卡玛古的回归则更加是作者渴望回归本土、为民族尽绵薄之力的表现。卡玛古文化身份中的复杂特色可以说是巴巴混杂理论在具体文本中的实践。

首先，作为从美国回归的高级知识分子，卡玛古带有美国式的锐意进取和理性自由的精神。他义无反顾地放弃了美国优渥的生活而返回故乡，执意投身于后种族隔离时期南非轰轰烈烈的建设大潮之中。"他被现在欢欣鼓舞的氛围所洗涤，他决心再也不要回到纽约去了。他会留下来，为他祖国的发展贡献一切。"③但南非政局的混乱和黑暗却打碎了他的美梦。整整四年，他没有谋得任何职位。黑人政府不接受他，因为他不会跳象征黑人的自由之舞；白人的私营企业不接受他，因为他是学富五车的黑人知识分子。于是，自由之舞变成了禁锢之舞，博士学位变成了求职的绊脚之石。曾经，美国是他逃离压迫的避难所；现在，却是他得不到认同和接受的始作俑者——"对他而言，最好的选择就是再次被放逐。"④美国于他而言不再是所标榜的至高无上的象征。具体的情境下，卡玛古的身份由于不同势力的渗透而产生变化，变得难以定性、含混暧昧。此外，在与博亨克的女儿交流的时候，也

① Robert J. C. Young, *Colonial Desire*, London: Routledge, 1995, p. 161.

② Zakes Mda, *The Heart of Redness*, New York: Picador, 2000, p. 29.

③ Zakes Mda, *The Heart of Redness*, New York: Picador, 2000, p. 29.

④ Zakes Mda, *The Heart of Redness*, New York: Picador, 2000, p. 31.

可以看出他对真实美国的见地实际上是与作为完美形象的美国大相径庭的。博亨克的女儿是大名鼎鼎的临海科罗哈中学（Qolorha-by-Sea Secondary School）的校长西丽思娃·西米娅（Xoliswa Ximiya）。她是当地名人，在福特海尔大学获得文学学士学位，并在美国的某所学院获得了将英语作为第二语言的执教证书。她挚爱美国，美国是她眼中无与伦比的乐土，"那是一个童话般的国家，人们都是美丽可爱的"①，"它是世界上最棒的国家。我希望有一天能再到那儿去"②。无疑，美国在南非，特别是南非知识分子身上的宣传策略是成功的：它把自己塑造成了世界中心，它把殖民地塑造成了"他者"，还在"他者"的认同中强化了其边缘身份。然而，在美国待了30年的卡玛古却说："不要让她（西米娅）对美国的奉承误导了你。除非你认为对其他国家实施种族歧视和武力政策是件好事。"③这里卡玛古通过打破美国殖民意识形态，将所谓的"大国文明"还原为文化侵略手段，揭露了殖民者本质的殖民欲望。此时他的身份变化成被殖民的主体，具体地说就是"受教育的他者"，他明确地对"文明和非文明"的二元对立发起了正面的挑战。

《红色之心》中卡玛古身上不仅有着对美国的复杂情感，还兼具着南非民族深植于他血脉之中的传统。初到科罗哈，他欣喜于人们仍旧穿着传统服饰，却为穿着这种服饰的人很少而惋惜；当地自然原始的风光成为他决心留下的一大因素；对这片土地的喜爱和依赖时时流露在他的言语和行为之中，特别是当代表部落身份的蛇出现在他的卧床之上时，他就完完全全属于南非这片土地了——"他曾听说过有关于蛇会拜访每个新生的婴孩的故事；它有时也会拜访部落里被选中的人，把好运带给它们。今天他就是那个被选中的人。"④这些特质在他身上难以抹去，就算是在美国待上了30年，卡玛古还是一位南非人。在《与黑共舞》中也有对蛇的描述。女主人翁蒂珂莎与蛇对峙、与蛇共舞，而蛇作为食物链上的一环，还会成为女主的食物，这些都是南非土著特有的标志。然而，就算深爱这方土地，卡玛古也烦恼于，甚至厌恶处于"信仰者"和"不信仰者"之间针锋相对的局面。

---

① Zakes Mda, *The Heart of Redness*, New York: Picador, 2000, p. 64.

② Zakes Mda, *The Heart of Redness*, New York: Picador, 2000, p. 65.

③ Zakes Mda, *The Heart of Redness*, New York: Picador, 2000, p. 66.

④ Zakes Mda, *The Heart of Redness*, New York: Picador, 2000, p. 98.

这种历史遗留下的问题不能通过他美国式的理智劝说解决。此外，在受到"不信仰者"启发后，结合他对美国在新殖民主义时期的经济文化殖民模式的理解，卡玛古对科罗哈人民盲目欢迎以赌场和游乐园为代表的殖民经济的态度表示失望。同对美国的态度一样，认同和争议同时出现在卡玛古身上。但穆达在这一方面与巴巴有不同的侧重点。他不仅要挑战对殖民者身份的解构，还要挑战对被殖民者身份的解构，作为流散海外的南非作家，他更希望在为南非发声的同时，能为南非自主的发展谋求一条正确的出路。

当然，卡玛古在南非和在美国的经历是不可分割的。南非塑造了他，美国改变了他；南非养育了他，美国教化了他。千丝万缕的联系和无处不在的渗透正是其混杂性如此鲜明的主要原因。亦如《与黑共舞》的男主人翁莱迪辛一样，在莱索托低地飞黄腾达，看惯了都市繁华、时政变迁的他回到破破落落的小村庄时，他想要满足的却只是同幼年时一样，成为牧牛童的心愿。大都市的文明让他对小村庄的闭塞落魄和"野蛮"嗤之以鼻，但他内心属于小村庄的愿景却从未改变。这些斩不断的联系全都是人物复杂文化心理形成的因素，无论是政治上、文化上，还是种族上，我们能看到各方势力的博弈以及他自身心理依托的选择，同时以他为标杆，我们还能看出无论是白人商人，黑人知识分子或者是黑人平民都是在局势变换不定、强权压迫不断的现实下以自己的方式不断咀嚼历史，谋求自身定位，甚至是民族定位。这也正契合了巴巴对文化特征描述中那些稳定的、自我统一的特征的质疑，他声称混杂性为积极挑战当前流行的对于认同和差异的表述提供了方法。[1]静态的、僵化的、对立的两分法不足以考虑文化认同，文化的接触、侵略、融合和断裂的复杂过程才是巴巴所关注的。[2]最终，卡玛古通过海产品帮助当地人，特别是当地妇女完成自产自销，实现经济独立，以及坚持反对发展大赌场和水上乐园，转而通过当地原生态旅游来推动发展。可以看出，他在寻求定位，在文化认同和融合的过程中是完成了颠覆的，以他为代表的科罗哈人民通过自己的努力找回了属于自己的声音，白人的经济文化侵略终成泡影。那么莱迪辛呢？

---

① Homi Kharshedji Bhabha, *The Location of Culture*, London and New York: Routledge, 1994, p. 225.

② Nikos Papastergiadis, "Restless Hybridity", *Third Text*, 1995, 9(32), p. 17.

莱迪辛则是失去了所有，亲情、爱情，甚至是事业都像那被偷走的一百万兰特一样消失了。事情虽然发生在一夜之间，但却是早有预谋的。大雨瓢泼的山顶上，他看着容颜不老的蒂珂莎，想着曾经深爱他的老祖母，一切的一切都变得虚无缥缈了。他辨认不清楚自己了，莱索托的城市和哈沙曼的村庄都不再是他的心灵皈依之处。他的回归被雨水打得七零八落，他的寻找必将是遥遥无期了。

结　　语

综上所述，以霍米·巴巴混杂性理论为基础来分析穆达的代表作《红色之心》和《与黑共舞》中的后殖民色彩，让我们更清楚地看到，这两部具有魔幻现实色彩的作品，都是通过对历史的重构和文化的杂糅消解了殖民地文化的二元对立。一方面，混杂性的存在合理，可以通过宗教的异质和身份的杂糅，将混杂性投注到作品的人物身上；另一方面，以作品人物为依托，将这种混杂进而投注到整个后殖民文化自身之上。这些重构和混杂，对解读后殖民语境下南非社会"杂糅性"的特点，揭露殖民权力的片面性，颠覆宗主国文化的统治地位具有重要的启示性意义。

（文／中南财经政法大学 蔡圣勤 芦婷）

第十二篇

达蒙·加格特
《冒名者》的后种族隔离时代

达蒙·加格特

Damon Galgut，1967—

作家简介

达蒙·加格特（Damon Galgut，1967—）是当代南非著名小说家，加格特共创作了八部长篇小说，一部短篇小说集。作为后种族隔离时代南非代表性作家之一，他在各类国际文学奖项上屡屡斩获殊荣，这也使得他在当代南非文坛有着很高的声望。其中不乏一些亮眼之作，2003 年，加格特凭借《好医生》（*The Good Doctor*，2003）获得英联邦文学奖，并入围布克奖最终短名单、都柏林文学奖。2008 年他凭借《冒名者》（*The Impostor*，2008）入围英联邦文学奖。之后，他在 2010 年凭借《在一个陌生的房间》（*In a Strange Room*，2010）获得布克奖提名，并于 2021 年凭借《诺言》（*The Promise*，2021）获得布克奖。

加格特的作品着重展现种族隔离历史在当代南非社会中对个体的影响，呈现个体在这种影响下所面临的道德问题与身份困境。这一主题很好地呈现在了《好医生》与《冒名者》两部代表作中。早在 2003 年加格特出版《好医生》后，便有学者将他本人视作南非文坛巨匠、诺贝尔奖获得者 J. M. 库切（John Maxwell Coetzee，1940—）的接班人。库切的代表作是《耻》（*Disgrace*，1999），它通过展现南非实现种族融合的阵痛而为后种族隔离时代的南非社会创造了一种"底色"的叙事——既生发希望，又充满怀疑。而加格特的《好医生》以及随后的《冒名者》所讲述的故事不仅仅局限于南非转型时期种族融合阵痛的描述，还以一种更为隐秘的叙事呈现南非深度的种族撕裂，并超出单一的种族问题论域，将步入全球化与自有资本化时代后的南非社会问题展现出来。同时，加格特更加关注种族隔离历史对当代南非个体所造成的深度精神困境，以及他们所做的超越个人历史而又虚妄的挣扎。

作品节选

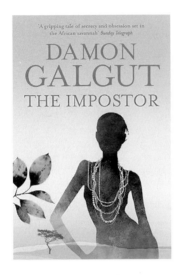

《冒名者》
（*The Impostor*，2008）

When he thinks of her now, it's with a slow after-burn of grief. His last memory of her—the cold, hard look on her face—can't be separated from the turmoil that stirs in him when he imagines the bulldozers, the havoc they are wreaking out there. He has to turn away from all that, the disturbing prelude to the future. Instead he sits down to read through his poems. There, he thinks, he will find some lasting trace of her, or of how he used to feel about her, before everything went wrong.

There are about twenty poems in all, a nice little stack. He has thought of them as a good start towards a new collection, built around the themes of love and nature. But almost as soon as he begins to read, a deep gloom comes over him. It's not just that the emotion which runs through the poems embarrasses him; it's that the poems themselves are bad. The free-flowing language clangs on his inner ear as strained and uncontrolled; what he'd thought of as high, pure feeling has come out on the page as mawkish sentiment, full of rhetoric and cliché.

It's only now that the full extent of his folly is clear to him. His melancholy is like lucidity: he has been a fool, coming to live out here, chasing after the past. He isn't — he never was—a poet; except briefly and badly, as a young man long ago. He has been dabbling in a fantasy version of himself, which he must put away for ever. The whole saga has been a case of mistaken identity. [1]

---

[1] Damon Galgut: *The Impostor*, New York: Black Cat, 2008, p. 166.

现在，当他想起她的时候，有一种悲伤的余烬。他对她最后的记忆——她脸上冰冷、严厉的表情——与他想象推土机在那里造成的大破坏时内心的骚动无法分开。他必须远离这一切，远离未来令人不安的前奏。相反，他坐下来读他的诗。在那里，他想，他会找到她的一些持久的痕迹，或者在一切都出问题之前，他对她的感觉。

总共大约有二十首诗，一个漂亮的小堆。他认为这是一个围绕爱情和自然主题建立的新系列的好开始。但几乎是当他开始阅读的时候，一种深深的忧郁笼罩着他。这不仅仅是贯穿诗歌的情感让他尴尬；而是诗本身就不好。自由流动的语言在他的内耳里铿锵作响，显得紧张而不受控制；他所认为的崇高、纯粹的感觉，在纸上变成了令人恶心的情感，充满了修辞和陈词滥调。

直到现在他才明白自己到底有多蠢。他的忧郁就像清醒一样：他是个傻瓜，跑来这里生活，追逐过去。他不是，从来都不是诗人；除了年轻时的那段时光，短暂，而又糟糕。他一直沉浸在一个幻想的自己当中，一个他必须脱离的幻想。整个事件都是缘于一个错误的身份。

（郑梦怀 / 译）

189

《冒名者》的后种族隔离时代

引　言

绝大部分中国读者对南非的印象停留在那位值得传颂千古的伟人——纳尔逊·曼德拉。可能有部分读者对南非曾经的种族隔离历史略知一二，但也仅仅止步于"血腥""残酷"等印象。而当代南非社会的现状及其复杂性则更少有人知晓。总体来说，自1994年首次种族隔离制度结束后的民主选举以来，南非历经了二十余的年失败发展。它的失业率、犯罪率，以及贫富差距均高居非洲乃至全世界前列。这种黯淡的社会现状使得全体南非人怀疑，那个建立"彩虹之国"的许诺是现实的吗？

这种怀疑与痛心反映在诸多当代南非作家的创作之中。2021年布克奖得主达蒙·加格特便是其中之一。他于2008年创作的《冒名者》（*The Impostor*，2008）便展现了当代南非社会的种种现实困境：资本侵袭下的阶级对立，种族隔离"遗产"的存续，人人都渴望在这个不堪的世界告别一个不堪的自己，而人人又都走向异化或者失败的道路。《冒名者》便是加格特对当代南非社会乱象的"冥思录"。

一、"彩虹幻灭"的后种族隔离时代

加格特的第五部长篇小说《冒名者》的主人公南非白人亚当（Adam）在种族隔离制度解体后失业，他来到乡下，渴望在田园诗画的沁润下投入诗歌创作。

在这里他遇到了儿时的同学坎宁（Canning）。坎宁从父亲手中继承了一片风光旖旎的土地，然而他却因童年时父亲的暴戾而充满伤痛，为了向父亲"复仇"，坎宁决定毁掉这片父亲深爱的土地，将它改造成高尔夫球场。亚当不得不面对这一令人愤懑而又无奈的事实，哀悼他已经被宣告死刑的田园理想。作品由此表现了后种族隔离时代南非社会的发展困境，并在隐晦的批判中思考着后种族隔离时代南非的发展之道。《冒名者》呈现了南非"彩虹国"乌托邦的幻灭，主人公亚当"田园理想"的破灭体现出加格特对新南非社会建设道路的思考。

1994 年，延续了近半个世纪的南非种族隔离时代结束。以"真相和解委员会"的成立为开端，南非社会开启了漫长的种族和解之路。南非的人权状况，尤其是南非黑人的生存处境迎来了根本性的好转。伴随着种族矛盾的日益淡化，南非社会的发展问题被摆上议程。与最初建立的"彩虹之国"的美好愿景相比，二十余年之后的今天，南非社会的发展状况却令人大跌眼镜。南非"拥有世界最大的贫富差别；它的教育质量不用和世界比，就是在非洲内部也是垫底的；它的失业率已使国家处于动荡边缘；它的犯罪率为世界之最——约堡被尊为罪恶之都；它的经济缺乏引擎；腐败蔓生在它的司法和行政机构。"[①] 在此情形下，众多南非作家聚焦于社会的发展困境，不断披露着后种族隔离时代难以根除的社会丑态，使得终获自由的南非文坛依旧充满着浓厚的家国忧思。《冒名者》便通过主人公亚当在卡鲁地区（Karoo）的所见所闻，揭露了"彩虹"乌托邦的幻灭。

亚当的失业缘于颇具后种族隔离时代特色的"政治正确"——根据黑人员工数量配额规定，自己一手培养的黑人员工代替自己的位置，这一戏剧性的人生变故导致亚当失去财产自由，无奈之下他只能移居乡下寻求弟弟加文（Garvin）的接济。亚当失业的原因体现出南非实现种族和解、"黑白交融"时所面临的一大问题：作为南非发展的前提，种族和解必须一定程度牺牲白人群体的利益，白人是否有义务承担这种"集体责任"？有相当一部分的白人文学作品对此持肯定的态度，如南非诗人、新闻记者安缇耶·科洛戈（Antije Krog，1952—）在其作品

---

① 蒋晖：《"南非道路"二十年的反思》，《读书》2015 年第 2 期，第 66 页。

《我的祖国，我的头颅》[①]（*Country of My Skull*，1998）中，就明确提出了这一集体责任的存在。有学者认为，"科洛戈的做法是在后种族隔离的语境下，改变南非白人自传体作品趋向于白人中心的书写传统的有益尝试"[②]。同样，马克·贝尔（Mark Behr）的《苹果的味道》（*The Smell Of Apples*，1993）、特洛伊·布莱克罗斯（Troy Blacklaws）的《卡鲁男孩》（*Karoo Boy*，2004），都在回忆与哀悼中探究在种族隔离时期白人个体"串通一气"的根源。[③]事实上，为黑人争取被白人长期占据的经济利益是新南非意识形态的一部分。1996年，南非正式宪法规定了应把1913年《土著土地法》施行以来被强夺的土地归还黑人，虽然最终结果差强人意。

也有颇多的白人作家将目光集中于种族隔离结束后南非社会的无序与混乱，加格特即表现出对白人生存处境变化的高度关切。据警方统计，种族隔离制度解体后，南非面临着严重的社会治安问题。最初几年，南非平均每天有52人被谋杀，每9分钟有一辆汽车被盗，每11分钟发生一起武装抢劫案。[④]《冒名者》中，普林斯罗（Prinsloo）和妻子遭受一伙暴徒的袭击，为躲避危险，被迫变卖家产移居乡下。和亚当相比，普林斯罗来到乡下的原因则更体现着此时南非社会秩序的混乱，而无序的根源便是长久以来被种族问题所掩饰的严峻的贫富差距。白人在种族隔离体系解体后，精神与身体处于双重窘境的状况，也体现于诸多同时期的南非文学作品中，如J. M. 库切（John Maxwell Cotzee，1940—）的代表作《耻》（*Disgrace*，1999），就通过白人教授卢里囿于旧梦的挣扎和露茜蒙羞阴影之下的留守，揭露了种族隔离制度消亡后白人少数族裔在"失去偏袒性制度规则保护后，权力话语被颠覆、沦落为边缘化他者的境遇"[⑤]。

---

① 蔡圣勤所译《哥伦比亚南非英语文学导读（1945—）》中将其译为《颅骨国家》，浙江工商大学出版社版译为《我的祖国，我的头颅》。

② Elizabeth Rodrigues , "Antjie Krog and the Autobiography of Postcolonial Becoming", *Biography: An Interdisciplinary Quarterly (Biography)*, 2014, 37(3), p. 725.

③ 康维尔、克劳普、麦克肯基：《哥伦比亚南非英语文学导读（1945—）》，蔡圣勤等译，武汉：武汉大学出版社，2017年，第42页。

④ 郑家馨：《南非史》，北京：北京大学出版社，2010年，第375页。

⑤ 石云龙：《后种族隔离时代的颠覆他者——对库切〈耻〉的研究》，《英美文学研究论丛》2012年第2期，第42页。

　　《冒名者》中描写的黑人形象并不多，但他们在作品中所展露的人间百态也无不体现着南非社会的精神道德困境。亚当对坎宁的黑人妻子"宝贝"一见钟情，他们偷情的一幕却被在亚当家服务多年的黑人老妇看到。为了掩人耳目，宝贝狠心解雇了自己的黑人同胞，将老妇和其丈夫逐出家门。面对亚当的诘问，宝贝淡定自若，并直言亚当身上有着白人天生的"软弱"。为了弥补罪过，亚当收留了黑人夫妇，并联系到他们投身黑人人权运动的儿子林迪勒（Lindle），然而林迪勒的反应却令人瞠目结舌：为了社会的自由平等奔走呐喊的林迪勒悍然拒绝赡养孤苦无依的父母。这充满讽刺的一幕揭露出亲情伦理在后种族隔离时代的脆弱。支撑社会的伦理道德陷入困境，这和南非的"乌托邦"想象背道而驰。

　　作品中，作为社会乱象展露的"窗口"，为数不多的黑人角色大多承担了"并不光彩"的任务，宝贝、林迪勒皆是如此。然而这并不意味着加格特作为白人作家在进行保守的偏向性书写，他也在作品中表现出明确的反种族隔离立场：亚当的邻居伯姆（Bolm）曾经作为种族隔离时期暴力机关的一员参与过对黑人的压迫与屠戮。亚当知道他的身世后，对其心生强烈的厌恶，这不得不说是作者对过往历史的态度鲜明的体现。加格特的代表作《好医生》，也表现了种族隔离制度结束后，政府仍源源不断向白人社区提供帮扶却忽略黑人社区，导致社区犯罪频发、陷入人道主义危机的事实。[1]作者由此流露出对种族隔离制度结束后，黑人白人群体难以交融、黑人群体生活依旧举步维艰状态的担忧。因而作者对于社会乱象的书写绝非偏向于哪一个群体，因为这样的偏驳在后种族隔离时代完全是一种南非特色的"政治错误"。换言之，南非实现的是种族"和解"，是一种多元种族、民族的话语制衡，"多元化"便成了南非后种族隔离时代的社会架构基础，而非权力话语地位的置换。

　　后种族隔离时代，南非面临的另一困境是经济发展与环境保护之间严重的不平衡，正如纳丁·戈迪默（Nadine Gordimer，1923—2014）在《新生》中发出的质问：经济发展与环境保护能合情合理地相伴存在吗？在《冒名者》中，加格特将环境问题归咎于腐败的滋生，作品不仅表现了由贫富差距、社会不公导致的暴力泛

---

[1] 彭秀：《黎明究竟何时到来——评达蒙·加格特的〈好医生〉》，《安徽文学》2010年第6期，第20页。

滥、道德滑坡，也在一个更加宏观的层面上表现了官僚体系的腐败与社会机器运转的不畅：坎宁的高尔夫球场建造计划严重违反相关自然生态保护法律，而坎宁却借亚当之手，向当地行政长官行贿，这一破坏本就脆弱生态的计划被公然批准。亚当由于行车违章被警察处罚，警察却向其暗示可以通过行贿获取赦免，亚当断然拒绝后却收到了法院的传票。卡鲁地区新修的公路打破了乡村宁静，随之而来的娼妓乱象、艾滋病泛滥、暴力猖獗都在困扰着小镇民生。这些事件都例证了维系社会良好运转的法律基础正遭到破坏，资本力量盖过法理并直接主导当地建设的情况十分严重。由此可见，《冒名者》不仅描写了微观人性的世界崩解带来的社会无序，更揭示出种族隔离解体、新的社会制度建立之初，法理规约、精神文明的宏观建设相对滞后造成的严重社会危机，宣告了"彩虹国"乌托邦理想的破灭。

二、美的追求？：南非文学创作的"元探索"

从某种程度上讲，《冒名者》对人物命运与时代关联的处理具有一定新历史主义的特征。新历史主义强调从边缘化人物入手，解构宏大叙事，以欲望叙事代替宏大的政治叙事。亚当在时代的浪潮下，以失业者的身份成为故事的主人公，他一切行动都有着欲望驱使的成分：渴望在乡土田园中寄身，对"美"的追求导致其破坏挚友的婚姻。亚当田园理想的失败有着现实必然性，他的欲望与理想是纯粹的空想，是业已成为乌托邦的新南非愿景之下又一个体乌托邦的幻梦。故事开篇不久他与加文的一番对话实则已经暗示出这种理想的虚无缥缈：加文认为南非如今对于聪明人来说充满可能，有大把大把的钱可以获得，而亚当决定留守于精神世界的决定是愚蠢的，因为"南非的灵魂不是诗歌，而是房地产"[1]，而亚当却说"我不追随金钱，我追求的是'美'"。二者的对话正反映了他们对南非社会现实观察的不同。亚当对"美"的诉求正是其寄情山水心理的内因，其此后的种种行为也成为必然：甘愿背叛坎宁的友谊，和其美丽的妻子私通；看到伯姆出于好意与

---

[1] Damon Galgut, *The Impostor*, New York: Black Cat, 2008, p. 17.

热情为自己做的雕像，却感到其非常丑陋。"美"的欲望化绑架了亚当，这便是美好的南非"彩虹国"乌托邦愿景遭遇现实的解构后，人所自然生发的精神困窘。

亚当这一人物形象实则承载了两层极具时代特色的寓意。首先，作品借亚当这一形象表达出一种在后种族隔离时代积极向上的建设观。亚当在乡土田园中隐匿自我、逃避现实，是带有空想色彩的犬儒主义，是对时间与资源的荒废，更是百废待兴的南非社会所无法承受的。再加上作品中所暴露的严峻的贫富差距、暴力和抗议滋生、制度建设与实行的失衡问题，作者最终传达出以一种积极有为的姿态，和有序、高效、人性、公平的制度建设开启新南非发展的祈愿。毫无疑问，南非在后种族隔离时代面临全新的发展语境。《冒名者》所呈现的南非社会建设过程中的种种乱象也很好地诠释了南非转型时期所要实现的"另类的现代性"，即"在追上现代化的北方国家的同时，保持本土文化的独特性，换言之，采纳先进的经济、技术和组织形式，同时又不抛弃本土的价值观和生活方式"①。作者所倡导的建设观念剥离了白人自由主义思想中带有浪漫因子与理想化成分，更多的是直面现实的朴素精神。

其次，如前所述，加格特的早期创作被认为对南非社会现实政治关注不足，缺乏现实意义，那么亚当行为本身似乎与加格特本人有着一定的相似度。当然，笔者认为加格特借此自我反思过往创作的可能性并不高，这或许反映的是种族隔离制度解体前后南非文学的一大转向。20世纪90年代，"南非白人种族政权垮台，南非政治民主化迈上了新台阶。新南非在成立后的十多年里初步实现了从'族群多党制'到'左右两党制'的转变，从而在宪政民主体制下建立了稳定的国家认同"②。在这一背景下，直面尖锐的社会政治问题的"责任文学"突然失去了动力，以前文学中强调的"历史政治主题及其特定的表现方式和成规在新的写作中都被颠覆或者至少被漠视了"③。这当然有着历史的必然因素，亚当与镇长的对话很好地反映了这一问题：镇长告诉亚当自己曾经创作"反抗诗歌"，可是后来发现诗歌

① 兰·格林斯坦：《另类现代性：南非后种族隔离时代的发展话语》，焦兵译，《国际社会科学杂志》2010年第2期，第76页。
② 吴莉莉：《南非英语文学与现代化进程关系的历史考察》，《南京师范大学文学院学报》2019年第4期，第130页。
③ 转引自蒋晖：《从"民族问题"到"后民族问题"——对西方非洲文学研究两个"时代"的分析与批评》，《文艺理论与批评》2019年第6期，第153页。

难以改变现状，他们需要的是枪。而镇长的话语让亚当回想起了自己年轻时创作的诗歌，当时他的作品被批判为刻意追求美，对深陷政治漩涡的南非社会的现实问题视而不见。《冒名者》传达的就是在南非写作这个过渡时期，"不要对创造力和艺术自主权提出任何夸大的要求，所有的作品都是时代的记录，作家或者任何艺术工作者都难以脱离时代的桎梏，打造完全超越现实的作品"①，在乌托邦愿景业已幻灭的情形下，作家关注现实、停止哀怨、探寻出路是作家应秉持的写作之道。因而，加格特的现实关怀隐匿于看似与社会政治并无关联的故事之下，但它的现实书写不仅涉及南非当下改革建设的诸多议题，更是以一种原型书写的方式，就新时期的南非作家在美学与政治之间"左右逢源"，以及作家继承前人、继续"书写现实"这一行为本身表达立场。

三、新南非社会个体身份的冥思

身份是人类存活于世的某种姿态与属性，是对"我是谁"这一个体存在问题的灵魂拷问。加格特在一次专访中谈及"冒名者"的含义时说道："《冒名者》的主题是身份。我非常感兴趣的是，如今的南非社会与身份问题有着莫大的联系。我们正处在一个全力弄清我们是谁以及'我们是谁'意味着什么的时刻。"作品的英文题目为"The Impostor"，与"骗子"同义。而在作品中，"冒名者"便有这种"欺骗"的意涵。加格特认为："这个词语意味着一个人通过置换一种身份以觊觎某种本不属于自己的未来。"加格特为何关注身份问题？《冒名者》又是以怎样的方式呈现南非后种族隔离时代个体的身份困境？

英国文化研究学者斯图亚特·霍尔破除了自启蒙时代以来的本质主义身份观。在后结构主义、拉康镜像理论、福柯权力话语等理论的影响下，霍尔走向了一种强调非本质主义，去中心的身份观念。人的身份不再固定不变，而是以一种建构主义的方式不断肢解、形变。《冒名者》中众多人物都在挣扎于自己的历史当

---

① Sofia Kostelac," 'Imposter, Lover and Guardian': Damon Galgut and Authorship in Post 'Post-Transition ' South Africa", *English Studies in Africa*, 2010, 53(1), p. 57.

中，每个人都有要洗刷的过往和希望告别的身份，以一种全新的姿态融入后种族隔离时代之中。为了达到这一目的，他们为自己找寻着一个个本不属于自己的身份，以掩盖自己急于告别的过去，他们便是这个时代的"冒名者"。主人公亚当是典型的后种族隔离时代走向没落的普通白人形象，种族权力的更迭使得这类群体成为这个时代的"他者"。亚当在破落时回想起自己业已尘封的诗人身份，他期待着以一种阿Q式的精神胜利法达到超越世俗的灵魂境界。然而，冰冷的现实将他从这种虚幻的理想中拉回，让他认清了自己的诗人身份是早已逝去的过往。伯姆是一名曾经为白人政府工作的刽子手，他的手下亡魂无数。后种族隔离时代，他隐姓埋名，没有人知道他真实的过往。他将自己虔诚地交给上帝，渴望灵魂得到净化。然而，加格特却也将他塑造为一名"冒名者"。伯姆努力说服自己，希望让自己相信自己已经实现的重生。然而，当他面对来自他者惊惧的目光，没能得到他者的承认之时，便陷入了痛苦的自我怀疑与挣扎。伯姆没能实现真正的再生与重塑，他仰赖他者的承认，而这也便意味着他自始至终都处于虚妄的自我建构，与无法重塑身份的痛苦之中。由此，加格特呈现了后种族隔离时代南非人试图在全新的社会找寻自己身份归属的挣扎与努力。他们极力挣脱自己失败者的身份，而建构自己全新身份的方式却都是自欺欺人的一厢情愿。加格特无意对这些失败的身份重塑者给予道德上的评判，相反，他更加在意的是展现冒名者们被历史的锁套牢牢套住，在全新的南非社会难得归属与认同的精神困境。从这个意义上看，不仅仅亚当和伯姆，加格特笔下的所有人物似乎都有着自己希望深深掩埋的过往，而机缘巧合使他们不得不面对真实的自己时，他们的沉默、窘迫、彷徨、挣扎都引人深思。浮光掠影之间，一个个未被重点刻画却又都活灵活现的冒名者反衬着这个时代社会理想的虚妄。

结　语

步入 21 世纪，南非社会在历经了近乎半个世纪的种族隔离的高压历史之后走向了全民族法理上的平等。南非社会曾经以种族为身份的标尺，像一根有形的栅栏横亘于南非不同种族的生活空间，又把一面无形的藩篱架构于不同种族人们的心中。而到了后种族隔离时代，当历史早已退去一个身位，种族的分野不再如往日那般扎眼之时，另外一种将个体身份区隔开来的标尺粉墨登场——阶级。它就如早业已化为历史灰烬的种族隔离一样，成为在新南非社会之中桎梏个体、标识身份的全新方式。

为了体现这一点，加格特有意凸显了南非后种族隔离时代冉冉兴起的一大群体——黑人精英。在历经了种族隔离的黑暗血腥历史后，新南非社会在自由主义经济以及一些政府政策的扶植之下诞生了大批的黑人精英。种族壁垒打破之后，南非以一种"彩虹国"的理想渴求社会的融合和身份的融洽。而《冒名者》的成功之处就在于它在刻画阶级身份的同时不忘人物本身的种族印记，从而展现历史的变迁发生于每个人之上的宏大叙事，以及个体与他所归属的群体历经时代的风云变幻所呈现出的不同的精神风貌以及灵魂顽疾。在《冒名者》中，一场后种族隔离时期政府的腐败交易的始作俑者以及参与者来自不同的种族群体。加格特别有用心地设计了一场所有参与这场罪恶的人都参加的晚宴，在这场"群魔的狂欢"之中，始作俑者在发表演说之时的话语可谓是对"彩虹国"的莫大讽刺："看看我们这场聚会，这是一个真正的新南非聚会，我们来自不同的种族。"这场聚会中，无论什么种族，都是这个时代的佼佼者，是掌握了这个时代绝大部分财富的成功者。以肤色为标识的身份已成过去，黑人白人汇聚一堂，然而，他们共同的目的却是劫掠财富，共同成为这个全新时代的掌局者。可以说，加格特阐发了后种族隔离时代南非人的身份问题的两大维度，即个体希冀从历史与现实的阴霾中挣脱的困顿与挣扎，以及在脱离了种族壁垒的枷锁后，不同种族的权贵以阶级霸凌者沆瀣一气的残酷社会现实。

（文 / 复旦大学 郑梦怀）

第十三篇

保琳·史密斯
《教区执事》中的田园牧歌与伦理批判

保琳·史密斯

Pauline Smith, 1882—1959

作家简介

保琳·史密斯（Pauline Smith，1882—1959），南非作家，生于南非奥茨胡恩（Oudtshoorn），成长于小卡鲁地区。19世纪70年代，保琳·史密斯的父母从英国移民到南非，其父母是英国人。13岁时史密斯前往苏格兰一所寄宿学校读书。1889年，父亲去世后，她开始进行文学创作，她曾多次到南非旅居，其自身的成长经历及多次游览南非为其创作提供了素材。其文章和作品主要有《承租人的晚餐》（*A Tenantry Dinner*，1902）、《我为什么以及怎样成为作家》（*Why and How I Became an Author*，1908）、《小卡鲁》（*The Little Karoo*，1925）、《教区执事》（*The Beadle*，1926）和《普莱特克普斯的孩子们》（*Platkops Children*，1935）。史密斯的作品主要以南非农场为背景，描述的是在早期殖民历史背景下殖民地人民的生存状况。《小卡鲁》故事集的主题通常与孤立、失去、不平等、压迫、痛苦及宗教压迫有关，展现的是悲剧性的人生。其中著名的故事之一是《痛苦》（"The Pain"），讲述的是年迈佃农的生活。《教区执事》是一部农场小说，对19世纪后期阿非利卡人的生活进行了更深入的考察和描写。由于小说的背景设置在一个宗教氛围浓厚且又相对孤立的社区中，再加上女主人公勇于同传统伦理思想做抗争，敢于追求心中所爱，因此经常与纳撒尼尔·霍桑的《红字》相提并论。另外，史密斯的儿童小说和诗歌集《普莱特克普斯的孩子们》的故事节奏和语言深受史密斯早期阅读《旧约》的影响。评论家希拉·肖尔滕（Sheila Scholten）在多萝西·德赖弗（Dorothy Driver）主编的《保琳·史密斯》（*Pauline Smith*）一书中评论说，这些民谣"虽然不是文学作品……却令人愉快地唤起人们的回忆"，她得出的结论是"在普莱特克普斯的诗歌和故事中……史密斯取得了世纪之交卡鲁小镇生活的真实写照。"保琳·史密斯的作品文字风格上兼顾英语的韵律节奏，作为一名南非早期以创作农场小说为主的女作家，保琳·史密斯的作品具备深刻而又普遍的人性主题，值得深入研究。

作品节选

《教区执事》
(*The Beadle*, 1926)

All this small world — the sights, the sounds, the very smell of it — Aalst Volkman loved with a bitter, brooding intensity for which he had no words and which brought no comforts to his soul. He made a good beadle, taking pride in his church and keeping strict order among the young people on Sacrament Sundays. But into all that he did there came a strange bitterness of spirits which drove men from him, and in the long Aangenaam valley there was no man who called him friend, no child who called him Oom.

...

Andrina was now seventeen years old, and in the coming month of September was to join the church and for the first time take Sacrament. To the beadle the young girl was as beautiful as her mother had been. She had Klaartje's clear blue eyes, the colour of the winter sky, and Klaartje's fair, glossy hair, the colour of ripe yellow mealies. She had also, as Klaartje had had, that astonishing fairness of skin which is sometimes found among the South African Dutch, and when she spoke, or was spoken to, shyness brought a soft faint pink to her cheeks. Her features were as regular as were her aunt Johanna's, but softened and rounded by youth. Her body was slim and straight, and though many young girls in the Aangenaam valley were fully developed at fifteen, Andrina at seventeen was still shy of her little firm round breasts.[1]

---

[1] Pauline Smith, *The Beadle*, Cape Town: Publisher (Pty) Ltd., 1989, pp. 6-8.

所有这些小小世界——其景象、声音、气味——阿尔斯特·沃尔克曼以一种苦涩和强烈的沉思来爱着，对此他无言以对，这种爱也没有给他的灵魂带来任何安慰。他是一位优秀的教区执事，为管理教会以及维持年轻人在圣礼日中的秩序而感到自豪。但是，在他所做的一切中，蕴含着一种奇怪而痛苦的精神，这精神将人们从他身边赶走，以至于在这悠长的"愉悦山谷"里，没有人称他为朋友，亦没有孩子喊他伯父。

……

如今阿德琳娜十七岁了，即将在九月份加入教会，并首次参与圣事。在教区执事看来，这位年轻姑娘和她母亲当年一样漂亮。她有着同克拉塔一样的如同冬季天空般的蓝眼睛，还有着同克拉塔一样的如熟透黄色玉米般的头发。她和克拉塔一样，有着阿非利卡人常有的那种令人惊叹的白皙皮肤。当她开口说话时，或者别人跟她说话时，她的脸颊上就会泛起一层淡淡的红晕。她的五官和她姨妈乔安娜的一样端正，但由于年轻而显得更为柔和圆润，她出落得亭亭玉立。虽然"愉悦"山谷里许多年轻女孩在 15 岁时就已发育成熟，但 17 岁的阿德琳娜仍然对她那又小又圆的乳房感到害羞。

（陈亚洁 / 译）

作品评析

《教区执事》中的田园牧歌与伦理批判

引　言

南非早期女性作家保琳·史密斯（Pauline Smith，1882—1959）以书写小卡鲁 ① （the Little Karoo）地区阿非利卡人的生存困境及生活经历著称，出版了一部长篇小说和两部短篇故事集。保琳·史密斯是集中描写阿非利卡人 ② "农村无产者的第一个南非英语作家" ③，这与史密斯的生活经历和成长环境是密切相关的。从小便跟随父亲为周围人们医治疾病的史密斯对当地阿非利卡人的品质、性格特征和风土人情谙熟于心，因此她的作品中的主人公多以阿非利卡人为人物原型。《教区执事》（*The Beadle*, 1926）是史密斯唯一一部长篇小说，作品以伦理为主线，讲述了教区执事阿尔斯特·沃尔克曼（the beadle, Aalst Vlokman）起初隐藏与私生女阿德琳娜（Andrina）之间的真实关系，最后同女儿达成和解获得救赎的故事。与史密斯更具地域特色的作品《小卡鲁》（*The Little Karoo*, 1925）相比，《教区执事》的知名度相对较低。但若进行深入研究对比，可以发现后者反而在创作

---

① 南非卡鲁地区以斯瓦特山脉为界（the Swartberg Mountain Range），以北称为"大卡鲁"（the Great Karoo），以南称为"小卡鲁"（the Little Karoo）。

② 荷兰人是南非早期的殖民者，被称为布尔人（the Boers）。在南非定居下来的荷兰人与后来到达南非的法国胡格诺新教徒、日耳曼德国退役军人在长期共同生活中以荷兰语为部分基础，吸收了法语、德语以及非洲土著语言中的一些词汇，共同"创造"了阿非利卡语，在南非特定的环境中逐渐形成了一种独特的殖民地文化——阿非利卡文化。他们统一使用阿非利卡语，统一信仰荷兰正教会。后来，阿非利卡人（Afrikaners）成为非洲荷裔白人的代表。

③ 李永彩：《南非文学史》，上海：上海外语教育出版社，2009年，第184页。

形式、主题意蕴和创作风格方面更胜一筹。1980 年，长篇小说《教区执事》被评论家们称为"南非小说中第一部并且或许是仅有的一部杰作"[1]。

本文从故事的发生地"愉悦山谷"（Aangenaam Valley）的自然风光和人们舒适安宁的乡村生活及宗教仪式出发，进而分析阿非利卡人长久以来的性格特征和社会习惯，并以伦理为线索探析在美好和谐的田园生活之下人物对伦理的违背和身处的生存困境，在对违背伦理行为进行理性批判的同时，亦表达了对"和谐"（Harmonie）地区普通民众的深刻同情。

一、田园牧歌之下涌动的暗流

在《教区执事》中，保琳·史密斯将故事的发生地点设置在自己十分熟悉而又相对封闭的普莱特克普斯地区（Platkops district），描述了"愉悦山谷"内部人们安宁怡然、自给自足、田园牧歌般的生活，同时也讲述了作为外来者，一名英国男子对此地造成的冲击和影响。由于小说的背景设置在一个宗教氛围浓厚且又相对孤立的社区中，再加上女主人公阿德琳娜勇于同传统伦理思想做抗争，敢于追求心中所爱，因此《教区执事》经常与纳撒尼尔·霍桑的《红字》相提并论。

"理论上，史密斯想要根据自己童年记忆中南非开普的社会景象，重新创造一个小的世界。但实际上，她迷恋主流文化的一层，以利于另一层。"[2]其中的"主流文化"指的是阿非利卡文化。英布战争[3]（the Anglo-Boer War）之后，阿非利卡人在政治方面一直处于上升地位。在这部作品中，史密斯更多关注的是乡村阿非利卡人的生活。从史密斯对故事中地名的命名可以看出其对田园生活

---

① Sarah Christie, Geoffrey Hutchings and Don Maclennan, *Perspectives on South African Fiction*, Johannesburg: AD. Donker, 1980, p. 58.

② Irene Gorak, "Enter Beadle with Whips: Pauline Smith's *The Beadle* and the Afrikaner as Fetish", *Representations* , Summer, 1993, 43, p. 74.

③ 英布战争（the Anglo-Boer War），指 1899 年 10 月 11 日至 1902 年 5 月 31 日英国同荷兰移民后裔布尔人建立的两个共和国——德兰士瓦尔共和国和奥兰治共和国为争夺南非领土和资源而进行的一场战争。又称南非战争、布尔战争或第二次布尔战争。英布战争是帝国主义时代到来的一个主要历史标志。在帝国主义时代里，各列强首先对已分割的殖民地要求重新分割，继之以战争手段，进行疯狂的争夺。

的赞美与憧憬，如文中的"愉悦山谷""和谐""感激"（La Gratitude）等。这些地名以阿非利卡语居多。阿非利卡语是阿非利卡人使用的语言。而史密斯就是以描述阿非利卡人的生活经历和生存困境为主的，是一位作品有地域和群体特色的作家。她以英语为母语，在随同父亲为当地阿非利卡人医治疾病的过程中，逐渐掌握了阿非利卡语。因此进行作品创作时，她将英语与阿非利卡语并用，形成自身的语言风格。在这部英语小说中，重要的人名和地名几乎都用阿非利卡语来命名，这样能够更加突出阿非利卡人的身份和文化。"愉悦山谷"的人们过着封闭而又清贫朴素的生活，贫穷是这一地区长久以来的特征之一。人们用农产品来交换食物，与外界很少有交流和接触，而这正是阿非利卡人一直以来的特征。历史上，阿非利卡人多居住在离开普市中心较远的地方，他们"社会联系的主要内容是一年一次或两次赶着几辆大篷车长途跋涉到开普港，主要是销售成群牲畜、大批采购日常用品，或让没有见过世面的妻儿子女观光市容，参加宗教朝拜"[①]。这与作品中人们保守传统的生活习惯是一致的。"和谐"地区宗教氛围十分浓厚，民众有着极为虔诚的信仰之心。作品中提到，无论是在长途跋涉穿过荒无人烟的沙漠草原时，还是在受野兽和野蛮人攻击的处境中，抑或是与任何其他形式的文明相隔离时，"他们都由强烈而纯粹的信仰所支撑"[②]。人们的社交活动也主要围绕宗教的日常活动而展开，比如基督教中定期举行的"圣礼"（the Sacrament）仪式会吸引全村的人从四面八方赶过来聚在一起，这利于人们之间的了解与交流。

由于身处相对封闭的地区，与外界联系较少，该地区人们的精神活动和娱乐活动十分有限，"在家徒四壁简单房舍中，几乎没有什么像样的家具，只在孤零零的简易木架上摆放着唯一的书籍——《圣经》"[③]。"对于这些早期的定居者，以及他们的后代，世界文学仅限于一本书——《圣经》。"[④]文学世界对于当地人来说就只限于这部作品。他们认为世间所发生的一切都是上帝的旨意，因而对于生活

---

① 郑家馨：《南非史》，北京：北京大学出版社，2010 年，第 46 页。

② Pauline Smith, *The Beadle*, Cape Town: Publisher (Pty) Ltd., 1989, p. 26.

③ 郑家馨：《南非史》，北京：北京大学出版社，2010 年，第 47 页。

④ Pauline Smith, *The Beadle*, Cape Town: Publisher (Pty) Ltd., 1989, pp. 25-26.

中所发生的事情、遇到的困难，他们都会向《圣经》和上帝祈祷、求助，坚信上帝为人类带来困境，同样也会消除困境。奥利芙·施赖纳（Olive Schreiner）的小说《一个非洲农场的故事》（*The Story of an African Farm*, 1883）也揭示了当时环境之下人们的无知和思想观念的落后，农场的女主人以不阅读《圣经》以外的书为荣，认为其他的书都是"邪恶的"，只有《圣经》才是圣洁的和崇高的，甚至以烧毁书籍的方式禁止自己热爱书籍的侄子读书，无情压制了幼小孩童对知识的渴望和追求。这一方面表现出当地人的虔诚信仰，另一方面也突出了他们的无知。

"和谐"地区是一个自然世界，是一个以畜牧和种植业为主的农业社会，这里的人们勤劳朴实，过着自给自足的生活。这样的自然环境也就赋予当地人们善良质朴、自主自立的品质。但由于地区相对闭塞，这里的人们也具备保守封闭的性格特征。经营着一家商店的犹太女性埃斯特·肖科洛夫斯基（Esther Shokolowsky），由于信仰与当地人不同，再加上个人所遭受的悲剧和神秘事件，即使与人们有着频繁的交易往来，但对于"愉悦山谷"的所有人来说，她一直都是陌生人般的存在。埃斯特无法真正融入"和谐"地区民众的文化之中，同时她的存在也一直提醒着人们，外面有着广阔的世界可供探索。

阿德琳娜身上的那种纯洁善良、善解人意、克制温柔和朴实内敛的品质，使其足以称得上"自然之女"。作为从小成长于"和谐"地区的女孩，她吸收了乡村自然中的美好品质，她的秉性本质上与大自然一致，与田园生活相匹配。但随着阿德琳娜日渐成长，有些事情发生了转变，也许是她意识到了有某种事物或思想在限制自身发展。由此可见，史密斯之所以将小说的背景设置在19世纪末相对封闭的乡村是有其深意所在的，在当时的社会背景之下，人们的行为和思想受到严格的限制，但是和谐地区的多数人处于"旁观者清，当局者迷"的情景之中，不清楚究竟被何种事物所局限。主人公阿尔斯特和他的私生女阿德琳娜都以冲破传统伦理的方式表示对传统思想的反抗，实则也是对封闭区域限制个体行为和思想的反抗。于是也就引出了这样的问题，在表面看似和睦和谐，一切都处于有序之中的安宁田园生活背后，又有着怎样的故事和人性悲剧？

作品以六岁孩童詹特耶（Jantje）的视角表达了对自然的痴迷和热爱：

在詹特耶的一生中，干旱土地上一块巨石的影子意味着他祖母花园里那块巨石的影子，而生命之河则是围绕着巨石流过的棕色小溪。在所有"和谐"地区的农场，在土地上，在草原上，在山坡上，再没有什么比这个迷人的地方于他更珍贵了。[①]

这座花园位于"和谐"地区的中心，花园中的美妙景象给人一种伊甸园的假象。花园的女主人是一位上了年纪的天使般的妇人。每一位遇到困难和挫折的人都会试图从她的安宁和温柔之中获得安慰，并能如愿以偿。她也因此而受到所有人的爱戴和拥护，常说的一句话是"我的孩子们，彼此相爱吧"[②]。但随着故事情节的推进，人物的人生跌宕起伏和生命悲剧的出现，使史密斯所建立的"和谐"地区的乌托邦形象逐渐破灭。这不得不引起读者更多的思考，即表面安宁平静，舒适惬意的乡村田园生活之下，又有着多少不为人知的暗流及秘密。

二、伦理秩序的失序与破灭

"伦理学是一门关于道德的科学，或者说，伦理学是以道德作为自己的研究对象的科学。"[③]人类在长久的实践活动中，逐渐形成了一定的社会习俗，对伦理道德有了更加深入的了解和认识。作为一种集体意识，伦理道德能够引导人们的思想观念，约束人类的行为，利于社会整体的进步与发展。文学作品是人类思想的产物，其中蕴含着伦理道德。"在某种意义上说，文学最初产生时完全是为了伦理和道德的目的，文学与艺术美的欣赏并不是文学艺术的主要目的，而是为其道德目的服务的。"[④]在《教区执事》中，保琳·史密斯亦将文学的道德目的纳入作品人物的生命经历之中，揭示了"和谐"地区人们对婚恋伦理、家庭伦理及宗教伦理的违背，并对违反伦理原则的主人公予以批判，以此彰显出文学作品的道德目的。

---

① Pauline Smith. *The Beadle*, Cape Town: Publisher (Pty) Ltd., 1989, p. 43.

② Pauline Smith, *The Beadle*, Cape Town: Publisher (Pty) Ltd., 1989, p. 14.

③ 罗国杰主编：《伦理学》，北京：人民出版社，1989 年，第 2 页。

④ 聂珍钊、邹建军编：《文学伦理学批评：文学研究方法新探讨》，武汉：华中师范大学出版社，2006 年，第 2 页。

在《教区执事》中，触犯了婚恋伦理的事件不在少数。教区执事阿尔斯特与克拉塔私通一事便违背了婚恋伦理。原本应与克拉塔的姐姐雅蔻芭（Jacoba）结婚的阿尔斯特，因未能遏制住人性欲望而同克拉塔发生关系，这直接导致了阿尔斯特本人在今后的日常生活中处于赎罪的状态，也让深爱着阿尔斯特的雅蔻芭彻底心碎，整日在痛苦之中度过。尽管如此，雅蔻芭仍然对一切人和事物心怀仁慈包容之心，即使对背叛了自己的阿尔斯特也不例外。但雅蔻芭的姐姐乔安娜（Johanna）却与她完全相反，作为传统伦理道德的捍卫者，乔安娜不卑不亢，嫉恶如仇，勇于同阿尔斯特进行正面对抗，蔑视阿尔斯特所犯下的罪恶。乔安娜与雅蔻芭终生未嫁，过着清贫寡淡的生活，着装朴素，整日身穿黑色的大衣。为了方便照顾自己的女儿，阿尔斯特以胁迫的方式，要求和阿德琳娜的两位姨母共同生活。尽管阿尔斯特是一位虔诚的教区执事，"但他毕竟是血肉之躯，离经叛道的思想偶尔也会冒头，灵与肉斗争的结果使他不能抵挡人类自然欲望的诱惑而触犯戒律"[1]。

此外，阿德琳娜与英国男子未婚却发生关系并导致怀孕一事也为婚恋伦理所不能容忍。英国男子在抵达"和谐"地区后很快便引起阿尔斯特的不满与担忧。一是因为担心英国男子为漂亮的阿德琳娜带来"危险"；二是由于种族的原因。历史上，英国人与阿非利卡人之间曾多次发生战争和利益冲突，心中充满了对彼此的仇恨。无论是在南非的殖民历史上还是在作品中，对布尔人而言，英国人都是外来侵略者。来自南非英属殖民地普林斯镇（Princetown）的亨利·宁德（Henry Nind）抵达荷兰的殖民地普莱特克普斯，势必会引起当地某些人的不满，其中就包含阿尔斯特。亨利到来后对当地的任何人和物不感兴趣，只专注于自身的享乐。在首次听到阿德琳娜的名字时，他便有了想要了解阿德琳娜的兴趣。阿德琳娜充当的是英国男子的仆人。在两人的持续接触过程中，亨利发现"她的天真无邪并不仅仅是因为缺乏经验，任何经验都不能完全剥夺她的这种天真，她对生活的看法是如此直接而又纯粹"[2]。但男子无法理解阿德琳娜身上的那种纯真与

---

① 田俊武：《霍桑〈红字〉中的人名寓意研究》，《外国文学研究》1999 年第 1 期，第 101 页。

② Pauline Smith, *The Beadle*, Cape Town: Publisher (Pty) Ltd., 1989, p. 102.

勇敢，只是单纯痴迷于她的美貌与身材。于是，亨利借助花言巧语和高人一等的地位引诱纯真善良的阿德琳娜，称呼她为"可爱的人"。"英国人所说的话其实并没有什么含义，但对于她来说就意味着一切。"①天真善良而又懵懂无知的阿德琳娜便将这一词组刻在了心间，不断思考其意义。当在词典上查到"可爱"这个单词的意思时，阿德琳娜的心为之颤动，并以英国男子这样称呼她为荣，于是便愿意为英国男子提供所有"服务"，包括身体上的服务。但阿德琳娜所不知道的是，英国男子只是将二人的关系当作一种娱乐消遣。他们的关系如同泡沫般脆弱，用不着外力的击打，便会自行溃散。英国男子不负责任的行为在收到姐姐来信之后愈演愈烈。他的姐姐在信中提到，英国男子的前女友有意同他复合。这让前一秒还与阿德琳娜享受肌肤之亲的英国男子即刻下定决心前往英国奔赴前女友。阿德琳娜的一片痴心和爱意换来的却是冷冰冰的绝情抛弃。不过二人未婚却发生关系一事着实违背了婚恋伦理。

在作品创作中，保琳·史密斯融入了功利主义思想，一些人物角色的思想和行为往往受功利目的的支配。《教区执事》中，尽管邮局局长阿琳达不是故事的主人公，但依然承担了重要的作用，"她是主要情节和次要情节之间的主要联系，也就是主要人物和他们所生活的社会之间的联系"②。年轻男子扬·拜尔斯（Jan Beyers）向阿琳达咨询该向哪位姑娘求婚。与其说是娶哪位姑娘，不如说是要"娶"哪些嫁妆。当拜尔斯在不同的财产之间纠结时，阿琳达建议他与家境贫苦的阿德琳娜结婚，这样拜尔斯就不至于为没能拥有哪些财产而感到惋惜。鉴于阿德琳娜的孤儿身份和贫穷家境，他有些犹豫。为了让拜尔斯下定决心，阿尔斯特承诺将自己的两头耕牛作为嫁妆赠予他。有了这一承诺之后，拜尔斯便立即决定向阿德琳娜求婚。从拜尔斯的身上可以看出，他选择结婚对象仅仅是出于功利的目的，而不是追求情感的美满和谐。

在家庭之中，阿尔斯特对自己的私生女毫无愧疚之感，反而认为阿德琳娜生来是罪人，并对女儿未觉察到自身的罪恶而愤怒。作为阿德琳娜的亲生父亲，阿

---

① Pauline Smith, *The Beadle*, Cape Town: Publisher (Pty) Ltd., 1989, p. 46.

② Sarah Christie, Geoffrey Hutchings and Don Maclennan, *Perspectives on South African Fiction*, Johannesburg: AD. Donker, 1980, p. 62.

尔斯特并没有给阿德琳娜一个完整的家庭。在阿德琳娜成人之前，他从没承认与阿德琳娜的父女关系，反而在朝夕相处中，对她冷眼相待。这给阿德琳娜制造了一种自己从始至终都是孤儿的假象。由于阿德琳娜身上具备天真淳朴的品质，可以将她视为大自然的女儿。阿尔斯特身为父亲，却没有尽到父亲应尽的责任，这又何尝不是违背了家庭伦理呢？

"和谐"地区的人们笃信宗教，"他们一生都以信仰为衣饰"①，并以《圣经》为唯一的阅读书目和处事准则。宗教的教义思想深入人心，而思想可以引导人的行为。但作为教区执事的阿尔斯特犯下了通奸之罪但却将真相隐藏，以虚伪的面目示人，公然违背了宗教伦理。这让人不禁怀疑，阿尔斯特是否真正地信仰宗教，若是真正信仰，那么又如何能够做出违背婚恋、家庭及宗教伦理之事？犯下了种种罪恶的阿尔斯特能否得到救赎呢？

三、自我救赎的希望之光

阿尔斯特与阿德琳娜二人的和解与他本人的救赎贯穿小说始终。与《红字》中的牧师丁梅斯代尔相同，与作品中其他人物角色相比，阿尔斯特的身上更突出了人性的复杂与悲哀，这同时也预示了阿尔斯特最终获得"救赎与新生的必然性"②。尽管英国男子的到来吸引了阿德琳娜几乎全部的注意力，致使阿德琳娜与英国男子亨利·宁德的关系随着日常交往接触迅速变得亲密，但二人的故事情节发展是短暂的，整个故事关注的焦点仍然是教区执事与阿德琳娜的父女关系。

小说一开始，阿尔斯特与克拉塔的通奸行为就已结束，映入读者眼帘的便是阿尔斯特自我救赎之路的开端。

---

① Pauline Smith, *The Beadle*, Cape Town: Publisher (Pty) Ltd., 1989, p. 20.
② 苏欲晓：《罪与救赎：霍桑〈红字〉的基督教伦理解读》，《外国文学研究》2007 年第 4 期，第 117 页。

　　所有这些小小世界——其景象、声音、气味——阿尔斯特·沃尔克曼以一种苦涩和强烈的沉思来爱着，对此他无言以对，这种爱也没有给他的灵魂带来任何安慰。他是一位优秀的教区执事，为管理教会以及维持年轻人在圣礼日中的秩序而感到自豪。但是，在他所做的一切中，蕴含着一种奇怪而痛苦的精神，这精神将人们从他身边赶走，以至于在这悠长的"愉悦山谷"里，没有人称他为朋友，亦没有孩子喊他伯父。①

　　以上的文字揭示出了阿尔斯特不被人们所接纳，而是被人们所孤立，即使是天真无邪的孩童也不愿意跟他交流，这预示了阿尔斯特在故事的结尾获得救赎的可能。即使阿尔斯特热爱"愉悦山谷"的一切事物，同时在自身负责的宗教事务上尽职尽责，但仍然不被山谷中的人们所真正接纳，这让读者心生疑惑，想要对阿尔斯特具体做了什么一探究竟。随着故事的进一步发展，真相才出现在眼前——阿德琳娜是阿尔斯特的私生女，但阿尔斯特却并未公开承认此事。然而，阿尔斯特本人不选择当众公开自己所犯下的罪恶，并不意味着"愉悦山谷"的人们不了解事实真相。阿尔斯特以威胁乔安娜与雅蔻芭的方式，要求与她们共同养育年幼的阿德琳娜一事足已揭示背后的缘由。

　　在没有当众承认自己的罪过之前，阿尔斯特深处痛苦煎熬与担心之中。随着阿德琳娜日渐成长为一名亭亭玉立的少女，他从女儿身上看到了克拉塔优雅风姿的影子，于是担心女儿会遭遇和母亲同样的悲惨命运。英国男子的到来让阿尔斯特更加忧虑，"他的担忧都是为了克拉塔的女儿阿德琳娜"②。阿尔斯特是一个自私的人。他曾痴迷于克拉塔的美貌，并强行与其发生关系，但他对克拉塔的爱并没有得到回应，相反克拉塔与另一位男子结了婚。于是阿尔斯特将心中的怨恨归结到克拉塔的美貌上，认为女性的美本身就是一种罪恶。在看到阿德琳娜的美貌时，阿尔斯特认为阿德琳娜应意识到自身的"罪恶"，并时刻准备以"拯救者"的姿态将女儿从罪恶中拯救出来。他试图用自己的方式帮助阿德琳娜。这从他与

---

① Pauline Smith, *The Beadle*, Cape Town: Publisher (Pty) Ltd., 1989, p. 6.

② Pauline Smith, *The Beadle*, Cape Town: Publisher (Pty) Ltd., 1989, p. 52.

阿德琳娜两位姨母的争论中可以看出。17 岁的阿德琳娜在参加基督教的圣事 / 婚配（the Sacrament）之前，两位姨母分别为阿德琳娜准备了礼物。雅蔻芭准备的是一面镜子；乔安娜准备的则是一条精美的裙子。镜子能够让阿德琳娜看到自身天生丽质的容貌；裙子会让别人欣赏到阿德琳娜的绰约风姿。但是这些却遭到了阿尔斯特的抵制，他认为这是要将阿德琳娜打扮成任英国男子把玩的玩偶。阿尔斯特试图阻止悲剧的发生，却未能如愿以偿。从另一件事上也能够看出阿尔斯特试图将阿德琳娜从罪恶中挽救出来。在得知阿琳达试图说服年轻男子拜尔斯娶阿德琳娜为妻后，为了更有效地促成两人的婚事，阻碍英国男子与阿德琳娜往来，阿尔斯特告诉男子，若娶阿德琳娜为妻，就将自己的两头耕牛送给拜尔斯作为嫁妆。但事与愿违，当拜尔斯拿着求婚信去找阿德琳娜时，遭到了她的拒绝，她坚定地说道："我不会收下这封信的。"[1] 得知这一消息后，"教区执事现在听天由命了，他把他的存在看作是上帝不接受他的牺牲的又一个证据"[2]。

无论阿尔斯特如何做，依然无法阻止女儿走上与自身相同的命运之路。英国男子在与阿德琳娜缠绵许久之后，便离开"和谐"地区，前往英国奔赴前女友，留下阿德琳娜一人承受孤单寂寞。但随着时间的流逝，阿德琳娜的身体发生些许变化，日益变得笨拙起来——阿德琳娜怀孕了。旁人将阿德琳娜未婚先孕一事视为耻辱，但纯洁善良的阿德琳娜并不这么认为。与《红字》中的海丝特相同，阿德琳娜认为"我们俩所做的事情，有它自身的神圣性"[3]。尽管这在阿德琳娜看来是"爱"的表现，但在周围人眼中却是违背伦理、伤风败俗之事。受迫于周围人的排挤，她决定只身一人去寻找、投靠自己所认为的亲生父亲——赫尔曼·杜·特瓦（Herman Du Toit）。在阿德琳娜乘坐汉斯·瑞德梅尔（Hans Rademeyer）的马车抵达罗斯伯格区（Losberg district），暂居汉斯妹妹家中时，阿尔斯特才得知阿德琳娜怀孕并独自一人去寻找生父的事情。这也意味着教区执事真正自我救赎之路的开始。在"和谐"地区所有人都期待已久的圣诞节到来之日，民众齐聚教堂赞美上帝，向上帝祈祷之时，阿尔斯特当着众人的面公开承认了与阿德琳娜的真实关系：

---

① Pauline Smith, *The Beadle*, Cape Town: Publisher (Pty) Ltd., 1989, p. 63.

② Pauline Smith, *The Beadle*, Cape Town: Publisher (Pty) Ltd., 1989, p. 87.

③ 霍桑：《红字》，苏福忠译，上海：上海译文出版社，2011 年，第 4 页。

如果他们要审判阿德琳娜的话，就让他们先审判我吧！如果要说她的坏话，那就先说我的吧。阿德琳娜的罪与我有什么关系？雅蔻芭之死并不是因为阿德琳娜的耻辱，而是由于我的耻辱。我本应与雅蔻芭结婚，却强行与她的妹妹发生关系。克拉塔的孩子是我的。①

在小说将近结尾处，教区执事终于承认了自己所犯下的罪过，也因此成了一名流放者。他决定去寻找自己的女儿，将以往十多年来缺席的父爱弥补给阿德琳娜，"他小皮包里的多年积蓄足够用来满足阿德琳娜的迫切需求。凭借他仍然充满活力和力量的身体，无论他们在乡村的哪个地方找到一个安居之处，他都会照顾她们"②。阿尔斯特决心用自己的一切去帮助阿德琳娜和她的孩子，体现了他真正意识到了要用行动为自己过往的罪恶做出补救。阿尔斯特的觉醒、悔悟与真诚预示了他最后能够获得救赎。故事以阿德琳娜原谅阿尔斯特作为结尾也证实了教区执事真正实现了自我救赎。在没有公开自己的罪恶之前，他所做的努力都付诸东流，他的自我牺牲统统遭到了上帝的拒绝，直到在世人面前承认自己的罪恶后，才得到了上帝的怜悯和同情。这也从反面说明，直面自身曾犯下的罪恶，反而是对自己的一种保护。至此，我们才发现《教区执事》的主角不是阿德琳娜，而是阿尔斯特。整部作品的进展，是为了寻求教区执事阿尔斯特的救赎。

在公开自己的罪行后，阿尔斯特对英国男子的态度发生了极大的变化。自英国男子出现之始，阿尔斯特便对英国男子充满了敌意，担忧英国男子会玷污纯真善良的阿德琳娜。但在承认自身罪恶后，阿尔斯特对英国男子的态度变得淡漠起来，也可以说阿尔斯特的心灵不再被对英国男子的怨恨所占据，而是获得了解放。随着阿尔斯特找到女儿，小说也迎来了完整的结局：阿德琳娜擦干了眼泪说道"父亲，进来吧，进来看看你那有着圆圆光头的小外孙"③。《红字》中亦有相似的表述，两种表

① Pauline Smith, *The Beadle*, Cape Town: Publisher (Pty) Ltd., 1989, pp. 170-171.

② Pauline Smith, *The Beadle*, Cape Town: Publisher (Pty) Ltd., 1989, p. 184.

③ Pauline Smith, *The Beadle*, Cape Town: Publisher (Pty) Ltd., 1989, p. 193.

达所达到的效果不尽相同。牧师丁梅斯代尔在坦诚自己的罪恶后，七年中脸上首次出现"温馨的和蔼的微笑"①，首次同亲生女儿亲吻，与亲生父亲的"接触也奇迹般地解除了孩子天生有罪的诅咒，使得这顽惩的孩子开始体悟人类的欢喜和哀愁"②。"这种情节模式隐含着《圣经》中的'自由——犯罪——受罚——忏悔——回归'模式"③，在这一过程中无疑涵盖了救赎的主题。

结　　语

弗朗西斯·培根在《论美》中说道："德行因美而显彰，恶行见美而愈愧。"④作为《教区执事》中的两位主人公，阿尔斯特和阿德琳娜以个人的生存困境及命运走向印证了培根所说的话。保琳·史密斯是一位在创作上极具地域特色的作家，作品的背景主要聚焦小卡鲁地区，这与从小成长于卡鲁地区的 J.M. 库切在作品创作方面有着相似之处。二者不同的地方在于："库切走出了偏于一隅的卡鲁农场，成长为蜚声世界的文学大师，经历一个由地域写作向世界主义的渐进过程"⑤；南非英裔作家史密斯则跳出了历史上英国与阿非利卡人之间战争冲突的局限视野，专注于深刻揭示南非卡鲁农场阿非利卡人的坎坷命运和生存困境。在这部小说中，保琳·史密斯以生动而深刻的笔触书写了"和谐"地区人们的性格特征、生存困境及个人命运，为我们展示了 19 世小卡鲁地区的社会风貌以及当地人的伦理思想。史密斯以相对闭塞的环境为背景，暗示了阿非利卡人保守、封闭的性格特征，讲述了主人公在违背伦理之后所遭受的苦痛与经历的磨炼，最终以巨大的代价获得救赎的故事。其中不乏对伦理道德的批判，但故事以阿尔斯特获得女儿的原谅，与女儿达成和解，女儿顺利生下一名孩童结尾。孩子的出生象征着希望和新生，

---

① 霍桑：《红字》，苏福忠译，上海：上海译文出版社，2011 年，第 222 页。
② 苏欲晓：《罪与救赎：霍桑〈红字〉的基督教伦理解读》，《外国文学研究》2007 年第 4 期，第 117 页。
③ 丁世忠：《哈代小说伦理思想研究》，成都：巴蜀书社，2008 年，第 57 页。
④ 季羡林、黄梅主编：《培根哲理散文》，上海：上海文艺出版社，2000 年，第 143 页。
⑤ 董亮：《"雅努斯"家园情结——库切与卡鲁农场》，《外语研究》2017 年第 5 期，第 103 页。

这极大地削弱了作品中蕴含的批判意味。与保琳·史密斯以往聚焦于阿非利卡人的命运悲剧的作品相比,《教区执事》所表达的主题显得愈加温情。这是保琳·史密斯在创作中发生的重要转变,也凸显了一位优秀作家应具备的美好品质:对人类生存困境表示同情和怜悯的同时又给予温暖与希望。

（文 / 上海师范大学 陈亚洁）

第十四篇

赫尔曼·查尔斯·博斯曼
《马弗京之路》的南非幽默叙事

赫尔曼·查尔斯·博斯曼

Herman Charles Bosman, 1905—1951

作家简介

赫尔曼·查尔斯·博斯曼（Herman Charles Bosman，1905 −1951）被广泛认为是南非最伟大的短篇小说家。博斯曼出生在开普敦（Cape Twon）附近的库尔斯河（Kuils River）地区的一个阿非利卡家庭。他从小就学习英语和阿非利卡语。在博斯曼还小的时候，他的家人经常旅行，他在波切夫斯特鲁姆学院（Potchefstroom College）度过了一段短暂的时光，后来搬到了约翰内斯堡（Johannesburg），在肯辛顿的杰普男子高中（Jeppe High School for Boys）上学。后来博斯曼就读于约翰内斯堡教育学院（Johannesburg College of Education），并向学生文学竞赛提交了各种作品。他研究了爱伦·坡和马克·吐温的作品，形成了独特的讽刺风格。他的作品主要利用阿非利卡人的角色，强调 20 世纪上半叶非洲社会的许多矛盾。毕业后，博斯曼在南非德兰士瓦（Transvaal）西部格罗特−马里科区的一所阿非利卡语学校获得了一个教职。该地区为他最著名的短篇小说《奥姆·沙尔克·罗伦斯大叔》（*Oom Schalk Lourens*）系列和《客厅》（*Voorkamer*）系列提供了背景和大致结构。

1926 年，在一次争吵中，博斯曼开枪打死了他的继兄。博斯曼因这一罪行被判处死刑，并被送往比勒陀利亚中央监狱的死囚区。1930 年，他在服完一半刑期后被假释。他的监狱经历构成了他的半自传体作品《冷石罐》（*Cold Stone Jug*，1930）的基础。随后，博斯曼在海外巡游了九年，大部分时间在伦敦度过。他在这一时期写的一系列短篇小说构成了他另一本有名的作品《马弗京之路》（*Mafeking Road*，1947）的基础。

作品节选

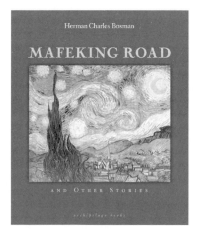

《马弗京之路》
(*Mafeking Road and Other Stories*, 1947)

Long afterwards I spoke to an Englishman about this. He said it gave him a queer feeling to hear about the other side of the story of Mafeking. He said there had been very great rejoicings in England when Mafeking was relieved, and it was strange to think of the other aspect of it of a defeated country and of broken columns blundering through the dark.

I remember many things that happened on the way back from Mafeking. There was no moon. And the stars shone down fitfully on the road that was full of guns and frightened horses and desperate men. The veld throbbed with the hoofbeats of baffled commandos. The stars looked down on scenes that told somberly of a nation's ruin; they looked on the muzzles of the Mausers that had failed the Transvaal for the first time.

Of course, as a burgher of the Republic, I knew what my duty was. And that was to get as far away as I could from the place where, in the sunset, I had last seen English artillery. The other burghers knew their duty also. Our commandants and veld-kornets had to give very few orders. Nevertheless, although I rode very fast, there was one young man who rode still faster. He kept ahead of me all the time. He rode, as a burgher should ride when there may be stray bullets flying. With his head well down and with his arms almost round the horse's neck.

He was Stephanus, the young son of Floris van Barnevelt.

There was much grumbling and dissatisfaction, some time afterwards, when our leader started making an effort to get the commandos in order again. In the end they managed to get us to halt. But most of us felt that this was a foolish thing to do. Especially as there was still a lot of firing going on, all over the place, in haphazard fashion, and we couldn't tell how far the English had followed us in the dark. Furthermore, the commandos had scattered in so many different directions that it seemed hopeless to try and get them together again until after the war. Stephanus and I dismounted and stood by our horses. Soon there was a large body of men around us. Their figures looked strange and shadowy in the starlight. Some of them stood by their horses. Others sat on the grass by the roadside. "Vas staan, Burghers, Vas staan." came the commandos of our officers. And all the time we could still hear what sounded a lot like lyddite. It seemed foolish to be waiting there.[1]

    多年以后，我和一个英国人谈起这件事。他说，听到马弗京故事的另一面，让他有一种奇怪的感觉。他说，当马弗京被解救时，英国人非常高兴，而想到它的另一面，即一个被打败的国家和一支在黑暗中蹒跚而行的溃军，就觉得很奇怪。

    我记得在从马弗京回来的路上发生了很多事情。当天夜里看不见月亮，星星不时地照耀着这条充满了枪声和受惊的马匹以及绝望的人们的道路。草原在挫败的义勇军马蹄声中震颤不已。星星俯视着那些阴郁地诉说着一个国家毁灭的场景；它们见证了德兰士瓦的毛瑟枪第一次失利的样子。

    当然，作为共和国的一员，我知道该做什么。那就是想尽一切办法逃离日落前最后一次见到英国人枪炮的地方，而且越远越好。指挥官并不需要多费口舌发号施令，其他人对此也非常清楚。尽管我已经是在骑马飞奔了，有个小伙子却比我还要快，他一直在我前面。他策马扬鞭，就像是有子弹撵着他一样拼命而逃，他低垂着脑袋，胳膊几乎都要贴在马脖子上。

    那是弗洛里斯·凡·巴纳维尔特的儿子——斯蒂芬努斯。

    我们的指挥官极力让军队恢复秩序，但不久之后，士兵们就开始怨天尤人、满腹牢骚。最终，他们还是想方设法让大家停下了脚步。然而，大多数人都认为这是个愚蠢的决定。尤其是当战火仍在四处蔓延，不经意间就有可能爆发，而且谁也不知道英国人在暗处跟踪了我们多久。雪上加霜的是，义勇军四散奔逃，在

---

① Herman Charles Bosman, *Mafeking Road and Other Stories*, Brooklyn: Archipelago Books, 2008, pp. 60-61.

战事结束之前重整队伍无异于痴人说梦。我和斯蒂芬努斯跳下马背，立在各自的战马边上，很快人群就在我们身边聚拢过来。星光之下，队伍影影绰绰的，轮廓也光怪陆离。一些人站在自己的马边上，而另一些则瘫坐在路边的草地上。"站好，同志们，原地站好。"指挥官命令道，与此同时，炸弹的轰鸣声似乎犹在耳旁。原地干等着显然不是明智的做法。

（黄铃雅 / 译）

作品评析

《马弗京之路》的南非幽默叙事

引　言

　　赫尔曼·查尔斯·博斯曼（Herman Charles Bosman, 1905—1951）是南非最受欢迎的作家之一，被公认为南非最著名的短篇小说家，他的作品《马弗京之路》（*Mafeking Road*, 1947）以一种幽默、讽刺的口吻讲述了一个个有关第二次英布战争期间布尔社区的故事。《马弗京之路》一经推出，就获得了巨大成功。奥姆·沙尔克·罗伦斯大叔（Oom Schalk Lourens）是《马弗京之路》中的主要叙述者和见证者，是一个来自穷乡僻壤、虚构的、诡计多端的草原猎人。借这位叙述者之口，博斯曼尖锐而讽刺地探讨了马里科地区的偏见和缺陷，并希望以极大的同情心和理解唤醒它。博斯曼通过对这些故事的叙述来揭示他所关注到的布尔人的极端民族主义、盲目排外等社会现象。书中大多故事都涉及布尔人的民间历史和事件，主要是关于两次英布战争，以及布尔族群同英国权威之间的纷争的故事。虽然身为布尔后裔，但博斯曼的视野也不只简单局限于对布尔人战败的同情。

　　荷兰人是南非早期的殖民者，被称为布尔人（Boer），后来因英国对南非的金矿、钻石虎视眈眈，对南非开展攻势，统治权才交到英国人手中。遗留在南非并在此生活繁衍的荷兰人与随后到来的法国胡格诺新教徒、日耳曼德国退役军人一起，共同创造了阿非利卡文化。他们共同使用阿非利卡语，信加尔文教，阿非利卡人（Afrikaner）后来也成为南非荷裔白人的代名词。布尔人在与欧洲其他民

223

族的交流中坚守自身文化特征，拒与他国文化交流融合，在各种荷兰本土文化因素中，宗教对其影响最为突出。许多布尔人"在他们家徒四壁的房舍中，几乎没有什么像样的家具，只在孤零零的简易木架上摆放着唯一的书籍——《圣经》"[①]。这种执拗的宗教信仰，是布尔人极端民族主义形成过程中的重要一环，使他们在英布战争中败下阵来。布尔人自以为是，雇佣卡菲尔人（Kaffir）为奴隶，带来种族歧视观念，同族之间的交往也是十分浅薄。博斯曼创作的《马弗京之路》正是对布尔人蝉不知雪、闭目塞听的精神状态的反思和讽刺。作品中幽默的场景和对话俯拾皆是，引人捧腹，其中蕴含的思考实则颇具深意。《马弗京之路》中的象征隐喻、自嘲反讽、黑色幽默以及不可靠叙述的叙事手法，无不包含后现代主义要素，这些对博斯曼独特的南非幽默的构成都是不可或缺的。博斯曼曾研读了爱伦·坡和马克·吐温的作品，学习研究了他们的讽刺风格，并在往后的创作中运用，形成了一种独特的南非幽默叙事特色。这种南非幽默的出现与非洲文学的口述传统有着密切关联，又与英式幽默以及马克·吐温那种以方言进行创作、强调语言本土化的幽默风格不同。马克·吐温作品中的叙述者多是旁观者，而博斯曼作品中的叙述者则是亲历者与见证者，加之博斯曼多在作品中塑造滑稽人物形象，以及反讽、黑色幽默的使用，这种南非幽默所蕴含的意义与前者大相径庭。

一、滑稽人物形象

博斯曼在人物塑造方面别具匠心，他通过一系列的情节设置，使得人物形象更加鲜活生动。《马弗京之路》作为一部短篇小说集，为读者展现了英布战争时期的布尔人群像，以及他们在那个动荡年代中所表现出来的强烈民族意识和极端的爱国主义情感。这是一部具有独特视角和深刻内涵的小说集，作品将历史与艺术完美结合在了一起。博斯曼在战争结束后将近百年的时间对当时的人物形象进行重述，不免带有一种讽刺的意味。因而作品中多数人物形象是幽默滑稽、无厘头

---

① 郑家馨：《南非通史（插图珍藏版）》，上海：上海社会科学院出版社，2018年，第47页。

的，此外，作品中还有一类"反英雄"人物形象，他们的登场同样加深了作品的思想内涵。

幽默滑稽、无厘头的人物形象在《马弗京之路》中所占比重较大，他们成为了作者情思的载体。在《维尔姆·普林斯洛家的桃子白兰地》（"Willem Prinsloo's Peach Brandy"）中，叙述者"我"与菲兹·普雷托里斯（Fritz Pretorius）共同受邀前往普林斯洛家参加格蕾塔（Grieta）从精修学校毕业的归来舞会。"我"与普雷托里斯都对格蕾塔心驰神往，不过"我"百般掩饰，只是穿上家中最体面的一身服装赴约。而普雷托里斯则特地配了一条手帕，还多次向"我"请教数学问题，希望在格蕾塔面前大显身手。在后来的舞会中，"我"有机会与格蕾塔独处，格蕾塔也将她的玫瑰发绳赠予"我"，只是对"我"的告白视而不见。"我"多次想向普雷托里斯炫耀这朵玫瑰未果，却在返程途中看到他的帽子上赫然镶着与"我"所得的完全相同的玫瑰花。普雷托里斯与叙述者都认为精修学校会将格蕾塔教育成一位落落大方的淑女，为此精心打扮渴望引得格蕾塔的关注。普雷托里斯更是将早年读书时使用的石板找出来，多次练习加减乘除，并向他人请教。而叙述者罗伦斯大叔却表示爱莫能助，因为自己从没学过乘法。在这里博斯曼表达了对布尔人知识储备匮乏的嘲讽，两个成年男子，竟需要练习最基础的数学计算公式，读来不免引人发笑。正当所有人都认为这是个两情相悦的故事时，结局竟出现惊天反转，故事的两位男主人公都被格蕾塔玩弄于股掌之中，以至于叙述者在末尾不断沉思，"这令我不得不怀疑起那些精修学校的教育来"[1]。在这种欧·亨利式结尾的打趣中，两位男性的单纯无知得以凸显。

人物形象的不可理喻、作者对社会现实的忧思，以及讽刺情感由叙述者的沉思间接传达了出来。这种沉思同样也是作者对布尔人一直以来所受教育的反思，布尔人一直对荷兰本土文化引以为豪，殊不知这种教育方式正不断腐蚀他们的精神世界。该短篇说明了在南非联邦时期，小镇文化如何代表了与狭隘的加尔文主义相关的意识形态结构和限制。似乎这种意识形态上的压抑环境既是非洲人的败笔，也是他的避难所。他试图逃离令他困惑的生存紧张状态。然而，在远离人类

---

[1] Herman Charles Bosman, *Mafeking Road and Other Stories*, Brooklyn: Archipelago Books, 2008, p. 25.

干预的大草原上，他发现他无法面对他赤裸的灵魂。因此，景观的威胁与他无法面对自己内心的冲突有关，而城镇最终代表的是一种安慰性的道德屏障，是一个可以躲避他的良知的地方。显然，除了地域设定和本土化的幽默外，博斯曼在这些故事中透露出来的忧思不仅针对格鲁特－马里科地区，而是扩展至整个南非民族，以及更为广泛的层面。①

除平常的幽默人物形象以外，博斯曼还塑造了一类"反英雄"人物形象，他们在作品中扮演着布尔民族英雄的形象，看似遵守命令，守护了布尔民族的自尊心和自豪感，实际上却因自身执拗的价值观犯下了不可饶恕的错误。这一类人物形象称之为"反英雄"，最典型的代表是陀思妥耶夫斯基笔下的拉斯克尔尼科夫，他自以为拯救了众多贷款者而杀害了放高利贷的老太太。英雄形象源于古希腊，"英雄"一词原本是形容一种集体的、联邦的领袖形象，高大伟岸，有极强的团体意识和服务意识。个人主义代替集体主义是西方发展的必然，但历史也为此付出了惨痛的代价。个人主义价值观的发展使人性中的劣根性不断显现，与社会现实产生了无法调和的矛盾，这种矛盾加快了现代反英雄的到来。"反英雄"无疑是英雄的对立面，他们多以邪恶、反社会、行为偏离常态为特征，为实现理想将自己置于社会的对立面，然而他们也有着崇高的理想或者强大的力量，因此又称为"英雄"。

作品中的布尔"反英雄"不只包含了伟大的民族主义理想，更是一种矛盾体的存在。在《马弗京之路》中，"反英雄"的"英雄"行为主要体现在维护了布尔人长久以往遵从的迂腐的传统价值观，并在与其他欧洲殖民者的冲突中捍卫了布尔民族的民族尊严。作品中主要的"反英雄"有同名短篇《马弗京之路》中大义灭亲的老巴纳特维尔、《音乐家》（"The Music Maker"）中杀害自家卡菲尔奴隶的手风琴演奏者曼尼·克鲁格（Manie Kruger）、《玛卡潘的洞穴》（"Makapan's Caves"）中错杀拯救哥哥的卡菲尔人农贾斯（Nongaas）等等。

博斯曼希望通过这些布尔民族中的"反英雄"人物形象引起布尔人的反思，重新审视布尔民族的价值观。给予现代布尔人一杆秤，衡量自身是否符合当今世界潮

---

① 康维尔、克劳普、麦克肯基：《哥伦比亚南非英语文学导读（1945—　）》，蔡圣勤等译，武汉：武汉大学出版社，2017年，第67页。

流的发展。作品中滑稽、无厘头人物形象的设置是博斯曼表达自身对布尔民族反思的一种手法，同时为读者展现了一幅当时社会背景下最真实的布尔人群像。

二、反讽的强调作用

为达到南非幽默的极致效果，博斯曼不仅设置了滑稽人物形象，并且善于在作品中广泛运用对比、反讽的手法，来深刻揭露社会矛盾。其中不少作品都是以迁徙为背景的，例如《牛车之旅》（"Ox-Waggons on Trek"）、《红脖子》（"The Rooinck"）、《玛卡潘的洞穴》等。这些以布尔大迁徙为背景创作的短篇大多以悲剧结尾，但情绪哀而不伤，在唏嘘中发人深省。"脱离了英国的统治范围，却能够按照布尔农场主的种族不平等意愿解决其劳动力的稳定供应问题"[①]是促使布尔民族大迁徙的主要因素。反讽是《红脖子》主要运用的一种表现手法，用以讽刺布尔人的种族歧视观念、宗教信仰和狭隘的民族主义。故事里，原本奥兰治河殖民区（Orange River Colony）的布尔人农场因战争和旱灾波及不得不穿过喀拉哈里沙漠（Kalahari Desert），迁到德属西非（German West Africa）以求自保。不久前一个英国人韦伯（Webber）来到这片地区，他热爱书籍，与斯泰恩（Steyn）一家交好，且十分喜爱他们刚出生的女儿。即使战争早已结束，邻里间仍不赞同斯泰恩的做法，将其称为"投降者"。随后，韦伯卖掉了自己的牛车，跟随斯泰恩一家加入了布尔人迁徙的行列。在向西前进的路途中，食物与水逐渐消耗殆尽，牛陆续累倒，甚至一个孩子也死去了，但布尔人的解决方法却是礼拜。他们认为心诚则灵，祈求上帝会在旱季为他们降下甘霖。最终，极端的情况迫使队伍分成两拨，一拨坚持向西前进，另一拨则打算先回马罗波罗勒（Malopolole）整顿一番，获取充足资源后再出发。后来，马罗波罗勒的一行人重新出发后，发现了韦伯和斯泰恩一家的尸体，唯独没有斯泰恩家新生的女婴，而韦伯早已僵硬的臂弯里，紧紧抱着一堆属于孩子的破布。

---

① 郑家馨：《南非通史》，上海：上海社会科学院出版社，2018年，第78页。

　　"红脖子"是布尔人对英国人的戏称，以示对英国人的厌恶与憎恨。在大迁徙发生前罗伦斯大叔交代了故事背景：他与侄子在英布战争期间为打发时间将普通子弹磨成已被禁用的达姆弹^①，后来侄子被捕后因为从身上搜出达姆弹^①而被枪毙。但在这个故事中，"红脖子"被塑造成了崇尚知识、平和友善的绅士形象，与先前野蛮的英国人形象大不相同，但奥兰治河殖民区的布尔人仍旧称其为"红脖子"，这种与先前预设产生的反差感不免使读者反思究竟谁才是真正的"红脖子"，同时也加强了对布尔人狭隘的民族主义的讽刺。面对新生命的态度也是反讽的一个方面，"英国佬韦伯一定经历了极其可怕的事情，甚至他本人对斯泰恩一家对他们的孩子所做的事都一无所知"^②。显然，韦伯在人生弥留之际陷入了癫狂的幻想，将这堆破布当成了那个布尔女婴。当生理和精神状态都陷入一种极度衰竭的状态，斯泰恩夫妇觉得带着孩子不便赶路将其抛弃时，韦伯却仍心系弱小生命，力求生命的延续。作者在多处埋下伏笔，如"也许从某种角度来看，孩子比我们要智慧得多。对她来说，啃谁的手指并没有区别，无论那人是不是出生在其他国家，说着和她截然不同的语言，都没有关系"^③，以及当葛哈杜斯（Gerhardus）带领众人祷告"提到库斯·斯泰恩孩子的名字时，韦伯的身体不可抑制地颤抖"^④。英国人与布尔人对待生命截然不同的态度将作者想要表达的反讽意味显露得一览无余，同时也是对布尔人即使蒙昧无知但仍自以为是的嘲讽。除此以外，博斯曼还将反讽的对象放在布尔人的宗教信仰上。上文提到，布尔人做礼拜以求雨，此时布尔人中产生两种不同的声音——一种是虔诚祈祷，另一种是认为上帝并没有帮助到自己，因而懒于做礼拜。引导礼拜的葛哈杜斯还因此事与另一方大打出手。然而可笑的是，当在大自然面前感受到自身有多渺小时，葛哈杜斯承认自己被沙漠打败了，等同于放弃了对上帝的信仰，灰溜溜地往回走，而大家也不再把他当作领导人。通过《红脖子》这个故事，博斯曼表达了对布尔人狭隘的民族主义思

----

① 达姆弹是 19 世纪末英国在印度加尔各答附近的达姆兵工厂制造的枪弹，首次应用于第二次英布战争（1899—1902），因其杀伤力巨大，1899 年第一次海牙国际会议通过的三项声明中，禁止各签署国在战争中使用此类枪弹。

② Herman Charles Bosman, *Mafeking Road and Other Stories*, Brooklyn: Archipelago Books, 2008, p. 193.

③ Herman Charles Bosman, *Mafeking Road and Other Stories*, Brooklyn: Archipelago Books, 2008, p. 184.

④ Herman Charles Bosman, *Mafeking Road and Other Stories*, Brooklyn: Archipelago Books, 2008, p. 187.

想、薄弱的精神信仰的讥讽。

《玛卡潘的洞穴》中，这种反讽手法得以再现，将卡菲尔人与布尔人之间不对等的人际交往关系进行鲜明对照，产生强烈的反讽张力。《玛卡潘的洞穴》主要讲述了叙述者这家收留了一个无家可归的卡菲尔人农贾斯做奴隶，出于感恩农贾斯对这一家人都敬重有加，然而在一次布尔人与卡菲尔人的交战中，"我"无心射中了深入玛卡潘山替"我"寻找哥哥的农贾斯。在这个故事中，心甘情愿为布尔人做奴隶，并以真心相待，最后甚至付出生命的农贾斯竟被自己最尊敬的主人一枪打死。直至最后，哥哥询问起农贾斯的死因时，"我"还是装作不知情，没有人知道这背后隐藏的是"我"的虚伪与残忍。布尔人带来了种族歧视的观念，深以为自己高人一等，却不知这是一种愚昧的表现。当读完这些故事后再反观《红脖子》英军枪毙"我"侄子的举动，似乎可以给予理解。当时达姆弹是被禁止使用的，但侄子却说："上帝会理解的，毕竟这是在打仗。"而达姆弹因其特性，一旦击中，伤者便难以救治，即使成功存活下来，也有很大的概率会残废。此时，似乎以"我"和侄子为代表的布尔人才是野蛮和残暴的代表，英国人则成了惩治暴力的积极势力。

博斯曼通过反讽手法，突出表现了布尔民族自视清高、遗世孑立的排外意识和极端民族主义，强调了这种意识的消极作用与无意义。所有故事假托布尔草原猎人罗伦斯大叔之口说出，又从他的视角出发作出评价，满含对本民族历史的深沉反思和殷切期盼。

三、融于情节的黑色幽默

黑色幽默即以喜剧呈现悲剧。小说集中的同名篇目《马弗京之路》是典型的黑色幽默短篇小说。《马弗京之路》以第二次英布战争为背景，这次战争是英国为了拓展殖民地，占领开普（Cape）这个战略要地而发起的最为惨烈的一次海外战争。马弗京的英国驻军被布尔人部队成功围困了几个月，然而，面对前来解救驻军的英国军队的危险，布尔人没有与敌人作战，而是逃跑了。布尔人被英国军队打败了。1902 年 5 月 31 日，荷兰在比勒陀利亚签署了投降条款，代表们在维雷尼京的大帐篷里投票赞成和平。因此，德兰士瓦和奥兰治自由邦成为英国殖民地。为了掩盖布尔人的懦弱，阿非利卡社区构建起布尔人勇敢的神话，并以爱国主义而自满，将布尔人在第二次英布战争期间的行为错误地描述为与第一次英布战争（1880—1881）中一样勇敢。正是在这种神话背景下，博斯曼构建了他对布尔人狂热的爱国主义的批评，这在《马弗京之路》中得到了隐晦的呈现。布尔人对团体内部的不协调视而不见，战争结束后一个个关于勇敢的布尔人的救国神话逐渐形成，在此基础上，博斯曼在他的短篇小说《马弗京之路》中解构了这些神话，引起了人们对一个更微妙的主题，即狂热的阿非利卡爱国主义的关注。作者以一个普通的布尔人家庭成员的视角描写了布尔人的生存状态，对布尔人纠结的情感和态度是本书的核心，也是作品的焦点。

故事开头，作者向读者展示了凡·巴纳维尔特家族（Van Barnevelts）的族谱，如树状图般展开的族谱同时也是一代又一代布尔人在南非开枝散叶的隐喻。然而在族谱的最下方，斯蒂芬努斯（Stephanus）的名字旁不寻常地加上了一笔，特别说明斯蒂芬努斯是"马弗京的逃兵"。在第二次英布战争期间，巴纳维尔特父子都加入了镇守马弗京的行列，但随着英军日益进攻，以及布尔指挥官的失误，马弗京逐渐失守。父亲弗洛里斯（Florist）是无条件听从指挥官的一派，即使"指挥官因为烟袋掉在了马弗京，明天又让大伙儿回到马弗京"，他也一定会服从命令。但儿子斯蒂芬努斯保持着清醒的头脑，认为这么多伤员在原地干等着是不明智的，毕竟指挥官是个在卡菲尔人引导下仍然不认路的人。父子俩都是布尔民族主义者，但他们的思想观念和行为方式却有很大差异。父子两人之间的冲突，最终导致了父子分道扬镳，并且在马里科镇引发了一场惨烈的枪击战。在战火中，他们的父子情谊也被毁灭了。很多年后，父亲弗洛里斯为参选校委会，真实无欺地讲述了"降兵"斯蒂芬努斯的故事和自己大义灭亲的爱国之举，结果却为布尔人所不容，在马里科镇遭人耻笑。

以喜剧来表现悲剧能使幕后的悲剧得以深化，给读者造成冲击，留下更深刻的印象。这个家族的记忆颠覆了有关布尔人英雄形象的神话，以讽刺的笔调和浮于表面的喜剧场景强化了布尔族群民族精神的湮灭这一悲剧性主题。小说揭示了第二次布尔战争不为人知的真实一面，尖锐讽刺了布尔人自欺欺人的极端民族主义。

博斯曼的讽刺性批判针对的是与狭隘的加尔文主义和联邦时期崛起的阿非利卡民族主义相关的弊病。博斯曼强调了非自然的意识形态束缚对人类心理的类似影响。通过这种方式，博斯曼强调了那些对小镇环境的狭窄心理背景感到不舒服却又无法逃离的人物的必然命运。博斯曼认为，这类人物受到精神上的禁锢和意识形态压抑，在此种氛围中所经历的情感压力混淆了他们的思想，迫使他们做出错误的人生选择。说明了在南非联邦时期，小镇文化如何代表了与狭隘的加尔文主义相关的意识形态结构。似乎这种意识形态上的压抑环境既是非洲人的败笔，也是他的避难所。他试图逃离令他困惑的生存紧张状态。然而，在远离人类干预的大草原上，他发现他无法面对自己赤裸的灵魂。博斯曼对南非农场及其居民的调侃，在他的小说中似乎被对联邦时期南非社会的黑暗讽刺所取代。博斯曼为小镇的微观世界举起了一面镜子，以揭示国家宏观世界的真实画面。

四、不可靠的叙述角度

《马弗京之路》中作品的成功并非仅在于它取材广泛，其叙事风格也极富魅力。小说集里的 21 篇小说之中有 20 篇都是以"罗伦斯大叔说——"为开头，再娓娓道来。罗伦斯大叔是一个有些自大、土里土气的乡巴佬，同时也是一个狡猾、针砭时弊的评论家。他自认为讲故事的技巧是这个草原上最出色的，且自诩为一个领导人般的存在。每每开头，罗伦斯大叔都会对接下来要讲述的故事进行评价，发表自身的看法。只是这些评价都是来自未来和更好的时代，由拥有冷静头脑的作者博斯曼所发表的。博斯曼在叙述过程中引入虚构人物奥姆·沙尔克·罗伦斯，进行一种不可靠叙述。

不可靠叙述指叙述者与隐含作者价值观不一致，包括"全局不可靠"和"局部不可靠"。前者指文本叙述从头到尾几乎没有可靠的地方，后者指个别词句、个别段落、个别文本表现出"局部不可靠",这样,叙述者的叙述就可能一会儿可靠,一会儿不可靠。[①]

可以肯定的是,《马弗京之路》一定是一部"局部不可靠"的作品。某些篇目中的罗伦斯大叔被作者塑造成了一个愚昧无知的猎人、牧民形象,在另一些篇目中,罗伦斯大叔总能针砭时弊,一针见血地指出事物的不合理之处。他的评论有时候会比较简短,有时候很有趣。通过罗伦斯大叔的评论,读者心里定下预设,而这种预设可以是对一个人或一件事的看法,也可以是对结果的预料。这种预设可以是虚构的,也可以是真实的,这也是对读者预设愿望的一种满足。罗伦斯大叔在所有篇目中都以见证者的身份存在,不是主要人物,但他却是串联所有故事必不可少的人物。零碎模糊的记忆是叙述不可靠的主要表现形式。没有人知道确切的情况,而叙述者可以随心所欲地使用它们。如果读者不仔细阅读,很容易被叙述者精心编排的回忆禁锢住。

不可靠叙述不仅丰富了小说的艺术表现力,而且使小说在内容上更具真实性、历史性和批判性,从而更能引起读者的共鸣。这种叙事模式的形成是布尔人的历史和心理的共同作用的结果,也与作者本人的思想和创作风格密切相关。一方面为故事增添了虚构的真实感,能够近距离、全面地刻画布尔人的现实生活和情感,另一方面也能够超越布尔人的思想情感,表达对布尔文化的深刻洞察和辛辣嘲讽,从而让读者领略事实与虚构之间的模糊。这一手法也使得小说中的布尔人形象更加鲜明、突出、生动和立体,更加符合作者的创作意图。这一叙事模式的形成,是布尔人历史与布尔人心理互动的结果,也与作者自身的思想观念和创作风格有着密切的关系。作品中的人物形象、叙述人的身份和叙述方式都充分体现出了作者对布尔文化的尊重和对人类生存状态的关怀,而这种叙事模式在作品中的运用使得作品更具可读性。在《马弗京之路》的所有小说篇目中,作者与叙述人之间这种不确定的距离被巧妙地运用,激发了读者对作者真实意图的思考,增加了作品内涵的深度,增强了作品的批判和嘲讽效果。

[①] 参见赵毅衡:《广义叙述学》,成都:四川大学出版社,2013年,第239页。

结　　语

　　博斯曼的创作触及了欧洲文化在非洲的异化这方面的深度讨论。布尔人民族记忆是一个复杂而又庞大的话题，它包括历史、语言、文化、宗教、社会习俗等诸多方面，其中最重要的就是对布尔人民族记忆的探讨。《马弗京之路》是布尔人民族记忆研究中最为重要、价值最大的作品。该书在内容上涉猎范围广泛，除了对布尔人的传统习俗和文学艺术等方面做出较详细的介绍外，还对他们的政治生活、经济状况和宗教信仰做了较为系统的阐释和评论；在语言上具有浓厚的英语特色，但又充满非洲口音，因此很好地体现了布尔语言独有的特征，具有极高的文献价值和阅读价值。这些关于南非德兰士瓦的故事揭示了19世纪末鲜有描述且未被美化的布尔人的生活世界。就像马克·吐温一样，赫尔曼·查尔斯·博斯曼对自己祖先的愚蠢和偏见充满了笑意，对机智和清晰的判断力有着恰到好处的运用。由当地的牧民叙述者罗伦斯大叔编织的这些感人和讽刺的一瞥，包括昏昏欲睡的牧民、雄心勃勃的手风琴演奏者、活灵活现的豹子和曼巴蛇，以及痴情的梦想家，在马里科地区最细微的动作和不加修饰的谈话中展现出巨大的情感、矛盾和神秘。博斯曼将非洲的口述传统带入他自己的领域，描绘了一个既清晰又有层次的世界，给人既遥远又莫名的熟悉感。

　　博斯曼被典型的布尔社区中的暗流所吸引。对他来说，典型的封闭的南非部族村庄是一个完美的寓言背景，可以在其中揭开更广泛的欺骗和失德等真实社会现象。他借助自身独树一帜的南非幽默叙事风格，对黑暗的社会现实给予最深沉的鞭挞。这种南非幽默不同于英式幽默，也不同于美式的黑色幽默，而是带有明显布尔民族特征的历史记忆书写。其中蕴含的是身为阿非利卡人的博斯曼对曾经布尔先辈行差踏错历史现实的清醒反思，在自嘲和讽喻背后，是博斯曼希望布尔民族重新发展壮大的美好心愿。

（文 / 上海师范大学 黄铃雅）

第十五篇

阿兰·佩顿
《哭泣吧，亲爱的祖国》的后殖民书写

阿兰·佩顿

Alan Paton，1903—1988

作家简介

阿兰·佩顿（Alan Paton，1903—1988），南非白人英语作家，前自由党领导人。佩顿是南非文学的一座里程碑，南非甚至设立了阿兰·佩顿文学奖以纪念这位伟大的作家。他的代表作《哭泣吧，亲爱的祖国》（*Cry, the Beloved Country*，1948）是南非 20 世纪 50 年代以前最有名的作品。诺贝尔文学奖获得者 J. M. 库切（John Maxwell Coetzee）和纳丁·戈迪默（Nadine Gordimer）都曾在著作中论述佩顿和他的作品。佩顿的第二部小说《迟到的矶鹬》（*Too Late the Phalarope*，1953）涉及读者熟悉的南非异族通婚话题。他的最后一部小说《啊，美丽的土地》（*Ah, But Your Land Is Beautiful*，1981）的背景设定在 1952—1958 年，以半虚构的模式记录了 20 世纪 50 年代的真人真事。他的其他作品包括两本自传《朝向山峰》（*Towards the Mountain*，1980）和《继续的旅程》（*Journey Continued*，1988），短篇小说集《黛比，回家》（*Debbie, Go Home*，1961）和《南非的更多故事》（*More Tales of South Africa*，1967）。另有两本内容丰富的传记《霍夫迈尔》（*Hofmeyr*，1964）和《种族隔离与大主教：开普敦大主教杰弗里·克莱顿的生活与时光》（*Apartheid and the Archbishop: The Life and Times of Geoffrey Clayton, Archbishop of Cape Town*，1973）。他的短篇小说和一些诗歌被收集在《远见》（*The Long View*，1968）和《敲门》（*Knocking on the Door*，1975）中。

阿兰·佩顿的作品往往充满人文主义的和煦关怀和找寻未来的勇气，崇尚"用善良和爱抚慰伤痛和遭遇"，佩顿的作品不仅激发出后辈层出不穷的文学力量，也促使南非这块种族歧视盛行的土地上的人们携起手来，挣脱束缚，共创一个美好世界。

作品节选

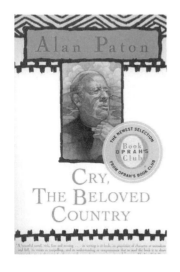

《哭泣吧，亲爱的祖国》
（ *Cry, the Beloved Country*, 1948 ）

There is a lovely road that runs from Ixopo into the hills. These hills are grass-covered and rolling, and they are lovely beyond any singing of it. The road climbs seven miles into them, to Carisbrooke; and from there, if there is no mist, you look down on one of the fairest valleys of Africa. About you there is grass and bracken and you may hear the forlorn crying of the titihoya, one of the birds of the veld. Below you is the valley of the Umzimkulu, on its journey from the Drakensberg to the sea; and beyond and behind the river, great hill after great hill; and beyond and behind them, the mountains of Ingeli and East Griqualand.

The grass is rich and matted, you cannot see the soil. It holds the rain and the mist, and they seep into the ground, feeding the streams in every kloof. It is well-tended, and not too many cattle feed upon it; not too many fires burn it, laying bare the soil. Stand unshod upon it, for the ground is holy, being even as it came from the Creator. Keep it, guard it, care for it, for it keeps men, guards men, cares for men. Destroy it and man is destroyed.

Where you stand the grass is rich and matted, you cannot see the soil. But the rich green hills break down. They fall to the valley below, and falling, change their nature. For they grow red and bare; they cannot hold the rain and mist, and the streams are dry in the kloofs. Too many cattle feed upon the grass, and too many fires have burned it. Stand shod upon it, for it is coarse and sharp, and the stones cut under the feet. It is not kept, or guarded, or cared for, it no longer keeps men, guards men, cares for men. The titihoya does not cry here any more.

The great red hills stand desolate, and the earth has torn away like flesh. The lightning flashes over them, the clouds pour down upon them, the dead streams come to life, full of the red blood of the earth. Down in the valleys women scratch the soil that is left, and the maize hardly reaches the height of a man. They are valleys of old men and old women, of mothers and children. The men are away, the young men and the girls are away. The soil cannot keep them any more.[1]

    有一条可爱的小路，从伊克索普通向绵延群山。这些山丘青草盈盈，连绵不断，比任何歌谣中的场景更加美妙。这条路向山里蜿蜒了七英里，通向卡里斯布鲁克；在那里，如果没有雾，你可以观赏到非洲最美丽的山谷之一。青草和灌木丛环绕在你周围，你可能会听到提提霍娅鸟的悲鸣，这是草原上的一种鸟类。你的下方是乌姆齐姆库鲁河谷，从德拉肯斯堡山脉奔向海边；在河流的后方，是一座又一座的雄伟山峰；而在它们后面，是英吉利和东格里夸兰的山脉。

    草地丰茂，你看不到任何土壤。它容纳着雨水和雾气，它们渗入地下，滋养着每条峡谷里的溪流。它被精心呵护，没有被太多家畜啃食；也没有人太多被火烧的经历，所以几乎没有土地裸露。人们都赤脚踩上去，因为土地是神圣而又平坦的，它是造物主的馈赠。滋养它，保护它，精心呵护它，因为它滋养了人，守护了人，关爱了人。毁了它，也毁掉了人。

    你脚下的土地丰茂得像一片地毯，你看不到任何土壤。但富饶的绿色山丘却坍塌了。它们跌落到下面的河谷里，塌陷后，它们的面貌也不大一样了。因为它们变得黝红又光秃；它们不再能容纳雨水和雾气了，溪水在溪谷中也干涸了。太多的家畜来啃食它，又多次被火烧过。人们穿鞋站在它上面，因为它粗糙又尖锐，石头会割伤脚。它没有人滋养，没有人守护，没有人关爱，它也不再滋养人，守护人，关爱人了。提提霍娅鸟的叫声也不再出现了。

    巨大的红色群山荒凉地矗立着，大地像皮肉一样被撕裂。闪电在它们身上划过，大雨在它们身上倾泻而下，死去的河流又复活了，流淌着大地的红色血液。在山谷中，妇女们刮挖着剩下的土地，玉米几乎没有人高。这是老头子和老太太的山谷，母亲们和孩子们的山谷。男人们都走了，年轻男子和女孩子们都走了。这片土地再也留不住他们了。

（万可心/译）

[1] Alan Paton, *Cry, the Beloved Country*, New York: Charles Scribner's Sons, 1948, pp. 3-4.

作品评析

《哭泣吧，亲爱的祖国》的后殖民书写

引　言

在严酷的种族隔离和流动劳工制度的背景下，南非社会的人们日渐疏离。基于霍米·巴巴（Homi K. Bhabha，1949—　）的文化认同理论，黑人和白人群体在不知不觉中出现了身份问题，他们经历了心理上的异化，不再处于单一的文化身份中，而是处于混杂文化身份中。许多白人感到"无家可归"，而黑人则因"他者"身份的束缚备受煎熬。同时，模拟渗透的行为异化也十分显著，白人采取的各种模拟策略导致了黑人相应的模拟行为。随着城乡差距扩大，人们在爱与恐惧的复杂情绪中难以抉择，南非社会产生效应异化。

面对人们的心理异化、行为异化以及南非社会的效应异化，阿兰·佩顿（Alan Paton，1903—1988）通过后殖民写作实现了对异化的抵抗。佩顿以霍米·巴巴的"第三空间"理论为基础，展示了"第三空间"的扩张和对殖民话语在殖民环境中的颠覆。东西方文化的交融和不同的叙事方式，促成了"第三空间"的出现。文学写作不再以西方为中心，话语权的重构和相互救赎的愿景颠覆了原有的思维方式和写作习惯。佩顿通过这部小说表达了在南非种族冲突的背景下对南非黑人的同情和关怀，同时希望开创非洲文学的新纪元的愿景。

一、心理异化：身份危机

在霍米·巴巴的后殖民批评理论中，身份理论也是重要的一部分，他对身份的定义是："身份是一种主体间的、表演性的行动，它拒绝公众与私人、心理和社会的分界。它并非是给予意识的一种'自我'，而是自我通过象征性他者之领域——语言、社会制度、无意识——'进入意识的'。"①所以当我们面对身份问题时，身份是不确定的，身份总不是一个纯净的成品。而霍尔也曾提出"单一民族国家"是想象的共同体，"民族身份一定会被侵蚀"，"这就是一种我们无法回避的混杂化"。②

作为生活在非洲的白人，佩顿父母经常因为不同的宗教信仰而发生宗教争论，而他自己也会被他的"杂糅"文化身份所迷惑，并对它的许多方面进行思考。《哭泣吧，亲爱的祖国》（Cry, the Beloved Country，1948）书写了文化的混杂状态。这种文化混杂的背后则是人物的身份认同困境，揭示出这片土地上黑人和白人的混杂文化身份。

霍米·巴巴的自身生活经历与"混杂"密不可分。巴巴出身于印度孟买，他的家庭是从波斯逃到印度的袄教徒后裔，他在印度学习，后又在英国学习。这种"混杂"的身份使得他在研究民族和文化身份以及少数族裔文学和文化方面有着切身体会，所以拥有很大的发言权。③霍米·巴巴提出了后殖民语境下的"无家可归"的状态，即"无家感"，不仅产生于个人的心理失调，也源于文化移位后在夹缝中生存的心理创伤。《哭泣吧，亲爱的祖国》就塑造了许多这样的"无家可归"状态的白人。

---

① 靳春莹、田耀：《基于霍米·巴巴理论分析〈绿皮书〉唐·谢利的身份认同》，《卫星电视与宽带多媒体》2020年第3期，第170页。

② 理查德·L. W. 克拉克：《从辩证法到延异：反思斯图亚特·霍尔晚期作品中的混杂化》，宗益祥译，《山东社会科学》2015年第3期，第39页。

③ 王宁：《叙述、文化定位和身份认同——霍米·巴巴的后殖民批评理论》，《外国文学》2002年第6期，第49页。

亚瑟·贾维斯（Arthur Jarvis）是一个白人农场主的儿子，但却一生致力于为黑人争取权益，"亚瑟·贾维斯是一个勇敢的年轻人，他是一个为正义而战的勇士"[①]。他创办了黑人男孩俱乐部，想要黑人们生活得好一点，化解黑白矛盾。当阿布沙鲁姆一行人闯进他家行窃时，这个善良的白人并没有想要伤害他们，却被阿布沙鲁姆因为害怕而开枪杀死。而他死前还在撰写《关于本地犯罪的真相》（*The Truth About Native Crime*）的手稿。书中还塑造了许多无名的白人群体，如创办黑人的盲人之家的白人："他与人们交谈，盲人的眼睛里闪烁着某种只能是灵魂之火的光芒。做这项慈善工作的是白人，他们中有些人讲英语，有些人讲阿非利卡语。是的，那些讲英语的人和讲阿非利卡语的人一起打开了原本失明的黑人的眼睛。"[②] 还有帮助黑人搭车的白人，却被黑人拒绝："我听说他们试图阻止白人帮助他们乘车，他们甚至准备将他们告上法庭。"[③] 以亚瑟·贾维斯为代表的这类白人想要帮助黑人，却不被黑人所认同，这种"无家可归"的状态一直笼罩着这类白人的一生。

白人的这种身份困境反映了一种心理上的疏离。首先，他们是孤独的"外国人"。在殖民地上，虽然殖民者处于支配和控制的地位，但始终处于黑人叛乱者和人民的仇恨和敌意之中。对于南非人民来说，白人永远是敌对的一方，是永远的入侵者，不会被非洲人民接受。其次，贾维斯和其他白人是文化的"外来者"。身处非洲传统文化的土壤中，白人无法融入其中，也无法拥有安全感和认同感。书中贾维斯所代表的白人的遭遇和佩顿自己的经历也非常相似。

作为一个英国白人作家，佩顿也是南非政治制度和监狱管理制度的革新者。他揭露种族歧视，期待黑人和白人相互尊重，但一直身处争议中心。他自己的身份困境反映了生活在殖民地的殖民者不可避免的心理异化。

罗伯特·杨曾经指出"特别是在借鉴了拉康精神分析和法农心理状态分析之后，巴巴通过将矛盾性定位于他者和边缘，然后通过展示这种矛盾性是中心的自

① Alan Paton, *Cry, the Beloved Country*, New York: Charles Scribner's Sons, 1948, p. 71.

② Alan Paton, *Cry, the Beloved Country*, New York: Charles Scribner's Sons, 1948, p. 88.

③ Alan Paton, *Cry, the Beloved Country*, New York: Charles Scribner's Sons, 1948, p. 50.

身的一部分，避免了对熟悉的二分法的简单逆转"①。混杂文化身份并不是由简单的二元走向多元，而是一方走向另一方的渗透。《哭泣吧，亲爱的祖国》中的黑人群体体现了"他者"这种被渗透的复杂的文化身份。

书中一开头，在描述了恩多什尼的美好景致之后就提到了一个事实："男人们都走了，年轻男子和女孩子们都走了。这片土地再也留不住他们了。"②黑人们纷纷前往繁华的白人都市约翰内斯堡，虽然被剥削，生活悲惨，但仍然趋之若鹜。在工作方面，黑人成为低廉劳动力，沦为下等人。在生活方面，黑人们饱受歧视，住房、交通、生活、医疗无法得到保障，只能建立棚户区，成为"非法占领者"。部落被破坏了，南非就像生病的人，希望和尊严被罪恶和堕落推翻。

书中比较典型的人物就是主人公史蒂芬·库马洛的弟弟约翰·库马洛，不自觉地被白人同化，厌弃祖鲁语，贪恋权力，不顾亲情对自己侄子下手。当久别重逢之时，哥哥询问他为什么不写信了，约翰只是轻飘飘地说："不，我怎么能写呢？你们恩多什尼人不了解约翰内斯堡的生活方式。我觉得还是不写为好。"③而当交谈时，约翰也不自觉地偏好英语："啊，这很困难呀，你介意我说英语吗？我想我用英语能表述得更好。"④作为黑人，约翰谴责白人剥削黑人的行为，却不自觉地"模拟"白人的行为方式，这种心理使他的文化身份变得复杂，既有受殖民的"他者"色彩，又有殖民者的优越感。

另一个具备这种复杂文化身份的人物是史蒂芬·库马洛的妹妹格特鲁德（Gertrude）。她只身来到大城市，被人以为过得富有："她是女王之一，卖酒的。他们说她是约翰内斯堡最富有的人之一。"⑤实际她却一无所有："尽管她曾经很富有，但格特鲁德的衣服现在却很脏，她头上戴的那顶油腻的黑帽子使她感到惭愧。"⑥以格特鲁德和约翰为代表的去往大城市的黑人，既不愿意回到贫穷落后的

① Robert J. C. Young, *Colonial Desire*, London: Routledge, 1995, p. 4.

② Alan Paton, *Cry, the Beloved Country*, New York: Charles Scribner's Sons, 1948, p. 4.

③ Alan Paton, *Cry, the Beloved Country*, New York: Charles Scribner's Sons, 1948, p. 35.

④ Alan Paton, *Cry, the Beloved Country*, New York: Charles Scribner's Sons, 1948, p. 35.

⑤ Alan Paton, *Cry, the Beloved Country*, New York: Charles Scribner's Sons, 1948, p. 28.

⑥ Alan Paton, *Cry, the Beloved Country*, New York: Charles Scribner's Sons, 1948, p. 33.

乡村，却也不被大城市所包容接纳，面临无法解决的身份认同难题，身处于被渗透的混杂文化身份中。

二、行为异化：模拟渗透

霍米·巴巴将模拟定义为"对一个经过改革的可识别的他者的渴望，模仿的话语是围绕着一种矛盾性构建的"[①]。白人使用模仿策略，实施文化同化政策，通过文化教化和惩戒使南非当地黑人产生模拟行为。这种模拟改变了被殖民者的行为和思维，在行为层面上表现出异化现象。

白人的模拟策略表现在两个方面：一个是文化殖民，另一个是改造黑人的意识形态。白人的这种模拟策略可以说是对被殖民的黑人进行身份塑造的一种形式。这种身份塑造，"除了包括主体自我选择的各种塑造外，就其政治意义而言，主要体现为强势群体对弱势群体的强制性塑造或规训"[②]。这些模仿策略使黑人内化了白人的行为、文化和价值观，使他们在认知上和心理上与白人保持一致。文化殖民体现在白人普及基督教文化的行为上。书中写到各个地方都盛行基督教，大家都拿着《圣经》，出现了大量的黑人牧师。主人公史蒂芬·库马洛是一名黑人牧师，他的好朋友密西曼古（Mismangu）也是一名黑人牧师。书中有许多关于基督教的描述。例如，书中曾描写了密西曼古布道的场景：

> "我耶和华凭公义召你
>
> 要握住你的手，守护你
>
> 并赐你为众民立约
>
> 要作外邦人的光
>
> 打开盲人的眼睛

[①] Homi K. Bhabha, "Of Mimicry and Man: The Ambivalence of Colonial Discourse", *The Location of Culture*, London: Routledge, 1994, p. 86.

[②] 陈永国：《身份认同与文学的政治》，《清华大学学报》（哲学社会科学版）2016 年第 31 卷第 6 期，第 23 页。

把犯人从监狱里带出来

还有坐在黑暗中的人

走出监狱。"①

    白人的另一个模拟策略在于对黑人的思想改造。白人创造的繁华城市吸引了乡村部落土生土长的黑人，他们以低廉的价格雇佣黑人挖金，将其剩余价值盘剥殆尽，黑人们一贫如洗却依旧在大都市生活中苦苦苟活。"但他说，它不是建立在矿山上，而是建立在我们的黑人身上，建立在我们的汗水和劳动上。每一个工厂、每一个剧院、每一座漂亮的房子，都是由我们建造的。"②

    黑人承受着种族隔离制度的不平等待遇，忍受着开采的艰苦工作和低廉工资，在白人的光鲜生活背后充当廉价劳动力。同时，黑人的衣食住行也得不到保障。书中有一段关于棚户区居民的描述令人触目惊心："棚户区一夜之间空了出来。孩子咳嗽得很厉害，她的眉毛像火一样热。我不敢动她，但这天晚上是要动的。寒风透过麻袋吹来。在雨中，在冬天，我们该怎么做？安静，我的孩子，你的母亲在你身边。安静，我的孩子，不要再咳嗽了，你的母亲在你身边。"③哭闹病重的孩子和痛心无奈的母亲，无疑是棚户区悲歌的一个强烈的音符。

    黑人被白人的西方生活方式所同化，当生活变得艰难时，他们竟然不自觉地向西方基督教的诸神祈祷。"安静，我的孩子，哦，上帝让她安静。上帝怜悯我们。基督怜悯我们。白种人，请怜悯我们。"④

    主人公史蒂芬·库马洛的弟弟约翰·库马洛也是一个时常表现出模拟行为的人。他拒绝回到自己的家乡，拒绝给家人写信，拒绝说祖鲁语，即他的母语。他模仿白人，开始有意无意地说英语。他贪恋权力、金钱和地位，为了利益，他甚至不关心自己的侄子。当面对自己多年未见的亲哥哥时，他甚至吹嘘起来："因为白人有权力，我们也想要权力……但是当一个黑人有了权力，当他有了钱，如果

---

① Alan Paton, *Cry, the Beloved Country*. New York: Charles Scribner's Sons, 1948, p. 89.

② Alan Paton, *Cry, the Beloved Country*, New York: Charles Scribner's Sons, 1948, p. 37.

③ Alan Paton, *Cry, the Beloved Country*, New York: Charles Scribner's Sons, 1948, p. 57.

④ Alan Paton, *Cry, the Beloved Country*, New York: Charles Scribner's Sons, 1948, p. 58.

他没有堕落，他就是个伟人。"① 约翰·库马洛对白人的言行举止乃至世界观都进行了一系列的模拟，深刻地揭示了模拟策略下被殖民者在白人的改造和同化下的行为异化以及背后的心理异化。

三、效应异化

由于南非独特的历史环境，白人殖民者群体和黑人殖民者群体不可避免地出现了认同危机，从而导致了心理危机。随之，白人的模拟策略导致了黑人的行为异化。心理上的异化和行为上的异化导致了整个国家和社会的异化，城乡差距不断拉大，这片古老大陆上人们的情感状况也日趋复杂。

当读到《哭泣吧，亲爱的祖国》这本书的第一段时，这个故事似乎是一个发生在美丽遥远的地方的寓言。淳朴的乡村宛如一个天堂，令人心驰神往。在第一章的第二和第三段中，佩顿也表明：非洲大草原的兴衰就象征南非部落文明的兴衰。南非国土被广袤的草原所覆盖，在当地人心中，草原是一种母性的存在，是非洲部落文明的象征，它让人们感受到非洲原住民心中传统文明和秩序的高贵与神圣。

白人定居者的统治继续蚕食着南非的土地，原始文明的逐渐衰落表现出一种荒凉和无助的气氛。土地和人是相互依存的。毁坏土地就是毁坏人，反之亦然。这本书一开始就把土地描绘成可爱的草地和山脉，但却告知读者，有一条高速公路穿过了它。库马洛来到了迷幻的大都市，那里到处都是工业的痕迹，最终城市被描绘成一个充满噪声、污染和人口拥挤的地方。他不禁感叹："部落已经支离破碎，再也无法修复了。曾经养育他的部落，以及他的父亲和他父亲的父亲，都已失去。因为男人们都不在，年轻男子和姑娘们都不在，玉米再也长不到人那么高了。"② 乡村的淳朴和城市的繁华形成对比，导致了两个世界和阶层的差异。约翰内斯堡的宏伟是现代文明与传统文化碰撞的结果，库马洛内心的巨大震撼也由此可见一斑。

---

① Alan Paton, *Cry, the Beloved Country*, New York: Charles Scribner's Sons, 1948, p. 39.

② Alan Paton, *Cry, the Beloved Country*, New York: Charles Scribner's Sons, 1948, p. 87.

城乡之间的巨大差距不仅体现在区域环境上，也体现在人们的生活水平上。由于种族隔离制度，南非本土黑人和白人的生活水平差距惊人，造成了不可调和的矛盾。除了物质水平的差异和权力的差异，白人带来的工业文明极大地改变了南非的面貌，形成了以约翰内斯堡为首的巨大的工业化城市，吸引了许多不得不离开家乡的黑人工人，并把他们变成了矿山里的卖身工和妓女等社会底层人。

除了诸如《本土劳工法》《人口登记法》和《通行证法》等充满不公平的种族隔离法规外，在 20 世纪 20 年代和 40 年代，当局还颁布了一系列劳动法规，限定黑人从事"未开化的劳动"（只能作为野蛮人或原始人生活）。他们只能在劳动条件差、劳动强度大、报酬低的部门工作。①白人和黑人之间鲜明的阶级差异在这个欧洲工业文明和非洲传统文明激烈冲突的时期表现得最为明显。这种对比，一方面突出了不同种族之间的经济和文化障碍，另一方面也揭示了来到约翰内斯堡寻找幸福的黑人青年的生活真相：他们成了白人文明的受害者。

"恐惧"一直是贯穿全文的关键词，它被主角库马洛不断提起。白人害怕黑人，害怕黑人犯罪，害怕黑人伤害他们，而黑人也害怕白人。对黑人来说，他们是弱势群体，受到白人的剥削，生活在艰苦的环境中，做着艰苦而屈辱的工作，报酬很低。这种相互恐惧是由于缺乏理解和沟通，种族之间形成了障碍。书中还有一段话："当他的土地上的鸟儿在歌唱时，不要太感动，也不要对一座山或一个山谷付出太多的心。因为如果他付出太多，恐惧会夺去他的一切。"②这段话深刻地反映了人们因为恐惧，害怕失去，甚至不能热爱自己的国家，而这种恐惧是种族问题造成的巨大悲剧。

对于作品的主人公库马洛来说，他一直处于恐惧之中，对国家的恐惧，对儿子的恐惧，对贾维斯的恐惧，对他在大城市所闻所见的恐惧。史蒂芬·库马洛生活在纳塔尔省的祖鲁部落，仍然过着传统的乡村生活。小说开始时，史蒂芬收到了他的同事、黑人牧师密西曼古的一封信，邀请他到约翰内斯堡去见他。在信中，密西曼古邀请他参加在约翰内斯堡举行的会议。库马洛带着极大的焦虑和惶恐前

---

① 杨兴华：《试论南非种族隔离制度》，《世界历史》1987 年第 2 期，第 54 页。

② Alan Paton, *Cry, the Beloved Country*, New York: Charles Scribner's Sons, 1948, p. 79.

往。当他到达约翰内斯堡时，他对这个巨大的城市感到困惑和恐惧。

此前，他18岁的儿子阿布沙鲁姆（Absalom）离开了生他养他的乡下，再也没有回来。库马洛决心在约翰内斯堡找到他的儿子。寻找儿子的漫长过程使库马洛深入约翰内斯堡周围的许多黑人棚户区，如亚历山德拉棚户区。亚历山德拉是一个犯罪猖獗的地区。库马洛四处打听，很快得知他的儿子一直过着犯罪的生活。他终于找到儿子的公寓，但在那里只看到一个年轻的孕妇，她的肚子里怀着儿子的孩子。此时，库马洛感到沮丧、羞愧，并陷入巨大的痛苦之中。在严格的部落法规和坚定的基督教信仰的熏陶下长大的库马洛从未想过他的儿子会在城市生活中做出如此不道德的行为。一种不祥的预感，一种强烈的恐惧感，压倒了所有的情绪，控制了他。

面对恐惧，阿兰·佩顿选择了用爱来化解。对整个南非的爱，对国家的爱，以及每个人对彼此的爱都体现在书中。阿兰·佩顿认为，爱是唯一能将不同种族联系在一起的东西。爱会帮助他们克服贪婪、恐惧和对彼此的不信任，爱是使人们和谐相处的良药。

库马洛一步一步地从绝望的深渊中爬了起来，这主要是由于他人的善意和同情心。事情的起因是，就在他离开约翰内斯堡时，密西曼古给了他一份意外的礼物：一本邮政储蓄本，里面有密西曼古一生的积蓄。史蒂芬·库马洛带着这份礼物回到了家，但他不知道如何面对他的教徒，作为一个杀人犯的父亲，他怎么能再次成为他们的"umfundisi"（祖鲁语：牧师）？然而，他的族人却毫不介意，为他的归来而欢呼。

因此，库马洛再次感到人们真的爱他、理解他，而没有像他所想象的那样把他拒之门外。这种爱和尊重终于打消了他的疑虑。但对史蒂芬来说，比他与乡亲和邻居的关系更重要的是他与受害者的父亲詹姆斯·贾维斯的关系。和库马洛一样，贾维斯在他儿子死后经历了巨大的精神转变。他没有歧视抵制黑人，特别是库马洛，而是试图继续他儿子的工作，帮助库马洛和纳塔尔的人民。他给祖鲁人的孩子们提供牛奶；介绍一位年轻的农业学家帮助他们改进耕作技术；最后还为库马洛建造了一座新的教堂。在小说阴郁、绝望的开头之后，结局是非常令人振奋和充满希望的。

四、从异化到抵抗

在霍米·巴巴的著述《文化的定位》第三章"他者的问题"（"The Other Question"）中，他指出"殖民者和被殖民者之间的文化、历史和种族隔离实际上是一种臆想的二元对立"[①]。而他所倡导的混杂理论提道，"混杂性是对殖民话语的问题化——它颠覆了殖民者的否定，'被否定'的知识进入了主流话语，异化了其权威的基础"[②]。巴巴主张，殖民和被殖民的场景相互混合，从而在语言认同和心理机制之间发展出一个新的过渡空间，它既模糊又矛盾，它就是"第三空间"。

佩顿的《哭泣吧，亲爱的祖国》呈现了南非社会多元混杂的状态，包括西方基督教文化和南非本土文化的混杂以及非洲口头叙事和西方传统叙事的混杂，表明了殖民者和被殖民者话语之间二元对立并非牢不可破。在后殖民作品中，宗教往往是浓墨重彩的一笔，在《哭泣吧，亲爱的祖国》中也不例外。哈得特在解读巴巴理论时曾经提出："就文化身份而言，混杂性是说不同的文化之间不是分离迥异的，而是相互碰撞的，这种碰撞和交流就导致了文化上的混杂化；巴巴在这里更强调的是混杂化的过程。"[③]这可以理解为殖民话语在流传中必然遭到本土的改写，宗教文化则是其中最具代表性的例子。

在这个作品中，宗教色彩十分浓厚，这都归功于白人在南非的宗教渗透行为。白人们修建基督教教堂，无论是繁华的"罪恶之都"约翰内斯堡，还是在远离尘嚣的纳塔尔乡村的恩多什尼，基督教教堂都随处可见。同时，伴随着教堂而来的是基督教牧师，书中的男主角史蒂芬·库马洛就是一个乡村的黑人基督教牧师，而他到大城市发展的好朋友密西曼古也是当地的一个黑人牧师，书中出现了很多

[①] 转引自蔡圣勤、芦婷：《历史重构与文化杂糅：穆达小说之后殖民解析》，《贵州大学学报》（社会科学版）2017 年第 35 卷第 4 期，第 153 页。

[②] Homi K. Bhabha, *The Location of Culture*, New York: Routledge, 1994, p. 114.

[③] David Huddart, *Homi K. Bhabha*, London and New York: Routledge, 2006, p. 4.

黑人牧师，而且他们对自己的身份深信不疑。书中一开始，就提到了史蒂芬·库马洛的妻子好不容易攒下了"十二镑，五先令，七便士"①。库马洛夫妻十分贫困，妻子本打算用这笔钱换一个冬天烤的暖炉，但当她听说儿子下落时便把钱都给了丈夫，还告诉丈夫："这是没办法的事，她说。还有那笔钱，虽然我们把它留给了圣查德，但我本来是想给你买新的黑袍子，还有一顶新的黑帽子，以及新的白领。"②书中对于基督教文化的载体《圣经》的描写也很多。当史蒂芬·库马洛想要表明自己是好人时，他马上说自己是个牧师，对方问道："你有《圣经》吗？"史蒂芬·库马洛回答："我有一本《圣经》。"而当库马洛坐上离乡的火车，他无比紧张局促，"卑微的人从口袋里拿出他的圣书，开始阅读。只有这个世界才是确定的"③。

　　西方基督教文化虽广为传播，却滋生了新的异质。巴巴在《被视为奇迹的符号》一文中指出，"如果'英语书'的出现被解读为殖民混杂性的产物，那么它就不再是简单的命令式权威。"④那本"英语书"即《圣经》，在南非本土遭到渗透和改写。这一点在《哭泣吧，亲爱的祖国》中可见一斑。《圣经》及其语言本应是英语，但却被南非的本土语言祖鲁语或科萨语改写了。如书中提到的阿姆方提斯（umfundisi）是祖鲁语"牧师"，取代了英文的牧师，提克索（Tixo）是科萨语"至高无上的神"，取代了英文的"God""Lord"。就像霍米·巴巴的献身理论所言："对本土符号的坚持玷污了神的权威语言，在施行统治的过程中，主人的语言变成了非此非彼的杂交之物。揣摩不透的被殖民主体总是亦默许亦反对，让人放心不下，这就产生了一个殖民文化权威无法解决的文化差异问题。"⑤这种煞费苦心的做法代表了一种基督教文化和非洲传统文化的杂糅，这两种文化不再是两块密不透风的铁板，而是互相渗透、互相影响。

---

① Alan Paton, *Cry, the Beloved Country*, New York: Charles Scribner's Sons, 1948, p. 9.

② Alan Paton, *Cry, the Beloved Country*, New York: Charles Scribner's Sons, 1948, p. 9.

③ Alan Paton, *Cry, the Beloved Country*, New York: Charles Scribner's Sons, 1948, p. 14.

④ Homi K. Bhabha, "Signs Taken for Wonders: Questions of Ambivalence and Authority Under a Tree Outside Delhi, May 1817", *Critical Inquiry*, 1985, 12 (1), p. 155.

⑤ 霍米·巴巴：《献身理论》，马海良译，载罗钢、刘象愚主编：《后殖民主义文化理论》，北京：中国社会科学出版社，1999年，第156页。

在《哭泣吧，亲爱的祖国》中，佩顿不仅采用了西方传统的小说形式书写，也没有放弃非洲本土的叙事特点，这两种叙事方式的混杂，体现出特别的魅力。

殖民者的到来不仅带了英语和《圣经》代表的基督教文化，也带来了英文小说这一传统的文学写作样式。而非洲本土由于文字出现较晚，最初的文学往往以口头叙事为主，通常依赖歌谣、民间神话传说等方式。在《哭泣吧，亲爱的祖国》中，虽然正文是以英文小说为主，却采取了口头叙事的非线性叙事，有时候是以主角史蒂芬·库马洛的视角展开故事，有时候是以被杀者的父亲贾维斯的视角展开故事，有时候则岔开主故事线讲述约翰内斯堡的富人们开发金矿、贪得无厌的情节。同时，书中还多次提到了非洲本土歌谣"Nkosi sikelel' iAfrika"，意为"God bless Africa"或"God save Africa"（大佑非洲），一次是棚户区的平民们为了安慰自己而唱，一次是库马洛家乡旱灾严重时村民为了鼓励大家而唱。本土歌谣的出现使得东西方文化的交融更加浓厚，显示出特有的杂糅特色。

东西方叙事混杂还体现在语言方面，虽然佩顿创作《哭泣吧，亲爱的祖国》使用了英语，但是却有意地加入了非洲本土语言——祖鲁语、科萨语、阿非利卡语的点缀："这里有新的名字，对于一个一直接受英语教育的祖鲁人来说，这些名字很难听懂。因为它们使用的是被称为阿非利卡语的语言，一种他从未听说过的语言。"[1]

阿非利卡语是非洲人的语言，是荷兰语言的一个更为简化和优美的版本，尽管它被一些荷兰人所蔑视。《哭泣吧，亲爱的祖国》最初是用英语写的，其中经常提到南非本地语言、当地方言，以及白人和有色人种之间的一些语言差异，这反映在书中的地名、语气修辞和日常用语中。

作为一名反种族隔离作家，佩顿一直致力于向世界展示非洲传统文化，打破种族歧视。因此，该书具有强烈的反殖民内涵。小说中的一些词汇是南非特有的，用来指代当地的动植物，如第一章中提到的"titihoya"，这是一种鸟，在作者的注释中，"这个名字是拟声词"。此外，还有一些源于阿非利卡语的英语单词，如"kloof"（峡谷）、"veld"（草地）等。这种语言的杂糅，挑战了西方英语的"纯洁

[1] Alan Paton, *Cry, the Beloved Country*, New York: Charles Scribner's Sons, 1948, p. 15.

性"和"权威性",挑战了欧洲中心主义和殖民主义,揭示了文化杂糅的奇特状态。

正如霍米·巴巴在《文化的定位》中所说,后殖民主义文本"将抵抗定位于隐含在殖民主义矛盾中的颠覆性话语实践,从而瓦解了帝国主义话语宣称其优越性的基础"[1],研究这种后殖民主义文本的颠覆性是后殖民主义批评的一个重要课题。小说从话语权的重建和黑白种族相互救赎的愿景两方面,说明佩顿如何颠覆殖民话语,积极抵制殖民文化的侵袭。

福柯在《知识考古学》中提出:"明显话语是它没有说出的东西的逼迫出场"[2],这种没有说出的东西驱使写作成为一种话语表达。由于殖民者的恶行,非洲国家人民的写作和话语长期以来一直是"失语"和"缺席"的,殖民者常常将被殖民者视为西方的"他者",妄图抹杀和歪曲其真实历史和文本。

爱德华·萨义德在他的《东方主义》(*Orientalism*,1978)一书中进一步阐述了这一点,将"东方"定义为西方人权利的象征,一种优越感和地缘政治概念。他认为,非西方民族通过知识的生产者构成他者,并不断被西方的文化霸权所重构,因此他者最终被淹没在西方话语中并被其取代,而西方话语的存在只是为了向西方提供一个他者。佩顿创作的《哭泣吧,亲爱的祖国》打破了西方殖民者对话语权的垄断,通过将话语权的主体从殖民者变为被殖民者来重构话语权。通过让被殖民者拥有自己的"声音"[3],以欧洲中心主义和种族主义为特征的殖民话语被推翻了。

首先,佩顿打破了由殖民者主导的西方叙事话语的文本模式。萨义德曾指出,人类只能从某种政治、文化和意识形态框架中形成观点。西方对非洲历史的书写,无疑受到了殖民主义意识形态的影响,从殖民者的角度想象和构建非洲历史。西方文本刻意美化殖民者,丑化被殖民者,将非洲人民边缘化,歪曲了殖民历史的真相,使非洲历史的书写失去了本来面目。

在《哭泣吧,亲爱的祖国》中,佩顿从多个角度进行叙述,包括史蒂芬·库马

---

[1] Homi K. Bhabha, *The Location of Culture*, New York: Routledge, 1994, p. 22.

[2] 米歇尔·福柯:《知识考古学》,谢强、马月译,北京:生活·读书·新知三联书店,2007年,第25页。

[3] 申丹:《叙事形式与性别政治——女性主义叙事学评析》,《北京大学学报》(哲学社会科学版)2004年第41卷第1期,第140页。

洛的视角和詹姆斯·贾维斯的视角，以呈现故事的全貌。这向读者展示了不同的个人和身份对同一事件的不同看法和情感，以及他们各自因意识形态而产生的以自我为中心的叙述话语。例如，在作品的第一部分，黑人牧师库马洛到约翰内斯堡寻找儿子，但在发现儿子杀死了一个白人后，一直处于恐惧和绝望之中，内心充满了愧疚。在作品的第二部分，白人庄园主贾维斯听到儿子突然被枪杀的消息后，去处理善后事宜。贾维斯来到儿子的书房，发现了儿子生前为争取黑人权利而写的手稿，他从内心深处理解了儿子的事业，开始接受并原谅这个黑人罪犯。借助于不同人物对同一事件的描述，这起可怕的谋杀案背后的原因和故事被揭示出来。

其次，佩顿以优美的笔触描绘了南非传统文化的世界，美丽淳朴的乡村部落，善良可爱的南非原住民，颠覆了西方人对非洲人愚蠢、野蛮、懦弱、卑微的想象，颠覆了西方人认为非洲人陆贫瘠和不文明的看法。

作品还构建了许多有血有肉的黑人的正面形象，在古代希腊罗马文学中，黑人常常被描述为"野蛮"的代表，他们凶悍、残暴、奸诈[①]，这种看法在《哭泣吧，亲爱的祖国》中被颠覆。

另一个善良的黑人形象是牧师密西曼古。他把库马洛当作自己最好的朋友，一直陪伴着他寻找家人，在他绝望和悲伤的时候无私地帮助他。当他知道库马洛的儿子要被处决时，不仅联系了律师，还把装满自己积蓄的邮政储蓄本送给他。同时，作为一名牧师，密西曼古也一直在传道教化他人。

在《哭泣吧，亲爱的祖国》中，佩顿通过描绘黑人和白人之间相互理解和救赎的故事，打破了固定的黑人和白人的种族二元对立，民族和谐的美好愿景由此产生。

史蒂芬·库马洛和詹姆斯·贾维斯，一个是罪犯的父亲，一个是受害者的父亲，在惨遭丧子之痛后，他们能够相互理解。面对杀害自己儿子的敌人和敌人的父亲，贾维斯选择了原谅。在一场暴雨中，贾维斯和库马洛走进了同一个教堂避雨。贾维斯给祖鲁族的孩子们带来了牛奶，库鲁斯的孩子们也恢复了健康。库马洛故乡的人们遭受干旱，贾维斯帮助他们建造了一座水坝。而贾维斯决心在库马

---

① 冯定雄：《罗马中心主义抑或种族主义——罗马文学中的黑人形象研究》，《外国文学评论》2017年第2期，第96页。

洛的故乡再建一座教堂，上面刻上他儿子的名字："我感谢你的慰问信息，以及你的教会的祈祷承诺。你是对的，我妻子知道正在进行的事情，并且在其中发挥了最大的作用。我们所做的这些事情是为了纪念我们亲爱的儿子。在恩多仕尼建造一座新的教堂是她最后的愿望，我将会来和你讨论这个问题。"①詹姆斯·贾维斯继承了他唯一的儿子遗留下来的精神，尽其所能地帮助黑人。人性光辉在此最大化。

库马洛回到家里照顾他的儿媳妇，并结识了詹姆斯·贾维斯的孙子，即死去的亚瑟·贾维斯的儿子。这个小男孩活泼可爱，是一个心地善良、乐于助人的男孩，与陌生人和黑人都能相处融洽。亚瑟的儿子和库马洛之间的友谊是消解黑白二元对立的一个艺术表现。

亚瑟的儿子在书中的第一次出场呈现出一个善良、淳朴的白人男孩的形象。"有那么一瞬间，他惊讶得喘不过气来，因为那是一个骑着红马的白人小男孩，这个小男孩儿和另一个曾经骑马到这里的人很像。小男孩对库马洛笑了笑，道了早安。库马洛感到一种奇怪的骄傲，因为它应该是这样的，也感到一种奇怪的谦卑，还感到一种惊讶，因为这个小男孩不应该知道这个习俗。"②亚瑟的儿子就像亚瑟的化身，同样善良，乐于助人，当他听说库鲁斯的孩子生病了，热情地给他送去了牛奶。

同时，亚瑟的儿子对非洲传统语言非常热衷，他一直在向库马洛学习祖鲁语。亚瑟的儿子说："水是 *amanzi*，*umfundisi*... 而马是 *ihashi*... 而房子是 *ikaya*... 钱是 *imali*... 男孩是 *umfana*... 牛是 *inkomo*..."库马洛回答说。"也对。""你很快就会说祖鲁语了。"库马洛说这个小男孩是"来自上帝的小天使"③。

亚瑟的儿子和库马洛之间的友谊无疑升华了黑人和白人之间相互理解和救赎的情感。两个种族之间存在的隔阂、恐惧和不安全感是不可逾越的，是客观存在的，作者展示了一个被恐惧和猜疑分裂的国家。作者同情黑人，强烈谴责白人对黑人的态度和行为，他也告诉读者：黑人和白人之间存在着一种复杂而痛苦的感情。作者想表达的是在悲痛中的救赎。

① Alan Paton, *Cry, the Beloved Country*, New York: Charles Scribner's Sons, 1948, pp. 256-257.

② Alan Paton, *Cry, the Beloved Country*, New York: Charles Scribner's Sons, 1948, pp. 229-230.

③ Alan Paton, *Cry, the Beloved Country*, New York: Charles Scribner's Sons, 1948, pp. 231-232.

结　语

正如书中所说："只有一种东西拥有完全的权力，那就是爱。因为当一个人有爱时，他不寻求权力，他拥有了力量。我认为我们的国家只有一种希望，那就是当白人和黑人既不追求权力也不追求金钱，而只追求国家的利益时，就会一起为国家而努力。"[1]只要心中有爱，就能获得比权力和金钱更强大的力量。

（文／中南财经政法大学 万可心）

---

[1] Alan Paton, *Cry, the Beloved Country*, New York: Charles Scribner's Sons, 1948, p. 39.

第十六篇

所罗门·T.普拉杰
《姆胡迪》说书模式下的反抗叙事

所罗门·T.普拉杰

Solomon Tshekisho Plaatje，1876—1932

作家简介

　　所罗门·T.普拉杰（Solomon Tshekisho Plaatje，1876—1932）是南非著名的黑人政治家、编辑和作家。他出生于布尔人统治下的奥兰治自由邦（Orange Free State），父亲是德国传教站的一名黑人执事。普拉杰家族是当地的名门望族，在德国传教站的保护下，普拉杰一家未曾受到布尔殖民者的冲击，童年过得富足而自由。普拉杰自幼接受教会教育和巴罗朗（Barolong）一族的传统熏陶，熟读莎士比亚等西方名家的名作并成功掌握了英语、德语、荷兰语及其他多种南非本土语。1894 年，18 岁的普拉杰成为金伯利（Kimberley）一家邮局的邮递员。在金伯利，普拉杰结识了一群受过教育的土著青年并开始为被压迫的土著居民发声。1898 年，普拉杰搬往南非北部的马弗京（Mafeking）并成为一名法庭翻译。在马弗京，普拉杰第一次遇见了数量超过五千人的巴罗朗自治部落，多年来，该部落一直努力在殖民主义冲击下保存自己的文化传统和部族身份。具有巴罗朗贵族血统的普拉杰很快融入了巴罗朗土著的部落生活，并努力借用自己法庭翻译的身份为巴罗朗土著捍卫权益。1899 年，第二次英布战争爆发，马弗京亲英派的巴罗朗人被大量派去前线与布尔军队作战，普拉杰本人也作为战地记者用英语记录了马弗京包围战期间土著居民的惨状，并最后被整理成《所罗门·T.普拉杰的布尔战争日记》（*The Boer War Diary of Sol T. Plaatje*，1973）出版。

　　1902 年，普拉杰辞去了在南非政府机关的工作，转而投身新闻行业。普拉杰先后担任过多个土著报纸的编辑，包括《贝专纳报》（*Koranta ea Becoana*）和《人民之友》（*Tsala ea Batho*）等。成为一名编辑不仅为普拉杰提供了一个发挥自己写作才能的平台，也让他能够更好地为饱受压迫的土著居民发声，普拉杰至此成了南非土著的发言人。此外，普拉杰还积极投身政治活动，他是南非非洲人国民大会（South African Native National Congress）创始人之一，曾因南非国内实行的带有种族灭绝性质的土地法案（Native's Land Act）跟随土著代表团两次去英国请愿。在英国，普拉杰结识了大量志同道合的朋友，并创作了记录土地法影响下土著悲惨生活的《南非的土著生活》（*Native Life in South Africa*，1916）和描绘一百多年前土著历史的长篇小说《姆胡迪》（*Mhudi*，1930）。晚年期间，对南非政局彻底绝望的普拉杰转而将全部的精力投入保存茨瓦纳语和南非口头传统的事业中。普拉杰将大量的莎士比亚剧作翻译成茨瓦纳语并出版了记载了大量南非口头传统的合集。

作品节选

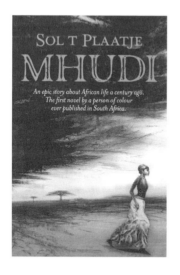

《姆胡迪》（*Mhudi*, 1930）

In this domain they led their patriarchal life under their several Chiefs who owed no allegiance to any king or emperor. They raised their native corn which satisfied their simple wants, and, when not engaged in hunting or in pastoral duties, the peasants whiled away their days in tanning skins or sewing magnificent fur rugs. They also smelted iron and manufactured useful implements which today would be pronounced very crude by their semi-westernised descendants.

Cattle breeding was the rich man's calling, and hunting a national enterprise. Their cattle, which carried enormous horns, ran almost wild and multiplied as prolifically as the wild animals of the day. Work was of a perfunctory nature, for mother earth yielded her bounties and the maiden soil provided ample sustenance for man and beast.[①]

在这片土地上，他们在几位酋长带领下过着宗族生活，不必向任何国王或皇帝效忠。他们在自己的土地上种植玉米以满足生活需求。当不从事狩猎或牧养工作时，农民们把时间花在晒皮革或缝制华丽的毛皮地毯上。他们还冶炼铁和制造一些有用的工具，这些工具在如今他们已经被半西化的后代眼中看来是非常粗糙的。

只有富人才有权养牛，狩猎则是全国性的活动。他们的牛长着巨大的角，奔跑和繁殖起来不亚于当今的野生动物。因为大地母亲的恩惠，这片处女地为居住在其上的人和动物都提供了充足的食物。巴罗朗人的生活安逸而轻松。

（胡锦萍 / 译）

---

① Solomon Tshekisho Plaatje, *Mhudi*, Jeppestown: Jonathan Ball Publishers (Pty) Ltd., 2009, p. 25.

作品评析

《姆胡迪》说书模式下的反抗叙事

引　言

　　所罗门·T.普拉杰（Solomon Tshekisho Plaatje，1876—1932）是南非早期著名的黑人作家、政治家、编辑和语言学家。普拉杰一生致力于保卫南非土著居民的政治权益，发表评论文章无数，《姆胡迪》（*Mhudi*，1930）是他创作的唯一一部虚构作品，也是南非文学史上第一部由黑人用英语写作的长篇历史小说。不同于以往聚焦于南非社会现实的评论性文章，《姆胡迪》以19世纪的南非为历史背景，着重刻画了部落斗争下男女主人公的爱情和复仇故事，小说真实反映了前殖民时期南非土著的诗意生活和优良传统，以及和平被打破后无辜土著们的颠沛流离。《姆胡迪》展示了普拉杰别具一格的叙事艺术与广博的历史知识，小说用英文这一国际化的语言将西方传统写作策略与非洲口头传统巧妙结合起来，生动再现了1832年到1837年南非德兰士瓦中部地区土著历史的生活。《姆胡迪》由普拉杰于1920年创作于英国伦敦，当时南非国内正推行剥夺土著土地所有权的严酷法案，普拉杰本人也跟随代表团前往英国请愿，希望英国政府能够出面干涉，取消这一法案。基于以上创作背景，《姆胡迪》绝非只是对一个世纪以前南非土著历史的简单回顾和对美好爱情的歌颂，而是更深层次地包含了普拉杰对南非白人政府的谴责以及对传统美满生活的追思。本文将从贯穿小说始终的说书模式出发，深入剖析普拉杰对这一非洲口头传统的灵活运用以及背后所蕴含的创作意图。

一、《姆胡迪》中的双重说书叙事

在《姆胡迪》中，普拉杰借用了大量的非洲口头传统，包括颂歌、抒情诗、说书、谚语、演讲等，其中说书叙事贯穿全文，叙述者来回转变视角，带领读者穿行于多个不同的场景之中，深入了解整个历史事件的来龙去脉。说书叙事（storytelling）俗称"讲故事"，是非洲大陆上最为重要的口头传统之一。在缺乏文字记录的非洲土地上，说书叙事是记录重大历史事件和延续美好传统的重要手段。几乎所有的非洲人都是潜在的说书专家，只要有需要，他们就能承担起这一角色，绘声绘色地进行讲述。

《姆胡迪》中存在着双重说书叙事，即有两位不同性质的说书人。其中最明显的一位就是包含于小说文本之中，不时发表感慨的老者。

说到这里，我们就要停下来赞美一下国王姆齐利卡兹（Mzilikazi）的妻子之一——绽于他后宫中的甜美百合花，乌曼迪（Umnandi）——的美貌和品德了。她是比松城（Bison-city）中安兹亚提（Umzinyati）的女儿，祖上都是战功赫赫的勇士。这就是一位白发苍苍的耄耋老人给作者描绘的乌曼迪，令人联想到《所罗门之歌中》的一段精彩描写……①

结合 1978 年修订版第五章中出现的"这就是我父母相遇并结为夫妇的全过程"②，我们不难猜出文中反复出现的耄耋老人就是男女主人公的儿子。他出现在小说的前几章，从小跟在父母身边，并有幸亲眼见过那位传说中的美丽王后。因为亲身经历过，老人能以真挚而细腻的口吻向普拉杰描绘乌曼迪那摄人心魄的美貌和美德，也能在饱经沧桑之后借《所罗门之歌》做出恰如其分的评价。小说主

---

① Solomon Tshekisho Plaatje, *Mhudi*, Jeppestown: Jonathan Ball Publishers (Pty) Ltd., 2009, p. 96.

② Solomon Tshekisho Plaatje, *Mhudi*, London: Heinemann African Writers, 1978, p. 59.

要情节发生于 1832 到 1837 年，从库纳纳（Kunana）城的陷落到联军攻势下的成功复仇，短短五年时间，说书者也不过是个孩童，自是无法亲身参与各方势力的争斗和见识书中所描绘的恢宏场面。因此，其所讲述的历史事件大多来自小说主人公姆胡迪（Mhudi）和拉达加（Ra-Thaga）本人的描绘。小说中多次出现的对姆胡迪和拉达加本人的思想活动和对话的直接引用也印证了这一观点。

　　"你知道"，拉达加曾说，

"布尔人能做很多事情，却唯独不擅长唱歌。然而，那天布尔人的歌声却是前所未有的动听。我曾去过格雷厄姆斯敦（Grahamstown）并在那里听过英国教众伴着巨大的管风琴吟唱颂歌，琴声萦绕整个教堂，就如行军时演奏的风笛和号角；我也曾在莫里亚（Morija）听过教堂中最出色的歌手帕斯特尔·马毕（Pastor Mabille）与巴苏陀（Basuto）教徒一起演唱赞美诗；我还去过伯大尼（Bethany）并在那聆听了德国乐手指挥下的由土著唱诗班所吟唱的最动听的歌曲。但当时，我被布尔人那如鼓点般的节奏震撼了，感受到一种辽阔的向往……"①

　　小说结尾，拉达加从布尔青年菲尔（Phil）手中接过作为礼物的二手篷车，并答应从今往后远离世间纷争，只听从酋长和妻子的召唤。至此，拥有二手篷车的姆胡迪一家率先步入了工业时代，拉达加驶着篷车四处游荡，在游历中收集马塔贝列人（Matabele）的口传故事，从而逐渐拼凑出当年对抗中三方势力的内部运作模式，并将完整的故事讲述给年幼的儿子。②从 19 世纪 30 年代到 20 世纪初，说书者从牙牙学语到垂垂老矣，结合他自己的经历和父母的讲述，在脑海中记录了自己一整个世纪以来的所有见闻，并将这些故事转述给了作者。在时代的变迁中，这位老者是唯一存活下来的那段历史的见证者，他凭一己之力连接起辉煌的 19 世纪 30 年代和饱受压迫的 20 世纪 20 年代，肩负着巴罗朗部落历史的记录和传统文化的传承任务。

---

① Solomon Tshekisho Plaatje, *Mhudi*, Jeppestown: Jonathan Ball Publishers (Pty) Ltd., 2009, p. 178.

② Tim Couzens and Stephen Gray, "Printers' and Other Devils: The Texts of Sol T. Plaatje's *Mhudi*", *Research in African Literatures*, 1978, 9 (2), pp. 207-208.

小说《姆胡迪》中的另一叙述者是普拉杰本人。相较于直接出现在文本中的老者，普拉杰的介入更加隐晦和耐人寻味。研究普拉杰的家谱，读者不难发现小说中的姆胡迪一家与普拉杰有着千丝万缕的关系。普拉杰的母亲是"姆胡迪"的后代，而"姆胡迪"是巴罗朗的一任国王的众多妻子中最年轻、受宠的一位。[①]小说第七章中女主角姆胡迪对自己少女时期与狮子相遇经历的叙述正好与普拉杰的曾祖母的经历相似，因此，小说中的姆胡迪是以普拉杰曾祖母为原型，经过一定改编而形成的女性形象，而上文中出现的老者就是普拉杰的祖父。口传艺术的一个重要特点就是不确定性，每个叙述者都能根据自己的理解将不同的事件、主题和人物自由连接到一起，从而创造出自己独特的版本。[②]祖父将自己父母一辈的爱情和冒险故事传给普拉杰，而普拉杰结合南非的现状对故事进行改编，将其创作成文学作品。虽与普拉杰的曾祖母同名，小说中的女主角姆胡迪是普拉杰身边众多值得钦佩的女性的结合体，其中包括普拉杰的妻子、女儿以及其他女性友人。不同于优雅迷人却仍旧被传统女性生育天职所桎梏并为此流亡民间多年的王后乌曼迪，小说中的姆胡迪具备一种现代女性的自由气息。虽成长于较为传统的巴罗朗部落，姆胡迪却对爱情有着独到的见解，不愿意仅因财富而嫁给对方或当别人的小妾，一口气拒绝了十几个追求者，直到遇见智勇双全的拉达加，两人才一见倾心，坠入爱河。夫妻二人居住荒野之际，姆胡迪曾发出这样的感叹：

"我母亲得和其他两个女人分享父亲的宠爱，"她自言自语道，"我又何德何能去独享丈夫的偏爱呢？嫉妒啊！我说！我的丈夫如此高尚，而我是他唯一的妻子。大家不是说男人天生就该三妻四妾，从不会对自己唯一的妻子付出真心吗？但我身旁就有一位，我从未见过哪个妻妾成群的男人能像我的丈夫那样幸福！"[③]

① Brian P. Willan, *A Life of Solomon Tshekisho Plaatje 1876-1932*, Charlottesville: University of Virginia Press, 2018, p. 33.

② Ruth Finnegan, "What Is Omlity — if Anything?", *Byzantine and Modern Greek Studies*, 1990, 14(1), p. 145.

③ Solomon Tshekisho Plaatje, *Mhudi*, Jeppestown: Jonathan Ball Publishers (Pty) Ltd., 2009, p. 62.

姆胡迪倍加珍惜拉达加全心全意的爱，同时也坚定地认为她能带给拉达加别人无法企及的幸福。小说中姆胡迪对自由恋爱的追求和对一夫多妻制的抵抗与普拉杰本人的思想观念高度重合。此外，姆胡迪非凡的勇敢与智慧也大大超越了同时代的女性，一次次地帮助二人逢凶化吉。患病醒来看见拉达加为了保护她正徒手与雄狮缠斗，姆胡迪能立马拿起武器刺向狮子的心脏，成功杀死凶残的雄狮；面对心怀不轨的异族首领，姆胡迪能第一时间设法脱身，当夜收拾行囊出发，独自一人在危机四伏的荒野中跋涉几日去拯救危在旦夕的丈夫；当拉达加被布尔青年菲尔的友谊所迷惑，认为布尔人都如菲尔般善良聪慧时，姆胡迪却能一眼看出布尔人的残忍贪婪，并提醒拉达加与他们保持距离……普拉杰有意将姆胡迪塑造成一位完美的女性，使她成为集合了土著人民所有美好品德的非洲之母，并在她身上寄托了培养自尊自强的非洲下一代的期望。

二、揭露真实历史

在合法化叙事的进程中，所有群体都会创作属于自己的故事。但下层阶级的叙事通常被特权阶级压制、贬低和边缘化，因此，这些被迫沉默的群体需要让自己的故事被听到，从而形成一种对抗叙事。多年来，南非白人对文字的垄断使得大部分的文学作品和历史记录都由白人主导，在这些文字中，白人被刻画为虔诚善良的基督教徒，是为野蛮土著带去先进文明的救世主，而有着悠久历史传统的当地土著则被贬低成粗俗落后的下等族群，各具差异的土著部落也被统一印刻上"黑人"的标签，与高高在上的"白人"形成二元对立。处于土著精英阶层的普拉杰一生致力于捍卫土著居民的合法权益，宣扬土著传统文化。在小说《姆胡迪》的序言中，普拉杰清楚地指出该小说的创作目的之一就是向读者展示黑人心灵的本质。[①]《姆胡迪》中耄耋老人对往事的娓娓道来为读者勾勒出一个世纪前布尔人与土著相遇的真实历史。布尔人首次出现在小说的第十章：

---

① Solomon Tshekisho Plaatje, *Mhudi*, Jeppestown: Jonathan Ball Publishers (Pty) Ltd., 2009, p. 11.

这是一支舟车劳顿的队伍，年长者的脸上流露出焦虑的神情……发言者是他们的领袖，一个名叫萨雷尔·西尔贾伊（Sarel Siljay）的布尔人，身后是一大群来自开普殖民地的荷兰移民。这些人驾着大篷车，赶着牲畜，拖家带口地前往内陆，希望能找到一些未被占领的土地来殖民和平静地侍奉上帝。①

布尔人成群结队的大迁徙与明显的殖民意图直接为这支于小说中途出现的第三方势力奠定了来者不善的神秘基调。结合历史，因不满于开普省对奴隶制度的废除和英国白人对政权的把控，大约一万名布尔人在 1836 年到 1846 年期间开始向西部迁徙，希望能在未知的土地上找到新的殖民地。酋长摩罗卡（Chief Moroka）统治下的巴罗朗部落与布尔人的相遇就是布尔大迁徙中的一个历史片段，却预示了接下来一个世纪该地区的土著被布尔人残忍压迫的悲惨命运。面对心怀不轨的布尔人，淳朴善良的巴罗朗人未能识破其携带众多先进火器的潜在威胁，而是热情地提供帮助。

布尔人突然转变话题，向他们打听北方的情况。巴罗朗人回答说四周的疆域辽阔，有足够的土地供所有族群生活。他们说那里有大量的狮子、老虎和较小的食肉动物，这些动物都能产生价值连城的皮毛。这些食肉动物有可能会杀死一两头牛，但布尔人手里有这么多枪，用不着为他们的存在而烦恼。②

之后，一路北进的布尔人遭到了马塔贝列人的袭击，损失惨重，危急之下，善良大方的巴罗朗部落本着联合布尔人一致对抗马塔贝列人的原则再一次伸出援手，给无家可归的布尔人提供住处并为他们送去牲畜。被打得落花流水的布尔人在巴罗朗人的帮助下在黑山（Black Mountain）脚下暂时居住了下来，经过一番整顿，巴罗朗部落和布尔人计划组成联军，主动攻打他们共同的仇人马塔贝列人。在这期间，拉达加与善良的布尔青年菲尔建立了深厚的友谊，两人互相学习对方

① Solomon Tshekisho Plaatje, *Mhudi*, Jeppestown: Jonathan Ball Publishers (Pty) Ltd., 2009, pp. 87-88.

② Solomon Tshekisho Plaatje, *Mhudi*, Jeppestown: Jonathan Ball Publishers (Pty) Ltd., 2009, p. 88.

部族的语言并被对方的人格魅力所折服。然而，善良正义如菲尔般的布尔人很是少见，小说中出现的其他布尔人，无论男女老幼大都十分残忍贪婪，对土著有着深深的歧视。聪慧敏锐的姆胡迪就曾在布尔族群中多次亲眼见证布尔人的残暴与冷酷：

老妇人从火里抽出一根拨火棍，拿它抽打那个半裸的女孩。那个不幸的女仆尖叫着跳开，痛苦地扭动着，试图逃跑。一个强壮的年轻布尔人抓住那个尖叫的姑娘，把她带回了老妇人那里，老妇人已经离开火堆，站在马车旁边的虎钳旁。年轻男人把霍屯督（Hottentot）姑娘的头按在虎钳上，老妇人把她的左耳夹在两个铁钳中间，然后紧紧地合上两个铁钳。姆胡迪看向菲尔的母亲，但她丝毫没有表现出对受刑女孩的关心，只顾忙着自己的家务事，好像这一切都很稀松平常。女孩的尖叫声引来了几个荷兰男人和女人，他们看起来似乎很享受这病态的场景。①

选文中出现的霍屯督女仆即为科伊科伊人（Khoikhoi）的后代。科伊科伊人原本自由地生活在广袤的南非土地上，18世纪，在殖民主义的冲击下，大量失去牲畜、土地和部落组织的科伊科伊人被迫成为布尔人的牧奴。上文就是被奴役的科伊科伊人悲惨生活的真实写照，冥冥之中预言了之后可能会降临在巴罗朗人身上的遭遇。②除了早就被奴役多年的霍屯督人，布尔人也对他们的救命恩人巴罗朗人充满了不屑与鄙视。当联军计划攻打马塔贝列人之际，布尔人提出的开战条件是战争胜利后，巴罗朗人带走所有的牲畜，而布尔人则收下所有的土地。这一荒唐提议虽很快被巴罗朗人否决，却显露出了布尔人想要借此扩张领土的邪恶意图。在故事的结尾，当菲尔决定将一辆年久失修的二手篷车送给姆胡迪夫妇作为告别的礼物时，却遭到了身边布尔人的强烈反对：

① Solomon Tshekisho Plaatje, *Mhudi*, Jeppestown: Jonathan Ball Publishers (Pty) Ltd., 2009, pp. 124-125.
② 郑家馨：《南非史》，北京：北京大学出版社，2010年，第12页。

其他在科宏（Khing）的布尔人，尤其是范·兹尔家族（the Van Zyls），对菲尔对这对卡菲尔（Kafir）夫妇的优待感到十分愤怒，认为这种慷慨行为是非常奢侈的。事实上，他们怀疑菲尔做出这一决定时神智是否清醒。他们争辩说，布尔人是上帝的选民，异教徒不该获得这样的殊荣。他们向菲尔·杰伊提出了抗议，认为像对待一个受洗的基督徒那样去慷慨地奖励一个卡菲尔人是极其不合常规的。①

凭借着"上帝选民"这一身份，布尔人将一切土著归类为只配遭受奴役的下等族群，他们用残破僵化的基督教义来掩盖自己贪婪狭隘的本质，用先进的武器装备和诡计征服了与他们相遇的多个土著部落，攫取了大片的土地。在盟军成功打败马塔贝列人，占领了马塔贝列国的所有领土后，巴罗朗人只要回了自己之前在大屠杀过程中被侵占的土地，而布尔人则占据了东部和南部的所有领土。至此，巴罗朗人与布尔人便成了邻居。一开始，布尔人与巴罗朗人保持着联盟时的交情，并未直接对巴罗朗人出手，而是多次利用巴罗朗人出兵攻打巴苏陀人，最终将巴苏陀人赶入了群山之中，并将巴苏陀人的所有领土并入了布尔人的辖区内。在战争中伤亡惨重的巴罗朗人一无所获，反倒是失去了巴苏陀人的庇护，彻底陷入了布尔人的包围之中。之后，布尔人趁着巴罗朗部落政权交替之际，故意搅乱部落政局，引得两位继承者互相厮杀，最终坐收渔翁之利，成功吞并了巴罗朗部落的所有领土。至此，巴罗朗部落一直活在布尔人的压迫之下，大多数土著的土地被布尔政府没收，少数侥幸拥有合法土地所有权的土著也被规定只能向白人出售自己名下的土地。

普拉杰借祖父之口将巴罗朗部落与布尔人的纠葛转变成具体的历史故事呈现给读者，英语这一国际语言的使用也将这段历史展现给了更加庞大的读者群，从而与同样用英文写作的欧洲文学作品形成一种对抗叙事，老人以讲故事般的口吻向世人揭露了布尔人的虚伪与忘恩负义，同时展示了巴罗朗土著的善良与真诚。小说中拉达加和其他巴罗朗青年的骁勇善战也摆脱了多年来欧洲人对巴罗朗人胆小畏缩的刻板印象。

---

① Solomon Tshekisho Plaatje, *Mhudi*, Jeppestown: Jonathan Ball Publishers (Pty) Ltd., 2009, p. 197.

三、以史为鉴，警告白人

《姆胡迪》虽集中叙述的是 19 世纪 30 年代巴罗朗部落的历史，但整部小说却无时无刻不透露着对 20 世纪 20 年代南非政局的影射。故事开头巴罗朗部落对嗜血成性的马塔贝列部落的畏惧和持续不断的上缴税收实则反映了 20 世纪白人与土著的畸形关系。与马塔贝列部落相似，数量远远少于当地土著的外来白人凭借计谋和先进的武器装备征服了所辖地区的土著，没收他们的土地，强迫他们缴纳各种各样的税款。面对此种情况，大多数土著虽心有不甘，但只能选择逆来顺受。就连处于黑人精英阶层的普拉杰也如一百多年前的酋长们一般，深知武装反抗的微小可能性，只能在白人政府既定的规则框架内努力为土著谋求利益。然而，如同马塔贝列部落对巴罗朗人的残酷大屠杀，白人政府于 1913 年颁布的带有种族灭绝性质的土地法案彻底摧毁了土著居民生活的根本，将这些无家可归的土著逼入了绝境。

土地法规定白人农场主雇佣黑人佃农是一种违法行为，黑人要想留在农场就必须成为白人农场主的奴隶……同时黑人奴隶要上交自己的所有牲畜，免费供农场主使用。因此，一些土著决定与其将自己一生的积蓄送给农场主，不如离开农场，去德兰士瓦的其他区域碰碰运气。但他们走得越远就发现这种希望越渺茫，因为土地法的消息已经传遍了整个南非。[1]

（土著农民）从一个农场漂泊到另一个农场，时不时会因为携带不知名的牲畜而遇到麻烦……他们因为自己的黑色皮肤和没有主人而受到虐待，只得沿路卖掉一些牲畜，还有很多牲畜冻死或饿死在半路上……[2]

---

[1] Solomon Tshekisho Plaatje, *Native Life in South Africa*, Teddington: The Echo Library, 2007, p. 42.

[2] Solomon Tshekisho Plaatje, *Native Life in South Africa*, Teddington: The Echo Library, 2007, p. 43.

20 世纪的土著遭受了与小说中人物同样的命运，一夜之间，土地和所有财产被剥夺，无数人沦为奴隶，幸存者们颠沛流离。小说中，大屠杀后，姆胡迪和同族的受害者们对马塔贝列人深恶痛绝，他们将马塔贝列人比喻为"一群蝗虫"，希望能将这些刽子手们除之而后快。

事实上，他们是闯入者和入侵者。终有一天，我们会像那天你赶跑狮子一样将他们驱逐出去，那时，我们会杀死他们的战士，正如你之前杀死那头雄狮一般。他们没有权利像现在这样屠杀妇女和儿童。①

之后，背负血海深仇的巴罗朗人选择与同样遭受过马塔贝列人袭击的布尔人联盟。讨伐马塔贝列人的口号一出，附近饱受压迫的部落纷纷响应，组成了一支强大的盟军，迅速击溃了马塔贝列人的军队，迫使其国王只能带着民众和战败的军队向北迁徙。小说虽未详细描绘激烈的战争场景，但读者也可以从马塔贝列国王的最后的演讲中窥见一二：

我的愿望是将他们纳入我国的领土，以便大家一起组成一个强大的国家。他们假装臣服，却各自心怀鬼胎。当他们未能按时缴纳贡品时，我饶他们一命，但一有机会，这群忘恩负义的白眼狼就会毫不犹豫地反抗我的统治！那些巴罗朗杂种们处决了我的收税官；野兽般的恩瓦克策人（Bangwaketse）把我的一个军团困在了沙漠；虚伪至极的科伦纳（Qoranna）暗地里去帮助我的敌人；巴胡鲁什人（Bahurutshe）和巴福肯人（Bafokeng）自称是我的朋友，却不断地给我使绊子；诡诈的格里克斯人（Griquas）也为我设下圈套。塞谢尔（Sechelle）是我唯一的挚友，然而，当我请求他派遣一支军队来助我脱困时，他承诺的期限是下个月，而他知道那时早已太晚。②

---

① Solomon Tshekisho Plaatje, *Mhudi*, Jeppestown: Jonathan Ball Publishers (Pty) Ltd., 2009, pp. 67-68.

② Solomon Tshekisho Plaatje, *Mhudi*, Jeppestown: Jonathan Ball Publishers (Pty) Ltd., 2009, p. 187.

虽幻想着征服周边的部落，建立一个强大的国家，从而实现自己的帝国梦，马塔贝列部落高压型的统治早已在被迫臣服的土著心中埋下了仇恨与反抗的种子，小说开头的大屠杀引得这些种子生根发芽，最终长成参天大树，彻底摧毁了马塔贝列人苦心经营多年的政权。将马塔贝列部落从辉煌到陨灭的历史宿命与20世纪初的南非政权结合起来，便可看出普拉杰的良苦用心。一方面，马塔贝列人脱离祖鲁部落后带着强大的军队如蝗虫般的行军路线影射了大迁徙中一路向北的布尔人；另一方面，心怀帝国梦，将自己的暴虐统治幻想成是被压迫部落福音的马塔贝列国王则象征着当时有着"日不落帝国"之称的英国白人。面对国内严酷的政治环境和南非土著水深火热的悲惨生活，普拉杰借用一百多年前的历史故事来警告南非的殖民者们：若想打造一个繁荣富强的南非，就要好好联合数量远超于南非白人、为南非发展做出巨大贡献的土著居民，要给予南非土著应得的权益和报酬，而不是一味进行剥削，企图将这些已经步入文明社会的土著转变为下等奴隶。若白人政府只将数量庞大的土著居民视为廉价的劳动力，无止境地剥削和压榨，那如一百多年前巴罗朗人联合周边部落推翻马塔贝列人的统治一般，南非土地上所有的土著部落也会揭竿而起，摧毁白人的统治。

结　　语

普拉杰从祖父流传下来的家族故事出发，结合自己对南非现状的思考，对历史故事进行合理改编，将其创造成南非文学史上第一部由土著作家用英语写作的长篇历史小说。小说第一次从土著作家的视角还原真实的南非历史，向读者展示土著居民的淳朴、善良与骁勇善战，同时揭露布尔人贪婪、虚伪的本性。同时，普拉杰借用马塔贝列王国的覆灭之路来警告当下的白人政府，劝诫他们要学会善待土著居民，不要重蹈历史的覆辙。

（文 / 上海师范大学 胡锦萍）

参考文献

一、著作类

外文著作

1.Abrahams, Peter. *A Wreath for Udomo*. London: Faber and Faber, 1957.

2.Anderson, B. *Imagined Communities: Reflections on the Origin and Spread of Nationalism*.Revised edition. London: Verso, 2006.

3.Ashcroft, Bill, et al. *Post-Colonial Studies: The Key Concepts* (3rd Edition). London and New York: Routledge, 2000.

4.Bakhtin, Mikhail. *Problem of Dostoevsky's Poetics*. Trans. Caryl Emerson, Manchester: Manchester University Press, 1984.

5.Barnard, Rita. *Apartheid and Beyond: South African Writers and the Politics of Place*. New York: Oxford University Press, 2007.

6.Barnett, Ursula A. *Ezekiel Mphahlele*. Boston: Twayne Publishers, 1976.

7.Benhabib, S. "The Generalized and the Concrete Other: The Kohlberg Gilligan Controversy and Feminist Theory", *Feminism as Critique on the Politics of Gender*. Seyla Benhabib and Drucilla Cornell (eds.) Minneapolis: University of Minnesota Press, 1996.

8.Benson, Eugene and L.W. Conolly (eds.). *Encyclopedia of Post-Colonial Literatures in English* (2nd Edition). London: Routledge, 1994.

9.Bhabha, Homi Kharshedji. "Between Identities". *International Yearbook of Oral History and Life Stories: Volume III: Migration and Identity*. New York: Oxford University Press, 1994.

273

10.Bhabha, Homi Kharshedji. *The Location of Culture*. London and New York: Routledge, 1994.

11.Bhabha, Homi Kharshedji. "The Other Question: Difference, Discrimination and the Discourse of Colonialism". *Literature, Politics and Theory: Papers from the Essex Conference 1976-84*. Francis Barker et al. (eds.). London and New York: Methuen, 1986.

12.Bhabha, Homi Kharshedji. *The Post-colonial Question: Common Skies, Divided Horizons*. London: Routledge, 1996.

13.Boehmer, Elleke. *Colonial and Postcolonial Literature*. London: Oxford University Press, 2005.

14.Bosman, Herman Charles. *Mafeking Road and Other Stories*. Brooklyn: Archipelago Books, 2008.

15.Brink, André. *Philida*. New York: Vintage Books, 2021.

16.Brink, André. *The Wall of the Plague*. New York: Summit Books,1984.

17.Bristow, Joseph. *Empire Boys: Adventure in a Man's World*. London: Routledge, 1991.

18.Bristow, Joseph. "Introduction" to *The Story of an African Farm*. Oxford: Oxford University Press, 1992.

19.Caserio, Robert L. "Imperial Romance". *The Cambridge History of the English Novel*. Robert L. Caserio and Clement Hawes (eds.). Cambridge: Cambridge University Press, 2012.

20.Chrisman, Laura. "Imperial Romance". *The Cambridge History of South African Literature*. David Attwell and Derek Attridge (eds.). Cambridge: Cambridge University Press, 2012.

21.Christie, Sarah, Geoffrey Hutchings and DonMaclennan (eds.). *Perspectives on South African Fiction*, Johannesburg: AD. Donker, 1980.

22.Coetzee, J. M. *Doubling the Point: Essays and Interviews*. David Attwell (ed.). Cambridge: Harvard University Press, 1992.

23.Coetzee, J. M. *In the Heart of the Country*. London: Penguin Books, 1982.

24.Coetzee, J. M. *Inner Workings: Literary Essays 2000-2005*. New York: Viking, 2007.

25.Coetzee, J. M. *The Childhood of Jesus*. New York: Viking, 2013.

26.Coetzee, J. M. *The Master of Petersburg*. London: Secker and Warburg, 1994.

27.Coetzee, J. M. *The Master of Petersburg*. New York: Penguin Books USA Inc., 1994.

28.Coetzee, J. M. *Youth: Scenes from Provincial Life*. London: Secker & Warburg, 2002.

29.Coetzee, J. M. *Waiting for Barbarian*. London: Vintage, 1983.

30.Coetzee, J. M. *White Writing: On the Culture of Letters in South Africa*. New Haven: Yale University Press, 1988.

31.Coetzee, J. M. *Life & Times of Michael K*. New York: The Viking Press, 1983.

32.Cornwell, Gareth, Klopper, Dirk and Craig MacKenzie, *The Columbia Guide to South African Literature in English Since 1945*. New York: Columbia University Press, 2010.

33.Cox, C. Brian (ed.). *African Writers (Volume 2)*. New York: Charles Scribner's Sons, 1997.

34.Dostoevsky, Fyodor M. *Devils*. Oxfod: Oxfod University Press, 2008.

35.Esty, Jed. *Unseasonable Youth: Modernism, Colonialism, and the Fiction of Development*. New York: Oxford University Press, 2012.

36.Galgut, Damon. *The Impostor*. New York: Black Cat, 2008.

37.Gallagher, S. V. *A Story of South Africa: J. M. Coetzee's Fiction in Context*. Cambridge: Harvard University Press, 1991.

38.Gordimer, Nadine. *Get a Life*. New York: Farrar, Straus and Giroux, 2005.

39.Gordimer, Nadine. "The Prison-House of Colonialism: Ruth First's and Ann Scott's *Olive Schreiner*". *Telling Times: Writing and Living, 1954-2008*. London: Bloomsbury, 2010.

40.Gordimer, Nadine. "*The Idea of Gardening: Life & Times of Michael K* by J. M. Coeztee". *Critical Essays on J. M. Coetzee*. Sue Kossew (ed.). New York: Prentice Hall, 1998.

41.Huddart, David. *Homi K. Bhabha*. London and New York: Routledge, 2006.

42.Innes, C. L. *The Cambridge Introduction to Postcolonial Literature in English*. London: Cambridge University Press, 2007.

43.Levinas, E. *Totality and Infinity: An Essay on Exteriority*. Trans. Alphonso Lingis, Pittsburgh: Duquesne University Press, 1969.

44.Macherey, Pierre. *A Theory of Literary Production*. Trans. Geoffrey Wall. London and New York: Routledge, 2006.

45.Mda, Zakes. *She Plays with the Darkness*. New York: Vivlia Publishers & Booksellers (Pty) Ltd., 2004.

46.Mda, Zakes. *The Heart of Redness*. New York: Farrar, Straus and Giroux, 2000.

47.Mda, Zakes. *The Sculptors of Mapungubwe*. Calcutta: Seagull Books, 2013.

48.Mphahlele, Es'kia. "Mrs. Plum". *In Corner B*. New York: Penguin Books, 2011.

49.Mphahlele, Ezekiel. "Dinner at Eight". Neville Denny (ed.). *Pan African Short Stories: An Anthology for Schools*. London: Thomas Nelson and Sons Ltd., 1965.

50. Ndebele, Njabulo S. *South African Literature and Culture: Rediscovery of the Ordinary*. New

York: Manchester University Press, 1994.

51. Ong, Jade Munslow. *Olive Schreiner and African Modernism: Allegory, Empire, and Postcolonial Writing*. London: Routledge, 2018.

52. Paley, William. *Natural Theology, or Evidences of the Existence and Attributes of the Deity*. New York: Cambridge University Press, 2009.

53. Parker, Keneth. *The South Africa Novel in English Essays in Criticsm and Society*. London: The Macmillan Press Ltd., 1978.

54. Parry, Benita. "Speech and Silence in the Fictions of J. M. Coetzee". *Writing South Africa: Literature, Apartheid, and Democracy, 1970–1995*, Derek Attridge and Rosemary Jolly (eds.). Cambridge: Cambridge University Press, 1998.

55. Paton, Alan. *Cry, the Beloved Country*. New York: Charles Scribner's Sons, 1948.

56. Plaatje, Solomon Tshekisho. *Mhudi*. Jeppestown: Jonathan Ball Publishers (Pty) Ltd., 2009.

57. Plaatje, Solomon Tshekisho. *Mhudi*. London: Heinemann African Writers, 1978.

58. Plaatje, Solomon Tshekisho. *Native Life in South Africa*. Johannesburg: Ravan Press, 1916.

59. Ross, Robert. *Colonial and Postcolonial Fiction: An Anthology*. New York: Routledge, 1999.

60. Rushdie, Salman. "May 2000: J.M. Coetzee". *Step Across This Line: Collected Nonfiction 1992-2002*. London: Vintage, 2002.

61. Said, Edwaid W. *Orientalism*. New York: Random House, 1979.

62. Said, Edward. *Secular Criticism, the World, the Text, and the Critic*. London: Vintage, 1991.

63. Schreiner, Olive. *The Story of an African Farm*. London: Penguin Books, 1883.

64. Schwarz, Bill. *Memories of Empire Volume I: The White Man's World*. New York: Oxford University Press, 2011.

65. Showalter, Elaine. *A Literature of Their Own: British Women Novelists from Brontë to Lessing*. Princeton: Princeton University Press, 1977.

66. Smith, Pauline. *The Beadle*. Cape Town: Publisher (Pty) Ltd., 1989.

67. Tönnies, F. *Community and Civil Society*. Trans. Jose Harris and Margaret Hollis, Cambridge: Cambridge University Press, 2001.

68. Wagner, Kathryn. *Rereading Nadine Gordimer*. Bloomington: Indiana University Press, 1994.

69. Willan, Brian P. *A Life of Solomon Tshekisho Plaatje 1876-1932*. Charlottesville: University of Virginia Press, 2018.

70.Williams, Raymond. *The Country and the City*. New York: Oxford University Press, 1978.

71.Wolff, Janet. *The Social Production of Art*. (2nd Edition). London: Macmillan, 1993.

72.Young, Robert J.C. *Colonial Desire*. London: Routledge, 1995.

73.Young, Robert J.C. *White Mythologies: Writing History and the West*. London: Routledge, 2004.

中文著作

1.艾捷凯尔·姆赫雷雷：《沿着第二大街》，印晓红译，杭州：浙江工商大学出版社，2019年。

2.爱德华·W.萨义德：《世界·文本·批评家》，李自修译，北京：生活·读书·新知三联书店，2009年。

3.安托南·阿尔托：《残酷戏剧——戏剧及其重影》，杜裕芳译，北京：商务印书馆，2015年。

4.巴利茨基：《种族主义在南非》，温颖、金乃学译，北京：世界知识出版社，1957年。

5.彼得·亚伯拉罕：《献给乌多莫的花环》，李永彩、紫岫译，长沙：湖南人民出版社，1984年。

6.薄伽丘：《十日谈》，王永年译，北京：人民文学出版社，1994年。

7.蔡圣勤：《孤岛意识：帝国流散群知识分子的书写状况——库切创作与批评思想研究》，北京：外语教学与研究出版社，2011年。

8.大卫·阿特维尔：《用人生写作的J.M.库切——与时间面对面》，董亮译，哈尔滨：黑龙江教育出版社，2017年。

9.丹尼尔·笛福：《瘟疫年纪事》，许志强译，上海：上海译文出版社，2013年。

10.丁世忠：《哈代小说伦理思想研究》，成都：巴蜀书社，2008年。

11.弗兰兹·法农：《黑皮肤，白面具》，万冰译，南京：译林出版社，2005年。

12.安东尼奥·葛兰西：《狱中札记》，葆煦译，北京：人民出版社，1983年。

13.霍米·巴巴：《献身理论》，载罗钢、刘象愚主编：《后殖民主义文化理论》，北京：中国社会科学出版社，1999年。

14.霍桑：《红字》，苏福忠译，上海：上海译文出版社，2011年。

15. J.M.库切：《彼得堡的大师》，王永年、匡咏梅译，杭州：浙江文艺出版社，2004年。

16. 季羡林、黄梅主编：《培根哲理散文》，上海：上海文艺出版社，2000年。

17. J.C.坎尼米耶：《J.M.库切传》，王敬慧译，杭州：浙江文艺出版社，2017年。

18. 康维尔、克劳普、麦克肯基：《哥伦比亚南非英语文学导读（1945—）》，蔡圣勤等译，武汉：武汉大学出版社，2017年。

19. 李昉等撰：《太平御览》（影印版），北京：中华书局，1960年。

20. 李永彩：《南非文学史》，上海：上海外语教育出版社，2009年。

21. 路易·约斯：《南非史》，史陵山译，北京：商务印书馆，1973年。

22. 罗国杰主编：《伦理学》，北京：人民出版社，1989年。

23. 洛克：《人类理解论》上册，关文运译，北京：商务印书馆，2017年。

24. 马克思、恩格斯：《马克思恩格斯全集》（第40卷），中共中央马克思恩格斯列宁斯大林著作编译局编译，北京：人民出版社，2016年。

25. 孟德斯鸠：《论法的精神（上册）》，张雁深译，北京：商务印书馆，1961年。

26. 米歇尔·福柯：《知识考古学》，谢强、马月译，北京：生活·读书·新知三联书店，2007年。

27. 纳丁·戈迪默：《新生》，赵苏苏译，北京：人民文学出版社，2008年。

28. 聂珍钊：《文学伦理学批评导论》（修订版），北京：北京大学出版社，2014年。

29. 聂珍钊、邹建军编：《文学伦理学批评：文学研究方法新探讨》，武汉：华中师范大学出版社，2006年。

30. 佩里·安德森：《西方马克思主义探讨》，高铦等译，北京：人民出版社，1981年。

31. 齐诺瓦·阿切比：《崩溃》，林克、刘利平译，重庆：重庆出版社，2005年。

32. 秦晖：《南非的启示》，南京：江苏文艺出版社，2013年。

33. 让-保罗·萨特：《存在主义是一种人道主义》，周煦良、汤永宽译，上海：上海译文出版社，2012年。

34. 塞缪尔·亨廷顿：《文明的冲突与世界秩序的重建》（修订版），周琪等译，北京：新华出版社，2010年。

35. 生安锋：《霍米·巴巴的后殖民理论研究》，北京：北京大学出版社，2011年。

36. 苏珊·桑塔格：《疾病的隐喻》，程巍译，上海：上海译文出版社，2018年。

37. 索因卡：《诠释者》，沈静、石羽山译，北京：北京燕山出版社，2015 年。

38. 王岳川：《后殖民主义与新历史主义文论》，济南：山东教育出版社，1999 年。

39. 衣俊卿：《西方马克思主义概论》，北京：北京大学出版社, 2008 年。

40. 赵毅衡：《广义叙述学》，成都：四川大学出版社，2013 年。

41. 郑家馨：《南非通史（插图珍藏版）》，上海：上海社会科学院出版社，2018 年。

42. 郑家馨：《南非史》，北京：北京大学出版社，2010 年。

二、期刊类

外文期刊

1. Appiah, Kwame Anthony. "The Hybrid Age?". *Times Literary Supplement*, 1994, 27 (4756), p. 5

2. Attwell, David. "The Problem of History in the Fiction of J. M. Coetzee". *Poetics Today*, 1990, 11 (3), pp. 579-615.

3. Baker, John F. "André Brink: In Tune with His Times". *Publishers Weekly*, 1996, November 25, pp. 50-51.

4. Bhabha, Homi Kharshedji. "Signs Taken for Wonders: Questions of Ambivalence and Authority Under a Tree Outside Delhi, May 1817". *Critical Inquiry*, 1985, 12(1), pp. 144-165.

5. Brown, Ella. "Reactions to Western Values as Reflected in African Novels". *Phylon* (1960-), 1987, 48(3), pp. 216-228.

6. Coetzee, J. M. "Confession and Double Thoughts: Tolstoy, Rousseau, Dostoevsky". *Comparative Literature*, 1985, 37(3), pp. 193-232.

7. Coetzee, J. M. "The Novel Today". *Upstream*, 1988, 6(1), pp. 2-5.

8. Coovadia, Imraan. "Coetzee In and Out of Cape Town". *Kritika Kultura*. 2012, 18, pp. 103-115.

9. Couzens, Tim and Stephen Gray. "Printers' and Other Devils: The Texts of Sol T. Plaatje's 'Mhudi'". *Research in African Literatures*, 1978, 9(2), pp. 198-215.

10. Cunningham, A. R. "The 'New Woman Fiction' of the 1890s". *Victorian Studies*, 1973, 17(2), pp. 177-186.

11. Diala, Isidore. "André Brink and the Implications of Tragedy for Apartheid South Africa". *Journal of Southern African Studies*, 2003, 29 (4), pp. 903-919.

12. Diala, Isidore. "André Brink and Malraux". *Contemporary Literature*, 2006, 47 (1), pp. 91-113.

13. Diala, Isidore. "History and the Inscriptions of Torture as Purgatorial Fire in André Brink's Fiction". *Studies in the Novel*, 2002, 34 (1), pp. 60-80.

14. Dimitriu, I. "J. M. Coetzee's *The Childhood of Jesus:* A Postmodern Allegory?". *Current Writing: Text and Reception in Southern Africa*, 2014, 26 (1), pp. 70-81.

15. Dong Liang. "Nowhere Is Home: J. M. Coetzee's Wrestling with Home Inside/Outside *In the Heart of the Country*". *International Comparative Literature*, 2019, 2 (3), pp. 477-491.

16. Rodrigues, Elizabeth. "Antjie Krog and the Autobiography of Postcolonial Becoming". *Biography: An Interdisciplinary Quarterly (Biography)*, 2014, 37 (3), pp.725-744.

17. Finnegan, Ruth. "What Is Omlity — if Anything?". *Byzantine and Modern Greek Studies*, 1990, 14(1), pp.130-150.

18. Gorak, Irene. "Enter Beadle with Whips: Pauline Smith's *The Beadle* and the Afrikaner as Fetish". *Representations*, 1993, Summer (43), pp. 73-88.

19. Kostelac, Sofia. "'Imposter, Lover and Guardian': Damon Galgut and Authorship in Post 'Post-Transition' South Africa". *English Studies in Africa*, 2010, 53(1), pp. 53-61.

20. Lombardozzi, Litzi. "Harmony of Voice: Women Characters in the Plays of Zakes Mda". *English in Africa*, 2005, 32(2), pp. 213-226.

21. Lund, Giuliana. "Black Death, White Writing: André Brink's *The Wall of the Plague* as a Narrative of National Reconciliation". *The Journal of South African and American Studies*, 2011, 12 (2), pp. 149-177.

22. Morphet, Tony. "Two Interviews with J. M. Coetzee, 1983 and 1987". *TriQuarterly*, 1987, 69, pp. 454-464.

23. Ogunghesan, Kolawole. "The Political Novels of Peter Abrahams". *Phylon*, 1973, 34 (4), pp. 419-432.

24. Papastergiadis, Nikos. "Restless Hybridity". *Third Text*, 1995, 9 (32), pp. 9-18.

25. Rhedin, Folke. "J. M. Coetzee: Interview". *Kunapipi*, 1984, 6 (1), pp. 6-10.

26. Ruth, Damian. "Through the Keyhole: Masters and Servants in the Work of Es' kia Mphahlele". *English in Africa*, 1986, 13(2), pp.65-88.

27. *Saturday Review of Politics, Literature, Science and Art*, 1883, 55, pp. 507-508.

28. Scanlon, Paul A. "Dream and Reality in Abraham's *A Wreath for Udomo*". *Obsidian* (1975-1982), 1980, 6(1/2), pp. 25-32.

29. Scott, Joanna and J. M. Coetzee "Voice and Trajectory: An Interview with J. M. Coetzee". *Salmagundi*, 1997, 114/115, pp. 82-102.

30. Snyman, Salomé. "Willemsdorp by Herman Charles Bosman: the Small-Town Locale as Fictional Vehicle for Commentary on Social and Moral Issues in the South African Historical Context". *Tydskrif Vir Letterkunde*, 2012, 49(2), pp. 60-71.

31. Uwah, Chijioke. "The Theme of Political Betrayal in the Plays of Zakes Mda". *English in Africa*, 2003, 30(1), pp. 135-144.

32. Wang, E. C. "The Problem of Hospitality in J. M. Coetzee's *The Childhood of Jesus*". *Foreign Literature Studies*, 2014, 1, pp. 35-44.

33. Watson, Stephen. "Colonialism and the Novels of J. M. Coetzee". *Research in African Literatures* 1986, 17(3), pp. 370-392.

中文期刊

1. 蔡圣勤：《神话的解构与自我解剖——再论库切对后殖民理论的贡献》,《外国文学研究》2011 年第 5 期，第 29-35 页。

2. 蔡圣勤、芦婷：《历史重构与文化杂糅：穆达小说之后殖民解析》,《贵州大学学报》（社会科学版）2017 年第 35 卷第 4 期，第 152-159 页。

3. 蔡圣勤、张乔源：《论布林克小说中的人性异化和逃离自由》,《山东社会科学》2016 年第 4 期，第 85-92 页。

4. 陈永国：《身份认同与文学的政治》,《清华大学学报》（哲学社会科学版）2016 年第 31 卷第 6 期，第 22-31 页。

5. 董亮：《"雅努斯"家园情结——库切与卡鲁农场》,《外语研究》2017 年第 5 期，第 101-104 页。

6. 冯定雄：《罗马中心主义抑或种族主义——罗马文学中的黑人形象研究》,《外国文学评论》2017 年第 2 期，第 183-204 页。

7. 黄怀军：《比较文学跨文化研究的经典案例：库切》,《中国文学研究》2015 年第 3 期，第 123-126 页。

8. 蒋晖：《从"民族问题"到"后民族问题"——对西方非洲文学研究两个"时代"的分析与批评》,《文艺理论与批评》2019 年第 6 期，第 118-157 页。

9. 蒋晖：《"南非道路"二十年的反思》,《读书》2015 年第 2 期，第 65-66 页。

10. 蒋晖：《载道还是西化：中国应有怎样的非洲文学研究？——从库切〈福〉的后殖民研究说起》，《山东社会科学》2017 年第 6 期，第 62-76 页。

11. 靳春莹、田耀：《基于霍米·巴巴理论分析〈绿皮书〉唐·谢利的身份认同》，《卫星电视与宽带多媒体》2020 年第 3 期，第 170-171 页。

12. 兰·格林斯坦：《另类现代性：南非后种族隔离时代的发展话语》，焦兵译，《国际社会科学杂志》2010 年第 2 期，第 73-89 页。

13. 理查德·L.W.克拉克：《从辩证法到延异：反思斯图亚特·霍尔晚期作品中的混杂化》，宗益祥译，《山东社会科学》2015 年第 3 期，第 39-50 页。

14. 李震：《葛兰西的文化霸权理论》，《学海》2004 年第 3 期，第 55-62 页。

15. 刘泓、蔡圣勤：《库切与陀氏的跨时空对话——〈彼得堡的大师〉与〈群魔〉的互文关系》，《文艺争鸣》2014 年第 2 期，第 162-167 页。

16. 刘同舫：《西方马克思主义的理论性质与中国意义》，《中国社会科学》2010 年第 5 期，第 44-55 页。

17. 马恩瑜：《基督宗教在当代非洲的发展及社会角色》，《非洲研究》2011 年第 1 期，第 109-120 页。

18. 聂珍钊：《文学伦理学批评：基本理论与术语》，《外国文学研究》2010 年第 1 期，第 12-22 页。

19. 彭秀：《黎明究竟何时到来——评达蒙·加格特的〈好医生〉》，《安徽文学》2010 年第 6 期，第 20-21 页。

20. 申丹：《叙事形式与性别政治——女性主义叙事学评析》，《北京大学学报》（哲学社会科学版）2004 年第 41 卷第 1 期，第 136-145 页。

21. 石云龙：《后种族隔离时代的颠覆他者——对库切〈耻〉的研究》，《英美文学研究论丛》2012 年第 2 期，第 40-56 页。

22. 苏欲晓：《罪与救赎：霍桑〈红字〉的基督教伦理解读》，《外国文学研究》2007 年第 4 期，第 114-120 页。

23. 孙文宪：《语言的痛苦：文学言说的双重困境》，《湖北大学学报》（哲学社会科学版）2002 年第 2 期，第 48-54 页。

24. 陶家俊：《理论转变的征兆：论霍米·巴巴的后殖民主体建构》，《外国文学》2006 年第 5 期，第 80-85 页。

25. 田俊武：《霍桑〈红字〉中的人名寓意研究》，《外国文学研究》1999 年第 1 期，第 99-103 页。

26. 王敬慧：《作为文学批评家的世界主义者库切》，《文学理论前沿》2014 年第 2 期，第 174-195 页。

27. 王宁：《叙述、文化定位和身份认同——霍米·巴巴的后殖民批评理论》，《外国文学》2002 年第 6 期，第 48-55 页。

28. 吴莉莉：《南非英语文学与现代化进程关系的历史考察》，《南京师范大学文学院学报》2019 年第 4 期，第 124-132 页。

29. 杨兴华：《试论南非种族隔离制度》，《世界历史》1987 年第 2 期，第 51-59 页。

30. 张一兵：《走向感性现实：被遮蔽的劳动者之声——朗西埃背离阿尔都塞的叛逆之路》，《马克思主义与现实》2012 年第 6 期，第 15-23 页。

31. 朱振武、袁俊卿：《流散文学的时代表征及其世界意义——以非洲英语文学为例》，《中国社会科学》2019 年第 7 期，第 135-158 页。

32. 庄严：《葛兰西的文化霸权理论及时代意义》，《北方论丛》2003 年第 6 期，第 89-91 页。

三、学位论文类

1. 蔡圣勤：《孤岛意识：帝国流散群知识分子的书写状况—论库切文学思想中的右翼后殖民主义》，华中师范大学博士学位论文，2008 年。

2. 杜明业：《詹姆逊的文学形式理论研究》，苏州大学博士学位论文，2009 年。

四、报纸类

英文报纸

1. Eder, Richard. "Doing Dostoevsky — Review of *The Master of Petersburg*". *Los Angeles Times*, Nov. 20, 1994.

2. Gilber, Harriett. "Heir Apparent — Review of *The Master of Petersburg*". *New Statesman and*

Society, Feb. 25, 1994.

3. Kakutani, Michiko. "Dostoevsky's Life as a Departure Point, Review of *The Master of Petersburg*". *New York Times*, Nov.18, 1994, C35.

4. McGrath, Patrick. "To Be Conscious Is to Suffer — Review of *The Master of Petersburg*". *New York Times*, Nov. 20, 1994, G9.

5. Unsworth, Barry. "The Hero of Another's Novel — Review of *The Master of Petersburg*". *Spectator*, Feb. 26, 1994.

附　录

本书作家主要作品列表

（一）艾斯基业·姆赫雷雷

1959 年，自传体小说《沿着第二大街》（*Down Second Avenue*）

1961 年，短篇小说集《生者与死者及其他故事》（*The Living and the Dead and Other Stories*）

1962 年，批评专著《非洲意象》（*The African Image*）

1967 年，短篇小说集《拐角 B 和其他故事集》（*In Corner B and Other Stories*）

1971 年，小说《流浪者》（*The Wanderers*）

1971 年，散文集《旋风之声和其他散文》（*Voices in the Whirlwind and Other Essays*）

（二）安德烈·布林克

1974 年，小说《打量黑色》（*Looking on Darkness*）

1976 年，小说《风中一瞬》（*An Instant in the Wind*）

1978 年，小说《雨的谣言》（*Rumours of Rain*）

1979 年，小说《血染的季节》（*A Dry White Season*）

1982 年，小说《串联的声音》（*A Chain of Voices*）

1984 年，小说《瘟疫之墙》（*The Wall of the Plague*）

1989 年，小说《紧急状态》（*States of Emergency*）

1991 年，小说《恐怖行动》（*An Act of Terror*）

1993 年，小说《阿达马斯托最初的生命》(*The First Life of Adamastor*)

1994 年，小说《南辕北辙》(*On the Contrary*)

1996 年，小说《沙漠随想》(*Imaginings of Sand*)

1996 年，文集《改造大陆：南非的文学及政治 1982—1995》(*Reinventing a Continent: Writing and Politics in South Africa, 1982—1995*)

1998 年，小说《魔鬼山谷》(*Devil's Valley*)

1998 年，文集《小说的语言和叙事：从塞万提斯到卡尔维诺》(*The Novel: Language and Narrative from Cervantes to Calvino*)

2000 年，小说《欲望的权利》(*The Rights of Desire*)

2002 年，小说《沉默的另一面》(*The Other Side of Silence*)

2004 年，小说《遗忘之前》(*Before I Forget*)

2005 年，小说《祈祷的螳螂》(*Praying Mantis*)

2006 年，小说《蓝色大门》(*The Blue Door*)

2008 年，小说《其他生命》(*Other Lives*)

2012 年，小说《菲莉达》(*Philida*)

（三）约翰·马克斯韦尔·库切

1974 年，小说《幽暗之地》(*Dusklands*)

1977 年，小说《内陆深处》(*In the Heart of the Country*)

1980 年，小说《等待野蛮人》(*Waiting for the Barbarians*)

1983 年，小说《迈克尔·K 的生活和时代》(*Life & Times of Michael K*)

1986 年，小说《福》(*Foe*)

1990 年，小说《铁器时代》(*Age of Iron*)

1994 年，小说《彼得堡的大师》(*The Master of Petersburg*)

1996 年，散文集《冒犯：论审查制度》(*Giving Offense : Essays on Censorship*)

1997 年，自传体小说《少年时代：外省生活场景》(*Boyhood: Scenes from Provincial Life*)

1999 年，小说《耻》(*Disgrace*)

2002 年，自传体小说《青春：外省生活场景之二》（*Youth: Scenes from Provincial Life II*）

2003 年，小说《伊丽莎白·科斯特洛：八堂课》（*Elizabeth Costello: Eight Lessons*）

2005 年，小说《慢人》（*Slow Man*）

2007 年，小说《凶年纪事》（*Diary of a Bad Year*）

2013 年，小说《耶稣的童年》（*The Childhood of Jesus*）

2016 年，小说《耶稣的学生时代》（*The Schooldays of Jesus*）

2019 年，小说《耶稣之死》（*The Death of Jesus*）

（四）纳丁·戈迪默

1953 年，小说《谎言岁月》（*The Lying Days*）

1956 年，短篇小说集《六英尺土地》（*Six Feet of the Country*）

1958 年，小说《陌生人的世界》（*A World of Strangers*）

1963 年，小说《恋爱时节》（*Occasion for Loving*）

1966 年，小说《晚期资产阶级世界》（*The Late Bourgeois World*）

1970 年，小说《贵客》（*A Guest of Honour*）

1973 年，文集《黑人阐释者：非洲书写笔记》（*The Black Interpreters: Notes on African Writing*）

1974 年，小说《自然资源保护者》（*The Conservationist*）

1979 年，小说《伯格的女儿》（*Burger's Daughter*）

1980 年，短篇小说集《士兵的拥抱》（*A Soldier's Embrace*）

1981 年，小说《七月的人民》（*July's People*）

1987 年，小说《自然变异》（*A Sport of Nature*）

1990 年，小说《我儿子的故事》（*My Son's Story*）

1991 年，短篇小说集《跳跃和其他故事》（*Jump and Other Stories*）

1994 年，小说《无人伴随我》（*None to Accompany Me*）

1995 年，文集《写作与存在》（*Writing and Being*）

1998 年，小说《家枪》(*The House Gun*)

1999 年，文集《在希望与历史之间》(*Living in Hope and History*)

2001 年，小说《偶遇者》(*The Pickup*)

2005 年，小说《新生》(*Get a Life*)

2012 年，小说《何时似今朝》(*No Time Like the Present*)

（五）奥利芙·施赖纳

1883 年，小说《一个非洲农场的故事》(*The Story of an African Farm*)

1890 年，短篇故事集《梦》(*Dreams*)

1893 年，短篇故事集《梦想生活与现实生活》(*Dream Life and Real Life*)

1897 年，小说《马绍纳兰的骑兵彼得·霍尔基特》(*Trooper Peter Halket of Mashonaland*)

1911 年，文集《女人和劳动》(*Woman and Labour*)

1923 年，文集《南非之思》(*Thoughts on South Africa*)

1923 年，故事集《故事、梦想和寓言》(*Stories, Dreams and Allegories*)

1926 年，小说《从人到人》(*From Man to Man*)

1929 年，小说《娥丁》(*Undine*)

（六）彼得·亚伯拉罕

1942 年，小说《黑暗遗嘱》(*Dark Testament*)

1946 年，小说《矿工男孩》(*Mine Boy*)

1948 年，小说《雷霆之路》(*The Path of Thunder*)

1956 年，小说《献给乌多莫的花环》(*A Wreath for Udomo*)

（七）扎克斯·穆达

1979 年，戏剧《我为祖国歌唱》(*We Shall Sing for the Fatherland*)

1990 年，《扎克斯·穆达戏剧集》(*The Plays of Zakes Mda*)

1995 年，小说《死亡方式》(*Ways of Dying*)

1995 年，小说《与黑共舞》(*She Plays with the Darkness*)

2000 年，小说《红色之心》(*The Heart of Redness*)

（八）达蒙·加格特

1982 年，小说《无罪的季节》(*A Sinless Season*)

1988 年，小说《众生的小圈子》(*A Small Circle of Beings*)

1992 年，小说《悦耳的猪叫声》(*The Beautiful Screaming of Pigs*)

1995 年，小说《石矿场》(*The Quarry*)

2003 年，小说《好医生》(*The Good Doctor*)

2008 年，小说《冒名者》(*The Impostor*)

2010 年，小说《在一个陌生的房间》(*In a Strange Room*)

2014 年，小说《北极之夏》(*Arctic Summer*)

2021 年，小说《承诺》(*The Promise*)

（九）保琳·史密斯

1925 年，短篇小说集《小卡鲁》(*The Little Karoo*)

1926 年，小说《教区执事》(*The Beadle*)

1935 年，儿童小说和诗歌集《普莱特克普斯的孩子们》(*Platkops Children*)

（十）赫尔曼·查尔斯·博斯曼

1930 年，自传体小说《冷石罐》(*Cold Stone Jug*)

1947 年，短篇小说集《马弗京之路》(*Mageking Road and Other Stories*)

1957 年，散文与诗歌集《一桶甜酒》(*A Cask of Jerepigo*)

1963 年，短篇故事集《归于尘土》(*Unto Dusk*)

1974 年，散文与诗歌集《世界在等待》(*The Earth Is Waiting*)

（十一）阿兰·佩顿

1948 年，小说《哭泣吧，亲爱的祖国》(*Cry, the Beloved Country*)

1953 年，小说《迟到的矶鹬》（ *Too Late the Phalarope* ）

1961 年，短篇小说集《黛比，回家》（ *Debbie, Go Home* ）

1964 年，传记《霍夫迈尔》（ *Hofmeyr* ）

1967 年，短篇小说集《南非的更多故事》（ *More Tales of South Africa* ）

1968 年，文集《远见》（ *The Long View* ）

1973 年，《种族隔离与大主教：开普敦大主教杰弗里·克莱顿的生活与时光》
（ *Apartheid and the Archbiship: The Life and Times of Geoffrey Clayton,
Archbiship of Cape Town* ）

1975 年，文集《敲门》（ *Knocking on the Door* ）

1980 年，自传《朝向山峰》（ *Towards the Mountain* ）

1981 年，小说《啊，美丽的土地》（ *Ah, But Your Land Is Beautiful* ）

1988 年，自传《继续的旅程》（ *Journey Continued* ）

（十二）所罗门·T. 普拉杰

1916 年，纪实文学《南非土著生活》（ *Native Life in South Africa* ）

1916 年，谚语集《塞专纳谚语集》（ *Sechuana Proverbs* ）

1921 年，政治手册《尘埃与栋梁》（ *The Mote and the Beam* ）

1930 年，历史小说《姆胡迪》（ *Mhudi* ）

1973年，日记《所罗门·T.普拉杰的布尔战争日记》（ *The Boer War Diary of Sol T.
Plaatje* ）